dtv
premium

Zygmunt Miłoszewski

DOMOFON

Roman

Deutsch von
Jan und Katarzyna Opielka

Deutscher Taschenbuch Verlag

Der Verlag dankt dem Book Institute – The © POLAND
Translation Program in Krakau für die freundliche
Unterstützung der vorliegenden Übersetzung

INSTYTUT KSIĄŻKI
©POLAND

Für Monika

Deutsche Erstausgabe
Januar 2008
Deutscher Taschenbuch Verlag GmbH & Co. KG,
München
www.dtv.de

Titel der polnischen Originalausgabe:
›Domofon‹

Umschlagkonzept: Balk & Brumshagen
Umschlaggestaltung: ARTPOOL, München
Umschlagbild: Martin Rieger, ARTPOOL, München
Satz: Greiner & Reichel, Köln
Gesetzt aus der Minion 10,5/13,25·
Druck und Bindung: Ebner & Spiegel, Ulm
Gedruckt auf säurefreiem, chlorfrei gebleichtem Papier
Printed in Germany · ISBN 978-3-423-24639-2

Hier gehen keine Uhren. Keiner der Schlüssel passt, und sie können nicht aufgezogen werden. Die Türen sind nie geöffnet gewesen, und niemand hat je in diesen Zimmern gewohnt. Aber du kannst nicht lange bleiben. Denn es kommt.

Stephen King, ›Shining‹

Prolog

Später, als alles vorbei war, hielten die Polizei, die psychiatrischen Gutachter und die Journalisten die Ereignisse, die in unserem Haus stattgefunden hatten, für das Ergebnis einer Massenhysterie. Wodurch sie hervorgerufen worden war – das klärte man nie. Soweit ich weiß, versuchte man es noch nicht einmal.

Jede andere Erklärung war entweder zu schrecklich oder allzu verrückt, um sie ernst zu nehmen. Ich überlegte, ob beim Lösen des Rätsels meine Kassetten hätten helfen können. Aber nein! Für einen Außenstehenden wären sie nichts als eine Reihe bruchstückhafter Gespräche gewesen, durch die Haussprechanlage geführt und meist aus Floskeln bestehend wie etwa »Ich bin's«, »Liebling, mach auf!«, »Du hast gesagt: Brot, Zigaretten und was noch?« oder »Darf ich noch eine halbe Stunde draußen spielen?«. Ein aufmerksamer Beobachter hätte sicherlich bemerkt, dass im Laufe der Jahre immer weniger Kassetten nötig waren, um die Ereignisse eines ganzen Tages aufzunehmen, dass immer weniger Menschen zu Besuch kamen und die lakonischen Bitten, die Eingangstür aufzumachen, noch lakonischer wurden.

Aber einen aufmerksamen Beobachter, beziehungsweise einen Zuhörer, gab es nicht.

Man könnte nun fragen, welches Recht ich habe, die Geschichte des Wohnblocks und seiner Bewohner zu erzählen. Ob ich sie auf diese Weise erzählen darf? Ob ich wirklich so viel über die Bewohner weiß? Wenn mir jemand diese Fragen stellen würde, müsste ich Tränen lachen. Denn ich weiß mehr über die Bewohner, wesentlich mehr, als sie selbst jemals über sich wissen werden.

Ich möchte schreiben: Alles begann vor langer Zeit, doch das ist Unsinn. Ich würde mich in dem Wunsch, die vergangenen Jahre zu schildern, in meinen eigenen Erinnerungen verlieren. Deshalb schreibe ich: Alles begann am Freitag, dem 11. Oktober 2002, als die jungen Łazareks aus Olecko in unseren Block zogen.

Kapitel 1

Sei lieber vorsichtig. Anuszka hat schon Öl vergossen.

Warschau, Praga Nord. Aufschrift an der Schranke der Straßenbahnhaltestelle an der Ecke Ulica Inèynierska und Ulica 11. Listopada.

1.

Es war nicht der ideale Tag, um ein neues Leben zu beginnen. Etwas stimmte nicht. Anfangs dachte er, dass es an der Autofahrt lag. Das schöne Wetter des Vormittags wurde nun düster und oktobertypisch, der Straßenverkehr war reger als sonst. Er bereute, dass sie einen Freitag als Umzugsbeginn gewählt hatten. Wenn sie alles am Samstag und Sonntag erledigt hätten, wäre es einfacher gewesen. Vor allem hätte er jetzt nicht mit den Lkws auf der nassen Fahrbahn kämpfen müssen. Verdammt.

Aber vielleicht ging es um mehr als nur eine Autofahrt bei schlechten Bedingungen? Als er hinter Pułtusk das Schild »Warschau 59« passierte, spürte er einen Druck auf der Brust. Einen Moment lang konnte er nicht atmen und geriet beinahe in Panik. Er zwang sich, tief einzuatmen. Was ist los, wiederholte er innerlich, was ist los? Bestimmt bin ich einfach nur müde. Sollte sich das wiederholen, werde ich zum Arzt gehen müssen. Was für ein Pech, ich verlasse ein furchtbares Zuhause bei meiner Mutter, fahre mit meiner Herzallerliebsten in die neue Wohnung, beginne ein neues, fantastisches Leben – und kriege keine Luft. Wahrscheinlich stimmt wirklich etwas nicht mit mir.

»Hallo, hallo! Erde an Robert! Bzzz, bzzzz, hört ihr uns?«

»Was? Tut mir leid, ich war in Gedanken. Hast du etwas gesagt?«

Agnieszka war fröhlich wie ein Kind bei einem Schulausflug. Sie verschränkte ihre Hände hinter dem Kopf und stützte die Füße gegen die Frontscheibe des alten Mazda, den sie liebevoll »fliegender Mazda« nannten. Vorher hatte sie ihre Lieblingssammlung mit flotten Songs der Achtziger in den Kassettenrekorder gelegt und bewegte nun ihre großen Zehen im Rhythmus von »I will survive«. Sie sah sehr, sehr sexy aus. Robert spürte ein angenehmes Kribbeln in der unteren Bauchpartie.

»Ja, habe ich. Ich habe gesagt, dass ich noch nie so glücklich war. Was sagst du dazu?«

»Dazu sage ich okay. Das heißt, wir sind schon zu zweit. Wenn wir irgendeinen glücklichen Anhalter sehen, sacken wir ihn ein und gründen einen Verein.« Er zögerte und fügte hinzu: »Ich freue mich auch, dass ich diesen Sumpf hinter mir lasse.«

Er benutzte dieses Wort sehr häufig, um seine sündenlosen Jahre zu beschreiben.

»Mir geht es eigentlich nicht darum, was wir zurücklassen.« Agnieszka wollte sich nicht von ihrer guten Laune abbringen lassen. »Ich freue mich darauf, was vor uns liegt. Die Wohnung, die Arbeit, neue Freunde, Nachbarn, Partys, Kinos, Cafés. Ich sage dir: es wird toll!«

Sie streckte sich, so dass ihr Bauchnabel freigelegt wurde, und Robert kam der Gedanke, von der Straße abzufahren. Es im Auto treiben? Warum eigentlich nicht? Sie hatten es noch nie getan. Er ließ die Idee wieder fallen, weil er nicht ausgelacht werden wollte. Quatsch, dachte er, das würde sie sicher nicht tun. Sie würde höchstens sagen, dass er sich zusammenreißen, weiterfahren und bis zum Abend warten sollte, an dem sie ihm seine Fantasien dreifach erfüllen würde.

Er schwieg. Agnieszka setzte dafür ihren ausgelassenen Monolog fort.

»Ich werde nach Feierabend zu Fuß zur Nowy Świat laufen, dort Kaffee trinken und auf dich warten. Weißt du, ich habe es nicht weit, weil das Büro in der Krucz ist. Du wirst etwas später Schluss machen …«

»Womit werde ich Schluss machen, mit der Arbeit?«, unterbrach er sie und schaltete zugleich die Scheibenwischer eine Stufe höher. »Erst muss ich eine finden.«

»Was redest du da, du hast doch eine Arbeit.« Sie blickte ihn verwundert an.

»Arbeit? Du meinst das, was dein Alter mir besorgt hat? Handelsvertreter in einer Firma, die Bohrer herstellt? Mach keine Witze! Das ist gut als Übergang, um nicht zu verhungern. Ich werde mir erst noch eine richtige Arbeit suchen müssen. Ich glaube nicht, dass ich am Anfang Zeit zum Kaffeetrinken haben werde.« Er sagte das alles ein wenig zu scharf und bereute es gleich wieder. Was, zum Teufel, machte es schon, zu lächeln und Fantasien über die gemeinsamen Abende zu spinnen. Er benahm sich wie ein Vollidiot. Dass er ein Problem damit hatte (das hatte er doch?), weil sie so viel von ihren Eltern bekommen hatten, war kein Grund, sich so zu benehmen.

Er sah zu ihr hinüber in der Hoffnung, dass sie seinen Ton und das, was sich dahinter verbarg, nicht bemerkt hatte. Sie blickte auf die regenüberströmten Felder.

Schließlich brach sie das Schweigen.

»Weißt du, ich glaube, es sieht gar nicht so schlecht aus. Es ist eine große Firma. Da werden sich schon irgendwelche Möglichkeiten bieten, vorwärtszukommen, Karriere zu machen. Man kann sich bestimmt irgendwie arrangieren, etwas verdienen und dann versuchen, sich nach etwas anderem umzuschauen. Glaubst du etwa, ich habe studiert, um mein Leben lang irgendwem Kaffee zu kochen? Das ist doch nur der Anfang. In ein paar Jahren werden wir lachen und uns an unsere ersten Jobs erinnern.«

Robert schluckte eine boshafte Bemerkung über die Qualität der höheren Bildung an der Mazurska-Hochschule, ihrer Alma Mater in Olecko, hinunter und sagte: »Vor dem Kamin in unserem Haus im Bieszczady-Gebirge?«

»Ja, vor dem Kamin in unserem Haus im Bieszczady-Gebirge.« Sie wandte sich ihm zu, lächelte strahlend, und er erwiderte ihr Lächeln. Es war ihr beider Traum, seit sie sich kannten: ein offener Kamin in einem Haus im Bieszczady-Gebirge. Gleichzeitig war es ein Code, der bedeutete: Okay, ich entschuldige mich, manchmal läuft was schief, manchmal sagen wir dumme Dinge, aber es verbindet uns mehr.

Vor Serock trafen sie wieder auf einen großen Laster – diesmal war es einer, der Joghurt transportierte. Robert wusste, dass er sich hinter dem Lkw durch die ganze Stadt schleppen würde, wenn er ihn nicht überholte. Er blinzelte. Zum Autofahren war es die schlimmste Zeit. Es war fast fünf Uhr, es dämmerte. Gegenüber fuhren die Autos in einer langen Schlange und blendeten ihn mit ihren Scheinwerfern. Am Straßenrand bewegten sich Fußgänger und Radfahrer, und eine Reihe weißrussischer Lkws hatte wohl so was wie eine Zusammenkunft. Schließlich fand er eine Lücke und schoss aus den mit Wasser gefüllten Spurrillen hinaus auf die linke Spur.

Er beschleunigte.

Von den Reifen des Lkws spritzten ganze Wasserschwälle hoch und platschten gegen die Windschutzscheibe. Die auf der höchsten Stufe arbeitenden Scheibenwischer waren zu einem nutzlosen Spielzeug verkommen.

Er beschleunigte weiter.

Er hatte den Lkw zur Hälfte überholt, als er bemerkte, dass hinter einer Steigung ein Kleinlaster auftauchte. Er war schon zu weit vorne, um abzubremsen und wieder hinter dem Lkw einzuscheren. Er musste das Risiko eingehen. Er schaltete einen Gang herunter, drückte das Gaspedal bis zum Anschlag durch und klemmte sich dicht hinter das Lenkrad. Aus den Augenwinkeln bemerkte er, dass Agnieszka sich an den Türgriff klammerte. Ganz ruhig, dachte er, es wird gut gehen, es geht doch immer gut. Das entgegenkommende Auto hupte und blendete kurz auf. Etwa fünfzig Meter lagen zwischen den beiden Fahrzeugen. Bis zum Fahrerhaus des Lkws waren es nur noch zwei Meter. Als Robert ihn endlich überholt hatte, riss er das Steuer zu abrupt herum, so dass der sonst so behäbige Mazda ins Schleudern kam und fast gänzlich den Kontakt mit der Fahrbahn verlor.

Der entgegenkommende Wagen war nur noch einige Meter entfernt.

Verzweifelt drückte Robert aufs Gas. Er hoffte, dass die Reifen wieder Haftung bekommen würden, und versuchte, mit dem Lenkrad gegenzusteuern. Der »fliegende Mazda« schlingerte noch kurz mit dem Hinterteil und sprang dann vor dem Lkw auf die rechte Fahrbahn, wo er dicht hinter einem schlecht beleuchteten kleinen Fiat landete – bei einer Geschwindigkeit von fast 150 Stundenkilometern.

Agnieszka schrie auf und krümmte sich auf ihrem Sitz zusammen. Der Zusammenprall war so sicher, als ob vor ihnen kein kleiner Fiat fahren, sondern eine Backsteinmauer stehen würde. Sie würden entweder auf den Fiat aufprallen und dann hoffentlich durch den Zusammenstoß an den Straßenrand geschleudert werden; denn wenn sie auf der Straße blieben, würde sie der eben überholte Lkw zerquetschen. Sie konnten sich auch auf die Gegenfahrbahn »retten«, wo sie frontal mit dem Kleinlaster zusammenstoßen würden. Alles dauerte nur einen Sekundenbruchteil, und Robert wog die düsteren Alternativen nicht bewusst ab. Instinktiv zog er das Steuer nach rechts und versuchte so, den kleinen Fiat seitlich zu überholen.

Die Bäume am Straßenrand rasten dicht an Agnieszka vorbei, die Räder blockierten auf dem nassen Schotter, der hintere Teil des Wagens begann in Richtung der Bäume wegzurutschen. Robert lenkte verzweifelt, nahm Gas weg, der kleine Fiat flog förmlich links an ihnen vorbei. Der Zufall half ihnen. Sie erreichten die Ausbuchtung einer Bushaltestelle, auf der die Reifen auf der rechten Seite wieder so viel Haftung bekamen, dass es Robert gelang, den Wagen ein weiteres Mal innerhalb einer Sekunde unter Kontrolle zu bringen und auf die Fahrbahn zurückzulenken.

Sie sagten nichts. Sie saßen wie erstarrt auf ihren Sitzen und sahen sich nicht an. Sie wussten nur zu gut, wie knapp es gewesen war und dass ihre Reise fast zu Ende gewesen wäre, noch bevor sie richtig begonnen hatte. Unwiderruflich zu Ende.

»Wollen wir anhalten?«, fragte Agnieszka leise.

»Auf keinen Fall! Ich glaube, ich würde losheulen, wenn alle an mir vorbeifahren würden, die ich überholt habe. Wir halten, wenn wir in Warschau sind.«

»Bei McDonald's?«

Robert lachte laut. Besuche bei McDonald's waren selbst bei ihnen in Olecko, in der tiefsten Provinz Polens, eine Blamage. Zu McDonald's zu gehen war etwa so, wie im Fitnesscenter zu trainieren oder sein ganzes Geld für teure Sportklamotten oder getönte Scheiben im Polonez auszugeben. Sie wussten das und doch gingen sie gern hin, besonders Robert. Ich weiß, ich weiß, wiederholte er für sich, im Brötchen ist Papier, im Hackfleisch Hundescheiße, und das Ganze ist zusammengeschmolzen zu einem krebserregenden Geschoss aus Glutaminsäure. Aber trotzdem schmeckt es mir.

Daher machten sie sich von Zeit zu Zeit zum nächsten McDonald's-Restaurant in Suwałki auf, was sie vor ihren Freunden geheim hielten, aßen dort Burger und Pommes und stilisierten das zu einem Ritual, zu Hamburger-Gelagen. Nun, in der anonymen Metropole, konnten sie völlig ungeniert ein richtiges Festmahl feiern.

»Klar«, sagte er.

Sie näherten sich der Brücke über den Stausee Zalew Zegrzyński.

2.

Du bist ein Idiot. Du bist ein Ekel in Krawatte, eine menschliche Amöbe, ein verdammtes Arschloch, ein Trottel deiner Firma, so dachte Wiktor über den Mann, der auf der anderen Seite des Schreibtisches saß. Er lächelte dabei artig und zustimmend und versuchte, den bestmöglichen Eindruck auf diesen Menschen zu machen, von dem nun seine Zukunft abhing.

»Bitte verstehen Sie mich richtig«, sagte das Ekel. »Noch vor fünf Jahren hätte ich die Hälfte meines Gehalts und meine ganze Zeit geopfert, um die Geschäftsleitung davon zu überzeugen, dass wir Sie unbedingt einstellen müssen. Aber jetzt? Warum sollte ich Sie einstellen, bitte sagen Sie es mir, bitte überzeugen Sie mich!« Das Arschloch lächelte gekonnt traurig und legte die gepflegten Hände zu einem Türmchen zusammen.

Wiktor bemerkte, dass sein wulstiger kleiner Finger mit einem Siegelring samt Firmenlogo geschmückt war. Er schwieg einen Moment lang und überlegte, wie er anfangen sollte, um glaubwürdig, sicher und professionell zu klingen. Er nahm seinen eigenen Schweiß wahr, der nach Alkohol roch, und überlegte, ob der Human Resources Senior Manager Marek Koteczek es auch riechen konnte.

»Ich muss zugeben, dass ich schon damals (falsch! falsch! warum hast du nicht ›immer‹ gesagt) an Ihren Verlag gedacht habe. Ich war zwar sehr erfolgreich bei der Tageszeitung, trotzdem suchte ich eine gute Arbeit in guter Stellung, auch für ein geringeres Gehalt. Eine Arbeit, die mir die Möglichkeit gegeben hätte, vorwärtszukommen und nicht bloß vierzehn Stunden täglich, sechs Tage in der Woche spektakulären Ereignissen hinterherzujagen. Sie waren ideal. Sie haben eine schöne Tradition, verlegen Magazine, aber auf hohem Niveau, haben Ihre Basis im Ausland und einen ausgezeichneten Ruf am Markt.«

»Und warum sind Sie nicht zu uns gekommen?«

Fick dich, du Schwanz. Darüber werde ich bestimmt nichts sagen.

»Es kam so eins zum anderen.«

»Es kam eins zum anderen, so dass Sie erst mal für ein Jahr verschollen waren und sich dann ganz unten wiederfanden, als Alkoholiker?« Senior Manager Koteczek sprach mit tiefer Betroffenheit, was offensichtlich seine Spezialität war. Sicherlich verließen entlassene Mitarbeiter diesen Raum mit Tränen in den Augen und bedauerten, ihrem Chef wehgetan zu haben.

Wiktor merkte, dass er so schnell wie möglich wieder gehen musste. Er hatte schon vorher gewusst, dass es nicht einfach werden würde, aber er hatte nicht vermutet, dass dieses dumme Gespräch sich in eine erniedrigende Psychotherapie verwandeln würde. »Es ist mir unangenehm, darüber zu sprechen, Herr Doktor, aber ich habe getrunken, und früher habe ich heimlich meine Mutter beobachtet und ihre Netzstrümpfe angezogen. Ich schäme mich so sehr.« Ruhig, wiederholte er innerlich, ganz ruhig! Er macht das absichtlich, um dich aus der Fassung zu bringen. Er will prüfen, wie du auf Stress reagierst. Mach dich locker, Mann, lächle, zeig, wie gelassen du bist!

»Ich sehe, dass Sie meinen Lebenslauf nicht nur aus meiner Bewerbung kennen.« Sein gezwungenes Lächeln zerriss ihm fast das Gesicht. »Das sind alte Geschichten. Jeder durchlebt mal schlechtere Zeiten. Und je höher man steht, desto tiefer der Fall.«

»Natürlich«, sagte der Senior Manager und seufzte traurig. Er warf einen kurzen Blick auf die Bewerbungsunterlagen, die auf dem Schreibtisch lagen. »Bevor Sie dreißig waren, wurden Sie als Gerichtsreporter berühmt, auch danach konnten Sie eine Reihe von Erfolgen feiern. Stimmt das?«

»Ja, gewissermaßen.«

»Erzählen Sie mir etwas über diesen Fall?«

Klar, Mann, ich werde deine kleinbürgerliche Neugier befriedigen, obwohl das nichts mit dem Bewerbungsgespräch zu tun hat. Wie alle anderen hoffst du wohl, dass ich dir irgendwelche makabren Details erzähle, über die ich nie geschrieben habe. Details, über die du dir abends deine Gedanken machen kannst.

»Sehr gerne, obwohl ich nicht glaube, dass Sie etwas Neues erfahren werden. Bereits vor meiner, sagen wir, ›Entdeckung‹, war es der aufsehenerregendste Prozess jener Jahre. Drei Jugendliche, darunter ein Mädchen. Sie wurden wegen Entführung, Vergewaltigung (oh, wie deine Augen aufleuchten), Folter und versuchten Mordes an einer Sechzehnjährigen angeklagt. Ihr Name war Honorata. Ich erspare Ihnen die Beschreibung dessen, was ich sah … in den Ermittlungsakten sah, aber sie war wie ein Ding behandelt worden. Wenn jemand so etwas auch nur einem Hund antäte, sollte er schon viele Jahre sitzen.«

»Soweit ich mich erinnere, war sie stumm. Sie wissen, wie man sie vorgefunden hat. Hatte sie einen Schock?«

»Nein, sie haben ihr die Zunge herausgerissen. Darf ich rauchen?«

»Tut mir leid, in unserem Unternehmen wird nicht geraucht. Darauf sind wir sehr stolz.«

Wiktor zog trotzdem eine Packung Lucky Strike aus seiner Hemdtasche und nahm sich eine Zigarette. Während er sie zwischen seinen Fingern hin- und herrollte, überlegte er, was er dieser Amöbe noch sagen konnte. Wahrscheinlich würde er den Job ohnehin nicht bekommen, eigentlich wollte er ihn auch gar nicht, und es war für ihn überhaupt kein Vergnügen, über diese Sache zu reden. Andererseits bestand weiterhin die Möglichkeit, dass dieses geschniegelte, perfekt gestylte und im Fitnessstudio geformte Arschloch sich die Geschichte anhören und rufen würde: »Genau so jemanden haben wir gesucht! Umarmen Sie mich, Wiktor!« Und wenn er das tat, dann würde Wiktor an Kohle kommen. Und wenn er Kohle hatte, würde er aufhören, wie ein Tier zu leben. Eine einfache Rechnung.

»Es war ein Indizienprozess wie aus dem Lehrbuch«, fuhr er fort. »Schon alleine die Ermittlung der Täter war problematisch. Man zeigte dem Mädchen Kataloge mit Fotos von Personen, für die sich ›die Polizei interessierte‹. Als sie ein bestimmtes Bild sah, reagierte sie so hysterisch, dass man eine Gegenüberstellung organisierte. Sie wissen ja, wie das abläuft: Fünf ähnlich aussehende Männer stehen nebeneinander und das Opfer zeigt auf einen von ihnen. Als sie nun diese fünf Personen nebeneinander aufgestellt hatten und das Mädchen brachten, zeigte sie sofort auf einen der Männer. Sie drückte ihren Körper gegen die Scheibe genau ihm gegenüber und begann derart zu schreien, dass man Hilfe holen musste.«

»Und was war daran so problematisch?«

»Dass sie bei der Gegenüberstellung einen anderen Mann erkannte als vorher auf dem Foto.«

Wiktor brach die Zigarette entzwei, warf sie in den Papierkorb und nahm sich eine neue. Behutsam bearbeitete er sie mit den Fingern, um den Tabak gleichmäßig zu verteilen. Eine sinnlose, mechanische Bewegung, dachte er sich. Ich werde sowieso nicht rauchen. Wann habe ich nur mit dieser idiotischen Angewohnheit begonnen? Wahrscheinlich gerade in den Gerichtssälen. Paweł von der ›Gazeta‹ quälte stets nervös seine

Zigarette, und ich tat damals das Gleiche wie er. Wenn der Beginn der Verhandlung sich um zwei Stunden nach hinten verschob und die viertelstündige Pause sich in eine einstündige verwandelte, gingen wir runter ins Bistro, aßen Eier in Tatarensoße und rauchten. Eine, die zweite, die zehnte. Wir rauchten und redeten, redeten und rauchten. Das war eine nette Zeit. Lieber Gott, wie viele Jahre liegt das schon zurück. Wiktor bemerkte, dass fast der gesamte Inhalt der Zigarette auf dem Schreibtisch dieses Konzern-Trottels verstreut war. Der Typ schaute auf den Tabak wie auf Leprabakterien, die auf ein Butterbrot geschmiert worden waren.

»Soweit ich mich erinnere, hatten Sie nun Ihren großen Auftritt und begannen, Ihre Fragen vorzutragen?«

Was für ein Poet du doch bist, zum Teufel. Mit so einer Ausdrucksweise verkaufst du dich als Leiter der Personalabteilung weit unter Wert.

»Nett formuliert. Das größte Problem bei dieser Geschichte war, dass niemand wusste, wo man das Mädchen versteckt gehalten hatte. Sicher in keiner der Wohnungen der drei Angeklagten, an keinem Ort, der ihren Freunden, ihren Familien oder entfernten Verwandten bekannt war.«

Er nahm sich die nächste Zigarette.

»Eines Tages – es war bereits Sommer – endete ein Verhandlungstag etwas früher, und ehrlich gesagt hatte ich keine Lust mehr, den nächsten stotternden Gutachter zu beschreiben. Ohnehin sagten sie alle, dass diese ganze Anklage ein Fiasko sei. Ich fuhr nach Śródmieście und streifte in den Straßen um den Plac Konstytucji umher. Dort wohnten alle Angeklagten und auch die Zeugen. Wenn diese Leute etwas mit der Sache zu tun hatten, woran ich immer weniger glaubte, so musste alles irgendwo dort geschehen sein.«

Wiktor machte eine Pause.

»Wissen Sie was? Rauchen Sie ruhig, aber gehen Sie bitte ans Fenster.«

Na bitte, noch so eine Pause von mir und du gibst mir nicht nur den Job, sondern auch eine Gehaltserhöhung.

»Nein, danke«, seufzte er, schaute auf die Zigarette, auf die grauen Nebelschwaden, welche die Realität hinter dem Fenster ausfüllten, dann auf die Visitenkarte dieses Möchtegerns, die vor ihm lag. Sie war sehr schön gestaltet.

Ich schaffe es nicht, dachte er und schüttelte unbewusst den Kopf. Es liegt mir was an dieser Arbeit, es liegt mir was daran, irgendeine Arbeit zu bekommen, solange ich dabei schreiben kann, aber ich schaffe es nicht.

»Direktor Koteczek ...«, begann er.

»Panie Koteczek«, unterbrach ihn der Direktor. »Panie Koteczek reicht vollkommen.«

»Ich weiß nicht, warum Sie möchten, dass ich Ihnen das erzähle. Die ganze Geschichte mit all den Details wurde doch überall beschrieben, und ich muss zugeben, dass mir die Erinnerung daran sehr schwerfällt. Ich möchte es lieber nicht tun, wenn Sie nichts dagegen haben.«

Pan Koteczek schwieg, und Wiktor wusste, dass in diesem Augenblick über sein Schicksal entschieden wurde. Es war unmöglich, dass sein Leben von diesem fremden Mann abhing: Von einem selbstzufriedenen, reichen Möchtegern, der bestimmt Squash spielte, seine Frau – die wie Miss World aussah – in Stringtangas vögelte, und seine genetisch gelungenen Kinder aus der Privatschule abholte. Was konnte er schon darüber wissen, wie es ist, abzustürzen, abzustürzen, abzustürzen. So lange abzustürzen, bis man nicht nur aufhört, daran zu glauben, dass man wieder aufsteigen kann, sondern auch daran, dass man überhaupt je unten ankommt. Am Ende wartet der Mensch nicht mehr auf den Aufprall. Er gibt sich damit zufrieden, dass nur der Absturz existiert und die einzige Bereicherung darin besteht, dass die schwarzen Wände des Brunnens manchmal grau werden und manchmal so dünn, dass hinter ihnen Bewegung und Farben erkennbar sind. Aber das passiert nur ganz selten. Fast nie. Nun ja. Vielleicht hatte der andere einfach Glück, und er eben nicht.

Noch bevor der Manager etwas sagte, wusste Wiktor bereits, wie die Entscheidung ausfallen würde.

»Sie wollen bei uns Reportagen, Texte über die Gesellschaft schreiben. Dafür braucht man Einfühlungsvermögen und zugleich Distanz. Man muss in die Geschichte eindringen, sich von ihr ergreifen lassen und dann« – er schnippte mit den Fingern – »herauskommen, zur Seite treten und sie so beschreiben, dass sie andere aufrüttelt. Ich teste, ob Sie das können.«

Wiktor antwortete nur deshalb, weil er nicht hinausgehen wollte, ohne etwas zu sagen. »Interessant. Und ich habe gedacht, dass Sie dadurch erregt werden, was Ihnen meine Geschichte bieten könnte. Die Verbindung aus Sex, Vergewaltigung, Gewalt, vielleicht sogar Bestialität, und dazu noch alles authentisch erzählt, beinahe aus erster Hand. Doch Sie testen mich einfach.«

»Sie versuchen unnötigerweise, boshaft zu sein. Mir tut es wahnsinnig leid, umso mehr, da Ihre Texte für mich einmal eine sehr große Bedeutung hatten. Aber ich sehe, dass Sie das, woran mir, uns, unserem Unternehmen am meisten gelegen ist, nicht können. Und bitte fassen Sie es als einen freundschaftlichen Rat auf: Sie sind unnötig aggressiv, das hilft Ihnen bei solchen Gesprächen überhaupt nicht weiter. Auf Wiedersehen.«

Verpiss dich!

Wiktor stand auf, machte sich nicht die Mühe, den Tabak vom Schreibtisch zu entfernen, und ging hinaus. Er dachte bereits jetzt weder an den Senior Manager noch an Honorata noch an das, was er einmal erlebt hatte. Er dachte daran, dass es bald beginnen würde und dass er so schnell wie möglich zur Amatorska gelangen musste.

3.

Agnieszka und Robert brauchten eine Viertelstunde, um einen Parkplatz vor dem Carrefour-Einkaufszentrum neben der Toruńska zu finden. Danach mussten sie bei strömendem Regen von der entlegensten Parkplatzecke zum Eingang laufen. So ein Opfer für so einen Scheißfraß, dachte Robert. Was für eine Ironie, dass ein Konsumtempel seine Gläubigen zu wahrer Selbstkasteiung zwingt.

Er bestellte einen Fischburger, den Agnieszka nicht ausstehen konnte. Daher nannte sie ihn immer »McScheiße« (»Danach hast du eine Woche lang üblen Mundgeruch«, nörgelte sie). Robert schaute sich die Wände an, die mit Kopien moderner Gemälde behängt waren.

»Normalerweise sind es Fotos«, murmelte er mit vollem Mund.

»Was?«

»Du weißt schon, normalerweise hängen da Fotos vom Empire State Building, der Golden Gate Bridge oder von Elvis. In der Regel sind sie schwarz-weiß. Aber hier hängen Gemälde, das sehe ich zum ersten Mal.«

»Und wie gefallen sie dir?«

»Ich denke, dass sie scheiße aussehen. Das Einzige, was sie mit Kunst gemeinsam haben, ist die rechteckige Form, der Bilderrahmen und die bunten Farben. Aber das Gleiche kann man über eine Werbefläche sagen, auf der T-Shirts angeboten werden, oder über eine Anzeigentafel, die über den Bau eines Betonklosetts informiert. Wobei das hier noch schlimmer ist. Die Werbefläche und die Anzeigentafel haben einen Inhalt, sie vermitteln etwas. Aber das hier? Kein Inhalt, keine Form, nur Leere.«

»Du übertreibst. Du kannst darin einfach nichts erkennen, aber andere können es vielleicht.«

»Was sie dort erkennen, ist ihre Sache. Die Botschaft des

Künstlers nehmen sie nicht wahr, sondern sie spinnen sich etwas zurecht. Wenn man denselben Leuten eine Anzeigentafel zeigen würde, die in Suaheli beschriftet wäre, dann würden sie darin das Antlitz der Welt erkennen. Sie würden sagen: Unfassbar, wie man mithilfe dieser ungeraden Zeichen das Chaos, zugleich aber auch Ordnung sowie eine transzendente Idee der Organisation des Chaos darstellen kann, und das alles in einen vergänglichen Rahmen eingebettet. Und erst dieser gelbe Hintergrund – sensationell! Wer weiß, vielleicht würden sie sogar die Lippen spitzen und einen Schmatzlaut von sich geben. Hast du schon mal gesehen, dass jemand vor Begeisterung schmatzt? Wie klingt das wohl?« Er trank einen Schluck Cola und schmatzte mit seinen feuchten Lippen. Die Leute neben ihnen schauten etwas beunruhigt. Robert schmatzte noch einmal und schnippte mit den Fingern.

»Hör auf damit! Idiot. Sonst ruft noch jemand den Sicherheitsdienst. Schmatzen soll man diskret und würdevoll«, sagte sie und schmatzte derart sanft zu ihm herüber, dass sie wie eine lüsterne Sexgöttin wirkte. Ihre Lippen bildeten eine Herzform, wie in einem Zeichentrickfilm. Sie hatte recht große Lippen, vielleicht sogar ein wenig zu große, aber Robert mochte das sehr.

»Jaaa …, mach weiter so, dann wird man in jeder Ausstellung über dich herfallen.« Robert fühlte wieder dieses Kribbeln im Bauch. Was für ein Tag.

»Ich werde das bloß bei deinen Vernissagen machen und wenn wir alleine sind, aber nur, wenn ich ganz sicher sein kann, dass nur du über mich herfallen wirst.«

Robert zuckte zusammen. Aus Erfahrung wusste er, dass Gespräche über seine Malerei und über Pläne, die damit zusammenhingen, immer schlecht endeten. Sie betrachtete das Malen als ein harmloses Hobby, vergleichbar mit dem Sammeln von Briefmarken oder alten Teeverpackungen. Für ihn aber war es sein Lebensinhalt. Wichtiger als sie sogar, doch das würde sie sicher nie verstehen. Etwas, dem man sich entweder mit Haut und Haaren hingab oder das man gleich sein ließ. Wenn man es gut machen wollte. Korrektur: Wenn man es wirklich machen wollte. Er war im Begriff, eine Diskussion zu beginnen, die sicherlich zu einem langen Schweigen und schmerzhaften Tränen geführt hätte, in einem verdammten Panzer, von dem jedes seiner abgefeuerten Geschosse abgeprallt wäre, aber er ließ es sein.

»Ja, genau«, stimmte er ihr zu und wechselte das Thema. »Denkst du, dass wir zu Fuß herkommen können? Schau mal, dort sieht man unseren Wohnblock.« Er zeigte auf ein graues Rechteck, das einen Teil des Horizonts verdeckte.

»Klar, bei unseren sonntäglichen Spaziergängen. Wir nehmen unseren Hund …«

»Oh nein, keinen Hund!«

»Dann eben ein Kätzchen …«

»Kein Kätzchen! Und überhaupt gar nichts, das mehr Füße hat als ich. Auch keinen Papagei! Wir haben darüber doch schon zigmal gesprochen. Wir werden auf einer Fläche von zwanzig Quadratmetern und im achten Stock nichts halten, was Dreck macht.«

»Aber so viele Leute machen das doch. Bitte, wenigstens einen kleinen Dackel«, setzte sie nach. »Bei mir daheim gab es so viele Tiere. Ich kann mir nicht vorstellen, ohne eins zu leben.«

»Bei dir daheim gab es einen fast hektargroßen Garten. Dort hätte man einen Zoo samt Delphinarium eröffnen können. Hier werden wir in einem Betonkabuff wohnen. An solchen Orten sollte man keine Haustiere halten.«

»So viele Leute halten …« Sie schaute ihn an wie … wie eine Hündin ihr Herrchen.

»Genau. Und ich werde ihre Adressen herausbekommen und sie beim Tierschutzverein anzeigen. Dafür habe ich mir schon extra ein Heft gekauft. Gehen wir? Es ist fast sieben Uhr.«

Und wenn es sieben Uhr war, wurde es Zeit für die körperliche Arbeit. Der Lkw mit ihrem Hab und Gut, das übrigens äußerst bescheiden war, sollte zwar erst am nächsten Morgen ankommen, die kleineren Dinge aber, wie Bücher, Platten, allerlei Kleinkram und seine Malutensilien, sollte die Umzugsfirma bereits an diesem Tag bringen.

Er fühlte sich jetzt besser, wesentlich besser, vielleicht war er sogar glücklich. Als sie rausgingen, nahm er Agnieszka in den Arm und küsste ihr Ohr. Sofort schmiegte sie sich an ihn und schnurrte zufrieden. Von ihrem Heim trennten sie nur noch einige Gehminuten zum Mazda sowie weitere fünfhundert Meter mit dem Auto. Sie begannen ein neues Leben.

4.

Während Robert und Agnieszka auf dem nassen Parkplatz herumkurvten und ihr Rennen gegen die mörderischen Lkws bereits vergessen hatten, saß der achtzehnjährige Kamil Źródlaniec mit drei Freunden in dem ramponierten Lanos seines Vaters. Er rauchte und beobachtete dabei die Windschutzscheibe, auf der die Wassertropfen kleine Rinnsale bildeten. Er überlegte, was er ihm sagen würde (seinem Vater, nicht dem Lanos).

Schon fast drei Stunden hatte er so dagesessen und die ganze Zeit über das Gleiche nachgedacht, aber zunehmend wurde ihm klar, dass keine zündende Idee seinen leichtsinnigen Hintern retten würde. Letztlich würde er doch den Motor anlassen und das ruhige Versteck im Innenhof an der Namysłowska verlassen müssen. Er würde nach Bródno fahren, den Wagen am Parkplatz abstellen, in die Wohnung im fünften Stock gehen, die Papiere und die Schlüssel auf der Anrichte ablegen und …

»Vielleicht lässt du einfach die Schlüssel liegen, gehst in dein Zimmer, und am Morgen spielst du dann den Unwissenden.« Norbert, »Norbi«, hatte diese Idee geäußert, und nun schwirrte sie die ganze Zeit über wie eine widerwärtige Fliege im Innenraum des Autos umher. Keiner sagte etwas.

Die Verkettung der Ereignisse, die zur Beschädigung des »grauen Pfeils« führte (so pflegte Kamils Vater sein peinliches Gefährt zu nennen), hatte um elf Uhr begonnen, als Kamil auf den fast leeren Straßen und bei schönem Vormittagswetter auf der Puławska in Richtung Piaseczno gefahren war. Er erinnerte sich noch, woran er dabei gedacht hatte. Zunächst hatte er sich vorgestellt, dass er Michał die Notizen fürs Abitur zurückbrachte, dieser nicht da war, dafür aber dessen bezaubernde Freundin Sylvia in Spitzendessous und Strümpfen die Tür öffnete und ihn fragte, ob es ihn störe, dass sie nicht angezogen sei. Natürlich nicht, hatte er in Gedanken geantwortet und die gegenüber seinem Freund illoyalen Fantasien weitergesponnen. Er hatte sich den Kopf darüber zerbrochen, warum solche Situationen nur in Pornofilmen vorkamen und man im wirklichen Leben eine halbe Party lang Diskussionen über die Gebrüder Coen führen musste, nur um bei Tagesanbruch, mit der Müdigkeit ringend, ein Stückchen Busen zu streicheln.

Als er beim Supermarkt Auchan vor Piaseczno angekommen war, hatte er überlegt, ob sein langer Name, viel länger als etwa Coen oder Lynch, seiner Karriere möglicherweise hinderlich wäre. Vielleicht sollte er seinen Namen ändern, solange es noch nicht zu spät war, zum Beispiel in Źródło – die Quelle. Oder in einen internationaleren Namen, wie Source. Camil Source? Das klang nicht gut, und bevor er sich etwas Besseres ausdenken konnte, war er schon bei seinen Kumpels angekommen, die auf dem Parkplatz vor dem Supermarkt warteten.

Von ihren Lehrern wurden sie manchmal in einem Anflug guter Laune als die Vier Musketiere bezeichnet, aber häufiger als die vier Reiter der Apokalypse. An diesem Tag wollten sie sich, wie niemals zuvor, den Reitertitel verdienen. Sie wollten ihre irrsinnigste Idee in die Tat umsetzen. Die Idee war dumm, verantwortungslos, verrückt, gefährlich, waghalsig und nochmals dumm. Sensationell. Es war eine dieser Ideen, die man tatsächlich nur verwirklicht, wenn man achtzehn ist und die Seele von dem Glauben an die eigene Unsterblichkeit erfüllt ist.

Die unglückliche Verkettung von Ereignissen hatte nicht an jenem Morgen begonnen, sondern Ende September, als sie die bestandene Englischklausur gefeiert hatten. Es war der erste Schritt zur Reifeprüfung – haha! – im Frühling. Angefangen hatte alles mit der Aufzählung von Filmtiteln, in denen Sandra Bullock mitgespielt hatte. Seba wollte sie alle zu einer Art Film-Marathon zusammenstellen, der dieser amerikanischen Schauspielerin deutscher Abstammung gewidmet war. In einem Punkt waren sie sich einig gewesen: Mit Sandra Bullock hätte jeder von ihnen gerne geschlafen, um sie dann am nächsten Morgen aus der Bettwäsche zu wühlen, noch mal durchzuvögeln und dann ein paar Rühreier zu machen. Sie waren auf den alten Film ›Speed‹ gekommen, in dem Sandra (mit einer sexy Mähne, die über ihre Stirn fällt) einen Bus voller Fahrgäste lenkt, in dem sich eine Bombe befindet. Ein terroristischer Sadist hat die Bombe so eingestellt, dass sie losgeht, wenn der Bus langsamer als fünfzig Meilen pro Stunde fährt. Der ganze Film ist eine einzige wahnsinnige Fahrt in einem silbernen Bus. Die vier Freunde hatten sich gerade an die Farbe von Sandras engem Top zu erinnern versucht, als Kamil sagte:

»Ich mache das in Warschau. Ich fahre auf der Puławska vom Auchan-Supermarkt in Piaseczno bis zum Silver Screen und werde dabei kein einziges Mal unter fünfzig Stundenkilometer fahren. Wetten wir?«

Natürlich hatten sie die Wette angenommen. Kaum drei Wochen später hatten die vier die Gurte angeschnallt und waren losgefahren, obwohl das Wetter immer schlechter geworden war.

»Das war vielleicht eine Fahrt«, murmelte Seba vom Rücksitz aus. »Vielleicht kannst du es auf mich schieben. In letzter Zeit läuft es zwischen mir und meinen Alten gar nicht schlecht. Ich werde einen Anschiss bekommen und finanziell ein bisschen bluten, aber das war's dann auch. Ich meine das im Ernst. Sieh es so, als hätte ich ein Ticket gekauft. Das war es wert, ich würde es dir bezahlen.«

»Scheiße.« Kamil schlug die Hände vors Gesicht und lehnte seinen Kopf gegen das Lenkrad. »Keine Chance, Mann. Ich kriege immer den gleichen Ärger, egal, ob ich ein Glas zerschlage, besoffen nach Hause komme oder ein Auto zu Schrott fahre.«

»Das auf der Wilanowska vergesse ich nie«, seufzte Maciek.

Maciek war bei der Fahrt der Kopilot gewesen. Schon vorher waren sie Dutzende Male zur geplanten Uhrzeit die Strecke abgefahren, hatten die Ampelschaltungen überprüft und einen optimalen Plan erarbeitet. Kamil saß am Steuer, Maciek gab nur die Zahlen aus seinem Notizheft weiter: Płaskowicka, beschleunige auf siebzig, sehr gut, die nächste ist die Mysikrólika, da musst du bei Gelb rüberfahren … brems ab auf sechzig … ist bei der Poleczki schon Rot? Okay, brems auf fünfzig ab und schleich so weiter, dann kommen wir bei Grün an.

Bis zur Wałbrzyska gelangten sie auf der breiten dreispurigen Fahrbahn problemlos, nur ein paarmal musste Kamil sich gefährlich zwischen fahrenden Autos hindurchschlängeln. Vor der Wałbrzyska wurden sie von dem 505er Bus gebremst, der ihnen urplötzlich in den Weg fuhr. Geradeaus gab es kein Durchkommen, außerdem mussten sie bei der Ampelschaltung an der Wałbrzyska im letzten Moment mit Vollgas durchkommen. Kamil steuerte auf die rechte Spur hinüber, streifte mit dem Seitenspiegel beinahe den Bus und gab Gas, kurz bevor er weniger als fünfzig fuhr. Aber schon zwanzig Meter vor der Ampel sah er Rot. Er gab noch mehr Gas und flog unter den ausgelassenen Freudenrufen seiner Kumpels über die Kreuzung, während an der Ampel die Autos bereits losfuhren. Das war vielleicht eine Fahrt. Maciek schrie: »Schneller, verdammt, schneller!«

Vor ihnen lag eine der größeren Kreuzungen Warschaus. Hier liefen die Puławska und die Niepodległości zusammen, die von Straßenbahnschienen sowie der quer verlaufenden Wilanowska durchkreuzt wurden. Aus Kamils Blickrichtung sah die Kreuzung wie der Buchstabe Y aus, der in der Mitte durch eine horizontale Linie durchtrennt wurde. Ihrem Plan zufolge sollten sie in letzter Sekunde sowohl über die Wałbrzyska als auch die Wilanowska fahren. Aber sie waren schon hundert Meter im Rückstand. Die hätten sie locker wieder aufgeholt, wenn in der Mitte nicht ein Fußgängerübergang gewesen wäre, den gerade eine Touristengruppe aus dem Osten mit karierten Taschen von der Straßenbahnhaltestelle aus in Richtung Basar an der Wałbrzyska überquerte. Kamil begann zu schreien, drückte auf die Hupe, und die erschrockenen Russen liefen auseinander. Dennoch musste er etwas abbremsen. Als sie circa zweihundert Meter vor der Ampel waren, sprang diese von Gelb auf Rot. Nach weiteren hundert Metern sahen sie, dass bereits Autos über die Kreuzung fuhren.

Das war ein guter Moment, um aufzugeben. Der Tacho zeigte hundertzehn Stundenkilometer. Keiner sagte etwas. Sie sahen die Autoschlange und wollten, dass Kamil abbrach, aber es war ihnen peinlich, es zu sagen. Kamil war es peinlich abzubrechen. Der Tacho zeigte hundert, neunzig, siebzig, sechzig … Es blieben nicht mehr als dreißig Meter.

»Wollt ihr Spaß, ihr Muttersöhnchen? Na dann los! Drück auf die Hupe, Maciek!«, rief er und begann das Manöver, das er sich vor einer halben Sekunde ausgedacht hatte.

Er schoss auf den Bürgersteig auf der rechten Seite, um die an der Ampel stehenden Wagen zu passieren und den von links Kommenden zu zeigen, dass sich ein wahnsinniger Reiter auf der Straße bewegte. Anstatt geradeaus zu fahren, bog er mit quietschenden Reifen scharf nach rechts ab und zwang dadurch einen weißen Fiat Seicento zur Flucht auf den Grünstreifen (in der Mitte der Wilanowska). Er war jetzt in Richtung Weichsel unterwegs, musste aber so schnell wie möglich umdrehen, um auf die Puławska zurückzukommen, sonst war alles verloren. Als der Tacho siebzig anzeigte, riss er das Lenkrad herum, zog die Handbremse an, und als sich der Wagen um die eigene Achse drehte, löste er die Bremse wieder, schaltete einen Gang nach unten, gab Gas und fand sich einen Moment später erneut auf der Puławska wieder, auf der er in Richtung Zentrum eilte. Während des scharfen Wendemanövers hatte der Tacho fünfundfünfzig angezeigt. Die vier Freunde schrien vor Freude, der Motor des Lanos heulte auf wie ein Tier, das geschlachtet wird. Mehr als die Hälfte der Strecke hatten sie hinter sich gebracht.

Für den Rest gab es eine einfache Strategie. An der alten Skisprungschanze mussten sie mit exakt fünfundneunzig vorbeifahren, sobald die Ampel auf Grün geschaltet hatte. Durch die vorherigen Manöver lagen sie etwas zurück, jedoch nicht mehr als ein paar Sekunden – das ließ sich aufholen. Die nächsten drei Kreuzungen passierten sie problemlos. Nur einmal fuhren sie bei der Woronicza auf die Straßenbahnschienen, um den langsam anfahrenden Autos auszuweichen. Dann jedoch wurde der »graue Pfeil« Opfer eines massiven chirurgischen Eingriffs.

Vor dem Café Mosaik fuhren an der Ampel die Autos an. Kamil konnte sie nur überholen, indem er auf den Bürgersteig auswich. Das hatten sie auch so geplant. Einen Tag zuvor hatte Maciek diesen Abschnitt mit einem Band abgesperrt, damit dort keiner herumirrte. Doch es hatte nichts genutzt. Das Band war weg, auf dem Bürgersteig stand ein silberner BMW. Kamil passierte ihn und fuhr – da er keine andere Wahl hatte –

im Slalom durch die Bäume auf dem Grünstreifen. Am ersten Baum kam er gut vorbei, am zweiten brach der linke Außenspiegel ab, am dritten der rechte. Außerdem verwandelte der Baum die rechte Seite des Lanos in ein Flachrelief und riss die hintere Stoßstange weg. Als Kamil knapp vor dem 514er Bus auf die Straße zurückfuhr, stieß er mit dem linken hinteren Kotflügel gegen einen grünen, verrosteten Pfeiler. Die Geschwindigkeit behielt er bei.

Bis zum Silver Screen, wo die Puławska und die Rakowiecka zusammentrafen, gelangten sie ohne weitere Abenteuer. Kamil hatte gewonnen. Seine drei Kumpels mussten ihm nun bis zum Abitur so viel Bier ausgeben, wie er wollte. Und sie mussten alles tun, um ihm Renata in die Arme zu treiben, ihre unerreichbare Schulfreundin – eine wahre Sexgöttin. Es gab also etwas, wofür sich der Einsatz gelohnt hatte.

So hatte er vorher gedacht. Jetzt war er nahe dran, seine Meinung zu ändern. Aber nur ein bisschen.

»Okay, es hat keinen Sinn zu jammern. Ich fahre nach Hause, erzähle die fast wahre Geschichte, wie mir der Bus in die Quere kam und ich zwischen die Bäume ausweichen musste, um die Fußgänger nicht zu massakrieren und …«

»Und wirst selbst massakriert?«

»Ja, und werde selbst massakriert. Kann schon passieren. Aber es hat sich gelohnt. Ich gebe euch zwei Wochen, um Renata zu bearbeiten. Ich melde mich morgen. Tschüs.«

Seine Kumpels stiegen aus dem Lanos, und Kamil blickte ihnen traurig hinterher. Acht Minuten, vielleicht zehn, dachte er, als er den Motor anließ. So lange würde er brauchen, um nach Bródno zu fahren, den Wagen auf dem Parkplatz abzustellen, das Tor zu schließen, dem miesepetrigen alten Parkplatzwächter zuzuwinken, zum Block zu gehen und in den fünften Stock zu fahren. Vielleicht würde er im Flur noch ein wenig trödeln. Na gut, möglicherweise wären es sogar fünfzehn Minuten oder auch zwanzig, wenn das Gittertor vor dem Parkplatz mit einem Vorhängeschloss zugesperrt war. Nicht viel, immer noch nicht viel. Wovor hatte er Angst? Er war ein großer Kerl, der einen kleinen Unfall gehabt hatte. Es war eine Riesensache gewesen, die sich absolut gelohnt hatte. Ja, wirklich!

5.

Warum mag ich dieses Café Amatorska, fragte sich Wiktor. Dieses kleine, schwüle, sozialistisch angehauchte Lokal, in dem alles wie aus den Achtzigerjahren wirkt. Barhocker, die mit rotem Kunstleder überzogen sind, ein verglaster Kühltresen mit Cremetorten, eine Bedienung mit grell gefärbten Haaren, schwarze Tische, davon jeder mit Tischtüchern unter einer Glasplatte und darauf eine künstliche Kamille in einer weißen Vase. Warum mag ich dieses verdammte Museumsloch?

Vor allem wegen der Spiegel. An den Wänden entlang, oberhalb der Paneele, verlief eine schwarze polierte Ablage, an die man sich setzen konnte. Sich setzen und in die Spiegel blicken, mit denen die Wände oberhalb der Ablage behängt waren. Dieser einfache architektonische Eingriff, der den Raum optisch größer wirken ließ, hatte im Café Amatorska einen völlig anderen Zweck. Niemand trank jemals allein. Auch wenn man der einzige Gast wäre, die Bedienung bewusstlos hinter dem Tresen läge und die Köchin auf der Toilette eingesperrt wäre – niemals säße man allein hier. Auf der anderen Seite hätte man immer einen Kumpel sitzen, der gerne einen mittrank und mit einem diskutierte. Ja, die Spiegel machten aus dem Café Amatorska eine Kultkneipe für einsame, neurotische Verlierer.

Wiktor gefiel es, hierherzukommen und vier Gläser Wodka mit je fünfzig Millilitern zu bestellen. Die Bedienung fragte nicht, warum er vier haben wollte, sie guckte nicht abfällig, bot ihm auch keine Cola an und bohrte nicht nach, welcher Wodka es denn sein solle und ob er nicht doch lieber Gin wolle, der gerade im Angebot sei. Den ersten trank er gleich am Tresen, die anderen nahm er mit an den Trog, wie er die schwarze Ablage nannte. Dort begann er ein Ritual, bei dem er seine Seele von einem schrecklichen extremen Zustand zu einem grauen, bekannten, vernebelten Ort führte, der Linderung versprach. Er stellte die drei Gläser auf die Ablage und wartete. Erst einmal musste er das Ungeheuer herauslocken.

Alles auf einmal zu trinken wäre in etwa so, als würde er gleichzeitig drei Granaten in den Schlund des Drachen werfen. Vielleicht würde dieser sich sogar einen Augenblick lang verstecken, aber dann würde er fürchterlich wütend herauskommen. Man musste warten, bis die Bestie aus ihrem Schlupfloch kroch. Es dauerte nicht allzu lang. Zunächst spürte Wiktor, wie seine Hände zu zittern begannen und die linke Schulter allmählich taub wurde. Er bewegte sie ein paarmal hin und her, das Schultergelenk knirschte, doch das Taubheitsgefühl ließ nicht nach. Ganz im Gegenteil. Oberhalb seines Ellenbogens breitete sich ein Schmerz aus. Er stammte nicht von einem überanstrengten Muskel oder einer Prellung, sondern umfasste den gesamten Oberarm. Sein Ausgangspunkt befand sich tief im Inneren, möglicherweise in den Knochen. Plötzlich durchdrang Wiktor ein heftigerer Schmerz. Er krümmte sich zusammen und drückte mit der Hand die schmerzende Schulter. Ein Anflug von Panik überkam ihn. Ein Infarkt, lieber Gott, rette mich, es ist ein Infarkt! Er hatte darüber gelesen. Es begann immer auf diese Weise. Unerträglicher Stress (wie an diesem Tag), keine Möglichkeit, die eigene Anspannung loszuwerden (wie immer), das Herz pumpte das Blut unter hohem Druck, den das Gehirn nicht kontrollieren konnte, der überlastete Herzmuskel begann, ein verzweifeltes SOS in Form eines Schmerzes zu senden, der den linken Körperteil durchdrang, insbesondere die linke Schulter (!), und dann zog sich das Herz zusammen, um sich nicht mehr zu entspannen – Wiktor hörte, wie schrill seine Gedanken waren.

Er trank das zweite Glas. Er musste nicht warten, bis der Wodka in den Magen hinunterfloss, von dort aus ins Blut gelangte, mit dem Blut ins Gehirn strömte und ihn schließlich beruhigte. Es genügte ihm die Gewissheit, dass er den Prozess, um sich besser zu fühlen, schon in Gang gesetzt hatte. Der Drache hatte eine Granate ins Maul bekommen. Nun war es Zeit für Runde zwei.

Die Schulterschmerzen ließen so weit nach, dass er sich genau an das Gespräch dieses Tages erinnern konnte. War es für ihn überraschend gewesen? Nein. Er konnte doch nicht so dumm gewesen sein, sich irgendwelche Chancen auszurechnen. Jede Hochschule spuckte Tausende junger, belastbarer Absolventen ohne Suchtprobleme aus, die in der Lage waren, beliebig viele Stunden für beliebig wenig Kohle zu arbeiten. Worin war er ihnen überlegen? War es seine Erfahrung, seine Intelligenz oder sein schriftstellerisches Talent? Wen interessierte das schon? Texte, die in diesen Tagen erschienen, verlangten ihren Autoren nichts davon ab. Es genügte, keine Rechtschreibfehler zu machen. Und selbst dafür gab es automatische Rechtschreibprogramme. Dumme Leute schrieben dumme Texte, damit sie in langweiligen Zeitungen von noch Dümmeren gelesen werden konnten.

Aber es ließ nicht nach. Ganz im Gegenteil. Erschrocken stellte er fest, dass er seine Hand nicht von der Ablage heben konnte. Sie war wie gelähmt. Als er seinen Körper bewegte, fiel der Arm schlaff auf seinen Oberschenkel. Dabei durchzuckte ihn ein so starker Schmerz, dass er beinahe aufgeschrien hätte. Er senkte seinen Kopf auf die Brust und biss in seinen Hemdkragen. Er spürte, wie der Schmerz sich weiter ausbreitete. Pulsierend wanderte er von der Schulter über das Schulterblatt bis zu den Muskeln in der linken Brusthälfte. Dieses Reißen warf Wiktor fast vom Hocker. Er hatte übertrieben, diesmal hatte er übertrieben. Anstatt sofort zum Arzt zu gehen und gerettet zu werden, würde er auf dem Fußboden des Cafés Amatorska sterben, ohne sich von seiner Tochter verabschiedet zu haben, und bevor irgendein Krankenwagen sich durch den Nachmittagsstau bis dorthin durchgeschlagen hätte. Warum war er nur so dämlich? Vielleicht war es noch nicht zu spät. Er musste um Hilfe rufen! Er wollte schon losschreien, als eine kräftige, männliche Stimme in seinem Kopf sagte: Reiß dich am Riemen, Mann! Du weißt doch, dass das ein gewöhnlicher Anfall ist. Sicher bringt es dich irgendwann um, aber noch nicht jetzt. Trink!

Wiktor trank das dritte Glas Wodka, stützte seinen Kopf auf die Hände und rang nach Luft. Er warf einen Blick auf seinen Kumpel gegenüber. Er sah aus, als hätte er den eigenen Tod vor Augen. Wiktor nickte ihm freundlich zu.

Er wusste, dass ihm das Schlimmste noch bevorstand, aber wie immer hoffte er, dass er sich der letzten Etappe entziehen konnte. Er versuchte, an etwas zu denken, das in ihm keine Emotionen auslöste. An Weronika? Nein, das war zu schmerzhaft. Die letzten vier Jahre? Nein, nein und nochmals nein! An die Arbeit, als er auf dem Höhepunkt gewesen war? Vielleicht. Er hatte ja auch seine guten Momente gehabt. Er lächelte beim Gedanken an seinen Namen in der Zeitung, an die unterhaltsamen Texte, die Gerichtsberichte. Oh Gott, nein! Fort, so weit wie möglich fort damit! Dieser Koteczek hatte die Dämonen gerufen. Er hätte ihm den Hals umdrehen sollen. Stirb, verschwinde spurlos, und mit dir diese Erinnerungen, die du zur eigenen Belustigung ausgelöst hast! Gott, oh Gott, ich habe in letzter Zeit nicht besonders stark geglaubt, doch ich flehe dich an, erbarme dich jetzt meiner. Schau, ich mache heimlich ein Kreuzzeichen unter dem Tisch und erinnere mich an die Worte des Gebets. Vater unser im Himmel, geheiligt werde dein Name, dein Reich komme, wie im Himmel so auf Erden … nein, nicht so, ich habe mich vertan, tut mir leid, Gott. Zu

Hause werde ich mich erinnern, aber bring mich bitte nicht um. Matylda? Ja, Matylda, mein Töchterchen, meine Schönheit, ich habe dich so lange nicht gesehen. Dabei warst du so klein, hast ganz auf meinen Knien Platz gefunden, und dann, als du schon groß warst, liefst du immer zuerst zu mir, um mich zu begrüßen, und wolltest immer ein Küsschen, weißt du noch? Du bist das einzig Gute, was mir widerfahren ist, das Einzige, was mir gelungen ist. Siehst du, auch jetzt wirst du mich retten, es geht mir schon besser, ich atme doch. Eben, ich atme, auch wenn es wehtut. Wenn ich wirklich einen Infarkt hätte, könnte ich nicht atmen, ich würde keine Luft bekommen. Das ist nur ein dummer Anfall.

Er richtete sich auf und atmete tief durch die Nase ein. Es drang nur wenig Luft ein, zu wenig, so als wären seine Lungen mit Staub gefüllt. Er probierte es noch mal, ohne Erfolg. Diesmal verspürte er nicht bloß einen Anflug von Panik. Es war eine riesige, muskelbepackte, vollgefressene, tollwütige Panik, die hinterhältigste aller Paniken. Sie stieß ihm eine Hand in den Mund hinein, mit der anderen zerquetschte sie ihm sein Herz und brach ihm dabei alle Rippen. Er wollte nach Luft schnappen, aber er konnte nicht. Sein Kumpel wurde ganz blau, während er diesen Kampf beobachtete.

Er trank das letzte Glas Wodka. Es ging vorüber. Der Drache bekam direkt eins aufs Maul und rannte jaulend in sein Versteck. Er musste es schnell zuschütten. Wiktor kippte zwei halbe Liter Królewskie-Bier hinunter, winkte der Bedienung zum Abschied und ging zu den Taxis, die an der Smolna-Straße standen. Es genügte jetzt, schnell nach Hause zu kommen, in den sechsten Stock zu fahren, am alten Fahrrad vorbeizugehen, die Tür zu öffnen und innerhalb von etwa zwei Stunden in Ruhe den Magenbitter zu Ende zu trinken. Er hatte noch eine halbe Flasche übrig. Bis zum Morgen wird Ruhe sein, dachte Wiktor, danach werde ich weitersehen. Vielleicht würde er Tomek die Feuilletonseite schicken. Endlich.

»Wohin fahren wir?«

»Bródno. Ulica Kondratowicz beim Blumengeschäft Tuberoza, gegenüber dem Krankenhaus.«

»Ich weiß, ich weiß. Welche Strecke fahren wir?«

»Das ist mir scheißegal. Du bist doch der Taxifahrer. Fahr mich einfach nur hin.«

6.

Erdgeschoss, Eingang / 11. Oktober 2002, 19.34 Uhr.

(Feuerzeug)

Erster Mann: Jetzt schon?

Zweiter Mann: Warte noch. Oder doch, gib her, ich mache es an, es ist windig. Wann kommen diese Bauern endlich?

Erster Mann: Ein bisschen Respekt! Hast du noch nie gehört, dass der Kunde König ist, auch wenn man bei ihm noch den Stallgeruch merkt?

Zweiter Mann: Stallgeruch, das ist gut, da hast du jetzt 'nen klasse Spruch abgelassen, Stefan. Für so einen Stall würde ich sogar Mariolka vögeln lassen. Eine Residenz mit 300 Quadratmetern, wenn nicht noch mehr. Im Garten hätten ein Bordell, ein Rummelplatz und eine Helikoptergarage Platz. Ein Kamin, eine Bar, das Hirschgeweih an der Wand, ein Ledersofa. Die Kohle quillt nur so aus jeder Ecke.

(Spucken)

Erster Mann: Du bist erst seit kurzem dabei, du hast noch keine richtige Kohle gesehen. Das war bloß das übliche provinzielle Neureichentum. Der Grauhaarige hat in der Stadt bestimmt eine Bäckerei, eine Apotheke oder so etwas. Aber ich tippe eher auf ein Klamottengeschäft.

Zweiter Mann: Warum ausgerechnet Klamotten?

Erster Mann: Was weiß ich? Schwer zu sagen. Wurst, Brot,

Pillen, das alles hinterlässt eine Spur, irgendeinen Geruch, oder? Und hier merkt man nichts davon, also sind's vielleicht Klamotten. Verstehst du, irgendwas, das Kohle bringt und wobei die Hände sauber bleiben. Vielleicht sind's auch keine Klamotten, aber es könnte sein …

Zweiter Mann: Fernseher. Sie hatten so einen großen, flachen.

Erster Mann: Vielleicht sind's auch Fernseher. Aber ich hab den Gedanken noch nicht zu Ende gebracht. Es war, wie ich schon sagte, provinziell. Auch der Fernseher war flach, aber nicht so flach wie ein Bild. Es war so ein Plasmaschirm von Philips, weißt du, was ich meine?

Zweiter Mann: Klar. Vierzig Mille, wenn nicht mehr.

Erster Mann: So 'nen Plasmabildschirm hab ich nur einmal gesehen, als ich einer Freundin beim Umzug aus Ursynów in eins dieser neuen Apartments in der Ulica Dzika beim Babka-Rondell geholfen habe. Alter, ich sag's dir, dieser Plasmabildschirm war noch gar nix. Die Anlage: Mit DVD- und CD-Player, LCD-Display, Tuner, Verstärker, Boxen – das war der Hammer. So was habe ich noch nicht gesehen, nur Metall und Glas, angeblich von irgendeiner dänischen Firma. Ich frage also den Typen, wie viel die Boxen kosten, weil ich mich selbst nach welchen umschaue. Der fängt an zu lachen und meint, jede würde zwanzig Mille kosten.

Zweiter Mann: Erzähl keinen Scheiß!

Erster Mann: Ehrlich, so war's, aber die Story ist sowieso langweilig. Ich erzähle dir den Rest ein andermal. Setz lieber ein freundliches Gesicht auf, denn gleich werden die Herrschaften antanzen, und dann müssen wir nett lächeln. Du weißt doch, es herrscht Arbeitslosigkeit.

Zweiter Mann: Manchmal wäre mir die Arbeitslosigkeit lieber. Was habe ich schon davon? Anderthalbtausend auf die Hand, wenn sie manchmal was schwarz geben, außerdem der ständige Anschiss und die herablassende Art uns Malochern gegenüber. Die haben auch alle nur Hilfsjobs, aber hier spielen sie sich auf. Und dabei ziehen sie von einem Loch zum nächsten. Kaum zu glauben, da fahren sie. Noch später hätten sie wohl nicht kommen können?

Erster Mann: Hör auf, du siehst doch, was für ein Wetter ist. Ein Mistwetter zum Fahren.

Zweiter Mann: Ja, ja, zum Fahren. Unterwegs gab's bestimmt noch Mittagessen, Poppen, Pause, Einkaufen im Supermarkt. Vielleicht haben sie auch noch Station bei McDonald's gemacht, diese Dorfheinis.

(Auto, Motor, Autotür, Schritte)

Dritter Mann: Guten Abend, meine Herren. Bitte entschuldigen Sie vielmals, aber Sie sehen ja selbst, was für ein Wetter ist. Ich habe bei Ihrer Firma angerufen, um Ihnen Bescheid zu sagen *(Autotüren)*, aber man sagte mir, dass Ihr Handy kaputt sei. Das ist meine Frau Agnieszka.

Erster Mann: Guten Abend, Stefan Majewski.

Zweiter Mann: Marek heiß ich.

Frau: Agnieszka Mochn… Entschuldigung, Łazarek. *(Lachen)* Es ist erst ein paar Monate her.

Erster Mann: Sie werden sich schon dran gewöhnen. Also was ist, fangen wir an?

Dritter Mann: Gerne. Sie können anfangen, die Kisten in den Aufzug zu tragen. Ich laufe hoch, um alles aufzusperren. Schatz, du kannst den Wagen wegfahren, damit wir mehr Platz haben. Ich habe eine Bitte, meine Herren. Auf einigen Kisten steht »Vorsicht zerbrechlich«. Achten Sie bitte darauf, ja?

Zweiter Mann: Klar, Chef, wir machen das nicht erst seit gestern.

Dritter Mann: Das hoffe ich. Na dann, an die Arbeit! Wenn Sie sich beeilen, dann …

(Schrei einer Frau)

Frau: Himmel, was war das?

Dritter Mann: Ich habe dir gesagt, dass eine Wohnung in

Warschau nicht so billig sein kann. Vielleicht ist das hier eine Wiedereingliederungsanstalt für Leute aus der Psychiatrie. Sie üben gerade, Ängste in einer Gruppentherapie zum Ausdruck zu bringen.

Erster Mann: Quatschen Sie hier keinen Mist, rufen Sie lieber einen Krankenwagen. Ich schaue nach, was da los ist.

(Schritte, Tür)

Frau: Ich habe Angst, ich habe noch nie einen solchen Schrei gehört.

Dritter Mann: Bleib beim Wagen ... Hallo, mein Name ist Łazarek, Ulica Kondratowicz 41, gegenüber dem Krankenhaus. Schicken sie einen Krankenwagen ... Ich weiß es nicht genau, wir haben einen entsetzlichen Schrei gehört. Was? Nein, Sie sollen nicht den Schrei retten, sondern einen Krankenwagen schicken. Falls alles in Ordnung ist, sage ich Ihnen Bescheid ... ja, ich weiß, dass Sie kein Taxiunternehmen sind ... welche Kosten meinen Sie? Wird dieses Gespräch aufgenommen? Das ist gut. Ich hoffe, dass du durch die Aufnahme deinen Job verlierst, du blöde Zicke. Schickst du nun den Krankenwagen oder nicht? Danke.

Man glaubt es nicht. Bleib beim Wagen! Ich schaue drinnen nach.

(Tür, Schritte)

Zweiter Mann: Stefan, was ist da ... Scheiße, du kotzt mir auf die Schuhe. *(Erbrechen)* Hör auf, bist du verrückt geworden?

Dritter Mann: Brauchen wir einen Krankenwagen?

Erster Mann: Krankenwagen? *(Lachen)* Einen Krankenwagen, zum Teufel. Einen Krankenwagen bestimmt nicht! Bestell lieber eine Fahrt mit dem Leichenwagen, oder besser zwei. *(Lachen)* Zwei! Habt ihr das gehört? Zwei Fahrten, das ist gut. *(Lachen)*

7.

Oleg Kuzniecow bemühte sich in der Regel, seine privilegierte Stellung bei der Polizei nicht auszunutzen, wenn es nicht notwendig war, aber diesmal, als er den wachsenden Stau auf der Solidarność sah, legte er das Blaulicht auf das Dach seines Dienstwagens – einem Ford – und schaltete das Signal ein. Es macht keinen Sinn, den Tag noch mehr in die Länge zu ziehen, dachte er. Trotzdem hatte er ein schlechtes Gewissen.

Er wollte seine Frau anrufen, aber natürlich war der Akku leer. Er fragte sich, ob man ihre museumsreifen Handys, die nicht einmal in die Hosentasche passten, jemals durch neuere Modelle ersetzen würde.

»Dünner, hast du irgendwo das Ladegerät für mein Nokia gesehen?«

Der Dünne, Krzysztof Niemiec, sein Kollege aus der Mordkommission, war in Wirklichkeit so dick wie Pavarotti. Nur mit Mühe passte er auf den Sitz des Polizeiwagens. Bequemer wäre es für ihn hinten gewesen, auf dem Rücksitz für die Festgenommenen. Wenn Oleg in den fünften Gang schaltete, streifte er manchmal mit der Hand Krzysztofs gigantischen Schenkel. Es war nicht auszuschließen, dass das Ladegerät jetzt irgendwo unter diesem Körper zerquetscht wurde und schon längst keine Hoffnung mehr hatte, dass jemand seine Hilfeschreie hören würde.

»In der Türablage auf deiner Seite.«

»Woher weißt du das?«

Es lag tatsächlich dort.

»Du hast es vor fünf Minuten dort reingelegt, weil du dich nicht draufsetzen wolltest.« Der Dünne hatte seine starken Seiten. »Jetzt links, dann kommen wir zu der Schule. Vielleicht werden wir dann nicht so nass, es regnet schon wieder. Ich habe einmal in dieser Gegend gewohnt. Hier haben Eva und ich uns kennengelernt. Habe ich dir davon erzählt?«

»Deine Liebesgeschichten kannst du mir später weitererzählen, Dünner.«

Oleg parkte neben den Containern für die Mülltrennung. Aus einer Öffnung des Dosencontainers ragte ein Flaschenhals hervor und aus dem Einwurfspalt der Papiertonne Strumpfhosen. Schnell gingen sie auf den Eingang zu. Davor wurden Schaulustige mit Schirmen von ein paar Polizisten auf Distanz gehalten. Irgendein Betrunkener protestierte lautstark, weil er nicht in seine Wohnung gelassen wurde. Kuzniecow nickte den Polizisten zu und ging gemeinsam mit dem Dünnen hinein. Der Ort war bereits mit starken Polizeischeinwerfern ausgeleuchtet. Die Spurensicherung kam üblicherweise zusammen mit den Ermittlern, aber dieses Mal hatten die Jungs es geschafft, ihnen zuvorzukommen. Oleg schaute sich um. Er hatte bereits Tausende solcher Orte gesehen, wenn nicht sogar Zehntausende. Eigentlich hatte er den Eindruck, dass er mindestens ein paarmal täglich an einem solchen Ort war.

Eingang zum Wohnblock.

Eine verglaste Stahltür mit Verbund-Sicherheitsglas. Üblicherweise war die halbe Tür mit Karton ausgebessert. Hier war es besser. Das Glas war vor Kurzem erneuert worden. Vielleicht waren die Scheiben sogar einbruchsicher. An der Tür die Haussprechanlage, die oft eine rein dekorative Funktion hatte. Mit Filzstiften übermalte Wohnungsnummern, durch Feuerzeuge angekokelte Klingelknöpfe, die Sprechanlage außer Betrieb, mit heraushängenden Kabeln – und wenn sie funktionierte, krachte sie meistens heftig. Diese Haussprechanlage war jedoch erstaunlich gut in Schuss, obwohl sie bestimmt nicht neu war. Bei den neuen Anlagen musste man keine Knöpfe mehr drücken, sondern einen Nummerncode auf einer Tastatur eintippen, um bei einer Wohnung zu klingeln.

Dann der Eingangsbereich. Er war gefliest und mit allem beschmiert, was die Dreckskerle in ihren Taschen nur finden konnten. Ein paar Treppenstufen führten nach oben. Darauf lagen in der Regel seitlich zwei Bretter, obwohl sich nur ein absolut verwegener Rollstuhlfahrer darauf eingelassen hätte, sie für eine waghalsige Abfahrt zu nutzen. Dann waren da noch die Briefkästen, das wenig informative Schwarze Brett sowie eine lustige Warnung, dass Eltern für Schäden hafteten, die von ihren Kindern angerichtet wurden.

Hinter den Stufen – das Kommunikationszentrum. Auf der einen Seite die Tür zum Treppenhaus, auf der anderen zwei Aufzüge – einer mit einem Lastenbereich, der mit einem Vorhängeschloss abgesperrt war. Als er einmal in seinem Wohnblock auf den Aufzug wartete, hatte Oleg beobachtet, wie ein Nachbar aus dem Erdgeschoss hinter die verschlossene Innentür des Aufzugs pinkelte. Damals hatte er entschieden, sie stets offen zu lassen. So gab es keine Verlockung mehr.

Am Ende des Eingangsbereichs befand sich ein Querflur voller Türen, die in die Wohnungen der großen Verlierer führten – der Bewohner des Erdgeschosses. Zuerst wurden sie Opfer von Einbrüchen, dann der selbst angebrachten Gitter. Außerdem mussten sie die unter den Fenstern stattfindenden Gelage ertragen sowie die neugierigen Spaziergänger mit ihren Hunden, die immer zu erspähen versuchten, ob der Nachbar es zufällig gerade mit seiner Frau trieb.

Die Stelle, an der Oleg und der Dünne stehen blieben, unterschied sich nicht von anderen Tatorten. Natürlich abgesehen von der Leiche.

Die Leiche befand sich im zweiten Aufzug, also dem mit Lastenbereich und Vorhängeschloss. Sie lag auf dem Bauch, die Beine waren in den Aufzug hineingestreckt, die Arme an die Seiten geworfen. Sie war mit einer Jeans und einer dunkelblauen Polarjacke bekleidet. An den Füßen befanden sich Trekkinghalbschuhe. Neben dem toten Körper lag ein schwarzer Sportrucksack. Überall Blut. Die Wände des Aufzugs waren blutverschmiert, an der Tür war ein geronnener Blutstreifen zu sehen – als ob er mit einem Riesenpinsel dorthin gemalt worden wäre. Das Blut war über den gefliesten Boden geflossen, die Treppenstufen hinunter und dann in die Fußmatte eingezogen. Nun begann es allmählich zu gerinnen. In einem anderen Fall hätte Oleg die Kriminaltechniker von der Spurensicherung gefragt, wo sich die Wunde befand, aus der so viel Blut geflossen war. Diesmal war es nicht notwendig.

»Was denkst du?«, fragte er den Dünnen.

»Ich frage mich, wo der Kopf ist.«

»Genau. Lass uns hochgehen. Rutsch ja nicht aus.«

Auf der Treppe fühlten sie sich keineswegs gelöster, obwohl sie nun von dem Anblick der Leiche befreit waren. Die Dreckskerle hingen immer in den Treppenhäusern herum, weil sie bei den Aufzügen nicht so ungestört waren. Alles war so verdreckt wie Bahnwaggons der zweiten Klasse. Der Kellerzugang war mit einem Metallgitter abgesperrt, von oben drangen Blitzlichter ins Haus.

Der Kopf lag im ersten Stock in der Ecke bei der Gittertür, die den Aufzugsbereich von dem Gang vor den Wohnungen trennte. Er war leicht gegen die Wand gelehnt. Augen und Mund waren weit geöffnet. Der Blick war auf die offene Aufzugstür gerichtet, hinter der die Aufzugseile leicht hin und her pendelten. Das Glas in der Tür war zerschlagen. Oleg überwand seinen Ekel und musterte den Kopf. Das Gesicht war zu einer merkwürdigen Grimasse verzerrt. Der Tote war in keinem Fall älter als dreißig. Er hatte kurze braune Haare, blaue Augen, schiefe obere Schneidezähne und auf der Nase charakteristische Brillenabdrücke. Oleg blickte um sich. Die Brille lag neben dem Aufzug. Sie hatte eine modische, ovale Fassung, aus mattem Metall.

»Was hältst du davon?« Diesmal war die Frage an ihn gerichtet. Smoliński, einer der besten Kriminaltechniker in Warschau, hatte sie gestellt.

»Sag du es mir. War es Mord?«

»Eher nicht. Wahrscheinlich ein tragischer Unfall. Meiner

Meinung nach hat es sich so zugetragen: Er fuhr mit dem Aufzug nach unten, als dieser zwischen dem ersten Stock und dem Erdgeschoss zum Stehen kam. Die Tür im Erdgeschoss sah er nicht, sie war genau unter der Kabine. Auf Höhe seines Kopfes befand sich die Tür zum ersten Stock.«

»Das hört sich ungefährlich an.«

»Geh zu den Huren in der Żurawia, wenn du es gefährlich magst. Ich sage dir nur, wie es war. Obwohl es einen Schwachpunkt gibt. Irgendetwas hat dazu geführt, dass der Typ, anstatt den Alarmknopf zu drücken, Hilfe herbeizurufen, von seinem Handy aus zu telefonieren oder einfach nur zu warten, aus dem Aufzug klettern wollte. Er schlug mit der Hand die Türscheibe kaputt und steckte dort seinen Kopf hindurch, obwohl er wissen musste, dass er nicht mit seinem ganzen Körper durchpassen würde. In diesem Moment fuhr der Aufzug los. Schwer zu glauben, dass jemand, der einigermaßen bei Verstand ist, so etwas tun kann. Die Obduktion wird zeigen, ob er auf Drogen war. Aber vielleicht war er auch psychisch krank.«

»Ja, vielleicht.« Oleg zuckte mit den Schultern. »Das ist am wahrscheinlichsten. Wir müssen die Familie und die Nachbarn befragen.«

»Ich weiß, was ihn umgebracht hat.« Der Dünne schaltete sich ins Gespräch ein. Oleg und Smoliński schauten ihn an. Er hatte es so ernst gesagt, dass es unheilvoll klang.

»Ein Fremder, ein zweiter Fahrgast im Aufzug?« Olegs Witz war gar nicht so schlecht, aber dennoch lachte niemand.

»Du bist näher dran, als du denkst.« Der Dünne fuhr sich nervös mit der Zunge über die Lippen. »Er wurde durch Panik getötet. Glaubt mir, irgendetwas hat ihn so in Panik versetzt, dass er um jeden Preis aus dem Aufzug flüchten wollte, selbst wenn er dafür durch das Loch im Glas klettern musste. Bloß weit weg von dem, was ihm irgendwo auflauerte. Ich weiß nicht, wo. Vielleicht war es in der Kabine, vielleicht hinter der Scheibe, vielleicht im Lastenbereich des Aufzugs. Möglicherweise war es auch nur in seinem Kopf, aber es muss ein wahrer Albtraum gewesen sein. Schaut euch sein Gesicht an.«

Sie sahen hin. Oleg erschrak. Die merkwürdige Grimasse spiegelte Angst wider, der Dünne hatte recht. Auf jeden Fall musste man Fingerabdrücke im Aufzug nehmen, besonders im hinteren Bereich.

»Ich habe nur einmal so ein Gesicht gesehen«, fuhr der Dünne fort, und seine Stimme klang immer dumpfer. »Und wer, wenn nicht ihr, würde sich noch daran erinnern, obwohl ich sie als Erster gesehen habe und es niemals vergessen werde. Ihr sicherlich auch nicht.«

Sie verstummten. Niemand wollte den Namen des Mädchens aussprechen.

Kapitel 2

Es ist schön hier!

Warschau, Bródno. Graffiti auf der Friedhofsmauer bei der Ulica Św. Wincent.

1.

Sie hatten weder die Kraft noch Lust, irgendetwas auszupacken. Drei Stunden hatten sie im Wagen gewartet, bis die Polizei sie reinließ. Sie hatten die Männer von der Umzugsfirma wegschicken müssen und nur ein paar Kartons mit den wichtigsten Dingen ins Auto gepackt. Robert hatte sie alleine in die Wohnung getragen, denn Agnieszka wollte den Hausflur nicht sehen, der noch nicht gereinigt worden war. Als sie schließlich nach oben gehen musste, hatte sie die ganze Zeit über ihre Augen geschlossen gehalten, und Robert hatte sie wie eine Blinde geführt.

»Weißt du, was ich dir sage, Robert?« Sie saß jetzt mit angezogenen Beinen auf dem leeren Fußboden und lehnte sich mit dem Rücken gegen die Heizung. Auf ihre Knie hatte sie einen tiefen Teller gestellt, den sie wahllos genommen hatte und der nun als Aschenbecher diente. Auf dem Tellerboden lagen schon einige Zigarettenkippen, die lediglich zur Hälfte geraucht waren. Eine Kippe, die nicht ganz ausgedrückt war, qualmte vor sich hin. »Weißt du, was ich dir sage, Robert? Ich sage dir, dass ich auf solche Lebensanfänge, solche Begrüßungen im neuen Haus wirklich verzichten kann«, sagte sie mit zitternder Stimme. Robert wusste, dass sie gleich losheulen würde. »Eine Leiche als Willkommensgruß.« Sie schaute ihn mit Tränen in den Augen an. Mit dem Ärmel wischte sie sich die feuchte Nase ab. Wie ein kleines Mädchen. »Hallo, Robert, bist du da?« Sie winkte mit ihrer Hand vor seiner Nase. »Sagst du etwas, oder wirst du nur so dasitzen?«

Er antwortete nichts.

»Wirst du etwas sagen oder nicht?«, schrie sie laut, und es war gleichzeitig die letzte Anstrengung, die sie an diesem Abend unternahm. Sie warf sich auf den Fußboden und schluchzte zusammengekauert. Die Kippen fielen auf den Boden. Robert erhob sich, sammelte sie auf und legte sich neben seine Frau. Er hatte keine Ahnung, was er tun sollte.

»Es tut mir leid, aber ich erlebe das alles ein bisschen anders, anders als du. Ich fühle eine Leere, so als ob mein Kopf nicht darüber nachdenken will. Ich kann mich nur mit Mühe an Worte erinnern, mit denen ich dir etwas sagen könnte. Komm, kuschle dich lieber an mich ran.«

Sie schmiegte sich mit dem Rücken an ihn.

»Wieso musste das ausgerechnet uns passieren?«, brummte sie.

»Es hätte schlimmer kommen können. Denk nur an die Frau, die den Kopf entdeckt hat. Das war echter Hardcore.«

»Sie hat so geschrien?«

»Ja.«

»Und was ist mit ihr geschehen? Hat ein Krankenwagen sie mitgenommen?«

»Ach was!«, antwortete Robert. »Die Frau muss Nerven wie Drahtseile haben. Sie hat einmal geschrien und das war's. Kamil hat erzählt, dass sie ziemlich scheinheilig ist. Täglicher Kirchgang, Kreuzchen am Hals, Rosenkranz und so weiter. Sie wohnt direkt unter ihm.«

»Unter wem?«

»Unter Kamil, hab ich doch eben gesagt.«

»Was denn für ein Kamil?«

»Der Typ, der unten neben mir stand. So ein großer, junger Kerl, ein dürrer Dunkelhaariger mit schmalen Koteletten. In einer grauen Kapuzenjacke. Ist auch egal, du konntest ihn sowieso nicht sehen, du hast ja im Auto gesessen. Ich habe ihn zu uns eingeladen. Wenn er kommt, wirst du ihn kennenlernen.«

»Du hast ihn eingeladen? Doch wohl nicht für heute?«

»Spinnst du? Heute ist doch unsere erste Nacht hier. Wir hatten da so kleine Pläne, erinnerst du dich?«

»Hmmm. Welche Pläne meinst du denn?« Sie streckte sich und legte die Hände unter ihren Kopf, so dass ihre Bluse nach oben rutschte. Mit seiner Hand spürte Robert nun ihren Körper.

Er bewegte sie auf ihren Hals zu.

»Du Biest! Wann hast du den BH ausgezogen? Ich dachte, du warst so schockiert.«

»Nicht nur den BH«, lachte sie. »Ich habe noch etwas ausgezogen. Willst du mal nachschauen?« Sie drehte sich auf den Rücken. Robert fühlte, wie das Blut in seinen Adern kochte. Vor Erregung sah er funkelnde Sternchen vor seinen Augen. Agnieszkas Brustwarzen verhielten sich durch die Reizung seiner Fingerkuppen so, als hätten sie einen freien Willen.

»Es gibt leider ein Problem«, sagte er. »Ich habe keine Hand mehr frei. Hast du etwas dagegen, wenn ich es mit meinen Lippen überprüfe?«

»Ganz im Gegenteil.«

Das Telefon klingelte. Sie erstarrten.

»Wir nehmen nicht ab«, stöhnte sie, aber es war bereits zu spät. Das Klingeln hatte ihre gesamte Erregung zunichte gemacht.

Robert stand auf und verfluchte mit den schlimmsten Worten denjenigen, der um zwölf Uhr anrief und sie bei der Feier ihrer ersten Nacht in der neuen Wohnung unterbrach. Wenn sich da jemand verwählt hat, werde ich seine Adresse herausfinden und ihn wie einen Hund erschlagen, murmelte er zu sich selbst.

»Hallo?« Der Klang seiner Stimme ließ, so hoffte er zumindest, keinen Zweifel daran, was er von derartigen Anrufen hielt.

»Hallo, mein Schatz, alles in Ordnung bei dir? Bist du gut angekommen?«

(Mama.)

»Ja, Mama. Wir sind gut angekommen und es ist alles in Ordnung bei uns. Warum rufst du um diese Uhrzeit an?«

»Ich habe schon vorhin angerufen, aber es ist keiner ans Telefon gegangen. Ich habe mir Sorgen um dich gemacht, Schatz.«

Er wollte schon sagen, dass sie doch auch auf dem Handy hätte anrufen können, wenn sie sich solche Sorgen machte, hielt sich aber zurück. Je kürzer dieses Gespräch dauern würde, desto besser.

»Okay, aber wie du siehst, ist alles in Ordnung. Ich melde mich morgen bei dir.«

»Aber wie war die Reise, wie ist die Wohnung, erzähl doch mal! Ich bin neugierig, wie dein Leben jetzt aussieht.«

»Mama!«, rief er laut. »Was heißt denn ›jetzt‹? Wir haben uns doch noch heute Morgen gesehen. Was willst du hören? Dass wir Dutzende neuer Freunde haben, zwei Kinder zur Welt gekommen sind und ich in der Arbeit zum Vorstandsvorsitzenden befördert wurde? Was willst du? Du rufst hier an, um mich nachts zu quälen. Du fragst, ob wir gut angekommen sind, ich sage ja. Du fragst, ob alles in Ordnung ist, ich sage, es ist alles in Ordnung. Was willst du also noch?« Robert bemerkte, dass Agnieszka ihren Pyjama anzog und die Schlafsäcke auf dem Boden ausbreitete. Er schäumte vor Wut.

»Es tut mir leid, es tut mir wirklich leid. Ich weiß, dass ich nicht anrufen sollte und dass du erwachsen und selbstständig bist. Aber für deine Selbstständigkeit bezahle ich mit meiner Einsamkeit. Verstehst du das? Ich sitze hier alleine, und ich weiß, dass es keinen Sinn macht, auf dich zu warten, weil du in eine andere Stadt gezogen bist. Und ich weine wie verrückt …«

Eine durchaus richtige Beobachtung, dachte er.

»Ist das alles, Mama? Wenn ja, würde ich gerne meiner Frau ein bisschen Zeit schenken.«

»Ja, das ist alles. Auf bald, mein Sohn.« Ihre Worte waren durch den Hörer kaum noch zu vernehmen. »Ich danke dir, dass du mit mir gesprochen hast, ich danke dir sehr. Schlaf gut. Gute Nacht. Kannst du dich erinnern, wie ich dir das Schlaflied gesungen habe? Es begann mit den Worten ›Aus dem Aschekasten blinzelt ein kleiner Funke zu Wojteczek herüber‹. Du warst sehr böse, wenn ich das sang, und du hast mich angeschrien, dass du nicht Wojteczek bist, sondern ›Bobert‹, erinnerst du dich, als …«

»Gute Nacht, Mama«, sagte er kühl und legte den Hörer auf.

Agnieszka lag schon im Schlafsack und sah ihn an.

»Also erstens«, sagte sie, »erzähl mir nichts über dieses Gespräch, denn ich hatte für heute schon genug Horror. Zweitens, geh dir deine Zähne putzen. Und drittens, komm dann sofort hierher und sei bloß nicht zu schlapp. Sonst setzt es was.«

»Ja, Mama.«

»Sehr komisch! Ab ins Badezimmer, aber schnell!«

Als er aus dem Bad kam, schlief Agnieszka schon. Er legte sich neben sie, und noch bevor es ihm in den Sinn gekommen wäre, sie zu wecken, schlief er selbst ein.

2.

Das geheimdienstähnliche Verhör war zu Ende, und Kamil sah jetzt ein, dass es ein Fehler gewesen war, den Zustand des Autos am vorigen Abend zu verschweigen. Der ganze Wirbel um den Unfall im Aufzug wäre eine gute Gelegenheit gewesen, den Autoschaden zu beichten. Aber wie üblich hatte er es vermasselt. Da alle ohnehin schon so aufgewühlt waren, dachte er, es sei besser, ohne weiteres Aufhebens schlafen zu gehen, aber jetzt musste er für seine Feigheit büßen. Was für ein Idiot er doch war! Wenn er gestern völlig durcheinander ins Haus gestürzt wäre und schluchzend zugegeben hätte, dass er den Wagen beschädigt hatte (er war ja nicht völlig demoliert, sondern hatte nur ein paar Kratzer), wäre die Sache schnell gegessen gewesen. Eine Leiche im Aufzug, die ganze Aufregung, und dann hatte das eigene Kind auch noch einen Unfall. Er hatte dennoch beschlossen, den Dummen zu spielen. Ohne ein Wort zu sagen, war er in sein Zimmer gegangen, und am Morgen tat er so, als ob er schliefe. Er hörte, wie sein Vater aus der Wohnung ging.

In Gedanken rechnete er sich aus, wie viel Zeit ihm noch blieb. Sein Vater würde die Treppen hinuntergehen, den Rasen überqueren, abbiegen und den Parkplatz erreichen – bis dort würde er noch nichts merken, weil der Lanos ganz am Ende stand, hinter einem großen Ford Transit. Er würde das Vorhängeschloss aufsperren, es ans Tor hängen, dieses öffnen, weitergehen und den Wagen erblicken. Er würde nicht glauben, dass es sein Auto war, bis er auf das Nummernschild geschaut hätte und um den Wagen herumgegangen wäre. Doch alles passte, selbst der heilige Christopherus und der Lavendel-Duftbaum. Oh nein, würde er denken, mein geliebter Lanos! Wer war das? Vielleicht dachte er zunächst sogar, dass irgendwelche hinterlistigen Lumpen nachts über die Absperrung geklettert waren und sein Auto so zugerichtet hatten.

Er würde zurückgehen und dabei überlegen, was er sagen

und wie er ihn bestrafen würde, um seine Macht so wirksam wie möglich zu demonstrieren. Dann würde er den Schlüssel ins Schloss stecken.

Kamil lag nur knapp daneben, das Schloss knarrte circa eine Minute später, als er es vermutet hatte. Er hörte, wie sein Vater hereinkam und sich in der Küche schwer auf einen Stuhl sinken ließ, doch er beschloss zu warten, bis er ihn rufen würde. Nach einigen Minuten kam sein Erzeuger ins Zimmer und setzte sich auf die Bettkante. Er begann wie sonst auch.

»Bevor du mir erzählst, wie das passiert ist«, sagte er mit einer Betroffenheit, um die ihn selbst Marek Koteczek beneidet hätte, wenn die beiden sich gekannt hätten, »und bevor wir uns überlegen, welche Konsequenzen wir daraus ziehen sollten, würde ich gerne wissen, ob du mir etwas zu sagen hast.«

Das Vernünftigste, was Kamil jetzt tun konnte, war inständig um Verzeihung zu bitten. Aber er dachte, du kannst mich mal! Beschimpf mich von mir aus, aber dann verpiss dich! Ich werde nicht vor dir auf die Knie fallen.

»Oh Mist, der Wagen.« Er sprang auf wie ein wundersam Geheilter nach einem Amnesieanfall. »Ich habe durch dieses ganze Chaos gestern vergessen, es dir zu erzählen. Ich hatte einen unangenehmen Zwischenfall auf der Puławska, als ich von der Schule heimfuhr (er war gar nicht in der Schule gewesen). Ein Bus hat mir den Weg abgeschnitten, und ich musste zwischen die Bäume ausweichen, sonst hätte ich einen Mann überfahren. Der Wagen sieht wahrscheinlich nicht besonders gut aus, oder? Abends konnte man es nicht so deutlich erkennen, außerdem hat es geregnet.«

Der Vater sah seinen Sohn nicht an, sondern blickte aus dem Fenster. In seinen Augen war ein Gefühl der Niederlage, mit der die Erziehung dieses neuen Staatsbürgers geendet hatte. Er seufzte.

»Mehr fällt dir also nicht dazu ein? Du fährst das Auto kaputt, für das deine Mutter und ich jahrelang gearbeitet haben.

Wir haben deshalb auf vieles verzichtet und es hauptsächlich deinetwegen gekauft. Und du hast mir nichts anderes zu sagen. Du weißt gar nicht, wie sehr mich das enttäuscht.«

Kamil hatte keine Ahnung, was er antworten sollte, und so schwiegen beide. Der Vater wartete auf die Reaktion seines Sohnes. Der Sohn überlegte, wie er reagieren sollte.

Einen Augenblick lang schien sich die Stimme der Vernunft durchzusetzen, die rief: Zeig Reue, zeig sofort tiefe Reue! Doch eine zweite Stimme sagte: Worum geht es hier eigentlich? Habe ich etwa jemanden ermordet? Ist jemandem etwas passiert? Verdiene ich es, immerzu diese Erniedrigungen ertragen zu müssen? Er hat noch nicht einmal gefragt, ob ich wohlauf bin, ob ich alles gut überstanden habe, ob mir etwas passiert ist. Nein, der böse Sohn hat wieder einmal unter Beweis gestellt, wie undankbar und unfähig er ist. Alle väterlichen Vermutungen bestätigen sich und nicht nur das, es stellt sich heraus, dass …

»Also, ich höre.« Die drängende Stimme seines Vaters unterbrach seine Gedanken.

»Herrgott, ich habe mich doch entschuldigt. Willst du etwa, dass ich vor dir auf dem Boden krieche? Ich hatte einen Zusammenprall und habe ein bisschen Blech zerkratzt. Ich habe niemanden getötet, keine Lehrerin vergewaltigt, keinem Kleinkind Taschengeld gestohlen. Vielleicht könntest du also so gnädig sein und aufhören, so einen Stress zu machen.«

»Spiel dich bloß nicht so auf! Das beeindruckt mich überhaupt nicht. Ich bin nicht enttäuscht, weil du den Wagen demoliert hast. Du hast recht, es ist nur ein Stück Blech, obwohl es für mich und deine Mutter auch einen gewissen emotionalen Wert hat, den es für dich offensichtlich nicht hat. Ich bin deshalb enttäuscht, weil sich wieder einmal herausstellt, dass du ein grenzenloser Egoist bist, der nur an sich selber denkt. Schon wieder hast du unser Vertrauen enttäuscht. Meins und das deiner Mutter. Außerdem zeigt es abermals, und du erlaubst, dass ich dir das so deutlich sage, dass du auf uns scheißt.« Sein Vater wurde lauter. »Und deshalb bin ich maßlos enttäuscht. Und glaub mir, es geht mir dabei nicht um mich. Ich bin an so etwas gewöhnt. Mich hat das Leben hart gemacht, und ich kann viel ertragen. Aber für deine Mutter wird das ein schwerer Schlag sein, und ich möchte, dass du das weißt. Hast du mal daran gedacht, was du ihr damit antust? Wie sehr ihr das zusetzen wird?«

»Was? Dass der Wagen ein paar Beulen hat?«

»Stell dich nicht dümmer, als du bist, Sohn.« Er wurde immer wütender. »Es geht mir nicht um das Auto, sondern um den Schmerz, den du ihr zufügst.«

»Schmerz?« Kamil wunderte sich jedes Mal aufs Neue, obwohl er eigentlich wissen musste, dass es in diesen Gesprächen keine Logik gab. »Was für ein Schmerz? Wovon redest du?«

»Du weißt sehr genau, wovon ich spreche!«

»Jetzt komm mal wieder runter und hör auf, mich so anzubrüllen!«

»Sprich nicht in diesem Ton mit mir, du Mistkerl! Ich bin immerhin dein Vater!« Es flogen Speicheltropfen.

Kamil verzog sein Gesicht vor Ekel.

»Was kann ich dafür? Den Vater sucht man sich nicht aus.«

»Den Sohn auch nicht, leider.«

Es wurde still. Bei jedem Streit kam der Moment, an dem sie sich gezielt verletzten. Nach einer Weile sagte Kamil:

»Hör zu, es ist passiert, als ich den Wagen fuhr, und ich werde alles tun, um ihn zu reparieren, so günstig und so gut wie nur möglich, und ich werde natürlich alles bezahlen. Irgendwie war es mein Fehler, und ich weiß, dass ich dafür geradestehen muss.«

»Darüber spreche ich nicht«, fuhr ihn sein Vater an. »Es ist klar, dass du bezahlen und bestimmt auch eine andere Strafe bekommen wirst, die wir später gemeinsam festlegen werden. Ich spreche davon, was du deiner Mutter antust.«

»Ist sie auch zerkratzt?«

»Sei vorsichtig, Sohn! Du weißt, dass ich dich noch nie geschlagen habe, aber ich rate dir gut, sei vorsichtig! Scherze sind gut, aber nur bis zu einem bestimmten Punkt. Und Scherze über deine Mutter sind nie gut. Hast du mich verstanden? Gib mir eine Antwort!«

»Ich verstehe dich nicht. Ich habe das Auto beschädigt und will die Reparatur bezahlen. Damit ist die Sache für mich erledigt. Du dagegen bist aggressiv, kannst keinen klaren Satz formulieren und verlangst von mir etwas, das kein Mensch kapieren kann. Drück dich zumindest klar aus!«

Sein Vater schwieg. Er schaute sich im langen, schmalen Zimmer Kamils um, als ob er bei den Möbeln um Verständnis ringen würde.

»Du willst, dass ich mich klar ausdrücke. Gut, das werde ich. So klar ich nur kann. Du hast mir und deiner Mutter unheimlich wehgetan, und ich möchte, dass du dir bis zum Abend überlegst, wie du dich bei uns entschuldigen kannst und welche Strafe du für dich selbst vorschlägst. Ist das klar?«

»Ja, Vater, ist klar«, antwortete Kamil resigniert.

Wozu hatte er sich gestritten? Er hatte doch gewusst, wie es enden würde. Er betrachtete seinen Vater. Obwohl er ihn täglich sah, konnte er sich komischerweise nie daran erinnern, ob er einen Schnurrbart trug oder nicht. Jetzt sah Kamil deutlich, dass dieser Mann über fünfzig einen grau melierten Schnurrbart hatte. Er war ordentlich, aber altmodisch gekleidet. Er wirkte etwas rundlich, und sein Gesicht verriet, dass er gerne ausgiebig aß und trank. Überdies roch er nach Rasierwasser, das aber niemand als geschmackvoll bezeichnet hätte. Vielleicht kannte er kein besseres, oder er wollte für so was kein Geld ausgeben. Armer Kerl.

Kamil wusste, dass sein Vater wirklich traurig war, obwohl das nichts mit dem Auto zu tun hatte. Warum ging er nur immer auf ihn los? War es seine Schuld, dass sein Vater seine besten Jahre im düsteren Kommunismus verbracht hatte? Dass er nicht das Leben führte, das er sich wünschte? Dass er es mit einer Frau verbrachte, die er nicht liebte, und einem Kind, das er nicht wollte? Wer ist hier das Opfer, Papa, wer? Du bist überzeugt davon, dass du es bist. Aber vielleicht liegst du damit gar nicht so richtig.

3.

8. Stock, Wohnung Nr. 50 / 12. Oktober 2002, 16.20 Uhr.

(Türklingel)

(Schritte)

Erste Frau: Wer ist da?

Zweite Frau: Die Nachbarin, ich wohne nebenan.

Erste Frau: Was wünschen Sie?

Zweite Frau: Ich wollte mir den Kellerschlüssel leihen.

(Tür)

Zweite Frau: Guten Tag. Ich möchte mich erst einmal vorstellen. Ich bin gestern mit meinem Mann hier eingezogen. Nummer vierundfünfzig. Wir sind gerade dabei, uns einzurichten, aber Sie wissen bestimmt, wie das ist. Es ist schwierig, allzu viel auf zwanzig Quadratmetern unterzubringen. Einen Teil der Kartons wollen wir in den Keller tragen, dort sollen sie auf bessere Zeiten warten.

Erste Frau: Bessere Zeiten?

Zweite Frau: Nun ja, wissen Sie, es sind solche Kisten, in denen wir Sachen aufbewahren, die wir vielleicht irgendwann mal brauchen werden, auch wenn das wahrscheinlich nie der Fall sein wird. Es wäre sinnlos, sie in der Wohnung zu haben, und schade, sie wegzuwerfen. Es ist lauter Krimskrams, genau richtig für den Keller. Mein Mann macht Witze darüber, dass es den Sachen sicher Kummer bereitet.

Erste Frau: Es bereitet den Sachen Kummer? Wie meinen Sie das?

Zweite Frau: Nun ja, weil sie immer in den Keller verbannt werden. Einige Dinge können es sich in den Regalen gemütlich machen, andere kommen auf die Müllhalde – zumindest passiert etwas damit. Aber die hier sind immer in Kisten, im Keller, im Dunkeln, bei den Ratten, brr. Aber ich langweile Sie hier mit meinen albernen Geschichten, und dabei wollte ich mir nur den Schlüssel zum Kellereingang ausleihen. Wir haben einen Schlüssel für unser Kellerabteil, aber nicht für den Kellerzugang. Haben Sie diesen Schlüssel?

Erste Frau: Nein, tut mir leid, ich gehe nie in den Keller hinunter. Obwohl, warten Sie, eine nette Dame hat mir letztens einen Schlüssel gebracht. Ich schaue auf der Anrichte nach.

Zweite Frau: Möchten sie vielleicht mal zu uns auf einen Kaffee und ein Stück Kuchen reinschauen? Mein Mann und ich laden Sie herzlich ein.

Erste Frau: Bitte sehr, versuchen Sie es mit diesem Schlüssel. Es tut mir leid, aber ich weiß nicht, ob ich Sie besuchen werde. Ich gehe recht selten aus meiner Wohnung. Ich bin schon ziemlich betagt, und mein Alter ist für junge Augen sicher ein unangenehmer Anblick.

Zweite Frau: Das ist jetzt aber nicht Ihr Ernst. Sie sehen besser aus als ich. Brauchen Sie manchmal jemanden, der Ihnen ein bisschen hilft?

Erste Frau: Nein, danke. Es gibt jemanden, der sich um mich kümmert. Junge Dame, hören Sie bitte auf den Rat einer älteren Frau. Sie sollten nicht ständig von sich und Ihrem Mann in der »Wir-Form« sprechen. Daraus entstehen immer Probleme. Gehen Sie nicht in den Keller hinunter und passen Sie auf sich auf. Auf Wiedersehen.

Zweite Frau: Äh, ja, natürlich … Auf Wiedersehen.

(Tür)

4.

Kuzniecow hatte nie die blinde Verehrung nachvollziehen können, die in Polen der Person Johannes Paul II. entgegengebracht wurde. Er dachte gerade über diesen ziemlich einzigartigen Persönlichkeitskult nach – etwas Ähnliches gab es nur in Kuba und Nordkorea –, weil er gemeinsam mit dem Dünnen in Emilia Wierzbickas Wohnung saß, die wie ein Privatmuseum für Kultgegenstände wirkte, die etwas mit dem Papst zu tun hatten. Einzelne Exponate, wie die aus Zeitungen ausgeschnittenen, eingerahmten Porträts von Johannes Paul II., waren Standard in Polen, selbst in der hier vorhandenen Menge. Auch die Wimpel, Papiersonnenhüte, Rosenkränze, Anhänger und Kugelschreiber, die alle eine separate Vitrine hatten, kannte Kuzniecow aus den Häusern älterer Menschen. Leicht übertrieben war der weißgelbe Sofaüberwurf. Genauso wie die Glaskugel, in der man es auf den geliebten Heiligen Vater »herabschneien« lassen konnte. Kuzniecow staunte beim Anblick der kleinen Bibliothek. Er war sich nicht sicher, ob er in seinem ganzen Leben insgesamt so viele Seiten gelesen hatte, wie hier einer einzigen Person gewidmet waren. Ins Auge stach ein großes Lexikon über Johannes Paul II. Es umfasste sechsunddreißig dünne Bände, die ein ganzes Regal ausfüllten. Daneben stand eine dreibändige Ausgabe, die sicherlich das Gleiche beinhaltete, nur in einer anderen Edition. Da hatte jemand ein gutes Geschäft gemacht. Einige Exponate gingen jedoch beträchtlich über den Durchschnitt hinaus. Zum Beispiel eine metergroße Gipsfigur, die einen nachdenklichen weißen Pilger verkörperte. Um den Hals der Statue hatte Emilia Wierzbicka eine Skapuliermedaille mit dem Bild der Schwarzen Madonna von Tschenstochau gehängt und um die rechte Hand einen Rosenkranz gelegt. Einen Moment lang wollte Kuzniecow dem Papst seinen Hut aufsetzen. Er lachte auf und teilte seine Idee dem Dünnen mit.

»Um die Schultern könnten wir ihm einen Staubmantel legen«, fügte der Dünne hinzu. »Er sähe Humphrey täuschend ähnlich. Ich denke, dies ist der Beginn einer wunderbaren Freundschaft, Karol.« Der Dünne stand auf und drückte die Gipshand.

»Hör auf, du Knallkopf.«

»Wer hat denn damit angefangen?« Der Dünne wollte noch etwas sagen, doch plötzlich zuckte er zusammen. »Oh Gott«, wimmerte er, »oh mein Gott, das war's mit uns, wir sind verloren, bete für mich, heiliger Christophorus, mein teurer Beschützer. Es ist gekommen, um uns zu holen, das Alien aus dem Film mit Sigourney Weaver in knappen Höschen«, stammelte er.

Der Dünne hatte tatsächlich Angst.

»Dort«, flüsterte er und zeigte auf die Wand hinter Kuzniecow. »Sieh doch … dort …«

Oleg drehte sich um und musste sich beinahe die Hand vor den Mund halten, um nicht laut loszulachen. Der Dünne schüttelte sich neben ihm, zufrieden, dass ihm der Scherz gelungen war. An der Wand hinter Oleg, neben einem Foto von Wojtyłas Erstkommunion, hing ein Porträt des Alien.

»Ich sehe, dass die Herren meine bescheidene Sammlung bewundern.« Emilia Wierzbicka kam mit Gläsern, Tee und Würfelzucker ins Zimmer. »Es tut mir leid, dass ich Sie so lange haben warten lassen, aber ich musste meiner Mutter die Windeln wechseln.« Der Dünne schaute sie prüfend an. »Ich hoffe, dass Sie sich nicht durch meine direkte Art abgestoßen fühlen. Ich bin gerne ehrlich und finde, dass man sich nicht für seine kranke Mutter schämen sollte. Sind Sie nicht auch meiner Meinung?«

Der Dünne schwieg, und Oleg seufzte innerlich, da ihm klar wurde, dass er das Gespräch führen musste. Er beobachtete seine Gesprächspartnerin, während sie die Teegläser vor sie hinstellte. Sie war wahrscheinlich um die fünfzig, doch ihr asketischer Stil ließ sie alt aussehen. Aber vielleicht war sie tatsächlich älter? Die ungefärbten Haare waren zu einem Knoten gebunden. Sie war ungeschminkt, trug eine einfache Brille und war mit einem lilafarbenen Pullover und einer weißen Bluse bekleidet, die bis zum Hals zugeknöpft war. Außerdem trug sie ein silbernes Kreuz über dem Pulli sowie einen beigen Rock, dicke Strumpfhosen und als einziges fantasievolles Element Pantoffeln mit einem Kaninchen. Offenbar gab es keine Pantoffeln mit Papstmotiv – was für eine unzulässige Marktlücke.

»Gefällt Ihnen etwas davon besonders?«, fragte sie, nachdem sie sich auf einen Stuhl gesetzt hatte. Sie saß kerzengerade und glättete ihren Rock.

Oleg konnte sich nicht zurückhalten.

»Ja, unsere Aufmerksamkeit wurde durch dieses avantgardistische Kunstwerk geweckt.« Er zeigte auf das Alien.

»Ist es nicht originell? Es gibt lediglich zwei solche Reliefs in Polen. Mein Schwager hat sie extra für mich gemacht. Er ist Sattler und stellt Lederwaren her. Normalerweise fertigt er Blumenmotive und die Mutter Gottes aus Leder an, doch für mich hat er den Papst kreiert. Ich finde, dass es ihm fabelhaft gelungen ist.«

Kuzniecow stimmte ihr höflich zu. Insgeheim räumte er ein, dass es schwierig war, die Augen von dem Relief abzuwenden. Das lederne Gesicht des Papstes trat aus dem Lederrahmen hervor wie das Alien im Film aus dem Bauch des Opfers. Am faszinierendsten war das Lächeln des Heiligen Vaters. Der wahnsinnige Künstler hatte beschlossen, ihn mit offenem Mund zu porträtieren, so dass in der Mitte des Werkes ein Loch klaffte, bespickt mit Lederresten – den Zähnen. Oleg glaubte nicht an übernatürliche Kräfte, doch er hätte seine Hand nicht dort hineinstecken wollen.

»Und wie schön er lacht, nicht wahr? Mein Schwager ist wirklich talentiert. Sie sind aber nicht hergekommen, um mit mir über Kunst zu diskutieren, habe ich recht?«

»Sie sagen es. Erzählen Sie uns bitte, was gestern Abend unten passiert ist.«

»Ich erzähle es nur kurz, weil ich mich nicht an diesen Albtraum erinnern möchte. Ich kam gerade von der Abendmesse nach Hause. Normalerweise benutze ich die Treppen, um zu meiner Wohnung hier im vierten Stock zu gelangen – wegen der Gesundheit. Als ich an der Tür zum ersten Stock vorbeiging, hörte ich Geräusche.«

»Schreie?«

»Nein, es war überhaupt nichts Lautes. Es klang so gedämpft, als ob es von ganz weit her käme. Aber beunruhigend war es. Zuerst dachte ich, dass ein Vogel ins Haus geflogen war und man ihm helfen müsste. Also sah ich zum Flur vor den Aufzügen hinein. Im ersten Moment konnte ich nichts erkennen. Im Flur war es dunkel, nur das Licht aus der Aufzugkabine war zu sehen.«

Emilia wurde nachdenklich, und die Polizisten unterbrachen diese Stille nicht.

»Ich schaute angestrengt und konnte nicht verstehen, was ich dort sah. Der Aufzug stand zwischen den Stockwerken, und drinnen warf sich der sympathische Junge aus dem siebten Stock hin und her. Er muss wahnsinnig geworden sein, denn er hatte seinen Kopf durch die Scheibe in der Aufzugtür gesteckt. Er schrie fürchterlich und versuchte, durch das kleine Loch hinauszugelangen. Ich wollte ihm sagen, dass es unmöglich war, doch in diesem Moment setzte sich der Aufzug in Bewegung. Der Junge wusste, was passieren würde. Ich sah es in seinen Augen, doch er versuchte nicht, den Kopf zurückzuziehen, sondern drängte immer stärker nach vorn. Und dann rollte der Kopf in meine Richtung, und ich begann zu schreien. Das ist alles. Ich habe noch nie so etwas Gespenstisches erlebt.« Sie nahm einen Schluck Tee und schüttelte den Kopf.

»Schrie er nun oder nicht?«, fragte Oleg.

»Er schrie, aber ich hörte nichts. Ich sah deutlich seinen offenen Mund und das Gesicht, das durch sein Schreien rot geworden war. Er schrie bestimmt, er muss geradezu gebrüllt haben, aber ich war wohl im Schockzustand, denn ich hörte nichts.«

»Aber vielleicht hatten Sie vorher gehört, wie er schrie oder die Scheibe in der Aufzugtür zerschlug. Denn zu diesem Zeitpunkt waren Sie schon in der Nähe, konnten aber noch nicht im Schockzustand sein.«

»Nun ja, da haben Sie recht. Aber ich kann mir doch nichts ausdenken, nur damit Sie zufrieden sind, nicht wahr?«, antwortete sie. »Ich sage einfach, wie es war, und es war so, dass ich weder einen Schrei noch das Geräusch einer zersplitternden Scheibe hörte. Ich hörte noch nicht mal, wie ihm der Kopf abgerissen wurde, und dabei entsteht ja wohl irgendein Geräusch – Sie verstehen.«

Die beiden Männer blickten sich an.

»Gut, wir werden Sie nicht länger quälen. Rufen Sie uns bitte an, wenn Sie sich noch an etwas erinnern sollten oder wenn sie …« – Oleg zögerte einen Moment lang und schaute hinüber zu seinem Freund, der ihm zunickte – »… wenn Sie etwas bemerken, das Sie melden sollten, etwas Ungewöhnliches.«

»Zum Beispiel wenn sich jemand auffällig verhält«, sagte sie.

»Ja, zum Beispiel«, bestätigte er. »Und noch eins: Benutzen Sie den Aufzug überhaupt nicht?«

»Natürlich benutze ich ihn, wenn ich schwere Einkäufe schleppe oder erschöpft bin.«

»Haben Sie dort schon einmal etwas Merkwürdiges erlebt oder haben Sie dort jemanden getroffen, der … der nicht dort sein sollte?«

»Nein, tut mir leid. Meine einzige Erfahrung mit Fahrstühlen ist die, dass ich einen Knopf drücke und fahre. Ich bin auch noch nie zwischen den Stockwerken steckengeblieben.«

»Wir danken Ihnen, das wär's soweit. Möglicherweise werden wir noch einmal auf Sie zukommen, aber für heute reicht es erst mal.«

»Nur zu, ich beantworte Ihre Fragen stets gerne.« Sie stand auf, um sie zur Tür zu begleiten. »Ich habe übrigens auch eine Frage an Sie, Herr Offizier«, sagte sie zu Kuzniecow.

»Ja, bitte.«

»Eine private.«

»Ich höre.«

»Sie haben einen nicht polnischen Nachnamen. Sind Sie katholisch?«

»Nein. Ich bin in Polen geboren, aber meine Eltern sind Ukrainer. Orthodoxe. Und in diesem Glauben haben sie mich großgezogen. Aber mit wenig Erfolg, denn jetzt bin ich wohl Atheist.«

»Ich möchte, dass Sie wissen«, sagte Emilia Wierzbicka beinahe feierlich, »dass es mich nicht stört, wenn Sie andersgläubig sind, und dass ich Sie toleriere, so wie es unser Papst Johannes Paul II. lehrt.«

Oleg wusste nicht so recht, wie er reagieren sollte.

»Danke, das ist nett von Ihnen«, entgegnete er ernst.

5.

Er drehte das warme Wasser ab und setzte sich in die Duschwanne. Er öffnete seinen Mund und ließ das eiskalte Leitungswasser in seine Kehle laufen. Es schmeckte scheußlich, aber er hatte keine Lust, Mineralwasser aus dem Laden zu holen. Er war ohnehin pleite. Am Dienstag hatte er dürftige 144 Złoty abgehoben und damit sein Konto geleert, und jetzt hatte er nur noch um die zehn Złoty in der Tasche.

»Du bist ein Bettelbruder, Wiktor«, sagte er zu sich selbst und lachte los. »Ich bin eine Bettelbruuuderrrr«, sang er. Er parodierte dabei einen einst populären Song von Edyta Górniak und lachte noch lauter.

Er drehte das Wasser ab und stieg durchgefroren aus der Dusche. Es miefte fürchterlich. Das Handtuch, mit dem er sich umwickelte, stank feucht und modrig, es war völlig durchdrungen von diesem Geruch. Auch die neben die Dusche hingeworfenen ekligen Klamotten muffelten, aber am stärksten roch man die Toilette. Wiktor konnte sich nicht mehr daran erinnern, wann er sie das letzte Mal geputzt hatte, aber es musste viele Wochen her sein. Der abstoßende, süßliche Gestank schien in Form eines grünlichen Dampfes zu entweichen, wie in Zeichentrickfilmen für Kinder. Wiktor ließ mit dem Fuß die Brille herunter. Er spürte einen inneren Impuls zu putzen, aber dann erinnerte er sich, dass er gerade unter der Dusche gewesen war. Was sollte es, dann würde er es eben abends machen. Um sein Gewissen zu beruhigen, beschloss er, zumindest die Schmutzwäsche in die Waschmaschine zu werfen, aber er stellte fest, dass er kein Waschpulver hatte. »Das ist höhere Macht«, seufzte er, »das Saubermachen werde ich auf morgen verschieben müssen.«

Im Zimmer war es kaum besser. Er blickte sich in dem verwahrlosten Raum um, so als ob es nicht seiner wäre. Er konnte unmöglich hier wohnen. Das Fenster war dicht verhangen, ein Vorhang war halb heruntergerissen, der Teppich, voller Flecken von nicht identifizierbaren Flüssigkeiten, war neben dem Bett mit einem durchaus erkennbaren Fleck von eingetrocknetem Erbrochenen verziert. Der mit Flaschen vollgestellte Tisch (wo waren die Gläser?) war komplett verklebt von etwas, das vor Jahrhunderten vergossen worden sein musste und wie eine weitere Politurschicht wirkte. Am schlimmsten sah das Bett mit der durchwühlten, an manchen Stellen leicht bräunlichen Bettwäsche aus. War es möglich, dass er ins Bett machte? Er ging zum Bett, wich dabei vorsichtig dem großen Fleck auf dem Boden aus und hob mit spitzen Fingern ein

Buch auf, das auf dem Boden lag. »Komm, Kleines, zumindest dich retten wir«, flüsterte er. Es stellte sich heraus, dass er ›Tot. Der Dunkle Turm‹ von Stephen King gelesen hatte.

Trotz allem putzte er die nächsten fünf Stunden lang. Er öffnete das Fenster, warf die leeren Flaschen weg, stopfte die gesamte Schmutzwäsche in einen alten Bettbezug, wischte die Möbel ab, saugte den Teppich und dachte dabei, dass so ein Staubsauger doch einiges kostete und man ihn im Notfall auch verkaufen konnte. Er reparierte sogar den herunterhängenden Vorhang. Dann band er sich ein T-Shirt vor Mund und Nase und machte das Klo sauber – ständig mit einem starken Würgereiz kämpfend. Am Ende war er selbst so schmutzig, dass er erneut duschen musste. Und das zwei Mal.

Jetzt saß er nackt auf dem Stuhl und weinte. Er weinte und malte mit dem Finger Formen von Dingen in die Luft, die fehlten. Zuerst Einrichtungsgegenstände: Einen weißen Ikea-Sessel, den er für Weronika gekauft hatte – in der Ecke neben dem Fenster. Eine hohe Stehlampe mit einem weißen Lampenschirm, die man mit dem Fuß einschaltete – zwischen dem Fenster und dem Sessel. Eine große Kiste mit Holzbausteinen, die nicht in das winzigkleine Zimmer Matyldas gepasst hatte – neben der Tür. Eine Spielzeugküche aus Plastik in gnadenlos grellem Gelb und Rosa – neben der Kiste.

Dann die Personen. Weronika saß im Sessel und las ein Buch. Das eine Bein hatte sie unter den Körper gezogen, das zweite ließ sie in der Luft hin- und herbaumeln. Neben dem Sessel stand ein dampfender Becher mit Tee. »Habe ich mir das nur eingebildet oder sagtest du, dass du dir dein Abendessen machen willst?«, fragte sie, ohne hochzusehen. »Wenn du schon dabei bist, dann mach mir auch eine Schnitte.«

»Ich mach sie dir!«, rief Matylda, stand von ihrer Spielzeugküche auf und lief mit einem gelben leeren Teller in der Hand zu ihr hinüber. »So eine Schnitte, wie du sie magst, mit leckerem Käse und Schinken«, sagte sie. Weronika tat so, als ob sie ein Brot verschlingen würde, und sagte mit vollem Mund: »Gib Papa auch etwas, denn er hat heute wohl nicht vor, etwas zu essen.«

Matyldas undeutliche Gestalt lief zur Spielzeugküche und kehrte ganz aufgeregt mit einem Teller und zwei Bechern zurück. »Bitte sehr, für Papa – eine leckere Schnitte mit Salami und ein Bier mit Schaum obendrauf. Kinder dürfen kein Bier trinken, nicht wahr, Papa? Aber ich habe mir einen Tee gemacht, so einen tollen Himbeertee mit richtigen Früchten. Willst du mal probieren?«

»Hmmm, sehr lecker«, sagte Wiktor laut. Er kauerte sich auf dem Stuhl zusammen, Tränen flossen ihm über die Wangen. »Möchtest du vielleicht von meinem Bierchen probieren?«

»Dummer Papa, Kinder trinken doch kein Bier. Ich glaube, ich gebe ihm Haue, was, Mama?«

»Ja, er braucht eine ordentliche Tracht Prügel.«

Die Gestalt erklomm seine Knie und schlug ihm mit der Faust auf den Kopf. Wiktor machte eine Bewegung, als wollte er diese Gestalt an sich schmiegen, doch er umarmte sich selbst. Er wiegte sich noch etwas auf dem Stuhl hin und her, dann stand er plötzlich auf und ging zum Telefon. Schluss mit diesem Leben, dachte er sich, man muss sich zusammenreißen und in die Welt der Lebenden zurückkehren. Jetzt, gleich, sofort. Jetzt!

Er wählte die Nummer von Tomek, seinem besten Freund, der ein bedeutender Redakteur beim ›Kurier‹, der größten Warschauer Zeitung, war.

»Hallo, hier ist Wiktor, hast du einen Moment Zeit?«

»Klar, wie geht es dir?«

»Momentan bin ich obenauf. Aber ich weiß nicht, wie lange es anhalten wird. Hilfst du mir? Ich weiß, dass ich es jetzt schaffen kann.«

Am anderen Ende der Leitung Stille. Tomek überlegte. Wiktor schwitzte. Was dachte Tomek jetzt? Vielleicht erinnerte er sich daran, wie viele Male sie bereits solche Gespräche geführt hatten. Vielleicht fragte er sich, ob es überhaupt einen Sinn machte, ob diese Freundschaft ihn nicht zu viel kostete. Wiktor hielt es nicht länger aus.

»Ich bin an einem Wendepunkt«, sagt er leise. »Wirklich. Früher war ich nicht so überzeugt davon, aber nun ist es anders. Ich weiß, dass es jetzt um alles oder nichts geht. Ich flehe dich an, gib mir eine letzte Chance. Wenn ich es schaffe, wird alles gut werden. Wenn ich es nicht schaffe, werde ich komplett aufgeben, und du wirst mich nie wiedersehen.«

Die ruhige Stimme seines Freundes unterbrach seine Bekenntnisse.

»Hör auf, so zu dramatisieren. Ich gebe dir im Moment keinen normalen Auftrag, weil ich nicht weiß, in welcher Verfassung du bist und ob man dich zu Leuten schicken kann. Schreib mir irgendwas bis Montag. Wenn es okay ist und du in der Lage bist, ans Telefon zu gehen, reden wir weiter.«

»Jesus, ich weiß nicht, wie ich dir danken soll.«

»Sag nicht ›Jesus‹ zu mir, du Gottloser. Nach dem gestrigen Gespräch soll ich dich lieber nicht fragen, oder?«

»Nein, lieber nicht.«

»Gut, dann warte ich bis Montag.«

»Da wäre noch etwas …«

»… ich soll dir Zweihundert auf dein Konto überweisen. Kein Problem! Aber denk dran, dass es eine Anzahlung und kein Geschenk ist. Wiktor …«

»Ja?«

»Ich drück dir die Daumen. Wirklich.«

»Hör auf, sonst werd ich noch sentimental. Wir sehen uns Montag.«

»Tschüs.«

6.

Robert stellte den schweren Karton ans grüne Geländer neben der Kellertür. Agnieszka kämpfte mit dem Vorhängeschloss.

»Kannst du mir erklären, wozu wir diesen Mist mitgenommen haben?«, fragte er sie keuchend. »Wozu brauchen wir Silberbesteck für dreißig Leute und ein Tafelservice für fünfundzwanzig. Das werden wir doch nie benutzen!«

Agnieszka schüttelte ihre Hand aus. Ihre Finger waren vom Kampf mit dem Schloss ganz verkrampft.

»Wenn du dich so beschwerst, dann hättest du Großmutter bei der Hochzeit sagen sollen, dass wir kein Geschenk von ihr wollen. Soll ich dich daran erinnern, wie sehr du ihr für das ›fantastische Geschenk‹ gedankt hast? Man musste dich fast mit Gewalt von der armen Großmutter trennen. Und jetzt spielst du hier das Opfer, weil du einen Karton schleppen musst. Freu dich, dass es Porzellan und Silber ist, und nicht Steine und Stahl.«

Sie ging in die Hocke und versuchte noch mal, den Schlüssel umzudrehen.

»Die Nachbarin, diese ›nette Dame‹, hat sich wohl vertan«, murmelte sie, »denn der Schlüssel passt irgendwie nicht. Oder ich habe zu wenig Kraft. Versuch du es.«

Robert überließ seiner Frau die Bewachung des Kartons und steckte den Schlüssel ins Schloss. Er drehte ihn, ohne die geringste Kraft einzusetzen, und das Schloss sprang auf. Er hatte sich so sehr auf ein Gezerre mit dem Vorhängeschloss eingestellt, dass er es nicht rechtzeitig zu fassen bekam. Es fiel laut auf die Treppenstufen und hinunter in den Keller. Agnieszka begann zu lachen.

»Du musst lernen, deine Kräfte zu beherrschen, mein Lieber, sonst wirst du mich eines schönen Morgens erwürgen, wenn du dich zur Begrüßung an mich kuscheln willst.«

»Technik, Technik und nochmals Technik«, entgegnete er in

einem Ton, der, so schien es ihm, von einem Schlossermeister hätte stammen können. Er packte den Karton. »Und jetzt, meine Damen und Herren, wird der unglaubliche Robert Łazarek in Begleitung seiner Assistentin seine übermenschlichen Kräfte mit einer maschinengleichen Präzisionstechnik verbinden und etwas vollbringen, das noch kein Mensch zuvor geschafft hat«, ächzte er, während er die Kiste hochhob. »Dieser Robert Łazarek wird, ohne Zuhilfenahme irgendeines Gerätes, diese Kiste in den Keller tragen!«, schloss er triumphierend und begann taumelnd hinunterzusteigen.

Agnieszka machte das Licht an. Der Schalter war sehr alt. Anstatt eines Knopfes musste man einen kleinen Schalter aus schwarzem Hartgummi herumdrehen. Die Birne in der Drahtverkleidung leuchtete den Kellerflur aus.

»Ach du meine Güte!«, rief Robert, während er die Kiste auf den feuchten, gemauerten Boden stellte. »Das ist ja ein verdammtes Verlies! Sind das Katakomben?«

Er hatte einen Keller erwartet. Einen normalen Plattenbaukeller in einem Gebäude aus den Siebzigerjahren. Stahlbetonwände, eine niedrige Decke, Verschalungsspuren, alle zwei Meter eine Tür in die einzelnen Kellerabteile der Bewohner. Vielleicht noch einen Heizkessel, einen Trockenraum und einen Seitengang. Das hier sah dagegen eher aus wie eine Waffenfabrik von Hitler.

Agnieszka erinnerte sich an die Worte ihrer Nachbarin: »Gehen Sie nicht in den Keller und passen Sie auf sich auf.«

Sie standen in einem Gang, der zur Not noch als Kellergang eines Plattenbaus hätte durchgehen können, nur dass es hier keine Türen gab. Vor ihnen zog sich diese Untergrundstraße noch gute zwanzig Meter hin, bevor sie in Finsternis versank. Weiter reichte das Licht der einzigen Birne nicht, die traurig über ihren Köpfen glimmte. Hinter ihnen, wo eigentlich eine Wand sein sollte, wurde der Gang enger und endete an einer Treppe, die nach unten führte. Robert überlegte, wohin er gehen sollte, damit er die verfluchte Kiste nicht noch die nächste Stunde durch diese Kellerwinkel schleppen musste.

»Wir machen es so«, sagte er, »warte du bei der Kiste und dem Schalter, das Licht könnte ja an einen Zeitschalter angeschlossen sein, und ich gehe runter und versuche, unser Abteil zu finden.«

Bevor sie antworten konnte, lief er zur Treppe und stieg einen Stock tiefer. Hier hörten die Stufen auf. Gut so, dachte er, das hätte ja noch gefehlt, dass ich mehrere Stockwerke mit Kellern hätte durchkämmen müssen. Der Gang war niedrig und schmal. Robert musste sogar leicht den Kopf einziehen. Auf der Suche nach einem Lichtschalter begann er, mit seiner Hand an der feuchten Wand entlangzutasten. Es drang zwar etwas Licht von oben bis zu ihm, aber nicht genug, um zu sehen, wie es weiterging. Er bewegte sich einige Schritte tiefer in den Gang hinein – nichts. Nur eine Wand, keine Türen oder Kabel, und erst recht kein Lichtschalter. Was für ein Ort.

»Und, hast du was gefunden?« Die Stimme drang gedämpft zu ihm herab.

»Es gibt hier wohl kein Licht. Bring mal die Taschenlampe her! Sie müsste ganz oben in der Kiste liegen.«

Das war doch ein Geniestreich, sie mitzunehmen, lobte er sich selbst. Einen Augenblick später hörte er Schritte und sah das Licht der Taschenlampe. Der Lichtkegel bewegte sich die Stufen hinab, schlich in seine Richtung und hielt mitten in seinem Gesicht.

»Name!«, knurrte eine Stimme hinter dem Licht.

»Łazarek, das habe ich doch schon so oft gesagt. Außerdem weiß ich nichts, Frau Oberst. Schlagen Sie mich nicht, ich flehe Sie an, meine Frau wartet daheim …«

»Mit Ihrer Frau sind wir schon fertig, Łazarek. Und auch Sie werden nicht ungeschoren davonkommen. Sie müssen hunderttausend Kolchosarbeiterinnen schwängern. Bis Sonntag! Und wehe, wenn es keine Söhne werden, Łazarek, dann …«

Sie brachen beide in Gelächter aus. Robert küsste seine Frau auf die Nase, nahm die Taschenlampe und leuchtete in die Tiefe des Ganges hinein. Der Lichtschalter war nur einige Zentimeter von der Stelle entfernt, an der er mit dem Abtasten aufgehört hatte. Er drehte den Schalter um.

»Na bitte, der Keller ist aufgetaucht«, kommentierte Agnieszka.

Und tatsächlich, diese tiefere Ebene erinnerte schon viel eher an traditionelle Kellerräume unter einem Plattenbau. Auf beiden Seiten sah man Holztüren, etwa alle zehn Meter kreuzte der Hauptgang einen Quergang.

»Zu dem Schlüssel sollten sie einem noch einen Kellerplan dazugeben. Wie sollen wir wissen, welcher unserer ist?«, sagte Robert, während er die Abteile entlangging. »Hier gibt's keine Logik. Links ist die fünfzehn, rechts die vierundachtzig, links die siebzehn, rechts die dreiunddreißig. Da soll mal einer durchblicken.«

Er leuchtete auf jede Tür, las aufmerksam jede Nummer, kam so zu einer Gabelung und leuchtete mit der Taschenlampe nach links – der Gang endete an einer zugemauerten Wand. Rechts reihten sich weitere Abteile aneinander. Robert ging weiter, aber die Nummern ergaben auch hier keine logische Reihenfolge. Es war ein einziges Wirrwarr.

Das Licht ging aus.

»Mach das Licht wieder an!«, rief er hinter sich zu Agnieszka.

Keine Antwort.

»Bist du da?«

Stille.

»Zum Teufel, ich habe jetzt keine Lust auf irgendwelche Spielchen. Ich werde hier nicht den ganzen Tag lang warten. Mach das Licht an!«, schrie er.

Agnieszka antwortete immer noch nicht, also drehte er um und fluchte vor sich hin. Er ging zwei Schritte und knallte fast mit seiner Nase gegen die Wand. Moment, Moment, dachte er, wo ist die Abzweigung? Er leuchtete mit der Taschenlampe um sich herum und erstarrte. Wo bin ich abgebogen? Auf der rechten Seite war anstatt der Backsteine bloße Erde, als wäre den Bauarbeitern das Material ausgegangen. Auf Höhe seines Kopfes ragte dort eine weiße Wurzel heraus, die an einen Knochen erinnerte. Auf der linken Seite waren einige Holztüren, dicht nebeneinander mit kleinen Nummern. Drei, fünf, sechs, zehn. Natürlich ohne jede Logik. Robert bemerkte, dass diese Türen niedriger waren als die übrigen. Was für ein Schwachsinn, schoss es ihm durch den Kopf. Haben die Bewohner im Erdgeschoss die kleinsten Abteile und die im zwölften Stock die größten? Er machte noch zwei Schritte und stieß plötzlich von hinten gegen Agnieszka.

Sie schrie auf. Es wurde wieder hell.

»Bist du wahnsinnig geworden, willst du mich zu Tode erschrecken?«, schimpfte sie.

»Wer? Ich? Ich rufe dich seit ein paar Minuten. Deine Spielchen kannst du ohne mich machen!«

»Du kannst mich mal! Ich stehe hier, du verschwindest irgendwo, dann erschreckst du mich von hinten und machst mir auch noch Vorwürfe.«

»Hast du wirklich nicht gehört, wie ich gerufen habe?«

»Nein, wirklich nicht!«

Er schaute sie an. Sie hatte sich offensichtlich erschrocken und wohl nicht gelogen.

»Sorry, ich bin in irgendeinen Seitengang abgebogen und bin selber erschrocken. Lass uns hochgehen, hier ist unser Keller nicht.«

Robert hatte recht. Es stellte sich heraus, dass die Mieterkeller doch oben waren, hinter einer Biegung des Hauptganges. Normal durchnummeriert und in einem gar nicht so schlechten Zustand, vor allem trocken. Zum Glück hatte der Vormieter seinen Krempel aus dem Abteil entfernt, und Robert konnte den Geschirrkarton sowie ein paar andere Dinge abstellen, die sie von Masuren mitgebracht hatten. Sie hatten sich dabei von dem Wunschdenken leiten lassen, dass dreiundzwanzig und drei Zehntel Quadratmeter größer waren, als es in Wirklichkeit der Fall war.

Zum Schluss trug Robert seine Staffelei, die Keilrahmen und den Kasten mit den Farben hinunter. Ungern.

»Du bist dir darüber im Klaren, dass ich nichts malen werde, bis wir in eine größere Wohnung umziehen, wenn ich die Sachen hier reinstelle«, motzte er. »Dabei müsste ich dringend üben.«

»Du kannst mit Kohleskizzen auf dem Tisch üben. Du weißt sehr gut, dass wir für deine Malsachen keinen Platz haben. Außerdem wäre es genauso wie in Olecko. Du würdest stundenlang dasitzen, den Pinsel in Terpentin tauchen und jammern, dass du keine Ideen hast. Hier machen wir es so: Du meldest eine Idee, Agnieszka befindet darüber, und sollte sie ihr gefallen, bringen wir den Kram hoch. Alles klar?«

»Nein, nichts ist klar. Willst du einen Künstler oder einen Beamten zum Mann?«, fragte er gereizt.

»Ich möchte einen klugen, guten und liebevollen Mann. Ob er malt, Kalkulationen erstellt oder die Straße fegt, ist für mich vollkommen zweitrangig, vielleicht sogar drittrangig. Verstehst du?«

Robert spürte, wie es in ihm brodelte.

»Und das, was mich glücklich macht, kommt für dich an wievielter Stelle?«

Sie blickte ihn verwundert an.

»Sei nicht albern. Wichtig ist doch das, was wir für unsere Beziehung tun, damit wir gemeinsam glücklich werden. Wir lieben uns doch, nicht wahr? Und daran liegt uns.«

»Natürlich, aber es liegt uns auch etwas an uns selbst. Je stärker die einzelnen Elemente einer Struktur sind, desto stärker ist die ganze Struktur. Anders kann man sie nicht verstärken.«

»Worum geht's dir?«

»Mir geht es darum, dass der einzige Weg zu einem guten Leben darin besteht, sich selbst zu entwickeln. Ein bisschen zusammen, ein bisschen getrennt. Zum Beispiel werde ich malen und du nicht. Du wirst in die Philharmonie gehen, ich nicht. Und so weiter. Wenn sich jeder von uns weiterentwickelt, dann wird es uns auch zusammen besser gehen. Wir werden erfüllter sein und uns gegenseitig mehr bieten können.«

Er sah sie an und verstand nicht, warum sie mit jedem seiner Worte trauriger wurde.

»Aber ich will nicht ohne dich sein, wirklich nicht«, stammelte sie. »Ist es unbedingt nötig, dass wir etwas getrennt machen? Wie wär's, wenn du etwas alleine machst und ich nur mit dir. Wäre das eine Möglichkeit?«

Robert fuhr resigniert mit der Hand über sein Gesicht.

Er seufzte, umarmte Agnieszka und sagte: »Weißt du was, meine Liebste und Teuerste?«

»Was?«

»Lass uns endlich aus diesem Keller rausgehen, bevor wir uns endgültig zerstreiten.«

7.

4. Stock, Gang / 12. Oktober 2002, 18.30 Uhr.

(Lachen)

Erster Mann: Unglaublich, ich sehe so etwas zum ersten Mal. Also hat man auch bei uns die Idee der Wohneinheit verwirklicht.

Zweiter Mann: Wovon sprichst du?

Erster Mann: Über einen allgemein zugänglichen Gemeinschaftsraum, in dem sich die Bewohner großer Wohnblöcke treffen können. Als sich Le Corbusier den großen Wohnblock ausdachte – er nannte ihn Wohneinheit –, plante er dort nicht nur Wohnungen für eineinhalbtausend Menschen ein, sondern auch Läden, Dienstleistungsgeschäfte, Vergnügungsorte und einen Kindergarten. Und auf jedem Stockwerk gab es einen Gemeinschaftsraum. Sessel, Tische, Schachbretter, Aschenbecher, all so was. So dass sich die Mieter dort treffen und anfreunden konnten.

Zweiter Mann: Ich sehe hier aber nur zwei kaputte Gartenstühle und den Deckel eines Marmeladenglases, der als Aschenbecher dient.

Erster Mann: Mein Gott, du hast aber auch gar keinen Sinn für Humor. Das ist ja genau der Witz. Du würdest es wahrscheinlich eher verstehen, wenn ich dir vorher nicht erst architektonisches Grundwissen vermitteln müsste. Sag mir lieber, was du über die Alte denkst.

Zweiter Mann: Also, erstens sollst du mich nicht belehren, Dünner, denn ich habe einen höheren Dienstgrad als du. Und zweitens denke ich, dass sie eine verrückte Scheinheilige ist und mehr nicht.

Erster Mann: Aber mit dem Schrei … das ist doch merkwürdig, oder? Niemand sonst hörte Schreie. Der einzige Schrei, den sie hörten, war der von Anna Maria Emilia. Dabei muss dieser arme Kerl doch laut gebrüllt haben.

Zweiter Mann: Sie ging die Treppen hoch und war ganz berauscht von ihrer eigenen Vorstellung, wie der Papst sie bei der Privataudienz empfängt. In dieser Ekstase kam sie in den ersten Stock und sah, wie dem Kerl der Kopf wegflog. Wer weiß, vielleicht dachte sie sogar, dass es Johannes der Täufer war und sie Salome, und dass sie in diesem Moment den stumm schreienden Kopf erhielt. Oder was auch immer sie den Leuten in den Kirchen erzählen. Lass mich damit in Ruhe, Dünner. Rauchen wir eine?

Erster Mann: Warum nicht? Aber dennoch stimmt hier etwas nicht *(Feuerzeug)*. Es geht nicht nur um den schreienden

Kopf. Ich war heute Morgen in der Ulica Cyryl und habe auch mit dem Bezirkswachtmeister in der Chodecka geredet. Weißt du, was ich herausgefunden habe?

Zweiter Mann: Was denn?

Erster Mann: Es war nicht der erste Unfall im Aufzug dieses Wohnhauses.

Zweiter Mann: Sieh an!

(Rascheln von Papier)

Erster Mann: Februar 2000, der Tag des heiligen Valentin. Roman Gąsienica …

Zweiter Mann: Ein Gorale?

Erster Mann: Was weiß ich, obwohl, warte, ja, geboren 1968 in Nowy Targ, eigentlich ein junger Bursche. Er wohnte mit seiner Frau im zehnten Stock. Er ging abends zum Müllschacht, und weil der auf seiner Etage verstopft war, ging er runter in den neunten Stock. Er warf den Müll weg und wollte mit dem Fahrstuhl wieder nach oben fahren. Er öffnete also die Aufzugstür, ging hinein und fiel dreißig Meter tief nach unten. Es blieb nicht viel von ihm übrig.

Zweiter Mann: Das passiert gar nicht mal so selten. Was meinst du, warum in zivilisierten Ländern überall Schilder mit der Aufschrift hängen »Überprüfen Sie, ob der Aufzug da ist«?

Erster Mann: Du hast recht, es kommt öfter vor. Aber warum hat uns niemand etwas davon erzählt? Schließlich ist es noch nicht so lange her.

Zweiter Mann: Willst du damit andeuten, dass es irgendeine Verschwörung von mörderischen Mietern gibt, die alle zwei Jahre jemanden mithilfe des Aufzugs umbringen? Erspar mir das, Dünner. Gibt es sonst noch was?

Erster Mann: August 1997. Im fünften Stock gab es einen Brand in der Wohnung Nummer fünfunddreißig. Dort lebte eine gewisse Jadwiga Stańczyk, Professorin der polnischen Philologie, also eine aufgeklärte, vernünftige Frau. Einen Monat später hätte sie ihren Sechzigsten gefeiert. Sie wartete auf ihrem Balkon auf Hilfe, hielt es aber schließlich nicht mehr aus und sprang hinunter. Sie überlebte den Sprung, starb aber zwei Tage später im Krankenhaus.

Zweiter Mann: Da kann man nichts machen. Auch du würdest in Panik geraten, wenn du Flammen im Rücken hättest und dich entscheiden müsstest, zu springen oder bei lebendigem Leibe zu verbrennen.

Erster Mann: Genau hier liegt das Problem. Es gab keine Flammen. Die Leute standen unten und schrien, dass sie nicht springen sollte. Die Frau lief auf dem Balkon hin und her und spielte verrückt. Etwas qualmte hinter ihr, aber es war kein Feuer zu sehen. Ein halbes Dutzend Feuerwehrmänner stürmte später ihre Wohnung, und was war? Qualm gab es sicher nicht zu knapp, weil hinter dem Küchenherd die Kunststoffverkleidung angeschmort war. Aber das war alles. Sie hätte überlebt, wenn sie nur die Tür zur Küche zugesperrt und im Zimmer vor dem Fernseher gesessen hätte.

Zweiter Mann: Du machst dir unnötig viele Gedanken. Du gehst davon aus, dass eine Professorin nicht in Panik geraten kann. Und außerdem, was willst du beweisen? Dass irgendein wahnsinniger Psychopath die Bewohner dazu bringt, sich selbst wie Psychopathen zu benehmen und Selbstmord zu begehen? Wie sollte er das denn anstellen? Redet er ihnen ein, dass es für sie nichts mehr gibt, wofür es sich zu leben lohnt, weil der Müllschacht auf ihrem Stockwerk nicht funktioniert? Oder ruft er: »Pass auf, deine Strümpfe brennen schon, spring!« Oder versteckt er vielleicht im Lastenbereich des Aufzugs eine zwei Meter große Gummikakerlake?

Erster Mann: Wie wär's mit Hypnose?

Zweiter Mann: Ich bitte dich, Dünner! Hör auf, Romane zu lesen, und fang lieber an, Zeitung zu lesen. Oder geh und rette die Wierzbicka. Vielleicht hat ihr gerade eine Stimme gesagt, dass dem Papst das Lederporträt nicht gefällt, und schon dreht sie das Gas auf. Lauf, vielleicht ist es noch nicht zu spät.

Erster Mann: Ich habe vor, das etwas genauer unter die Lupe zu nehmen.

Zweiter Mann: Tu das. Wenn sie es im Fernsehen bringen, möchte ich gerne in dem Bericht auftauchen. Wie Hitchcock in seinen Filmen. Lass uns gehen. *(Aufzug)* Dein Le Corbusier, hat er schließlich seinen großen Block gebaut?

Erster Mann: Nach dem Krieg bauten sie einen in Marseille. Es wurde viel Wirbel darum gemacht. Man beschuldigte den Architekten, dass er »eine Wohnmaschine« geschaffen hätte, an die der Mensch sich anpassen musste. Und man vermutete, dass die Bewohner beginnen würden, durchzudrehen, wenn man so viele Personen auf kleinem Raum zusammenpferchte. Bestimmt kam es den Leuten nicht in den Sinn, dass dreißig Jahre später halb Osteuropa in solchen Gebäuden leben würde oder vielmehr in deren windschiefen Mutationen. Denn unsere Blöcke haben mit denen in Marseille nur so viel gemeinsam, dass sie groß und eng sind und die Menschen entfremden. Der Rest der Idee ging den Bach hinunter.

Zweiter Mann: Was ist mit dem Gebäude in Marseille passiert?

Erster Mann: Dreimal darfst du raten. Es verwandelte sich in einen Slum. Block ist Block, so ist es nun mal.

Kapitel 3

Es tut uns leid. Das gewünschte Leben ist im Moment nicht verfügbar. Wir bitten Sie, es später noch einmal zu versuchen.

Warschau, Praga Nord. Graffito auf dem Eingangstor eines Mietshauses neben einem Handyshop, Ulica Okrzeja.

1.

Er las den Text noch einmal von Anfang bis Ende durch. Obwohl es bestimmt nicht sein bestes Werk war, brauchte er sich dafür nicht zu schämen. Die Idee für den Feuilletonartikel, beziehungsweise für eine ganze Serie, war ihm schon vor zwei Wochen gekommen, gleich nach dem Gespräch mit Tomek. Doch eigentlich war ihm das Ganze bereits vor einigen Jahren eingefallen. Er hatte es mit Weronika besprochen, als sie schwanger war.

»Ist es eine gute Idee, ja oder nein?«, hatte sie damals gefragt.

»Nun, die ist irgendwie nicht schlecht«, antwortete er und begann zu nörgeln: »Gute Ideen hat jeder Idiot, das weißt du genauso gut wie ich. Aber nicht jeder kann sie auch umsetzen. Dafür muss man viel Erfahrung, eine gute Schreibe und Ausdauer haben. Man muss schon jemand sein, und nicht nur ein kleiner Reporter.«

»Versuch es einfach. Dann sehen wir, was dabei herauskommt. Wenn es schlecht wird, ist es eine Bestätigung für deine gute Selbsteinschätzung, um die ich dich dann beneiden werde. Wenn es gut wird, dann ist alles wunderbar. So oder so kannst du dabei nur gewinnen«, sagte sie und hatte natürlich recht. Er versprach, es zu versuchen. Dann beschäftigten sie sich damit herauszufinden, ob man bereits die Bewegungen des Babys spüren konnte. Weronika schwor, dass sie blaue Flecken von den Tritten bekommen würde, wenn sie ihre Handflächen gegen den Bauch hielte. Er wandte ein, dass Magengeräusche noch keine Babybewegungen seien. So neckten sie sich stundenlang. Gleichzeitig dachten sie sich die besten Mädchen- und Jungennamen aus. Am längsten stritten sie sich wohl über den Namen Iwo.

Aber das waren alte Geschichten.

Die Idee, die er damals mit Weronika besprochen hatte und die ihm jetzt erlaubte, in die Welt der Lebenden zurückzukehren, war formal zwar einfach, aber schwierig zu verwirklichen. Er wollte eine Feuilletonserie schreiben. Jeder einzelne Beitrag sollte mit den Worten beginnen: »Hinter den Fenstern meines Wohnblocks …« Dann sollte die Beschreibung einer Situation folgen, am besten einer, die man tatsächlich vom Fenster aus beobachten konnte. Als Nächstes käme eine Verallgemeinerung und abschließend die Pointe. Entscheidend war die Sprache. Sie musste so einfach wie möglich sein, ohne misslungene Vergleiche oder wertende Betrachtungen.

Wiktor wollte möglichst einfach schreiben. Prägnante Sätze, kurze Gedanken, plausible Schlussfolgerungen. Er wollte das Fenster im großen Plattenbau wie ein Zoomobjektiv verwenden – zuerst kam eine Annäherung, dann das größere Ganze. Es war klar, dass die beschriebenen Ereignisse in der Mehrzahl fiktiv sein mussten, aber die Form des Feuilletons ließ dies zu.

Wiktor wusste zwei Dinge sicher und hatte sich deshalb so viele Jahre nicht an seine Idee machen können. Erstens musste die Sprache eines solchen Textes einwandfrei sein, zweitens musste man etwas zu sagen haben. Wiktor befürchtete, dass sich zwei Dinge herauskristallisieren würden, sobald er mit der Arbeit begann: Dass er nicht schreiben konnte und nichts zu sagen hatte. Deshalb hatte er nie angefangen. Jetzt stellte er fest, dass er nichts zu verlieren hatte. Also hatte er das Konzept der Serie erstellt, den ersten Text geschrieben und ihn vergangenen Montag Tomek zugeschickt. Wie vereinbart.

Der Feuilletontext zählte genau 4128 Zeichen (inklusive Leerzeichen) und begann so: »Hinter den Fenstern meines Wohnblocks sieht man die Fenster des gegenüberliegenden Blocks.« Wiktor schien dies kein schlechter Anfang zu sein. Danach zählte er in kurzen Sätzen auf, was man in diesen Fenstern sah. Auf diese Weise schuf er eine Art Stadtteilporträt. Zum Beispiel: »Im ersten Stock, zweites Fenster von rechts, wohnt ein Tischler. Wenn die Gardinen aufgezogen sind, sieht man, dass alles aus Holz ist. Sogar den Schirm der Hängelampe hat der Tischler aus dünnem Sperrholz angefertigt. Er hatte nie Kinder, und seine Frau ist entweder gestorben oder hat ihn verlassen, denn man sieht sie schon seit Langem nicht mehr. Einst hat er eine hölzerne Puppe geschnitzt, die an Pinocchio erinnerte, aber jetzt macht er das nicht mehr.«

Wiktor mochte diesen Stil und hoffte, dass er eines Tages auch nur ein wenig an das herankommen könnte, was Hrabal und Hemingway mit einfachen Sätzen fertiggebracht hatten. Ein wenig, das bedeutete für ihn an etwa eine Million Lichtjahre Entfernung heran.

Die Pointe war Folgende: »Das Fenster, das meinem genau gegenüber liegt, hat keine Gardinen, keine Vorhänge oder Jalousien. Jemand hat eine reflektierende Folie angeklebt, so dass sich das Fenster in einen Spiegel verwandelt hat. Wenn man hinüberschaut, dann sieht man sowohl den Wohnblock gegenüber als auch meinen Block. Auch in meinem Block hat der Nachbar eine Etage höher eine solche Folie angeklebt. Wenn man sich in eine bestimmte Position stellt, scheinen sich in den beiden Fenstern die Wohnblöcke endlos zu spiegeln, allerdings werden sie immer kleiner, und so ist es auch in Wirklichkeit.«

Als er das las, hatte er den Eindruck, dass er die Pointe noch verbessern musste. Aber ihm fiel nichts Überzeugendes ein. »Und das ist ein fantastischer Ausblick«? Das war kitschig und zu banal. »Und man kann sogar in diesem Tunnel versinken«? Wiktor verzog sein Gesicht und schrieb das Wort »sogar« in eine Liste von Wörtern, die er nicht benutzen durfte. Den Zettel mit der Liste hielt er beim Schreiben stets bereit und überprüfte damit seine Texte. Später kam er zu dem Schluss, dass es eigentlich unmöglich war, den Effekt eines »sich endlos spiegelnden Tunnels« mit zwei kleinen Spiegeln zu erreichen, die so weit voneinander entfernt waren. Letztlich entschied er, dass es an der Zeit war, den Text loszuschicken, denn sonst würde er immer mehr logische und stilistische Fehler entdecken und sich selbst runterziehen.

Er verschickte ihn am Montag. Tomek rief abends an, sagte, dass der Text ihm gefalle, er ihn seinem Chef zeigen würde und dass Wiktor durchhalten solle. Er würde bis Mittwoch anrufen, Wiktor solle bloß nicht trinken, dann würde alles gut werden. Am Mittwoch rief er an und forderte ihn auf, am Donnerstag vorbeizukommen. Wiktor ging hin.

Das Treffen mit dem Chef dauerte nur kurz. Sie sprachen nicht darüber, was Wiktor früher geschrieben hatte oder warum er dann verschwunden war. Das Gespräch drehte sich darum, dass das Thema im Trend lag. Der hip-hop-mäßige Stil erinnerte den Chef an Dorota Masłowska, gar nicht übel. Wenn er das Niveau hielte, würden sie seine Texte regelmäßig drucken. Und wenn er bis Mittwoch noch zwei weitere ablieferte, würde der erste Artikel am Donnerstag in einer Woche erscheinen.

Das war's. Wiktor lieferte am Dienstag zwei Texte ab (einen über einen Parkplatz, der von Behinderten bewacht wurde, und einen über einen verlassenen Kinderspielplatz) und wartete. Am Donnerstag ging er innerlich ruhig hinunter in den Laden, kaufte ein paar Brötchen, fragte nach der Zeitung, klemmte sie sich unter den Arm und ging zurück nach Hause. Noch im Fahrstuhl schaute er auf die erste Seite. Er war da! »Stadtteil-Lapidarium von Wiktor Sukiennik – neue Feuilletontexte auf S. 9.« Zum ersten Mal seit Jahren betrat er seine Wohnung glücklich. Als er den Schlüssel umdrehte, empfand er Freude und nicht wie sonst Traurigkeit und Resignation. Er warf den Zeitungsstapel vom Tisch auf den Boden und breitete den ›Kurier‹ aus. Rechts auf Seite neun, im Abschnitt »Kommentare und Meinungen«, war sein Text.

Er hatte es geschafft, er war auf einem guten Weg. Nun war es an der Zeit, weiterzuschreiben.

Er stand am Fenster, rauchte und wartete auf eine Eingebung.

Das Telefon schwieg. Wiktor hoffte, dass sie es lesen und als Erste anrufen würde.

2.

Die Verkäuferin im Laden schaute grimmig auf den Fünfzig-Złoty-Schein.

»Haben Sie es nicht kleiner?«

»Tut mir leid, ich habe das Geld gerade am Automaten geholt.«

»Aber ich habe kein Wechselgeld«, sagte die Verkäuferin ohne jegliches Bedauern. Die Leute in der Schlange hinter Agnieszka blickten ungeduldig drein. Sie merkte, dass sie rot wurde. Sie wusste in solchen Situationen nie, wie sie sich verhalten sollte. Was sollte sie tun? Streiten? Auf den Einkauf verzichten? Artig an der Seite warten, bis in der Kasse genügend Kleingeld zusammenkam, so dass sie das Wechselgeld erhielt?

Außerdem war sie sicher, dass diese Hexe Geld finden würde, wenn sie nur wollte. Die Frau war alt, hässlich, bucklig, aufgedunsen und aggressiv. Sie hatte bestimmt den ganzen Tag lang auf ihren Moment des Triumphes gewartet, der gerade gekommen war. Agnieszka durchsuchte ihre Taschen und das Portemonnaie nach Kleingeld. Sie fand etwas über vier Złoty.

»Den Kaffee können Sie später holen. Für den Rest reicht es«, sagte die Hexe mit einem gehässigem Grinsen, das sie mit ihren unförmigen orange angemalten Lippen formte.

»Wenn ich den Kaffee nicht bräuchte, hätte ich ihn nicht aus dem Regal genommen«, entgegnete Agnieszka, während sie schon ein Grummeln im hinteren Teil der Schlange hörte. »Gut, ziehen Sie den Kaffee wieder ab.« Sie gab auf. Sie hasste diese kleinen Läden. Und solche Leute wagten es auch noch, sich zu beschweren, dass die großen Supermärkte ihnen die Arbeitsplätze wegnahmen. Irgendeine staatliche Kommission sollte durch diese Läden ziehen und mindestens die Hälfte dieser schrecklichen Hexen zur Strafe in die Arbeitslosigkeit entlassen. Es war ein Skandal, dass dieses Monstrum hier herrschte, während anständige Leute keine Arbeit finden konnten.

»Und den Kaffee stellen Sie gnädigerweise ins Regal zurück. Das hier ist eine Kasse, kein Lagerplatz«, keifte die Alte, während sie mit ihren dicken Fingern das Kleingeld einsammelte.

»Du kannst mich mal, du dummes Weib«, zischte Agnieszka und ging hinaus in den dampfigen Oktoberabend. Sie wollte tief durchatmen, doch die Luft war zäh, als ob der auf der Erde liegende Schlamm aufgestiegen wäre und einen schmutzigen, grauen Nebel gebildet hätte, durch den man nur schlecht hindurchsehen und den man nur schwer atmen konnte. Sie ging langsam zum Treppenhaus. Sie zog ein paarmal die Nase hoch. Seit zwei Wochen war sie erkältet – seitdem sie hierher gezogen waren. Sie musste sich, wie es Robert ausdrückte, in der »Nacht voller Überraschungen« erkältet haben, und bis heute hatte sie sich nicht auskuriert.

Vielleicht war die Arbeit der Grund? Heute hatte sie fast losgeheult, als sie zum zweiten Mal die Notizen der Vorstandssitzung eintippen musste. Sie hatte sie schon gestern abgeschrieben und dabei nur mit viel Mühe die Korrekturen ihres Chefs entziffern können. Doch sie hatte wohl vergessen, die Änderungen vor dem Herunterfahren des Computers zu speichern, und hatte heute alles noch einmal machen müssen. Außerdem war sie deshalb auch noch gerügt worden. Mit Kopfschmerzen und laufender Nase hatte sie ohne Pause von acht bis sechs Uhr abends gearbeitet. So hatte sie sich das selbstständige Leben nicht vorgestellt. Manchmal wünschte sie sich, zurück in Olecko zu sein, ihrer Mutter zu sagen, dass sie nicht in die Schule gehen würde, um sich dann unter der Bettdecke mit einem Buch zu verkriechen und auf eine Brühe und Tee mit Zitrone zu warten.

Sie zog erneut die Nase hoch. Sie fühlte sich sehr schwach. Dass daraus bloß keine Bronchitis wird, dachte sie besorgt. Wenn sie nach der Nummer, die sie heute in der Arbeit abgezogen hatte, auch noch mit der Botschaft anrufen würde, dass sie krank sei und erst in einer Woche wiederkommen würde, konnte dies vielleicht schon das Ende ihrer kurzen und wenig glänzenden Karriere sein. Und auch mit Robert stand es nicht zum Besten. Er hatte einen schwierigen Charakter und konnte sich nicht anpassen. Er wiederholte ständig, dass er etwas Besseres verdient hatte, dass die Arbeit für ihn nur ein Übergang sei und er nicht vorhabe, seine Seele einer großen Firma zu verkaufen, die ihn für zweitausend Złoty von Geschäft zu Geschäft schickte – und das brutto. Er hatte sicher recht, aber es gab viele, die für weniger Geld nicht nur ihre, sondern auch die Seele ihrer Nächsten verkauft hätten. Es war besser, wenn Robert dies einsah, bevor etwas Schlimmes passierte.

Sie blieb bei den Aufzügen stehen und merkte, dass sie heftig schnaufte. Wie konnte sie so erschöpft sein? Sie war doch nur das Stückchen vom Laden hergelaufen. Unwillig blickte sie zur Tür, die ins Treppenhaus führte. Seitdem sie hier wohnten, war sie durch das Treppenhaus gegangen und hatte den Aufzügen misstraut. Außerdem hatte ihr körperliche Bewegung gefehlt. Heute jedoch hatte sie weder Lust, immer zwei Stufen auf einmal zu nehmen, noch, sich von Etage zu Etage zu schleppen. Auf keinen Fall! Sie betrat den Aufzug und drückte auf die Acht.

Die Kabine machte nicht den Hauch einer Bewegung. Agnieszka drückte die Tür noch einmal auf, wartete, bis sie schloss, und drückte nochmals den Knopf. Wieder nichts.

Sie fluchte und trat gegen die Aufzugwand. Sie verspürte nicht die geringste Lust, mit dem zweiten zu fahren, wo ES passiert war. Doch heute würde sie alles akzeptieren, nur um nicht in den achten Stock steigen zu müssen. Sie ging in den Gang hinaus. Sie öffnete die Tür des zweiten Aufzugs zunächst nur einen kleinen Spalt und sah hinein. Bewusst vermied sie es, den Kopf hineinzustecken. Sie ging in die Hocke, um zu überprüfen, ob an der Decke Blutflecken waren. Es war nichts zu sehen. An der Tür im Inneren des Aufzugs hing ein massives, graues Vorhängeschloss. Es war identisch mit dem beim Kellereingang. Ich bin neugierig, ob der Schlüssel passt, schoss es Agnieszka durch den Kopf.

Sie schloss die Tür, ohne hineinzugehen, und stand unschlüssig da. Vielleicht sollte ich auf jemanden warten, dachte sie. Immerhin ist es ein großes Gebäude. Um diese Zeit sollte hier eigentlich so viel los sein wie auf der Marszałkowska. Aber es war natürlich niemand da. Was für ein Tag.

»Denk nicht ›Was für ein Tag‹, sondern ›Sei nicht albern!‹«, sagte sie zu sich selbst, stieg ein und drückte die Nummer ihres Stockwerkes. Der Aufzug fuhr los. Als Agnieszka bewusst wurde, dass sie ihre Hände zu Fäusten ballte und den Atem anhielt, lachte sie los. Lieber Gott, selbst in billigen Horrorgeschichten passiert nichts zweimal am selben Ort. Sofort erinnerte sie sich an den gespenstisch quietschenden und knarrenden Hotelaufzug, in dem sich die Handlung von ›Shining‹ abspielte.

Zweiter Stock.

Genau, der Aufzug im Film war laut gewesen. Irgendetwas schien hier nicht zu stimmen. Dieser Aufzug war absolut geräuschlos. Agnieszka hörte für einen Moment auf zu atmen, um irgendwelche Geräusche zu hören: Einen Motor, der oben arbeitete und der mit jedem Stockwerk lauter wurde, das Knirschen der Kabine, der Türen, die sich hin und wieder etwas bewegten, das Geräusch der blinkenden Birne. Sie hörte nichts. Im Aufzug herrschte absolute Stille.

Dritter Stock.

Das war doch unmöglich? Sie räusperte sich, um zu prüfen, ob sie nicht ein Problem mit den Ohren hatte. Vielleicht war sie durch die Erkältung taub geworden? Nein, sie konnte hören. Das Räuspern klang wie ein Donner.

Vierter Stock.

Erst der vierte? Verdammt, ich hätte die Treppe nehmen sollen, das wäre schneller gegangen. Sie begann, etwas zu summen und mit der Einkaufstasche zu rascheln, um die Stille zu übertönen. Hinter der Türscheibe im vierten Stock herrschte absolute Dunkelheit, als ob jemand die Scheibe mit schwarzem Isolierband überklebt hätte. Das Vorhängeschloss an der Tür zum Lastenbereich schwang hin und her und klapperte nun metallisch.

Agnieszka fühlte ein Kribbeln im Körper. So ist es also, wenn einem die Haare zu Berge stehen. Sie hörte auf zu summen, drückte die Tasche an sich und machte einen Schritt in Richtung der metallenen Eingangstür, ohne den Blick vom Vorhängeschloss wenden zu können. Sie spürte, wie ihr Mantel an der Tür rieb, hörte es aber nicht. Sie hörte nur das Klimpern des sich bewegenden Vorhängeschlosses. Ding, ding – wie ein kleines Glöckchen.

Fünfter Stock.

Ich muss es zufällig berührt haben, dachte sie. Der Gedanke klang verzweifelt und unglaubwürdig, wie die Worte eines Kindes, das mit hängendem Kopf flüstert, dass etwas »ganz von alleine kaputtgegangen ist«. Und so wie ein Kind nicht daran glaubt, was es sagt, und auch nicht daran, dass ihm jemand Glauben schenken wird, so glaubte auch sie nicht daran. Sie wusste, dass sie hier nicht alleine war. Wer oder was auch immer ihr Gefährte war, es war zweifellos nichts Gutes. Sie wusste, dass es näher kam, dass es immer näher zum schmalen Spalt der Tür kam. Sie wollte ihren Kopf wegdrehen, konnte es aber nicht. Sie spürte, dass eine böse Macht sie festhielt und ihr mit Gewalt die Lider öffnete, so dass sie hinsehen musste. So dass sie nicht fliehen konnte.

Sechster Stock.

Man kann hier doch aussteigen! Man muss nur STOPP drücken! Ohne den Blick von der Tür im Inneren der Kabine abzuwenden, drückte sie den roten Knopf. Dreimal nacheinander. Der Aufzug fuhr geräuschlos weiter. Aus Agnieszkas Augen – die sie nicht schließen konnte – lösten sich zwei Tränen der Hilflosigkeit.

Im Lastenbereich hatte sich etwas bewegt. Sie sah es noch nicht, hatte aber deutlich ein Geräusch gehört. Lieber Gott, mach, dass das Einbildungen sind, dachte sie, Halluzinationen, selbst die schlimmste Krankheit kann es sein, es soll nur aufhören. Lass es nicht wirklich sein. Lass es noch einen Moment lang in seinem Versteck bleiben, nur noch eine Etage. Mach, dass es einschläft, ich flehe dich an.

Siebter Stock.

Irgendetwas im Inneren des Lastenbereichs drückte gegen die Tür. Beide Flügel der lackierten Sperrholzplatte begannen sich zu öffnen, der Spalt zwischen den Metallschienen an den Katen wuchs auf einige Zentimeter an. Das Vorhängeschloss machte ein lautes Geräusch. Agnieszka kniff ihre Augen zusammen, um nicht hinzusehen, doch sie konnte sie nicht schließen. Das sind Halluzinationen, nur Halluzinationen, das Ergebnis des Traumas vor zwei Wochen. Beruhig dich, das sind Halluzinationen, hol tief Luft und beruhig dich sofort! Halluzinationen, Halluzinationen, Halluzinationen. In Gedanken wiederholte sie immer schneller die Worte der nicht endenden Litanei.

»Du sollst dich sofort beruhigen!«, schrie sie laut. Die Tür wich zurück. Was es auch immer war, es hörte auf, dagegenzudrücken.

Der Aufzug fuhr in den achten Stock. Langsam. Sehr langsam. Zu langsam! Agnieszka nahm den Gestank von Verbranntem wahr. Geruchshalluzinationen? War das überhaupt möglich? Von dem Geruch wurde ihr übel. Einmal hatte sie als Teenager versucht, sich eine Zigarette am Gasherd anzuzünden, und sich dabei ein paar Haare versengt. Es war der gleiche Geruch, der gleiche Brandgeruch versengter Haare und verbrannter Haut.

Nur noch einen halben Meter. Schneller, schneller!

Im Inneren der Kabine, hinter der Tür, wimmerte ein kleines Kind, ein Mädchen. Agnieszka merkte, wie sie in Panik geriet. Sie hörte ihren eigenen, rasenden Puls. Sie würde alles tun, um hier rauszukommen und keine Angst mehr zu haben (alles – wie dieser junge Kerl am ersten Tag?). Das leise Weinen war so deutlich vernehmbar, als säße das Mädchen auf ihrer Schulter. Agnieszka lehnte sich mit dem Rücken gegen die Aufzugtür. Schon wieder drückte etwas von innen gegen die Sperrholzplatten. Es musste kräftig sein. Sie sah, wie sich der Bügel am Schloss verformte. Das Kind weinte leise.

Die Kabine blieb endlich stehen. Agnieszka drückte mit dem Rücken gegen die Tür, die sich nicht öffnen lassen wollte. An der Metallkante der Tür zum Lastenbereich erschienen die Finger eines kleinen schwarzen Kindes. Agnieszka begann zu schreien. Es war kein schwarzes Kind. Es waren verkohlte Finger, teils bis auf das rohe Fleisch verbrannt, mit sichtbaren

Knochenstücken. Die Händchen fassten die Kanten und begannen, sie auseinanderzubiegen. Das Holz bröckelte zwischen den Fingern des schluchzenden Mädchens, am Vorhängeschloss wurde ein Riss sichtbar. Was immer es auch war, es würde sich Agnieszka gleich an den Hals werfen.

Immer noch konnte sie ihre Augen nicht schließen.

Die Tür des Aufzugs öffnete sich und Agnieszka fiel geradewegs in Roberts Arme.

»Was ist denn mit dir los, seit wann benutzt du den Aufzug? Achtest du nicht mehr auf deine Figur … Gott, was ist mit dir?«

»Hast du nicht gehört, wie ich geschrien habe?«

»Nein. Ich bin rausgegangen, um den Müll wegzuwerfen. Da habe ich gesehen, dass du im Aufzug stehst, also habe ich die Tür aufgemacht. Bist du krank? Man kann fast nicht mehr sagen, dass du bleich bist, du bist durchsichtig.«

Agnieszka schüttelte sich. Ihre Hände zitterten.

»Riechst du den Geruch von Verbranntem?«

»Nein, was ist denn los, brennt es irgendwo?«

»Gib mir den Kellerschlüssel. Sofort!«

Robert nahm ihre Hände in seine und sah seine Frau besorgt an.

»Liebling, schau mir in die Augen«, sagte er ruhig. »Stimmt etwas nicht? Was ist passiert? Sag es mir.«

Sie atmete tief durch. Allmählich beruhigte sie sich.

»Ich bin mit dem Aufzug gefahren und …«, sagte sie zögernd, »und habe etwas Merkwürdiges erlebt, als hätte ich Halluzinationen gehabt. Es liegt bestimmt daran, dass ich erschöpft bin, und an dem, was hier geschehen ist, ich weiß es selbst nicht. Tu mir bitte einen Gefallen. Ich halte die Tür auf, und du schaust nach, ob dort etwas ist. Dort drinnen.«

»Aber dort hängt ein Vorhängeschloss.«

»Versuch's mit dem Kellerschlüssel, vielleicht passt er.«

3.

Robert zog aus seiner Tasche den Schlüsselanhänger heraus, an dem er den Wohnungsschlüssel und den vor Kurzem nachgemachten Kellerschlüssel befestigt hatte. Zuerst rüttelte er ein paarmal am Vorhängeschloss und schaute durch den Türspalt hindurch. Der Raum dahinter war leer, obwohl Robert nicht viel erkennen konnte. Er schnupperte intensiv. Kein Brandgeruch, nur ein scharfer Geruch von Desinfektionsmitteln. Nach diesem Unfall hatten sie wohl den saubersten Aufzug in ganz Polen.

»Sei ja vorsichtig.« Von hinten hörte er Agnieszkas Stimme.

Sie war wirklich verängstigt. Was ging hier vor? Er merkte, wie sich ihre Angst auf ihn übertrug.

Der Schlüssel passte tatsächlich. Robert nahm das Vorhängeschloss ab, hielt den Atem an und öffnete die Tür mit einer entschiedenen Bewegung. Dahinter befand sich lediglich das sauberste Lastenabteil des saubersten Aufzugs der Republik.

»Das Gelände ist sauber, Herr Kapitän«, skandierte er. »Die Fremdlinge müssen eine Ebene tiefer gestiegen sein.«

Er machte das Schloss zu und ging hinaus.

»Du kannst die Tür wieder loslassen. Denk daran, dass du hier nicht alleine wohnst. Im Erdgeschoss warten schon die Nächsten, die für Tickets für den Geisteraufzug, der größten Attraktion in Bródno, tief in die Tasche greifen mussten.«

»Hör auf, ich hatte wirklich Angst. Ich glaube, ich war noch nie so entsetzt. Ich verstehe gar nichts mehr. Ich war sicher, dass dort etwas ist und dass … es auf mich losgehen wollte. Irgendein – lach bitte nicht über mich – irgendein Kind, höchstens ein paar Jahre alt.« Sie schüttelte den Kopf, als könnte sie nicht glauben, was ihr passiert war.

Robert legte seinen Arm um sie und schob sie auf ihre Wohnung zu. Der Aufzug fuhr lärmend nach unten los.

»Ich habe nicht vor zu lachen. Die schlimmsten Horrorgeschichten sind die mit Kindern. Doch reden wir nicht über Horrorgeschichten und auch nicht über unsere Jobs, was im Grunde genommen das Gleiche wäre. Lesen wir lieber die ›Telebibel‹. Ich kann mich erinnern, dass irgendeine romantische Komödie im Fernsehen kommt. Ich glaube, heute … Agnieszka! Was ist denn schon wieder?«

Seine Frau war bleich, die Augen hatte sie vor Angst weit aufgerissen. Mit einer Hand verdeckte sie ihren Mund, die zweite krallte sie in seine Schulter. Es tat weh.

»Hast du gehört?«

»Was denn?«

»Lachen. Das Lachen eines kleinen Mädchens und das Tappen von Füßchen. Im Treppenhaus. Du musst es gehört haben!«

Robert schob sie in die Wohnung, schloss die Tür und verriegelte sie.

»Nein, ich habe es nicht gehört. Ich habe gehört, was gestresste Ehefrauen machen müssen: ein Entspannungsbad nehmen, leckere Spaghetti mit Spinat und Thunfisch essen, eine ausgezeichnete bulgarische Wahrheit aus dem Angebot für sechs neunzig trinken. Und danach sollten sie ordentlich ausschlafen. Hörst du?«

Er rieb gerade gelben Käse für die Spaghetti, als Agnieszka wie auf Dampfschwaden aus dem Badezimmer schwebte. Sie hatte einen weinroten Bademantel mit hochgekrempelten Ärmeln an und sah wesentlich besser aus als noch vor einer halben Stunde. Mit einer Bürste kämmte sie ihre feuchten Haare durch.

»Ein Mann in der Küche ist wohl einer der schönsten Anblicke, die eine Frau nach Jahrtausenden der Unterdrückung zu Gesicht bekommen kann«, frotzelte sie und küsste ihn auf den Hals. »Kannst du mir sagen, warum du die Staffelei aus dem Keller geholt hast?«

Seitdem er aus der Arbeit zurückgekommen war und einem plötzlichen Impuls folgend die Malutensilien aus dem Keller geholt hatte, überlegte Robert, was er auf diese Frage antworten würde.

»Ich hatte eine Idee«, begann er, während er die Soße umrührte. »Im Prinzip habe ich sie schon seit einigen Tagen im Kopf. Aber ich will nicht länger darüber nachdenken, sondern es nun auf der Leinwand ausprobieren. Du weißt, wie das ist. Man kann ewig über etwas nachdenken.« Ihm wurde klar, dass er sich rechtfertigte. Er räusperte sich, damit seine Stimme weniger weinerlich klang. »Man muss es einfach versuchen«, schloss er mannhaft.

»Und wo werden wir schlafen, oh du mein Schöpfer, wenn man das Bett nicht ausziehen kann?«

»Ich hab's getestet. Wenn ich alles zusammenlege, passen die Malsachen in die Wanne. Und nachts baden wir sowieso nicht. Sei froh, dass ich kein Musiker bin. Mit einem Klavier hätten wir ein Problem.«

»Natürlich, klar, lass mal die Soße probieren ... hmmm, ausgezeichnet ... erzählst du mir von dieser Idee?«

Robert nahm die tiefen Teller, servierte die Spaghetti, goss die Soße darüber und bestreute alles mit dem gelben Käse. Er bat Agnieszka, die Teller und das Besteck zum Tisch zu bringen. Er selbst machte sich daran, den Wein zu öffnen. Natürlich brach er den halben Korken ab. Er wusste nicht, ob es Pech war, seine eigene Unfähigkeit, oder ob der Korkenzieher nichts taugte. Schließlich musste er den Rest des Korkens in die Flasche drücken und den Wein durch ein Sieb in die Gläser füllen.

»Meine Idee ist, Aggression darzustellen«, sagte er, während er die dünnen Nudeln auf die Gabel drehte.

»Ein Selbstporträt?«

»Sehr witzig. Es kam mir in den Sinn, als ich über Marek nachdachte.«

»Meinen Bruder?«

»Ja, deinen Bruder. Es geht nicht darum, dass ich deinen Bruder malen möchte, aber bei ihm sieht man es am besten. Beschreib mal, wie er so ist.«

»Hm, ich weiß nicht genau, er ist etwas zurückgezogen. Wie alle wünscht er sich ein paar Dinge. Zum Beispiel Klamotten, ein Auto, eine Menge Kohle und wenig Arbeit. Leckere Spaghetti hast du gekocht.«

»Danke. So sind wir alle. Und auf einer tieferen Ebene, wenn du sagen solltest, was er für eine Seele hat?«

»Du hast ja vielleicht Wünsche. Warte, lass mich nachdenken. Er ist irgendwie wehrlos und überrascht, dass der Rest der Welt nicht so sensibel ist wie er. Vielleicht ist er sogar ängstlich.«

»Ganz und gar Marek!«, lachte Robert.

»Aber nein, nicht ganz und gar! Die Tatsache, dass er so ist, bedeutet nicht, dass er in der Ecke rumhängt und nichts sagt. Er ist auch so, wie ihn die Leute kennen. Er ist ein lächelnder, schlauer Kerl, ein cleverer Junge, ein wenig …«

»Ja …?«

»Aggressiv.«

Robert schob seinen Teller weg und begann derart heftig zu gestikulieren, dass sie gerade noch sein Glas mit dem Wein retten konnte.

»Ganz genau. Es gibt zwei Personen, wie du selbst gesagt hast. Die eine ist sensibel, tiefgründig, emotional. Dies ist der Kern der menschlichen Seele, die Essenz. Leider ist diese Essenz schwach und passiv, wie eine Schnecke ohne Schneckenhaus auf der Promenade im Kurbad. Aber diese Schnecke hat einen Soldaten, einen Beschützer. Das ist die zweite Person. Sie ist stark, aggressiv, energisch. Sie treibt ihre schwächere Seite an, zieht sie mit vorwärts. Ohne den Soldaten würde unser Sensibelchen in der Ecke sitzen, die Welt nicht sehen und keine Möglichkeit haben, klug und sensibel zu sein. Doch auch der Soldat würde alleine, also ohne seinen schmächtigen Kumpel, einer Lokomotive gleichen, die zwar vorwärtsfährt, aber der Teufel weiß, wozu.«

»Na gut, aber wer ist der Chef?«

»Man selbst.«

»Man selbst?«

»Klar. Jeder muss lernen, so zu leben, dass die beiden Persönlichkeiten in einer relativen Harmonie sind – je nach persönlichem Bedürfnis und abhängig von den Umständen. Die eine Persönlichkeit kann nicht ohne die andere existieren, selbst dann nicht, wenn jemand einen völlig anderen Eindruck vermittelt. Wie viele Menschen kennst du, die bloß hirnlose Soldaten sind, die scheinbar normaler Emotionen wie dem Gefühl der Gnade und Empathie beraubt sind, und wie viele kennst du, die sich völlig von der Welt zurückziehen? Menschen, die diese Harmonie entdeckt haben, die nicht vorgeben, nur eine Persönlichkeit zu besitzen, und nicht zwischen den beiden hin- und hergerissen sind, in der dummen Überzeugung, eine davon wählen zu müssen – solche Menschen müssen verdammt glücklich sein.«

»Dem würde ich grundsätzlich zustimmen. Aber was willst du eigentlich malen? Und wie?«

Robert sagte einen Augenblick lang nichts. Geistesabwesend bohrte er mit dem Finger in der Nase.

»Hör auf! Ich esse noch!«

»Tschuldigung. Wie soll ich das erklären? Ich will diese beiden Persönlichkeiten im Zustand des Gleichgewichts, der Ruhe malen. Nicht als demütige Diener, sondern vielmehr als Freunde …«

»Homos?«

»Ich werde nicht weiter mit dir darüber reden.«

»Ich weiß, dass es für dich sehr wichtig ist, aber es muss doch nicht gleich so ernst sein. Also, sag schon, zwei Freunde, und wie weiter? Wie willst du sie malen?«

»Ich weiß es noch nicht. Ehrlich gesagt, erscheint mir jede Idee dumm und schlecht. Deswegen habe ich die Staffelei rausgeholt. Wenn ich einfach anfange, einfach ein paar Striche mache, wird es vielleicht klarer. Besonders die Aggression lässt mir keine Ruhe. Wie soll man den Trieb darstellen, der uns dazu veranlasst zu essen, zu reden, Sex zu haben.«

»Hast du Sex gesagt? Hm, klingt nicht übel. Und du hast auch zwei solche Persönlichkeiten? Wie war das mit der Triebkraft?«

Agnieszka rückte etwas vom Tisch weg und stellte ihre Füße auf seinen Stuhl. Sie faltete ihre Hände im Nacken unter den Haaren und streckte sich, so dass der Bademantel von ihren Schenkeln rutschte und ihre Brüste etwas sichtbar wurden.

Andere Frauen gefielen ihm auch, aber keine wirkte auf ihn so wie seine eigene Frau. Vielleicht deshalb, weil keine andere nach dem Duschen so hocherotisch aus seinem Badezimmer heraustrat, die Beine vor ihm spreizte wie die Königin der Lust und ihn unter dem Bademantel mit ihren roten Brustwarzen lockte.

Es liegt alles vor mir, dachte er und rutschte runter vom Stuhl, zwischen die schönsten Schenkel der Welt.

4.

5. Stockwerk, Wohnung Nr. 32 / 24. Oktober 2002, 18 Uhr.

Frau: Es wäre besser, wenn du deinen Vater fragen würdest. Wirklich.

Erster Mann: Er ist doch nicht da! Und ich bin keine Halbwaise. Du wirst doch wohl eine Entscheidung treffen können, ohne Vater um Erlaubnis zu fragen. Es ist schon krank genug, dass ein erwachsener Mensch seinen Eltern beichten muss, was er tut. Und jetzt stellt sich auch noch heraus, dass ich vor der höchsten Kommission beichten muss. Ich glaub's einfach nicht!

Frau: Du übertreibst, Kamil. Warte einfach eine halbe Stunde. Außerdem hättest du es ihm gestern sagen können. Und so erwachsen, wie du meinst, bist du nicht.

Erster Mann: Zwei verdammte Wochen lang bin ich nirgends mehr gewesen!

Frau: Erinnere dich daran, warum. Du hast den Wagen demoliert, und das war die Strafe, die wir gemeinsam ausgemacht haben. Und wir haben uns nicht auf zwei Wochen geeinigt, sondern auf einen Monat Stubenarrest und dass du bei Papa im Büro mitarbeitest, um die Reparaturkosten zu verdienen.

Erster Mann: Erinnere mich bloß nicht daran.

Frau: Er wird gleich kommen, dann könnt ihr reden. Ich habe nichts dagegen, wenn du heute ausgehst.

Erster Mann: Du hast nichts dagegen, musst aber Vaters Zustimmung abwarten. Und wenn er nicht einverstanden ist, wirst du sowieso nichts tun. Ach, ich habe keinen Bock, weiterzureden.

Frau: Worte, Worte, Worte. Wenn du so erwachsen bist, dann geh doch einfach.

Erster Mann: Gehen kann ich schon, aber was ist danach? Dieser Psychopath wird mich nicht in die Wohnung lassen und wird nichts mehr für die Schule, für die Englischstunden und die Nachhilfe bezahlen. In einem halben Jahr werde ich eine gescheiterte Existenz ohne Abitur sein. Bestenfalls habe ich das Abitur, aber keine Kohle fürs Studium, denn einen kostenlosen Studienplatz werde ich ohne Nachhilfe nicht bekommen.

Frau: Wir danken dir, dass du uns erlaubst, deinen Unterhalt zu bezahlen. Das ist sehr nett von dir. Wir sorgen fürs Essen, deine Unterkunft und die Ausbildung, und du schenkst uns Zorn und Verachtung. Ein faires Geschäft.

(Klingel)

Frau: Geh, mach deinem Vater auf.

Erster Mann: Hallo? Hallo? Hallo? Man hört nichts, nur Pfeifen und Krachen.

Frau: Das ist noch gar nichts, ich habe letztens gehört …

Erster Mann: Was hast du gehört?

Frau: Unwichtig, mach einfach auf!

(Summer)

(Töpfe)

(Gas)

(Tür)

Zweiter Mann: Hallo, Leute! Was gibt's heute zu essen?

Frau: Das Gleiche wie gestern, nur mit Reis. Ich mache es gerade warm. Hattest du einen angenehmen Tag?

Zweiter Mann: Und gibt's ein Bierchen zum Fußballspiel?

Frau: Irgendwas haben wir schon da.

Zweiter Mann: Wie sieht's aus, Sohn, gucken wir zusammen, wie Legia beim Pokalspiel gewinnt?

Frau: Er will dir etwas sagen.

Zweiter Mann: Hm?

Erster Mann: Ich hätte eine Bitte, Papa, eine klitzekleine Bitte, na, du weißt schon, ob ich heute vielleicht Landurlaub bekommen könnte.

Zweiter Mann: Du willst aus dem Haus gehen? Ausgeschlossen! Wir haben uns doch abgesprochen, und zwar gemeinsam. Es bleiben noch zwei Wochen.

Erster Mann: Heute ist der Geburtstag von Renata.

Zweiter Mann: Ja, ich verstehe. Wenn du ohnehin nichts zu tun hast – außer fernzusehen, versteht sich –, dann ist die Strafe in Ordnung und alles ist in Butter. Und wenn eine nette Fete ansteht, dann passt dir die Strafe nicht mehr.

Erster Mann: Das ist nicht irgendeine Fete. Es gab viele Partys, auf die ich gerne gegangen wäre, die ich aber noch nicht einmal erwähnt habe. Aber verstehst du, bei Renata würde ich sehr gerne dabei sein.

Zweiter Mann: Versteh doch! Eigentlich sollte deine ganze Strafe für den Schmerz, den du uns zugefügt hast, auf diesen einen Tag hinauslaufen. Erst heute spürst du, dass du bestraft worden bist. Wenn ich dir jetzt erlauben würde, aus dem Haus zu gehen, wäre das so, als wäre nichts passiert. Aber es ist was passiert. Und wenn Renata dich so sehr mag, wird sie sich auch in zwei Wochen gerne mit dir treffen. Es wird sogar besser für dich sein, da dann keine anderen Gäste dabei sind.

Erster Mann: Kannst du denn nicht eine Ausnahme machen?

Zweiter Mann: Nein. Die Entscheidung von deiner Mutter und mir ist unwiderruflich. Übrigens ist es auch deine Entscheidung. Du warst damit einverstanden. Wenn du vor zwei Wochen an ihren Geburtstag gedacht hättest, hättest du vielleicht etwas anderes vorgeschlagen.

Erster Mann: Worum geht's hier eigentlich? Was bezweckst du damit, wenn du mir verbietest, zu einem Mädchen zu gehen, das ich … das mir nahesteht. Was hast du davon?

Zweiter Mann: Ich? Nichts! Wenn ich es nicht täte, hätte ich meine Ruhe. So aber jammerst du mir die Ohren voll. Noch einen Moment und du fängst an loszuheulen, und das wird mir wirklich den Abend vermiesen. Letztlich wirst du davon profitieren, du weißt es bloß noch nicht. Ich werde diesen Streit in meinem Tagebuch notieren, damit ich es dir später einmal zeigen kann. Denn irgendwann wirst du mir dafür dankbar sein.

Erster Mann: Du bist krank. Ich mach mich hier vom Acker.

Zweiter Mann: Wenn du dich hier »vom Acker machst«, brauchst du gar nicht mehr wiederzukommen. Ich warne dich.

Erster Mann: Keine Sorge, ich geh nicht raus.

Zweiter Mann: Mach du dir auch keine Sorgen, Sohn. Irgendwann werden wir sicher sterben. Dann hast du deine Ruhe und kannst tun und lassen, was du willst.

5.

Anna Maria Emilia setzte sich mit ihrem Tee auf das Sofa und wollte gerade den Fernseher anstellen, als ihr einfiel, dass sie noch keinen Rosenkranz für Gottes Barmherzigkeit gebetet hatte. Sie warf einen Blick auf ihre Uhr. Die Wiederholung ihrer Lieblingsserie im Fernsehen sollte in fünf Minuten beginnen. Vielleicht würde sie es noch schaffen, wenn sie sich beeilte. Sie zündete die Kerze vor der lebensgroßen Kopie des Bildnisses des barmherzigen Jesus an, das die Unterschrift »Jesus, ich vertraue auf dich« trug, und kniete mit dem Rosenkranz in der Hand auf dem Kissen nieder.

Schnell betete sie das Vaterunser, das Ave Maria und das Glaubensbekenntnis. Dann räumte sie verschämt das Kissen weg. Die heilige Faustyna hatte sicher nicht auf einem Kissen und auch nicht auf einem Teppich gekniet. Sie beschloss jedoch, den Fernseher einzuschalten, natürlich ohne Ton, der sie beim Gebet gestört hätte. Es liefen Werbespots.

»Ewiger Vater, ich opfere dir auf den Leib und das Blut, die Seele und die Gottheit deines geliebten Sohnes, unseres Herrn Jesus Christus, um Verzeihung für unsere Sünden und für die Sünden der ganzen Welt zu erlangen«, sagte sie laut. Und dann, schon leiser, indem sie die Perlen zwischen ihren Fingern weiterbewegte, trug sie es schneller vor und verschluckte ein paar Silben: »… durch sein schmerzhaftes Leiden hab Erbarmen mit uns und mit der ganzen Welt.«

Diesen Satz musste man bei jeder Perle zehnmal sagen, das heißt eigentlich nur einmal, doch Anna Maria hatte die Norm erhöht, damit das Gebet eine größere Wirkung hatte.

Zum dritten Mal betete sie »Ewiger Vater …« – so wie bei den großen Perlen, zum Glück nur einmal. Die Hälfte war schon geschafft. Sie erstarrte, als sie aus der Tiefe der Wohnung das Husten ihrer Mutter erreichte. Gütiger Gott, dachte sich Emilia, dass sie jetzt bloß nicht mit einer nassen Windel aufwacht. »… habe Erbarmen mit uns und mit der ganzen Welt; durch sein schmerzhaftes Leiden habe Erbarmen mit uns und mit der ganzen Welt; durch sein schmerzhaftes Leiden hab Erbarmen mit uns und mit der ganzen Welt …«

»Aaaniaaa?«

Der Werbeblock war zu Ende, gleich würde es losgehen.

»Nicht jetzt, Mama. Schlaf. Du störst mich beim Gebet.«

»Aaaniaaa!«

Aphasie. Sie erinnerte sich an dieses Wort im Bericht der Ärztin, die im Krankenhaus nach dem ersten Schlaganfall ihrer Mutter mit ihr gesprochen hatte. Es war kein langer Vortrag gewesen. Ihre Mutter saß währenddessen im Krankenhausflur im Rollstuhl, schweigend, als könne sie immer noch nicht glauben, was passiert war. Ihre rechte Körperhälfte war gelähmt. Die Ärztin, die es sehr eilig hatte, erklärte, dass ihre Mutter aufgrund der Aphasie Probleme mit der Aussprache von Wörtern haben würde. Außerdem könne es sein, dass sie einige nicht verstehen und ihre Fähigkeit zu kommunizieren immer weiter abnehmen würde. Aphasie.

Der erste Schlaganfall war lange her. Diese schwierige Zeit kam ihr heute wie eine Idylle vor. Jetzt, nach dem zweiten Schlaganfall, stand ihre Mutter nicht mehr vom Bett auf und musste gepflegt, gefüttert und gewickelt werden. Die Aphasie hatte zur Folge, dass sie noch nicht einmal ihren Namen richtig aussprechen konnte. Und sie, die geliebte Tochter, hatte nicht einmal eine freie Stunde für sich, um in Ruhe zu beten oder ihre Lieblingsserie anzuschauen.

»Töcherchen!«

Gott, wie sie stöhnte. Wenn sie das Wort nicht aussprechen konnte, dann sollte sie es lieber gar nicht aussprechen. Warum jammerte sie so? Warum konnte sie ihr keinen Moment der Ruhe gönnen?

Im Fernseher lief der Vorspann. Schnell wiederholte Anna Maria am Ende des Rosenkranzes dreimal »Heiliger Gott, heiliger starker Gott, heiliger unsterblicher Gott, habe Erbarmen mit uns und mit der ganzen Welt« und machte den Ton an. In der letzten Folge war Tomeks Beziehung beinahe wegen dieser Bekloppten, Brunos Tochter, in die Brüche gegangen. Doch vielleicht ging sie ja noch in die Brüche, gleich würde sie es erfahren. Sie war auch gespannt, welche Krankheit in dieser Folge auftauchen würde. Vielleicht würde jemand sterben. Allerdings hatte Emilia längst festgestellt, dass in der Serie eigentlich keiner starb, und wenn doch, dann nur die Personen mit unbedeutenden Nebenrollen. Es gab zwar viele, die todkrank waren, aber die Zuschauer und das schluchzende Krankenhausteam in Leśna Góra wurden lediglich ein paar Folgen lang an der Nase herumgeführt, und letztlich gesundeten doch alle wieder. Warum sorgte die Heilige Jungfrau nicht dafür, dass es im richtigen Leben auch so war? Emilia blickte über den Fernseher hinweg auf das Bild Marias, das sich hinter dem Papstporträt befand. Mutter Gottes, mach bitte, dass ich eine Stunde lang meine Ruhe habe, wiederholte sie dreimal in Gedanken.

»Aaaaaaaaah!«

Sie rührte sich nicht. Es ist nichts mit ihr, dachte sie sich, sie hat nur gemerkt, dass ich meine Ruhe haben will, und schreit gleich los, die dumme Alte. Auf keinen Fall, diesmal stehe ich nicht auf, erst in einer Stunde. Ich hab ihr vor Kurzem etwas zu trinken gegeben und sie gefüttert, jetzt kann sie es einen Moment lang auch ohne mich aushalten.

Die ganze Zeit über hielt sie die Fernbedienung und den Rosenkranz in der Hand. Sie stellte die Lautstärke um drei Striche höher. Die Stimme von Doktor Burski klang jetzt noch kräftiger als sonst. Wo war sie gewesen, als Männer wie Doktor Burski und Doktor Walicki auf der Suche nach ihren Lebenspartnerinnen waren? Na, wo schon, bei ihrer Mutter, wo denn sonst? Und jetzt? Würde es Sinn machen, jemanden zu suchen? Sie lachte beinahe laut auf. Was würde sie dem neuen

Mann ihres Lebens schon sagen können? »Aber ja doch, selbstverständlich können wir zu mir ziehen, Liebling. Ich stelle dir eine Liege neben dem Bett meiner Mutter auf. Sie stinkt erbärmlich und schreit unentwegt, aber das wird unserer Liebe keinen Abbruch tun, nicht wahr?« Es war sinnlos. Besser war es, sich Gott und dem Gebet zu widmen. Zumindest würde sie sich so ein glückliches Leben im Himmel verdienen. Es wäre ihre Belohnung dafür, dass sie hier, im irdischen Jammertal, nichts Gutem begegnet war.

Trotz der Stimmen im Fernsehen hörte sie ihre Mutter. Sie schrie nicht mehr, aber gab langgezogene, durchdringende Klagelaute von sich, so als würde der Teufel persönlich durch sie sprechen. Vielleicht war es tatsächlich so, vielleicht stellte Gott sie auf diese Weise auf die Probe. Er wollte wissen, ob es ihr gelingen würde, das Böse aus ihrer Mutter auszutreiben. Nur, wie sollte sie das anstellen, wie?

Sie schnupperte intensiv. Sie war sensibilisiert auf alle Gerüche, die ein kranker Mensch absondert. Sie hatte ihr etwas zu essen gegeben und vorher die nasse Windel gewechselt. Und morgens? Am Morgen hatte es auch ein wenig zu essen gegeben. Die Windeln waren ebenfalls durchnässt gewesen. Natürlich, es war höchste Zeit für das große Geschäft. Dünnflüssiger, dreckiger, in jede freie Stelle eindringender Stuhlgang. Ein teuflisches Geschäft. Und deshalb musste man dem die Stirn bieten. Gleich, wenn die Folge zu Ende war.

Sie stellte die Lautstärke nochmals um drei Striche höher.

6.

Seitdem Weronika mit Matylda weggegangen war, hatte Wiktor im Kinderzimmer nichts verändert. Es war ein Bettchen geblieben, vollgeklebt mit Aufklebern aus verschiedenen Chipstüten – der größte Schatz von Fünfjährigen –, ein kleines gelbes vollgekritzeltes Tischlein, einige Spielsachen (ob sie die wohl vermisste?) und eine ganze Menge Zeichnungen an der Wand. Die meisten hatte Matylda angefertigt, doch es waren auch ein paar von ihm und Weronika dabei. Das Lieblingsbild von Wiktor hatte die Kleine gemalt, als sie etwas über drei Jahre alt gewesen war. Auf dem Bild war ein riesiger Kopf zu sehen, mit einem Lächeln im Gesicht und vier frech abstehenden, dicken Haaren. Unter dem Gesicht war noch ein schief gemalter Rock, aus dem Hände und Beine ragten. Sie waren zwangsläufig sehr klein, da nach dem Malen des Kopfes kein Platz mehr für irgendwas anderes geblieben war.

Er erinnerte sich, wie Matylda ihm das Bild gebracht, es auf seine Knie gelegt hatte und ohne ein Wort traurig wieder weggegangen war. Er ging ihr ins Zimmer nach.

»Was ist, Kleines, warum bist du traurig?«

»Weil mir das Bild für dich nicht gelungen ist«, murmelte sie in einer kindlichen Art und senkte ihren Kopf so tief, dass die dunkle Mähne ihre Knie berührte.

»Du machst wohl Witze, es ist sensationell. Was ist denn auf dem Bild?«

»Das siehst du doch.«

»Es ist ein Mädchen«, erwiderte er, während er überlegte, worum es Matylda ging.

»Das bin ich, aber irgendwie komisch.«

»Warum komisch?« Nur mit Mühe konnte er ein Lachen unterdrücken.

»Weil ich anders bin als im Spiegel.«

Seit diesem Zeitpunkt war der Spruch »ich, aber irgendwie komisch« zu einem geflügelten Wort in ihrer Familie geworden und wurde jedes Mal benutzt, wenn jemandem etwas ganz gut gelungen war, aber nicht so perfekt, wie er es sich gewünscht hatte.

Er konnte nicht glauben, dass es dieses Leben nicht mehr

gab. Keine Weronika, keine Matylda, kein gemeinsames Zeichnen und keinen Streit darüber, ob man jetzt das Fußballspiel ansah oder das Gute-Nacht-Märchen. Geblieben waren nur ein paar Spielsachen und die Bilder an der Wand.

Wie war das möglich? Warum gab es das alles nicht mehr? Mit den Fingern rieb er seine Schläfen. Wieder verspürte er eine überwältigende Müdigkeit. Seitdem er nicht mehr trank, schlief er sechzehn Stunden täglich. Nur, um sich nicht den Erinnerungen hinzugeben. Heute war sein dritter Feuilletonartikel erschienen. Es war unmöglich, dass sie seine Texte nicht las, unmöglich, dass sie nicht wusste, dass er jetzt ein normaler Journalist war und gar nicht so üble Texte verfasste. Warum rief sie nicht an? Vielleicht war sie mit Matylda irgendwohin in den Urlaub gefahren. Für drei Wochen? Unmöglich! Aber vielleicht las sie einfach keine Zeitungen? Auch das war unmöglich, denn sie arbeitete selbst bei einer Zeitung, sie musste andere Blätter lesen, selbst, wenn sie keine Lust dazu hatte. Und seine Artikel wurden immer auf der Titelseite angekündigt, der heutige sogar mit einem Foto. Tomek hatte gesagt, dass die Leser recht positiv auf das reagierten, was er schrieb, und es Sinn machte, die Texte ein bisschen hervorzuheben.

Das Telefon klingelte. Sofort griff er zum Hörer.

»Hallo, du hast ja schnell abgehoben, hast du das Telefon auf den Knien?«

»Hallo, Tomek. Ich war gerade in der Nähe. Ich wohne nicht in einer Residenz mit hundert Zimmern, wie du sicher noch weißt.«

»Keine Sorge. Das wird sich ändern. Du wirst ein berühmter Feuilletonist werden, dann ein berühmter Schriftsteller und ich dein Verleger. Dann bauen wir uns riesige Villen samt Swimmingpools und Palmen. Das heißt, nur ich werde bauen, weil ich dich betrügen und dich bis aufs Hemd ausplündern werde, wie es jeder Verleger tut.«

»In diesem Klima? Palmen? Du bist wohl wahnsinnig

geworden. Es ist schon ein Wunder, dass hier Kiefern gedeihen.«

»Wo denkst du hin? Eine Villa muss man an der Adria haben, nicht an der Ostsee. Und dort werden dir, ich meine, mir, die Palmen vor der Tür ganz von alleine wachsen. Hör zu, eigentlich rufe ich an, um dir zu sagen, dass dein letzter Artikel, der über den Spielplatz, den Lesern sehr gefallen hat. Wir haben schon über hundert E-Mails bekommen. Die Leute schreiben, dass du recht hast, dass bei ihnen auch verbogene, verrostete Spielgeräte auf den Spielplätzen sind und man das ändern müsse. Es hat auch jemand von deiner Hausverwaltung angerufen und gesagt, dass der Spielplatz auf der Renovierungsliste stehe und dieses Jahr erneuert werde. Du hast Macht, Alter.«

»Sensationell! In diesem Fall werde ich im nächsten Artikel über die Frau aus dem Lebensmittelladen schreiben. Vielleicht wird man sie entlassen.«

»Und ich dachte, du wärst Sozialist. Hättest du vielleicht Lust, eine größere Reportage über die Menschen und die Wirkung der Plattenbausiedlungen auf die Psyche zu schreiben? Das ist in letzter Zeit ein angesagtes Thema. Der Artikel sollte etwa zwanzig- bis fünfundzwanzigtausend Zeichen haben.«

»Bis wann brauchst du ihn?« Wiktor sagte das so ruhig, als würde er ähnliche Angebote zweimal am Tag bekommen, aber innerlich war er total aufgewühlt. Ja, ja, er hatte es geschafft! Er war in seinen Beruf zurückgekehrt, er schrieb, sie wollten weitere Texte von ihm, er soff nicht. Er war ein normaler Mensch. Hurra!

»Schaffst du es bis in drei Wochen? Ich würde es gerne noch vor Weihnachten reinnehmen.«

»Schaffe ich.«

»Toll! Noch eine Frage: Trinkst du?«

»Nicht einen Tropfen.«

»Du bist zäher, als ich gedacht habe. Vielleicht kommst du

am kommenden Samstag mal bei uns vorbei? Monika würde dir gerne persönlich gratulieren.«

»Mal schauen«, sagte Wiktor. Er hatte keine Lust auf Besuche, aber vielleicht musste er sich zwingen und damit beginnen, das gesellschaftliche Leben wieder aufzubauen. »Ich rufe unter der Woche an.«

»Du kennst ja die Nummer. Wir hören voneinander.«

Tomek legte auf. Wiktor hielt den Hörer noch einen Augenblick in der Hand und legte ihn dann andächtig auf die Gabel zurück. Oder vielmehr auf die Ablage mit dem Plastikknopf – Telefongabeln gab es längst nicht mehr.

Okay, dachte er, da gibt's nichts mehr zu warten. Sie will nicht anrufen, also rufe ich sie an. Jetzt ist ein guter Augenblick. Er nahm den Hörer ab, wählte die ersten drei Ziffern ihrer Handynummer und legte den Hörer wieder auf. Sein Mund war so trocken, dass er nicht schlucken konnte.

»Immer mit der Ruhe«, sagte er zu sich selbst, »ich wollte doch einen Tee trinken.« Auf halbem Weg zur Küche machte er kehrt und wählte die vollständige Nummer. Welches Signal würde er hören? Ein beschleunigtes wie sein Pulsschlag – ein Zeichen, dass sie sprach, vielleicht sogar mit jemandem, der ihr nicht gleichgültig war, mit dem sie lachte, den sie liebte? Oder ein langsames, unterbrochen durch Momente der Stille, das besagte, dass sie gleich den Hörer abheben würde? Doch vielleicht war ihr Telefon ausgeschaltet und er würde ihre Stimme hören, die den Anrufer dazu aufforderte, eine Nachricht zu hinterlassen. Das wäre wohl am besten.

Bevor irgendein Signal ertönte, klickte es im Hörer, und eine weibliche Stimme sagte: »Leider ist der gewünschte Teilnehmer zurzeit nicht erreichbar, wir bitten Sie, später erneut anzurufen …«

Wiktor legte den Hörer auf. Okay, dachte er, es ist nichts passiert, vielleicht ist der Akku leer oder sie fährt gerade durch einen Tunnel. Vielleicht hat sie auch ihre Nummer geändert.

Er rief noch mal an, doch ihn begrüßte die gleiche unpersönliche Meldung. Da konnte man nichts machen, er musste in der Arbeit anrufen. Er wusste ihre Durchwahl nicht mehr, also rief er die Zentrale an.

»Hier ist die ›Gazeta‹, guten Tag.«

»Guten Tag, verbinden Sie mich bitte mit der Stadtredaktion.« Na also, seine Stimme klang gar nicht so schlecht. Für alle Fälle räusperte er sich.

»Ich verbinde …«

»Stadtredaktion, Amelia Ślubowska, guten Tag.« Er kannte sie nicht.

»Guten Tag, ich suche Weronika Sukiennik.« Er war sich sicher, dass der Hörer nach dem Auflegen tiefe Abdrücke seiner Finger haben würde, so fest hielt er ihn in der Hand. Er spürte, wie ihm der Schweiß von der Stirn lief, und hoffte, dass man am anderen Ende der Leitung nicht hören konnte, wie schnell und nervös sein Atem war. Nur mit Mühe bekam er Luft.

»Es tut mir leid, aber sie arbeitet nicht mehr hier, das heißt, ich bin hier erst seit Juli, und als ich kam, war sie nicht mehr da. Aber wenn Sie möchten, gebe ich Ihnen jemanden, der hier schon länger arbeitet.«

»Ja, gerne, vielen Dank.« Er war gleichzeitig erleichtert und enttäuscht. Er wartete, bis »jemand« ans Telefon kam, und lauschte dem Stimmengewirr aus der Redaktion, das vom Hörer eingefangen wurde. Das fehlte ihm auch. Der Hörer raschelte.

»Ja, bitte, kann ich Ihnen helfen?«, fragte eine bekannte weibliche Stimme.

»Marta?«

»Ja, und wer spricht da, wenn ich fragen darf?« Marta, eine langjährige Freundin Weronikas, war stets sehr direkt.

»Hallo, ich bin's, Wiktor. Ich suche Weronika …«

»Wiktor?« Er wusste bereits, was folgen würde. Die Stimme der Kollegin verwandelte sich in einen Eiszapfen, der gewaltsam in sein Ohr hineinstieß. »Es gibt nur drei Worte, die ich dir zu sagen habe: Verpiss dich, Hurensohn!«

»Marta, bitte …«

»Bitte mich um nichts!«, schrie sie so laut, dass jeder im Büro es mitbekommen musste. »Bitte mich um nichts, denn selbst wenn ich wollte, könnte ich dir nichts sagen. Und weißt du auch, warum? Weil ich nichts weiß! Weil sie vor einem Jahr kündigte und verschwand und mir noch nicht mal was sagte. Das ist alles deine Schuld, du Mistkerl!« Sie schrie die ganze Zeit. »Ich weiß nicht, wo sie ist, ich weiß nicht, was sie macht, ich weiß gar nichts, verstehst du? Und alles wegen dir«, flüsterte sie nun. »Ich hoffe, dass du bis in alle Ewigkeit leiden wirst«, sagte sie und legte auf.

Er zitterte am ganzen Körper. Seine Hände flatterten so sehr, dass er den Hörer nicht auflegen konnte. Er drückte ihn gegen den Boden, begann, im Zimmer schnell auf und ab zu gehen, und versuchte, Luft zu bekommen. Sie übertreibt, sie übertreibt, weil sie nichts weiß, wiederholte er fieberhaft in Gedanken. Schließlich musste ihr Wika nicht alles erzählen. Sie hatte beschlossen, die Arbeit zu wechseln, sich von alten Bekannten zu lösen, die Umgebung zu ändern, keine große Sache. Und diese blöde Zicke war enttäuscht, dass sie nicht länger ihre beste Freundin war. Bestimmt hatte sie nicht viele Bekannte, daher konnte man sie verstehen, obwohl das natürlich keine Rechtfertigung war.

Wie konnte sie nur? Sicher, am Zerbrechen der Beziehung hatte auch er ein wenig Schuld. Doch wer hatte denn wen sitzenlassen, verdammt! Wer hatte ihm die Tochter genommen, das Einzige, was ihm in seinem Leben wichtig war?

»Na wer?«, brüllte er und warf sich aufs Bett. Er vergrub seinen Kopf unter dem Kissen und begann, wie ein Verrückter zu brüllen, um den Schmerz zu unterdrücken.

Es half ein wenig.

Mit rotem Gesicht kroch er unter dem Kissen hervor, verschwitzt und schnaufend. Es gab noch ein Telefonat, das er führen musste. Mit Wikis Eltern. Es würde sicherlich noch schlimmer werden als mit Marta, aber er hatte keine andere Wahl.

Er hob den Hörer vom Boden auf und drückte ein paarmal auf den Knopf. Nichts, Stille. Er zog den Telefonstecker aus der Buchse, steckte ihn wieder hinein und probierte es noch einmal. Stille.

»Ihr könnt mich alle mal, ich rufe trotzdem an«, flüsterte er zu sich selbst. Er nahm sein Portemonnaie und lief, ohne seine Jacke anzuziehen, die Treppe hinunter. Beim Spirituosengeschäft, gleich neben dem Eingang, stand eine Telefonzelle.

Er steckte eine Karte hinein und wählte die Nummer. Während er auf das Signal wartete, schoss ihm durch den Kopf, dass Matylda rangehen könnte. Was würde er ihr sagen? »Hallo, hier spricht Papa«? Aber wenn Weronika ihr gesagt hatte, dass er nicht mehr lebte, was dann? Nein, das konnte sie ihr nicht gesagt haben, das war unmöglich. Wenn Matylda abnahm, würde er den Hörer auflegen, zumindest wüsste er dann, dass sie dort waren.

Das Piepen, mit dem das Wählen der Telefonnummer signalisiert wurde, war zu Ende. Im Hörer war eine weibliche Stimme zu hören: »Kein Anschluss unter dieser Nummer, kein Anschluss unter dieser Nummer, kein Anschluss unter dieser Nummer, kein Anschluss …« Wiktor ließ den Hörer aus der Hand fallen und sank zu Boden. Das war das Ende. Er blickte zum Schaufenster des Spirituosenladens »Trost«. Er selbst hatte sich damals diesen Namen für das Geschäft von Pan Jacek ausgedacht. Tatra-Pils war im Angebot. Warum eigentlich nicht, dachte er, was macht es denn schon? Du weißt mittlerweile, dass du mit dem Trinken aufhören kannst, wenn du willst. Du verdienst ehrlich dein Geld, also wirst du Tomek auch den Vorschuss zurückzahlen können, und heute hast du dir ein Glas doch wirklich verdient. Es war Zeit, sich einen Tag

Urlaub vom Schreiben zu gönnen. Morgen würde er seine Mädchen weiter suchen. Sie konnten doch nicht vom Erdboden verschwunden sein.

Zwei Stunden später war er schon betrunken und wunderte sich, warum er sich so aufgeregt hatte. Die arme Marta war hysterisch, Telefone gingen nun mal kaputt, das passierte eben. Er würde etwas telefonieren müssen, ein bisschen im Internet suchen, das wäre es dann aber auch. Wenn alles gut ging, würden er und Weronika sich schon am nächsten Tag gegenseitig entschuldigen. Am Sonntag würde er sicher Matylda sehen, und alles würde sich wieder einrenken. War das Leben nicht schön? Etwas guter Wille und Anstrengung genügten, damit sich alles perfekt ineinanderfügte.

Während er sich auf das gemeinsame Wochenende mit seiner Frau und seiner Tochter freute, trippelte er ins Badezimmer. Er pinkelte an die Wand neben der Kloschüssel und versuchte dabei, eine auf den Kacheln herumlaufende Schabe wegzuspülen, die, aufgeschreckt durch das Licht, panikartig ein Versteck suchte.

»Verpiss dich, Alte«, sagte Wiktor in ihre Richtung. »Es gibt keinen Platz für Ungeziefer in einem Haus, in das bald Damen zurückkehren.«

7.

Es sollte eine Überraschung werden. Agnieszka machte extra früher Schluss, um für Robert einen Miniempfang zu bereiten. Ohne jeden Anlass, einfach nur so, damit er sich freute. In der Arbeit hatte sie einen guten Tag gehabt und war sogar gelobt worden. Und auch ihre Erkältung war endlich vergangen. Sie war sich bewusst, dass sie momentan nicht gerade großartig

Karriere machte, aber eine angenehme Arbeit in einem netten Team war kein schlechter Anfang, und sie konnte dabei wertvolle Erfahrungen sammeln. Wenn es bei Robert irgendwann ähnlich liefe, würden sie wirklich keinen Grund mehr haben, sich zu sorgen. Aber im Moment wurde es bei ihm immer schlimmer. Täglich musste sie sich einen frustrierenden Monolog über seine Arbeit anhören. Wie langweilig und stupide sie sei, wie sehr er sie hasste, dass er mit Volltrotteln zusammen sei, die er verachte, und dass er endlich mit seinen eigenen Projekten weiterkommen müsse. Er benahm sich so merkwürdig und aggressiv, dass Agnieszka ihm lieber beipflichtete, als einen Streit zu riskieren. Trotzdem verlor sie nicht die Hoffnung, dass sich Robert in der Arbeit im Griff hatte und den Leuten dort nicht zeigte, wie sehr sie ihn alle konnten. Wegen Roberts Arbeit waren sie an Allerheiligen nicht nach Olecko gefahren, und jetzt plagten Agnieszka deswegen Gewissensbisse.

Heute hatte sie beschlossen, Robert und seinem Jammern zuvorzukommen und ihm eine Überraschung zu bereiten: gutes Essen und guten Sex.

Sie steckte den Schlüssel ins Schloss, doch er ließ sich nicht drehen. Was war los, hatte Robert vergessen abzuschließen, als er rausging? In dieser Gegend war das sehr unvorsichtig. Sie drückte die Klinke herunter und stöhnte. Robert war schon zu Hause. Wie hatte er so früh Schluss machen können?

Er malte und hörte mit dem Kopfhörer Musik. Er war so vertieft, dass er Agnieszka nicht bemerkte. Sie stellte ihre Handtasche auf den Boden im Flur und näherte sich ihm leise. Die Staffelei war gegen die Wand gelehnt, und Robert malte auf einem Stück Zeichenkarton, der auf dem Boden auf ausgebreiteten Zeitungen lag. Er saß im Schneidersitz da wie Kinder im Kindergarten. Und er war vollgemalt wie ein Vierjähriger. Er arbeitete mit Aquarellen. Stets ging er auf diese Weise an eine Idee heran, bevor er damit begann, eine Leinwand mit Ölfarben zu bearbeiten. Die Zeitungen rund um den Karton waren mit schmutzigem Wasser durchtränkt, ähnlich wie die Hose und das Hemd, an denen er offensichtlich seine Hände abgewischt hatte. Allerdings hatte es nicht viel genutzt, denn er war bis zu den Ellenbogen mit Farbe beschmiert. Neben ihm lag ein gutes Dutzend bereits bemalter Blätter – ein untrügliches Zeichen dafür, dass das Werk in einem schmerzvollen Prozess entstand und der Meister weitere Skizzen verwerfen würde. Agnieszka lächelte und überlegte gleichzeitig, ob es gut war, dass ihr Mann eine solche Leidenschaft hatte. Bedeutete es, dass sie die Ehefrau eines außergewöhnlichen Menschen war und sich glücklich schätzen konnte? Was aber, wenn sie für immer dazu verurteilt war, die Nummer zwei zu sein? Dazu, lediglich auf angenehme Weise die Zeit zwischen zwei Bildern zu füllen?

Immer, wenn er malte, und noch eine Weile danach, war er derart abwesend, dass er ihr wie ein fremder Mensch vorkam. Schon in Olecko war es ein paarmal so gewesen. Wenn Robert den ganzen Tag lang gemalt hatte und sie sich abends zum Essen hingesetzt hatten, dann hatte er entweder geschwiegen oder irgendetwas um des lieben Friedens willen erzählt, nur, um mitten im Satz zu unterbrechen und zu sagen: »Was für ein Trottel ich doch bin, ich hätte den Hintergrund horizontal malen müssen, dann würde es völlig anders aussehen. Tut mir leid, ich bin gleich wieder da, ich muss es zumindest skizzieren.« Sie fühlte sich dann ausgeschlossen, wie jemand, der nur durch Zufall bei ihm war, nur deshalb, weil der Herr Künstler nicht alleine schlafen mochte. Was für ein verdammter Egoist er doch war! Manchmal beobachtete sie, wie er sich dazu zwang, die Pinsel beiseitezulegen, sich die Hände zu waschen und ein wenig mit ihr zusammen zu sein. Sie fühlte sich dann wie eine Terroristin und schämte sich sogar dafür, doch sie konnte nicht anders. Sollte sie geduldig warten, bis der Herr Graf Zeit für eine Pause von seiner Tätigkeit fand? Einmal hatte er sogar geschrien, dass es nicht normal sei, dass sie auf die Pinsel eifersüchtig war. Hatte er recht? In gewisser Weise ja, denn sie war tatsächlich eifersüchtig darauf, dass er dummen Fantasien mehr Aufmerksamkeit schenkte als seiner Frau. War das verwunderlich?

Auf Zehenspitzen schlich sie noch näher heran, um zu sehen, was er malte. Trotz allem gefiel es ihr, ihm bei der Arbeit zuzusehen. Auf einen der beiseitegelegten Kartons hatte Robert einen Weg unter einen Spalier von Bäumen gemalt. Der Weg wurde zwar perspektivisch schmaler, verschwand aber nicht am Horizont, sondern löste sich von den Bäumen, wand sich nach oben und setzte sich dann in Richtung des Betrachters fort. Zwischen den Bäumen stand (ging?) ein Mensch. Auf dem Weg oberhalb von ihm befand sich eine ganze Menge von Leuten. Agnieszka assoziierte die Szenerie mit dem Bild von Juden, die ins Ghetto gingen. Vielleicht lag es an den Farbtönen des Bildes – »Kaltaquarell« nannte Robert diese Farbgestaltung ganz in verwässertem Blau und Grau. Alles wirkte so, als wäre es blau angelaufen und traurig.

Sie klopfte ihm auf die Schulter. Er stieß einen Schrei aus und sprang wie von der Tarantel gestochen auf.

»Bist du wahnsinnig? Willst du, dass mir eine Ader im Gehirn platzt?«, fuhr er sie an, während er den Kopfhörer abnahm. »Was machst du hier um diese Uhrzeit?«

»Ich sehe nach, ob du nicht mit einer Blondine zugange bist.«

»Was redest du da? Ich sollte jetzt doch eigentlich in der Arbeit sein. Außerdem bist du meine einzige Blondine.«

»Du machst mich ganz verlegen. Aber warum bist du nicht in der Arbeit?«

»Und du?«

»Ich habe einen freien Nachmittag bekommen, und zwar wegen meiner vorbildlichen Pflichterfüllung, meinem stets freundlichen Lächeln, meiner sexuellen Kollegialität und dem schönsten Busen der Abteilung.« Sie zog vielmeinend ihre Augenbrauen hoch.

»Ich befürchte, dass das alles wahr ist. Mir ist dagegen der Wagen liegen geblieben, und mein Herr Vorgesetzter hat gnädigerweise entschieden, dass ich nicht mit der Straßenbahn zu den Kunden fahren muss. Findest du nicht auch, dass das sehr nett von ihm ist? Ich hätte nie gedacht, dass er zu einem solch logischen Gedankengang fähig ist.« Roberts Stimme klang sarkastisch. »Ich hatte mir sogar schon eine Tageskarte gekauft.«

»Und was machen wir nun mit diesem so wunderbar angebrochenen Tag?«, fragte Agnieszka und wollte das Thema wechseln. Es sah ganz so aus, als wäre Robert sehr gut gelaunt. Vielleicht war ihre Enttäuschung verfrüht gewesen. Auch ohne Überraschung ließe sich ein romantischer Abend organisieren.

»Jetzt male ich, und dann überlegen wir weiter.«

»Gut, ich werde uns etwas Leckeres kochen.« Agnieszka versuchte sich nicht anmerken zu lassen, dass sie getroffen war. »Und wann wirst du fertig sein?«

»Wenn ich fertig bin, bin ich fertig«, antwortete er irritiert. »Ich habe keinen blassen Schimmer. Willst du, dass ich dir sage ›um siebzehn Uhr fünf‹ und genau in diesem Moment die Pinsel beiseitelege?«

»Nein …«

»Also frag nicht so doof! Wenn ich fertig bin, wirst du es als Erste erfahren, versprochen.« Er küsste sie, um sie zu besänftigen, setzte den Kopfhörer auf und kniete sich vor den Farben hin.

Sie betrachtete das Bild, an dem er arbeitete, und ein kalter Schauer lief ihr über den Rücken. Sie hatte diesen Ort nur einmal gesehen und würde ihn immer wieder erkennen. Es war der eigenartige Keller, in dem sie sich beinahe verlaufen hätten. Es war übrigens interessant, dass Robert keine Angst hatte, von dort die Staffelei zu holen.

Diesmal konnte man ihm nicht vorwerfen, dass er zu viele Blautöne verwendete. Der Malkarton triefte vor lauter Orange, Gelb und Rot – der komplette Gang sah aus, als ob hinter den

Wänden Lava glühen würde. Durch die Türspalte schienen Strahlen grellen Lichts hindurch. Je tiefer, desto heller war der Keller, so als hätte Robert einen Moment eingefangen, in dem am Ende des Kellers mit unheimlicher Wucht eine Bombe explodiert war. Sie war schon detoniert, das grelle Licht war angekommen, doch die Druckwelle noch nicht. Das war das beunruhigendste Bild, das sie jemals gesehen hatte. Es rief eine animalische Angst in ihr hervor. Agnieszka würde eher ausziehen, als zuzustimmen, damit zu leben, und das nicht nur wenn es in ihrer Wohnung an der Wand hing, sondern irgendwo im Gebäude.

Noch eins war sicher: Dies war definitiv der beste Entwurf, den Robert jemals angefertigt hatte. Er war überaus authentisch und erzeugte beim Betrachter gleichzeitig ein Gefühl des Entsetzens. Agnieszka beschloss, es ihrem Mann nicht zu sagen. Vielleicht würde er noch einen Stil finden, der bei ihr kein Knieschlottern und keinen trockenen Mund verursachte.

Ihre Klingel spielte die Erkennungsmelodie der Sendung »Sommer mit dem Radio«. Als sie diesen Klingelton gewählt hatten, hielt sie es für eine tolle Idee. Jetzt hätte sie lieber ein Klingelsignal gehabt, das einfach »ding-dong« machte.

»Hallo?«

Keiner meldete sich.

»Hallo«, sagte sie etwas schärfer. Sie hasste dumme Streiche. Immer noch nichts. Sie wollte schon den Hörer der Sprechanlage auflegen, als sie im Hintergrund Geräusche vernahm. Sie deckte ihr zweites Ohr mit der Hand zu und versuchte, die Geräusche aus dem Hof wahrzunehmen. Aus dem Hof? Sie hörte ein Flüstern, schnelle Schritte, im Hintergrund jaulte ein Hund. Neben dem Rauschen in der Sprechanlage hörte man deutlich eine zerberstende Scheibe. Dann eine zweite. Jemand fluchte. Das Gemurmel verstärkte sich, so als ob sich das ganze belauschte Ereignis durch das Kabel zu ihr durchquetschen wollte. Es war für Agnieszka nicht angenehm, aber sie war zu neugierig, was weiter passieren würde, und konnte den Hörer nicht vom Ohr nehmen.

»Nach rechts! Lasst sie nicht fliehen!«, rief eine Männerstimme, dumpfe Schritte ertönten.

Was passierte dort? Vielleicht drehten sie einen Film.

»Robert, schau mal vom Balkon runter!«, rief sie laut, aber Robert rührte sich nicht einmal. Das Kabel war zu kurz, um mit dem Hörer in der Hand ans Fenster treten zu können. Agnieszka hängte den Hörer daher an den Garderobenhaken neben ihrer Jacke und rannte zur Balkontür. Draußen war nichts zu sehen. Schnell ging sie zur Sprechanlage zurück und legte den Hörer wieder ans Ohr.

»Ja! So machen wir es! Sie hat es verdient!«, schrien irgendwelche Leute.

Ihnen antwortete ein leises, gleichzeitig aber so deutliches Wimmern, voller Schmerz und Resignation, dass Agnieszkas Knie weich wurden. Sie lehnte sich mit dem Rücken an die Wand. Was geschah dort, zum Teufel? Spielten sie ihr ein Gruselhörspiel durch die Haussprechanlage vor?

»Der Wille des Herrn geschehe, im Namen des Vaters, des Sohnes und des Heiligen Geistes. Amen«, sagte eine männliche Stimme. Es wurde absolut still. Agnieszka spürte jedoch, dass es noch nicht zu Ende war, dass diese seltsame Übertragung noch weiterging. Sie hörte das leise Knistern eines Feuers. Einen Moment später fingen die Flammen wie ein großes Gebirgslagerfeuer zu toben an. Die Leute begannen laut zu lärmen.

Was war dort los?

Nun stach aus dem Geräusch des lodernden Feuers und dem Geschrei der Leute eine vibrierende weibliche Stimme empor. Die junge Frau begann zu schreien, zunächst klang es unterdrückt, so als ob sie bis zuletzt versuchen würde, sich zurückzuhalten, um ihre Schwäche nicht zu offenbaren, doch allmählich wandelte sich der Schrei in ein schmerzerfülltes, unaufhörliches Brüllen, das einen an der eigenen Existenz zweifeln ließ. Der Schrei bohrte sich in Agnieszkas Gehirn wie ein rotglühender Metallstab. Gleichzeitig drang das Geräusch der Flammen, die die Frau folterten und töteten, an ihr Ohr. Während Agnieszka verkrampft den Hörer umklammerte, zwang sie sich, ihn vom Ohr zu nehmen und so weit wie möglich von sich wegzustrecken. Vielleicht war das nur eine Halluzination, aber sie sah, wie winzige Flammen aus dem Hörer der Sprechanlage herauszüngelten. Alles verstummte. Sie legte den Hörer auf und stand regungslos da. Sie starrte den Hörer an wie eine geladene Waffe, mit der man besonders vorsichtig umgehen musste.

Als »Sommer mit dem Radio« fröhlich neben ihr erklang, machte sie einen Satz zur Seite. Am Montag gehe ich zur Tomografie, entschied sie. So kann es nicht weitergehen.

Vorsichtig nahm sie den Hörer ab und antwortete leise, während sie ihn einige Zentimeter vom Gesicht weghielt:

»Hallo?«

»Guten Tag, ich heiße Oleg Kuzniecow. Ich bin von der Polizei. Wir haben uns schon einmal gesehen. Können wir einen Augenblick mit Ihnen sprechen?«

»Ja, natürlich«, sagte sie erleichtert.

8.

Die Wohnung von Janusz Stopa, eines in Übersee ausgebildeten Spezialisten für Marketingpsychologie, und seiner Frau Iwona, Personalchefin einer polnischen Tochterfirma eines großen französischen Konzerns (und gerade auf einer zweimonatigen Schulung im Ausland), war die außergewöhnlichste Wohnung im Block. Darin waren sich alle einig, die jemals dort gewesen waren. Eigentlich bestand sie aus drei Wohnungen. Die erste hatten sie von Iwonas Eltern bekommen, während sie noch studierte und er als idealistischer Psychotherapeut ein kümmerliches Dasein fristete. Sie hatte fast 60 Quadratmeter, drei Zimmer und – damals – eine Holzverkleidung an allen Wänden. So gut sie konnten, renovierten sie die Wohnung von seinem kleinen Gehalt – beschränkten sich also darauf, die Holzverkleidung herunterzureißen, die Schaben auszurotten und die Wände mit der billigsten Wandfarbe anzustreichen. Es war das Jahr 1989. Er war dreißig Jahre alt, sie fünf Jahre jünger. Sie waren glücklich und vertraten die Auffassung, dass Geldmangel irgendwie ein angeborenes Merkmal ehrlicher Menschen sei. So war es in ihren Familien seit Generationen gewesen. Dann kam das neue Polen, und viele Dinge änderten sich. Einige ihrer Bekannten, die sich bis dahin genauso mühselig durchgeschlagen hatten, wurden zu Neureichen. Sie kamen nun in neuen Klamotten auf einen Nescafé vorbei, erzählten von ihrem Urlaub in Griechenland und von dem starken, dickflüssigen und nutellasüßen Kaffee, der in kleinen Keramiktassen gereicht worden sei. »Ich sage es euch, erst da habe ich erfahren, wie Kaffee schmeckt. Das müsst ihr probieren«, schwärmte eine Bekannte, und sie lächelten voller Bewunderung und sagten, dass sie den Kaffee bestimmt einmal probieren würden. Sie hatten Pässe und wussten, dass sie überallhin fahren durften, konnten sich aber kein Wochenende in Krakau leisten.

Damals machte es ihnen noch nichts aus. Die Bekannten gingen wieder, und sie lachten und vergnügten sich miteinander im Bett. Was sollten sie mit Griechenland, wo sie doch einander hatten. Sie wünschten sich ein Baby, doch trotz vieler Versuche wurde Iwona nicht schwanger. Nach vielen Monaten, in denen sie sich vorgemacht hatten, dass es ihnen nichts ausmachte und es irgendwann schon klappen würde, nach Iwonas vielen Tränen, immer wenn sie wieder ihre Regel bekommen hatte, beschlossen sie, sich untersuchen zu lassen. Es stellte sich heraus, dass Iwona unfruchtbar war. Damals wussten sie nicht, was sie miteinander anstellen sollten. Vielleicht hätten sie ein Kind adoptieren sollen, vielleicht auch nicht. Die Entscheidung war zu schwierig.

Nach dem Studium begann Iwona, in einer westlichen Firma zu arbeiten. Viele westliche Unternehmen gründeten damals Filialen in Polen, und sie nahmen jeden, der halbwegs geeignet war und Fremdsprachen konnte. Da sie keine andere Lebenskonzeption hatte, stürzte sie sich nach dem ärztlichen Urteil in die Arbeit. Innerhalb von zwei Jahren avancierte sie zur Leiterin der polnischen Niederlassung, und plötzlich wurden sie und ihr Mann vergleichsweise wohlhabend. Ihre Wohnung verwandelte sich von einem Plattenbau-Loch in eine vom Innenarchitekten gestaltete Vorzeigewohnung. Weiß, mit dunklem Holz und Metallelementen. Die Küche erschien auf der Titelseite eines Inneneinrichtungsmagazins. Sie hätten natürlich eine Wohnung irgendwo im Zentrum kaufen können, in einem schönen Mietshaus, doch sie hatten eine Vorliebe für diesen Ort.

Iwona überredete Janusz, einen MBA zu machen. Sie war der Meinung, dass nur Marketing und Betriebsführung zählten, dass in diesen Bereichen die Jobs der Zukunft zu finden seien. Er war einverstanden, aber nicht, weil er daran glaubte, sondern weil es ihm zusetzte, sich von seiner Frau aushalten zu lassen. Sie half ihm, in die Staaten zu fahren. So konnte er in Boston ein Diplom erwerben. Dort entdeckte er auch die Möglichkeiten, die sich durch die Verbindung von Handel und Psychologie bieten. Er belegte gezielt Kurse, die Methoden zur Manipulation von Kunden lehrten. Nach seiner Rückkehr entwickelte er zusammen mit Iwona ein Schulungsseminar, und schließlich sandten sie einem guten Dutzend Firmen einen Brief, in dem sie eine unkonventionelle Schulung über Mechanismen der Handelspsychologie anboten. Natürlich hatten sie bei diesem Angebot viele dieser Mechanismen genutzt. Die Rückmeldung überraschte sie. Nach einem Monat war der Terminplan für die Schulungen im nächsten Jahr voll, und die

Herrschaften Janusz und Iwona Stopa wurden nicht nur wohlhabend, sondern sehr reich.

Zu diesem Zeitpunkt kauften sie zwei Wohnungen – eine gleich neben ihrer Wohnung (Nr. 56), mit knapp vierzig Quadratmetern, und eine zweite, die genauso war wie ihre erste, nur einen Stock höher lag (Nr. 61). Sogleich riefen sie ihren Architekten an und erteilten ihm den Auftrag, etwas ganz Besonderes aus den Wohnungen zu machen. Nakata (der Architekt, war zwar in Polen geboren, stammte aber aus Japan) schuf ein Wunderwerk. Die wagemutigste Idee bestand darin, in die Decke ein Loch von vier Metern Durchmesser zu schlagen, dessen Rand von Edelstahlsäulen gestützt wurde. Dieser Eingriff war möglich, weil die Öffnung in der Wohnungsdecke mit der Statik des Gebäudes vereinbar war. Im oberen Geschoss wurde die Öffnung mit einer Balustrade umfasst. In die Decke schlug man noch einige weitere kleinere Löcher, die mit Verbundglas bedeckt wurden. Diese Fenster zwischen den Ebenen wurden Zeugen unzähliger anstößiger Szenen, zu einer Zeit, in der Janusz und Iwona von der eigenen Sexualität sowie der ihrer Bekannten fasziniert waren, deren Anzahl proportional zu ihrem Kontostand angestiegen war.

Sie dachten nie darüber nach, doch seitdem sie reich geworden waren, sprachen sie nicht mehr über eine Adoption, was durchaus merkwürdig erscheinen konnte, da sie gerade jetzt die besten Bedingungen hatten, ein oder sogar zwei Kinder zu versorgen.

Janusz überlegte mittlerweile, ob sie vielleicht die Wohnung verkaufen und an den Stadtrand ziehen sollten. Er hatte genug von diesem verdammten Plattenbau, den provinziellen, armen Nachbarn und vom ewigen Gestank im Hausflur. Und dann vor Kurzem auch noch dieser Typ mit dem abgetrennten Kopf. Janusz hasste Selbstmörder. Seine Abneigung wurde dadurch hervorgerufen, dass man andere mit dem eigenen Tod verblüffen konnte, ohne jedoch das Ergebnis selbst mit ansehen zu müssen. Selbstmörder waren in Stopas Augen Idioten und Feiglinge, langweilige, zudringliche Menschen, denen es gelang, ihre Zudringlichkeit noch über den Tod hinaus aufrechtzuerhalten. Als er noch als Therapeut gearbeitet hatte, musste er sich jedes Mal beinahe übergeben, wenn wieder ein trauriger Kerl mit zitternder Stimme zu erzählen begann, dass er daran denke, »Schluss zu machen, Sie verstehen ...«

Janusz setzte sich mit einem Werbeprospekt von Media Markt in den Sessel. Sofort warf er die Seiten mit Haushaltsgeräten beiseite – Kühlschränke interessierten ihn überhaupt nicht. Dann fing er an, die Heimkinosysteme zu studieren. Philips oder Sony? DVD, DTS, RDS, MPG, VCD ... Die Hälfte dieser Abkürzungen kannte er nicht. Er konnte im Internet nachschauen, um sie zu entschlüsseln, aber eigentlich reichte ihm die folgende einfache Information: Je mehr Abkürzungen es gab und je höher der Preis, desto besser waren die Geräte. Die Erfahrung der letzten Konsumjahre sagte ihm, dass so etwas wie »gut und billig« nicht existierte. Das war lediglich eine findige Werbeidee, die arme Schlucker dazu veranlasste, ihre letzten Notgroschen für etwas zusammenzukratzen, das sie nicht brauchten. Und dann glaubten sie auch noch, dass sie etwas »Gutes« bekamen. Oh, heilige Naivität!

Janusz beschloss, die teuerste Anlage zu kaufen, und mit dem Gefühl, etwas erreicht zu haben, bestellte er sich per Telefon eine Pizza. Er duschte und bekam beim Gedanken an seine Frau, die schon einige Wochen fort war, Lust auf Sex. Vielleicht sollte ich mir mal eine Frau bestellen, dachte er. Schließlich machen das viele Männer so. Keine Bekannte, keine Arbeitskollegin, keine Geliebte mit Erwartungen – einfach nur eine Prostituierte, die vorbeikommt, fröhlich vögelt und ohne Probleme wieder verschwindet. Warum eigentlich nicht? Er schlug eine Zeitungsseite mit Erotik-Kontakten auf. »Die größte Auswahl in Warschau.« Er wählte die Nummer und schluckte vor Aufregung. Er hatte so etwas noch nie gemacht.

»Agentur ›Der Siebte Himmel‹, was kann ich für Sie tun?«

»Guten Tag, ich möchte ein Mädchen bestellen.« Janusz verzog sein Gesicht. Ich rede so, als würde ich eine Pizza bestellen, dachte er.

»Brünett, blond, rothaarig, kleiner oder großer Busen, jünger, älter?«

»Äh, um die dreißig, nicht zu groß, am liebsten C, aber vielleicht können Sie mir etwas empfehlen?«

»Nehmen Sie Eva. Der Busen ist zwar etwas kleiner, B, doch Sie werden es nicht bereuen. Sie ist die feurigste Rothaarige in ganz Warschau, und sie ist gerade frei. Für eine Stunde?«

»Ja, das reicht.« Er kam sich immer idiotischer vor. Vielleicht sollte er doch den Hörer auflegen.

»Oder vielleicht zwei Stunden? Dann bekommen Sie die dritte gratis. Wie wäre das?«

»Sie überschätzen mich.« Sie war wohl wahnsinnig geworden. Was sollte er drei Stunden lang mit dieser Eva tun? Etwa über seine Frau sprechen?

Auf Nachfrage der jungen Frau im Callcenter nannte er seine Adresse.

»Okay. Das Mädchen kommt zusammen mit einem Bodyguard in einer Stunde. Sie bezahlen ihm 150 Złoty. Dann erst holt er das Mädchen. Ich mache Sie darauf aufmerksam, dass nichts aus dem Rendezvous wird, wenn Sie Zygfryd nicht gefallen sollten.«

»Zygfryd?«

»Na, dem Bodyguard.«

»Ich verstehe.«

»Dann wünsche ich Ihnen viel Spaß und bedanke mich dafür, dass Sie unsere Agentur gewählt haben. Sie werden es sicher nicht bereuen.«

»Danke, auf Wiederhören«, antwortete er mechanisch.

Lieber Gott, er hatte nicht vermutet, dass es in dieser Branche so serviceorientiert zuging. Er hatte gedacht, dass es eine düstere Schattenwelt sei, doch selbst bei Pizza Hut hatten sie ihn nicht besser behandelt.

Es klingelte.

Er erhob sich träge aus dem Sessel und ging zur Tür. Die Haussprechanlage war in der Wohnung eines der Dinge, die nicht per Fernbedienung funktionierten. Leider.

»Ja?«

»Pizza für Sie.«

9.

Oleg und der Dünne standen ein weiteres Mal bei den Aufzügen im ersten Stock, so als ob ihnen hier die Lösung einfallen würde. Doch vielleicht wurden sie auch von dem Ort angezogen, an dem etwas derart Unglaubliches geschehen war.

Still rauchten sie.

»Ich fühle mich so langsam wie Agent Scully«, sagte der Dünne, als er vom Müllschacht zurückkam, in den er die Zigarettenasche abstreifte. »Keiner weiß etwas. Es geschehen merkwürdige Dinge, und keins davon ist auch nur ansatzweise witzig.«

»Stimmt«, meinte Oleg. »Bleibt die Frage, ob wir dafür zuständig sind. Wir haben einen Ort, an dem Menschen Unfälle zustoßen, das war's. Keiner ermordet hier jemanden. Es wird noch nicht einmal jemand überfallen. Es gibt Opfer und keine Täter. Die Polizei wird hier nicht gebraucht.«

Der Dünne setzte sich an die Wand und nahm sich die nächste Zigarette. Er wollte sie gerade anzünden, als ihm klar wurde, dass er an der Stelle saß, wo der Kopf gelegen hatte. Er rutschte ein wenig in Richtung Fenster.

»Bis jetzt«, sagte er.

»Was soll das heißen, ›bis jetzt‹?« Oleg zog verwundert seine Augenbrauen hoch.

»Vielleicht wird schließlich irgendwer jemanden umlegen.«

»Warum das? Weil der Anteil an Sonderlingen hier höher ist als anderswo? Hör mir auf. Genauso gut könnte man alle einlochen, die in der Werkstatt arbeiten, in der ich meinen Punto reparieren lasse. Das ist vielleicht eine Bande von Durchgeknallten …« Oleg fluchte bei dem bloßen Gedanken an diese Meister. »Ich sage dir, hier haben wir nichts verloren. Wir laufen hier herum, drehen uns im Kreis, suchen nach einer logischen Erklärung für einen gewöhnlichen – gut, vielleicht einen nicht ganz gewöhnlichen – Unfall, und das mit einem Eifer, den wir in einen besseren Fall investieren sollten. Und die andere Arbeit bleibt liegen.«

»Und was sagst du zu den Neuigkeiten aus der Verwaltung?« Der Dünne sah ihn fragend an.

»Dass die Hälfte der Wohnungen leer steht? Das wundert mich nicht. Die Leute fliehen aus den Plattenbauvierteln. Diejenigen, die Geld haben, um sich eine Wohnung zu kaufen, nehmen lieber einen Kredit auf und ziehen woandershin. Ich würde hier auch nicht leben wollen. Außerdem, wenn du recht hast und es hier wirklich spuken sollte, dann muss man sich nicht wundern. Es gibt nicht viele Interessenten, und daher stehen Wohnungen leer. Lassen wir es gut sein, dann können wir uns den Fall aus Łomianki vornehmen.«

Der Dünne antwortete nicht.

»Was willst du denn?«, begann Oleg erneut. Er wurde jetzt lauter. »Soll ich von Tür zu Tür laufen und sagen: ›Entschuldigen Sie bitte, in diesem Haus geschehen merkwürdige Unfälle, ziehen Sie hier besser weg!‹?«

»Ich weiß es selbst nicht«, entgegnete der Dünne zögernd. »Hast du bemerkt, dass nur wir alleine etwas sehen? Die Bewohner sind vielleicht nicht gerade entspannt, aber irgendwie auch nicht sehr aufmerksam. Als würden sie etwas schlucken. Ich verstehe es nicht, und ich weiß, dass du eigentlich recht hast, aber ich spüre, dass die Geschichte noch nicht zu Ende ist. Ich befürchte, wenn wir jetzt locker lassen, werden wir bald wieder herkommen müssen, wegen irgendeiner Leiche. Und dann wegen noch einer. Und wenn sich dann doch herausstellt, dass es keine Unfälle waren? Dass es jemand plante? Dass es einen Täter gibt? Wie werden wir uns dann fühlen?«

»Du spinnst, Alter. Es zieht dich hierher, weil du zu viel liest. Die Alte sprang vom Balkon. Die Zeugen haben gesehen, dass sie alleine war. Der junge Kerl war im Aufzug auch alleine. Warum sollten wir Emilia nicht glauben. Der Typ, der in den Aufzugschacht fiel, na gut, vielleicht hat ihn jemand hineingestoßen, aber es gibt nicht mal ein halbes Indiz. Absolut nichts!«

»Und was sagst du zu der Zeichnung dieses jungen Łazarek und dazu, was er und seine Frau gesagt haben?« Der Dünne gab nicht so leicht auf.

»Jetzt geht die Fantasie völlig mir dir durch.« Oleg setzte sich als Zeichen seiner Resignation gequält an die Wand. »Der Typ malt schreckliche Bilder. Das ist sein gutes Recht. Seine Frau hat eine Panikattacke im Aufzug, in dem jemandem der Kopf abgerissen wurde. Auch sie hat das Recht dazu. Mich wundert das gar nicht. Vielleicht leidet sie außerdem an Schizophrenie, hat einen Hirntumor oder einfach eine schwere Neurose. Es interessiert mich nicht, und dich sollte es auch nicht interessieren.«

Oleg zog aus seiner Tasche ein Fläschchen mit ukrainischem Cognac, und beide nahmen einen Schluck. Sie schwiegen und sahen sich nicht an. Dann standen sie wie auf Kommando auf und gingen zusammen zum Ausgang im Erdgeschoss.

Der Dünne stöhnte.

»Gut, meinetwegen. Ich würde mir nur noch gerne den Keller anschauen, und dann hauen wir ab.«

»Aber nicht heute. Wir können nächste Woche reinschauen, wenn ich aus dem Urlaub zurückkomme.«

»Okay, ich werde in der Zeit eine Menge Arbeit haben.«

Hinter der Türscheibe war es bereits dunkel, und sie sahen

im Glas deutlich ihre Spiegelbilder sowie den leeren Flur hinter sich. Eine der Leuchtröhren blinkte und summte nervös, als würde sie sie antreiben wollen. Sie blieben aber immer noch stehen und überlegten, warum sie das Gefühl hatten, etwas vergessen zu haben.

Die Tür öffnete sich plötzlich, obwohl keiner von ihnen die Hand auf die Klinke gelegt hatte. Beide Männer lachten laut los und gingen hinaus, ohne sie zu schließen.

Die Tür schloss sich von selbst.

10.

Was konnte eine einsame Neunundzwanzigjährige an einem Freitagabend, an ihrem Geburtstag, machen? Leute zu sich einladen, ins Kino gehen, sich mit Freunden in der Stadt treffen, sich auf Video einen Film mit Meg Ryan anschauen – es gab hundert Möglichkeiten. Doch Rachela Michalak machte sich für eine Versammlung in der Arbeit zurecht, und sie tat es mit Freude. Die Organisation des quartalsmäßigen Treffens aller Abteilungsleiter an einem Freitagabend war für sie das allerschönste Geburtstagsgeschenk. Vor allem, weil sie zum ersten Mal, seit sie in der Firma arbeitete, das Treffen leiten sollte.

Na gut, leiten ist ein bisschen viel gesagt, dachte sie, während sie zum hundertsten Mal vor dem Spiegel ihr Kostüm zurechtzupfte. Jetzt hatte sie den Eindruck, soweit das überhaupt möglich war, dass die Nylonstrumpfhosen schief saßen und man auf ihnen Schattierungen sehen konnte. Sie korrigierte sie vorsichtig, um kein Loch zu machen, aber jetzt sah es noch schlimmer aus. Sie zog sie aus und dann wieder an. Diesmal langsam und sorgfältiger. Einen Augenblick lang versuchte sie sich an ihren letzten Gedanken zu erinnern. Moment. Worüber hatte sie gerade …? Ach ja, leiten war zu viel gesagt, schließlich sollte sie nur den Diaprojektor bedienen und so ihren Chef bei seinem Vortrag über die Firma unterstützen. Viele waren sicher der Meinung, dass dies eine Aufgabe für eine Sekretärin war, da sie für eine junge Leiterin einer Firmenabteilung, wie es Rachela war, zu banal war und sie unterforderte. Sie dachte anders. Nicht nur einmal hatte sie miterlebt, dass ein schlechter Ablauf beim Diawechseln – zu langsam oder zu schnell – den Geschäftsführer zum Eingreifen gezwungen hatte. Noch vor einem halben Jahr wollte sie beinahe vor Scham im Boden versinken, als eine ihrer Mitarbeiterinnen durch Zufall den Computer ausgeschaltet und so den Chef zur Unterbrechung seiner Präsentation und der bissigen Bemerkung gezwungen hatte: »Man sieht, dass wir immer noch zu wenig für die Computer-Schulungen unserer Mitarbeiter ausgeben.«

Jetzt würde sie es alleine machen, und alles würde einfach PERFEKT laufen. Sie verließ die Wohnung im dritten Stock und lief rasch die Treppen hinunter. Im Erdgeschoss blieb sie vor der Eingangstür stehen, um sich ein letztes Mal in der Glasscheibe anzusehen. Sie zupfte das Dekolleté ihrer Bluse zurecht. War es nicht zu tief? Sie wurde unruhig bei dem Gedanken, dass es jemand bemerken könnte, und wollte noch einmal zurück in ihre Wohnung gehen, doch sie hatte keine Zeit mehr. Das Taxi wartete, und sie musste in einer Viertelstunde in der Firma sein. Dort würde sie ohnehin alles noch einmal überprüfen. Bei einer solchen Aufgabe durfte man sich keinen Fehltritt erlauben.

Als sie die Tür aufdrücken wollte, ließ diese sich nicht öffnen. Sie rüttelte heftig daran, aber ohne Erfolg. Welcher Dummkopf schloss denn die Eingangstür ab? Sie nahm ihren Schlüsselbund aus der Handtasche, steckte den passenden Schlüssel ins Schloss und versuchte, ihn zu drehen. Vergeblich setzte sie ihre ganze Kraft ein. Schließlich verwendete sie den langen Wohnungsschlüssel als Hebel – es krachte, und der Schlüssel brach entzwei. Der größte Teil blieb im Schloss stecken.

Sie stieß einen wütenden Schrei aus. Was soll ich tun, was soll ich tun, dachte sie fieberhaft. Wie soll ich hier rauskommen, damit ich nicht zu spät komme? Vielleicht durch ein Fenster bei den Nachbarn im Erdgeschoss? Die haben zwar Gitter davor, aber ein Teil lässt sich wahrscheinlich öffnen. Sie lief zu der Gittertür, welche den Aufzugsbereich vom Gang trennte, der zu den Wohnungen führte, und begann, alle Klingeln zu drücken.

Niemand kam heraus.

Sie drückte alle noch ein paarmal. Wieder nichts.

»Bitte nicht!«, flehte sie mit tränenüberströmtem Gesicht. »Warum ist denn ausgerechnet jetzt keiner da?«

Oh Gott, dachte sie, das war's dann wohl. Karriere ade, Arbeit ade. Aus und vorbei! Halt, Moment, man kann doch vom Gang im ersten Stock auf das Vordach klettern und von dort aus hinunterrutschen oder springen. Klar doch! Sie lief zur Treppe. Die Tür zum Treppenhaus war verschlossen. Verwundert trat sie einen Schritt zurück. Wie konnte das sein? Das war doch unmöglich. Noch vor einer Minute war sie hier durchgegangen, und die Tür war offen gewesen. War sie zugefallen? Wann? Sie riss an der Klinke und hielt im nächsten Augenblick das Stück Metall in der Hand, während sie auf der anderen Seite der Tür ein metallisches Klirren hörte. Na fabelhaft!

Die Aufzüge!

Keiner von beiden war unten. Sie drückte den Knopf und wartete. Sie mussten hoch oben sein, weil keiner auftauchte. Noch einmal drückte sie den Knopf. Die Diode leuchtete grün, doch ansonsten passierte nichts. Nichts regte sich. Keine Seile, die sich hinter der Scheibe bewegten – Vorboten, dass die Kabine bald erscheinen würde. Nichts.

Sie stand regungslos da und wurde auf einmal unruhig. Sie erinnerte sich, was hier vor Kurzem geschehen war. Plötzlich war es ihr nicht mehr wichtig, rechtzeitig in die Firma zu kommen. Sie sehnte sich jemanden herbei. Irgendjemanden. Es war

Freitagabend, eine Menge Leute waren um die Uhrzeit unterwegs. Bestimmt würde gleich jemand kommen, und sie würden sich etwas einfallen lassen, zum Beispiel einen Schlüssel- oder Aufzugdienst anrufen. Zu dumm, dass sie ihr Handy in der Arbeit gelassen hatte. Sonst hätte sie selbst anrufen können.

Noch einige Male drückte sie den Aufzugknopf, ohne an die Wirkung zu glauben. Sie stand da und trommelte mit ihren Fingern gegen ihren Oberschenkel. Die blinkende Leuchtröhre über ihrem Kopf surrte grell und sprühte Funken. Rachela schrie auf und lief zur Eingangstür. Sie spürte, dass ihr etwas auf das Brustbein drückte, ihre Hände kribbelten, und das Blut pulsierte heftig in ihrem Kopf. Sie fürchtete sich und konnte nichts dagegen tun. Die Angst breitete sich in ihrem Körper aus wie Alkohol an einem eisigen Tag. Sie begann, mit den Händen gegen die Tür zu schlagen, und rief um Hilfe. Sie drückte ihren Kopf an die Tür und schirmte das Gesicht mit den Händen ab, um zu schauen, ob draußen jemand vorbeiging. Aber genauso gut hätte sie versuchen können, etwas hinter einem Badezimmerspiegel zu erkennen. Während sie erfolglos angestrengt hinaussah, hörte sie hinter sich einen Aufzug.

Sie ging zwei Schritte auf ihn zu und seufzte. Der Aufzug war nicht leer. Etwas bewegte sich darin. Sie sah es, obwohl sie noch weit weg stand. Es war kein Mensch, es war auch kein Hund. Es sah eher so aus, als wäre die gesamte Kabine mit Kakerlaken beklebt. Rachela hörte deutlich das Knirschen der aneinanderreibenden Chitinpanzer.

Sie begann, so laut zu schreien, wie sie nur konnte. Sie spürte, dass der Schmerz ihr den Hals zerriss. Im Mund hatte sie den Geschmack von Blut, doch sie achtete nicht darauf. Sie wog nicht ab, ob ihr die Stimmbänder reißen würden und ob sie jemals wieder einen Ton von sich geben können würde. Hauptsache lauter, immer höhere Töne, damit sie jemand hörte!

Und dann, möglicherweise durch den Klang ihrer Stimme, zerbrach die Scheibe in der Aufzugtür. Rachela sah, wie durch den Spalt die ersten Insekten herauskrabbelten. Ohne mit dem Schreien aufzuhören, begann sie, mit den Händen, Ellenbogen und Knien gegen die Eingangstür zu schlagen. Die Kakerlaken erreichten die Treppenstufen. Als die erste neben ihrem Schuh angekommen war, drehte sie sich mit dem Rücken zur Tür und erblickte unter den Briefkästen eine zerbrochene Fliese. Sie stürzte darauf zu, hob sie auf und warf sie mit voller Wucht gegen die verglaste Eingangstür. Doch anstatt die größte Scheibe zu treffen, zerschmetterte die Fliese ein schmales Glaselement daneben, durch das sie nicht hinausgelangen konnte.

Das Glas zersprang in mehrere Stücke, und Rachela Michalak sah, bevor sie starb, dass hinter der Scheibe nichts war, nur eine absolute Schwärze, und dass die Scheibenteile, anstatt mit der Fliese nach draußen zu fliegen, mit großer Geschwindigkeit nach innen flogen, so als hätte jemand von der anderen Seite einen Stein geworfen. Eines dieser Glasstücke, lang und dünn wie ein Eiszapfen oder der Dolch eines Mörders, flog in ihre Richtung und durchbohrte die vom Schreien ermüdete Kehle.

Die junge Frau sank auf die Stufen. Sie hatte keine Angst mehr. Ihr letzter Gedanke war, dass es in dieser Gegend eigentlich gar keine Kakerlaken gab und dass es idiotisch war, ein Arbeitstreffen an einem Freitagabend zu organisieren.

11.

Erdgeschoss, Eingang / 8. November 2002, 21.30 Uhr.

Frau: Du wartest hier?

Mann: Ja. Ich werde hier unten warten. Wenn du also früher fertig bist, komm einfach runter. In anderthalb Stunden tanzt du in Mokotow.

Frau: Ohne Vögeln?

Mann: Die Arschlöcher veranstalten einen Junggesellenabend. Sie haben auch fürs Vögeln des »Bald-Ehemannes« bezahlt. Aber du weißt ja, wie es ist. Sie werden ein bisschen besoffen dreinblicken, und das war's.

Frau: Zweifelst du etwa an mir?

(Lachen)

Mann: Quatsch! Aber wir können gerne wetten. Willst du?

Frau: Dass ich ihn durchvögeln werde? Okay. Wenn es nicht klappt, gebe ich dir meinen Anteil. Wenn es klappt, legst du noch mal so viel drauf.

Mann: Abgemacht, aber zuerst müssen wir zu dem einsamen Jan Kowalski. Gehen wir rein. Warte, ich läute.

(Klingel)

(Stille)

Frau: Vielleicht schläft er schon. Hast du seine Telefonnummer?

Mann: Ja, warte, ich rufe an.

(Stille)

Mann: Er nimmt nicht ab. Versuchen wir, direkt bei ihm anzuklopfen. Läute mal bei den Nachbarn. Am besten bei allen, sollen sie ruhig mal ein bisschen miteinander quatschen.

(Klingel)

(Stille)

Frau: Verflucht noch mal. Mir gehen hundertfünfzig flöten.

Mann: Wenn du dir in Mokotow Mühe gibst, dann wirst du schon deinen Schnitt machen. Gehen wir, oder willst du es weiter versuchen?

Frau: Wir gehen, was soll's. Es gefällt mir hier sowieso nicht.

Kapitel 4

Es ist schwierig, einer Ordnung Sinn zu geben, die sich gegen die Vernunft richtet.

Warschau, Bródno. Aufschrift an der Friedhofsmauer bei der Ulica Odrowąż.

1.

Agnieszka wurde durch die Wärme aufgeweckt. Eine für den November starke Sonne fiel durch das geschlossene Fenster und heizte die dunkelblaue Bettwäsche auf. Noch im Halbschlaf stieß sie die Decke von sich fort und blinzelte mit einem Auge, um auf die roten Ziffern des Radioweckers zu schauen. 11.11 Uhr.

Oh Gott, dachte sie, wann habe ich das letzte Mal so lange ausgeschlafen? Ich glaube, das war noch bei den Eltern. Am Abend zuvor war sie eigentlich nicht eingeschlafen, sondern hatte vielmehr das Bewusstsein verloren, während sie versuchte, ein paar Seiten im ›Malteser Falken‹ zu lesen. Und dieses Mal wurde ihr Schlaf durch nichts gestört. Seitdem sie hier eingezogen waren, hatte das leiseste Geräusch genügt, um sie aufzuwecken. Manchmal wälzte sie sich dann bis zum Sonnenaufgang von einer Seite zur anderen, weil sie nicht mehr einschlafen konnte. Es kam vor, dass sie eine irrationale Angst verspürte, das Licht anmachte und las, um sich abzulenken. Dazu kam es meistens, wenn sie von ihrem Albtraum heimgesucht wurde. Es war stets der gleiche, stets ohne Ende, stets aufs Neue erschütternd. Sie fürchtete sich davor, ihn einmal bis zum Ende zu träumen.

Doch heute war es anders. Sie fühlte sich munter und ausgeruht wie nie zuvor. Ruhig. Sie legte die CD mit den besten Hits von Rod Stewart ein, öffnete das Fenster und atmete ein paar Mal tief durch. Sie schaute hinter den Vorhang, der das Schlafsofa vom Rest des Raumes trennte (es war ein erbärmlicher Ersatz für ein Schlafzimmer). Robert saß mit dem Rücken an die Wand gelehnt auf dem Fußboden. Zwischen seinen Beinen lag ein vollgekritzelter Malkarton. Er kaute auf dem Pinselstiel herum und starrte zum Fenster. Er hatte noch nicht einmal bemerkt, dass sie aufgestanden war.

»Was werden wir jetzt mit diesem wunderbaren Tag anfangen?«, fragte sie sich leise, während sie die Kissen in den Bettkasten des ausziehbaren Sofas steckte und sich im Takt von ›Rhythm of my heart‹ wiegte. Zuerst werde ich einen Kaffee trinken, dachte sie sich, dann etwas fürs Frühstück holen. Robert würde sich am Nachmittag sicher zu einem Spaziergang überreden lassen. Abends ein nettes Essen … Ach, das Leben konnte doch schön sein.

Agnieszka wünschte sich, dass sie heute einen außergewöhnlich schönen Tag haben würden. Und sie hoffte, dass Robert glücklich und entspannt sein würde, bereit, die beste Nachricht zu empfangen, seit sie sich kennengelernt hatten.

Aber zuerst soll er noch malen, dachte sie sich. Seine gestrigen Skizzen waren zwar in der Tat grauenerregend, aber zugleich sensationell. Solch eine Unruhe beim Betrachter auszulösen, indem man sich nur eines Pinsels bediente – das war Kunst. Wer wusste es schon, möglicherweise würde ihr Problem bald darin bestehen, was sie zur Vernissage im Zentrum für Zeitgenössische Kunst anziehen sollte, und seins, wie er in Interviews antworten sollte – und ihr gemeinsames, ob es im Juni in der Dominikanischen Republik nicht zu heiß sein würde und es nicht besser wäre, im Oktober dorthin zu fahren und zunächst für ein Weekend nach Stockholm zu düsen.

Sie lachte strahlend. Das Leben war toll, und es würde noch besser werden.

2.

Er saß da und betrachtete den Zeichenkarton, auf dem er am späten Abend lediglich ein paar skizzenhafte Striche mit dem Bleistift gemacht hatte. Er dachte zum x-ten Mal, dass es unmöglich war. Er konnte beim Zeichnen zwar abschalten und in einen rauschähnlichen Zustand geraten, aber noch nie hatte er am nächsten Tag seine eigene Zeichnung gesehen und festgestellt, dass sie nicht von ihm stammte. Verzweifelt versuchte er, eine Erklärung zu finden. Konnte es sein, dass etwas so tief in ihm saß und so stark war, dass es ohne sein bewusstes Zutun auf dem Zeichenkarton erschien, ähnlich wie Träume, die ja auch unbewusst auftauchten? Klang diese Theorie wahrscheinlich? Ganz sicher nicht!

Gestern hatte er erneut versucht, die beiden Persönlichkeitsmerkmale Aggression und Sensibilität zu skizzieren. Und wieder war es äußerst zäh gelaufen. Er hatte Striche aufs Papier gebracht, die zu nichts nütze waren, Figuren und Formen gezeichnet, die nichts bedeuteten. Manchmal war daraus etwas anderes entstanden – zum Beispiel Skizzen vom Keller –, etwas, das offensichtlich aus seiner Seele stammte. Aber dies waren Abschweifungen, weit entfernt von dem, was er eigentlich darstellen wollte. Er war seinem Ziel keinen Strich nähergekommen.

Und jetzt auch das noch.

Zuvor hatte er einen merkwürdigen Albtraum gehabt. Er hatte geträumt, dass er in das Haus seiner Mutter in Masuren zurückgekehrt war. Er hatte keine Unruhe verspürt, keine Angst. Auf dem Weg dorthin sprang er von einem Stein auf den nächsten, wie er es nach einem sehr guten Schultag gerne getan hatte. Er bog von der Hauptstraße ab, ging durch ein kleines Wäldchen und kam auf einer Wiese an, auf der ihr kleines Häuschen stand. Nachdem seine Mutter beschlossen hatte, nach einer enttäuschten Liebe aus Warschau wegzuziehen – Robert war damals fünf gewesen –, kaufte sie ein einfaches Bauernhaus. Zwei Zimmer, eine Küche mit einem Kohleofen – völlig verwahrlost. Das alles in einen bewohnbaren Zustand zu bringen, dauerte zwei Jahre. Seine Mutter verdiente ihr bescheidenes Einkommen durch den Verkauf ihrer Bilder, Buchillustrationen sowie (was er erst viel später erfuhr) Zeichnungen für Porno-Comics, die auf dem Schwarzmarkt im Umlauf waren. Wenn es warm war, schliefen sie in einem großen Militärzelt, das auf der Wiese hinter dem Haus aufgeschlagen war, und im Winter in einem der Zimmer, in dem das Dach so weit repariert war, dass es nicht mehr hineinregnete. Er hatte gute Erinnerungen an diese Nomadenzeit. Seine Mutter kümmerte sich intensiv um ihn und versuchte, die Unannehmlichkeiten ihres Lebens wieder wettzumachen – etwa den Wohnortwechsel oder dass er im neuen Kindergarten zunächst als »Fremder« und als »Warschauer« abgelehnt wurde.

Endlich waren die Bauarbeiten zu Ende. Das Zelt behielten sie zur Erinnerung und zogen nun in das Haus ein, das um einen Raum erweitert worden war. Dieser war doppelt so groß wie der Rest. Sie bezeichneten ihn als Saal. Der Saal hatte siebzig Quadratmeter, und die Decke war am höchsten Punkt sieben Meter hoch. Alle Dachsparren und Balken sowie die Bretterverschalung waren sichtbar. Ohne Decke und Trennwände wirkte der Saal besonders groß. Nachts, wenn die einzige Lichtquelle der große, gemauerte Kamin war, tanzten schwarze Schatten im roten Licht, die durch die dicken Balken und Dachsparren geworfen wurden, und der höchste Punkt im Saal versank in pechschwarzer Dunkelheit, so dass man Angst hatte, dorthinzuschauen. Robert schlief häufig lieber im Saal als in seinem Zimmer, und vor dem Einschlafen betrachtete er fasziniert die Schwärze. Er hatte den Eindruck, dass es da nicht leer war, sondern dass dort ein dunkles Nichts blubberte. Er stellte sich vor, dass die Schwärze herunterkam, wenn das Licht ausging, und sich dicke Tropfen von ihr abspalteten, die versuchten, auf sein Bett zu fallen – sie versteckten sich sofort, wenn nur ein Funken sprühte oder seine Mutter eine neue Kerze anzündete. Wenn er so dalag und versuchte einzuschlafen, genoss er den unheimlichen Anblick, während seine Mutter in der Saalecke saß, wo sie ihr Atelier hatte, und mit kurzen Pinselstrichen und Pünktchen (sie zog nie eine Linie, die länger als einige Zentimeter war) auf der Leinwand eine fantastische Welt voller Farben und Formen entstehen ließ. Der Geruch des Saals – des Terpentins, der Ölfarben, des brennenden Holzes und des schmelzenden Kerzenwachses – war der Geruch seiner Kindheit. Einer Kindheit, die damals magisch und fantastisch war und sich dann – als seine Mutter etwas sonderbar wurde – verwandelte, und zwar in … nicht wichtig. Schnee von gestern! Es machte keinen Sinn, alte Wunden aufzureißen. Gut, dass er sie losgeworden war. Er war 300 Kilometer weit weg und frei.

Leicht gesagt: »Es hat keinen Sinn, alte Wunden …« Doch da war dieser Traum. Er näherte sich darin dem Haus. Alles war noch in Ordnung. Er ging an einer Reihe von Sonnenblumen vorbei, streichelte dabei liebevoll ihre großen Köpfe, und erst jetzt machte ihn etwas unruhig. Er sah auf und erkannte, dass aus dem Schornstein des Saal-Kamins dichter schwarzer Rauch qualmte, als würde jemand Reifen verheizen. In dünnen Schwaden drang der Rauch auch aus dem Spalt unter der Tür hervor, breitete sich über der Erde aus und legte sich um die Sonnenblumenstängel und seine Füße, ohne dabei auf Windstöße zu reagieren.

Robert öffnete die Tür und befürchtete, drinnen nur Flammen und Rauch vorzufinden, doch auch dort breitete sich ein schwarzer Nebel aus, der nur vom Boden bis über die Knie reichte. Er rief: »Mama! Bist du da?« – »Ja, ja, ich arbeite im Saal!«, rief sie zurück. Das beruhigte ihn etwas. Vielleicht war es normal, dass Rauch sich auf diese Weise ausbreitete.

Er betrat den Saal. Die Vorhänge waren zugezogen. Im Kamin brannte kein Feuer, dafür befand sich ein riesiger Gluthaufen darin, der mit scharlachrotem Glanz strahlte. Es war so heiß, dass man kaum atmen konnte. Roberts Mutter malte bei Kerzenlicht. Sie hatte ihm den Rücken zugewandt. Er bemerkte, dass der Rauch nicht aus dem Kamin kam. Vielmehr strömte aus den mit einer sauberen, weißen Flamme brennenden schwarzen Kerzen jenes »Etwas« in dicken Rauchschwaden aus und sammelte sich am Boden an. Er trat näher, um einen Blick auf das Bild zu werfen, an dem seine Mutter arbeitete. Es war merkwürdig. Es stellte eine dunkle Wand dar, die mit Fenstern bedeckt war – es erinnerte ein wenig an die Wände der großen Wohnblocks in Suwałki. In einem Teil der Fenster brannte Licht, so dass auf einem schwarzen Wandstück ein weißes Abbild von Munchs »Schrei« erkennbar war. Es war nur ein Bild, doch es war so schrecklich, dass Robert wegrennen wollte. Selbstverständlich konnte er sich nicht von der Stelle rühren, wie das in Träumen eben ist. Gegen seinen eigenen Willen trat er noch näher heran.

Die weißen, stets langen und gelockten Haare seiner Mutter verbargen ihr Gesicht. »Komm einen Moment her, ich möchte dir etwas Tolles zeigen«, sagte sie leise, ohne sich umzudrehen. »Ich bin zu dem Schluss gekommen, dass es höchste Zeit für ein Selbstbildnis ist. Schade, dass ich es nicht gemalt habe, als ich jung war«, fügte sie hinzu und kicherte los.

»Hör auf, du bist doch jung«, widersprach er, und seine eigene Stimme drang zu ihm wie durch eine Wand.

»Nein, nein, ich bin nicht jung, ganz im Gegenteil, ich bin

schon sehr alt, so alt, dass ich seit vielen Jahren nicht mehr am Leben sein sollte.« Erst jetzt sah er ihre Hand, die den Pinsel hielt. Sie war erschreckend dünn. Die eng über den Knochen gespannte, faltige Haut erinnerte an die Schale eines Bratapfels. Die Fingernägel waren lang und krumm. An den Daumen waren sie in die Finger hineingewachsen. Es war ekelhaft und erschreckend. Robert wollte schreien, aber er war nicht in der Lage dazu. Er trat noch einen Schritt nach vorne. In diesem Moment stellte seine Mutter den Pinsel, aus dem ebenfalls das Nichts herausrauchte, in ein Glas und wandte sich ihm zu. Er wollte ihr Gesicht nicht sehen, konnte aber seinen Blick nicht abwenden. Er konnte weder die Augen schließen noch die Hand heben, um sie sich auszustechen. Er hätte alles getan, um bloß nicht hinsehen zu müssen. Doch er sah das Gesicht einer Leiche mit Augen, in denen weißes Licht loderte.

Dann war er aufgewacht.

Das Brodeln des elektrischen Wasserkochers riss ihn aus seinen Gedanken. Er hörte Agnieszkas Pfeifen und das Klirren des Löffels, der gegen die Becherwand stieß. Er hatte nicht einmal bemerkt, dass sie aufgestanden war.

Agnieszka kam mit ihrem Kaffeebecher in der Hand zu ihm herüber. Sie war bereits angezogen.

»Hallo, Süßer, was möchtest du zum Frühstück?«

»Was gibt es denn?« Es war fast Mittag, und er hatte noch nicht einmal gemerkt, dass er hungrig war.

»Was du willst. Ich werde zu Carrefour einkaufen gehen, du kannst sogar marinierte Calamares haben. Musst es nur sagen.«

Sie war bestens gelaunt. Kein Wunder, bestimmt wurde sie nicht von Albträumen geplagt. Und dann hatte sie obendrein noch zwölf Stunden geschlafen! Er verspürte Wut. Warum fiel ihm alles so schwer? Warum musste sie sich nicht so quälen? Sah sie nicht, wie viel ihn das alles kostete? Die Arbeit, das Leben zu Hause, das Malen, in letzter Zeit sogar der Schlaf. Verdammte Egoistin, blöde Dorfkuh. Machte ein süßes Gesicht, und in Wirklichkeit zerriss sie ihn, wollte so viel wie möglich für sich. Sollte sie doch ruhig wieder einen Anfall im Aufzug bekommen, diese gestörte Mythomanin!

Er bemerkte, dass er vor Wut seine Hände mit voller Kraft zusammenballte. Es tat weh. Er sah auf seine Handflächen, als gehörten sie einem anderen. War er es, der sie zusammengeballt hatte? Hatte er nicht vor einem Moment über seine Frau wie über eine fremde Person gedacht? Verdammt, er war wohl übermüdet.

»Was? Zu Carrefour? Prima.«

Prima, sie würde mindestens eine Stunde lang nicht da sein. Er würde duschen und sich etwas entspannen. Vielleicht konnten sie später ein Bier trinken gehen oder einen Film im Kino anschauen. Er brauchte irgendeine Ablenkung.

»Kauf etwas für das Baguette, ja? Wir machen uns welches mit Thunfisch und Tomate. Kauf auch frisches Basilikum, wenn es welches gibt. Ein leichtes Mittagessen ist genau das Richtige. Vielleicht gehen wir nachher irgendwohin aus.«

Sie trat zu ihm heran und küsste ihn auf den Mund.

»Gern, sehr gern. Ich werde so schnell wie möglich zurück sein.« Sie blickte auf den Malkarton. »Malst du seit heute Morgen? Zeig mal … Das ist doch der Saal! Und da in der Ecke malt deine Mutter. Sie hat nur nicht so lange Haare, oder? Gar nicht übel. Und ganz schön schnell hast du es geschafft. Gestern habe ich das noch nicht gesehen.«

Jetzt war ein guter Moment, um ihr alles zu erzählen. Dass er sich nicht erinnerte, das Bild gemalt zu haben, dass er einen furchtbaren Traum gehabt hatte, sich merkwürdig fühlte und außerdem gestern seine Arbeit verloren hatte. Und dass er sich in diesem Moment schlecht fühlte und nicht wollte, dass sie ging. Dass er sich zusammen mit ihr hinlegen wollte, dass sie sich an ihn schmiegen und wiederholen sollte, dass sie ihn liebte und dass alles gut werden würde. Er brauchte es. So sehr wie sonst nichts, er wusste es irgendwo tief in seinem Inneren, und jetzt tauchte dieses Gefühl einen Moment lang an der Oberfläche auf. Er öffnete seinen Mund, um ihr alles zu beichten.

»Ach, das ist nur eine kleine Skizze, eine Probe. Ich habe damit gestern im Laufe des Tages begonnen, sie hat nur unter den anderen Blättern gelegen. Vergiss nicht, Paprika mitzubringen, okay? Ich habe gestern den Rest aufgebraucht.«

»Okay, geht klar«, antwortete sie.

Er wartete darauf, dass sie fragte, ob er ihr nicht noch etwas erzählen wolle, ob alles in Ordnung sei. Doch sie ging in die Küche zurück, um den Becher abzustellen.

»Ach, Liebling, da wäre noch etwas!«, rief er ihr hinterher.

»Ja?«

Er holte tief Luft. Jetzt oder nie.

»Mach mir einen Kaffee, wenn du schon in der Küche bist. Ich würde auch gerne einen trinken.«

3.

Er wollte trinken. Nein, er wollte nicht trinken, er starb beinahe vor Durst. Er war weder in der Lage, seine Zunge zu bewegen, noch seinen Mund zu öffnen, er hatte keine Spucke, die er hätte schlucken können. Jemand anders hätte vielleicht gedacht, dass dies Anzeichen einer schweren Krankheit waren, vielleicht wäre er sogar in Panik geraten. Doch Wiktor wusste, dass er einfach einen ungeheuren Kater hatte. Er stand langsam auf, ohne dabei die Augen zu öffnen, ging an den Kühlschrank und nahm eine Flasche Mineralwasser ohne Kohlensäure heraus.

Er trank die Hälfte, und erst dann wagte er es, die Augenlider zu öffnen. Etwas krachte im Inneren seines Kopfes. Er drückte die Plastikflasche an seine Brust und kehrte mit geschlossenen Augen ins Bett zurück.

Er rechnete damit einzuschlafen.

Doch mitnichten.

Er wälzte sich ein wenig im Bett hin und her, um eine gute Position zu finden. Eine, in der er Lust bekommen würde zu schlafen. Doch je mehr er sich wälzte, desto wacher wurde er. Schließlich gab er auf und beschloss aufzustehen. Er setzte sich vorsichtig auf die Bettkante und schüttete den Rest des Wassers in sich hinein. Langsam wurde es besser.

Die Zeit seit dem gestrigen Nachmittag war ein schwarzes Loch. Er erinnerte sich nur daran, dass er eine Flasche gekauft hatte und damit nach Hause zurückgekehrt war. Dann war es sicherlich wie immer gewesen. Er blickte im Zimmer umher, um einzuschätzen, was in der vergangenen Nacht passiert war. Es war nicht so übel, zumindest nicht so, wie es früher gewesen war. Die Flasche lag irgendwo auf dem Boden herum, vollkommen leer, so dass sie ihn nicht als Weckamin locken würde. Nirgends sah er Erbrochenes, im Bett keine Spuren von Exkrementen, alles in allem gar nicht so schlecht.

Er zog die Vorhänge auf. Die Sonne wurde von den schmutzigen Scheiben nicht abgeschirmt und strahlte ungehindert in sein Gesicht, was ihn beinahe umgebracht hätte. Er stöhnte laut und drehte seinen Kopf weg. »Eine Dusche, Kaffee, ein belegtes Brot«, murmelte er und ging ins Badezimmer.

Er pinkelte, spülte und drehte die Wasserhähne der Badewanne auf. Etwas braune, rostfarbene Flüssigkeit lief heraus, dann schnaubte der Hahn ein paarmal, nieste mit dem letzten Wasserrest, und das war's.

»Na dann gute Nacht!«, seufzte Wiktor. »Konntet ihr keinen anderen Zeitpunkt finden, das Wasser abzudrehen, ihr elenden Hurensöhne?«

Er schlug mit voller Kraft gegen die Armatur. Dann drehte er die Hähne ein paarmal auf und zu, was natürlich nichts brachte. Da er sich nicht waschen konnte, fühlte er sich noch schmutziger als zuvor. Seine Haut fühlte sich klebrig an, und er stank fürchterlich. Alles, was er brauchte, um sich besser zu fühlen, war ein wenig Wasser.

In der Küche lief ebenfalls kein Wasser. Der Wasserhahn gab lediglich eine lange gurgelnde Melodie von sich. Im Kühlschrank waren zum Glück noch zwei Flaschen Mineralwasser. Wiktor nahm sie heraus und grübelte, wie er sich mit drei Litern waschen konnte. Schließlich stieg er mit den Flaschen in die Wanne. Zunächst befeuchtete er das Handtuch und rieb damit seinen Körper ab. Dann seifte er sich ein, am Ende wusch er sich in der gleichen Weise ab, das heißt er rieb vielmehr mit dem feuchten Handtuch die Seife von seinem Körper. Den Rest des eiskalten Wassers goss er einfach über sich. Mit dem zweiten Handtuch rieb er sich trocken und fluchte dabei die ganze Zeit mit den schlimmsten Ausdrücken, die ihm einfielen.

»Die Dusche« hatte er hinter sich. Jetzt war das Frühstück an der Reihe. Er schüttete löslichen Kaffee in eine Tasse, nahm den Teekessel vom Herd und hielt ihn unter den Wasserhahn. Er stand einen Augenblick so da, bis er begriff, dass aus dem Hahn kein Wasser kam und er den Rest des Mineralwassers benutzt hatte, um die Seife von seinen Füßen abzuspülen. Er begann so heftig zu lachen, dass er sich setzen musste. In der Hoffnung auf ein Wunder warf er erneut einen Blick in den Kühlschrank (vielleicht gab es sich selbst auffüllende Kühlschränkchen, so wie es sich selbst deckende Tischlein gab), doch es waren lediglich zwei Packungen mit Orangensaft vorhanden. Im Gefrierfach fand er dafür Eiswürfel. Geduldig klopfte er das Eis heraus, zerkleinerte es und steckte es durch den Hals in den Teekessel. Voller Stolz setzte er schließlich das Wasser auf.

Einige Minuten später saß er bereits am Schreibtisch samt zwei belegten Broten mit Käse und einem Becher Kaffee. Er schaltete den Computer ein.

Durch den Alkohol malträtiert, reagierte sein Magen sehr schnell auf die Behandlung mit dem starken Kaffee. Wiktor rannte ins Badezimmer, doch als er sich diesmal daran erinnerte, dass er kein Wasser hatte, war ihm gar nicht mehr nach Lachen zumute. Dafür fiel ihm schnell ein, was er tun konnte. Er goss die zwei Liter Orangensaft in eine Schüssel und spülte damit die Toilette.

»*Voilà*«, sagte er und ließ den Klodeckel mit einem Knall zufallen. Wahrhaftig eine Überlebensschule, Scheiße! Es gibt doch nichts Besseres, als in einer großen Agglomeration zu leben und täglich in den Genuss der Errungenschaften der Zivilisation zu kommen, dachte er.

Er beendete sein Frühstück und öffnete ein neues Dokument. Er wollte eine Gliederung für seinen Text über die Wohnblocks erstellen, bevor er damit begann, Material zu sammeln. Der Computer zeigte Viertel vor elf. Genau richtig, dachte er sich. Bis zwei werde ich arbeiten, dann hole ich etwas zum Mittagessen und einen Wasservorrat. Klasse!

Eine halbe Stunde verging, und der Bildschirm blieb die ganze Zeit weiß, nur der Aschenbecher neben der Tastatur füllte sich.

Also, Sukiennik, du verdammter Faulpelz, schreib irgendwas, bloß hör auf, auf diesen Bildschirm zu starren! Du weißt, dass es schon irgendwie gehen wird, Hauptsache du fängst endlich an.

Er tippte:

irgendwas

Er trommelte einen Moment lang mit den Fingern auf die Tischplatte und tippte weiter:

Na siehst du, sehr schön, irgendwas, jetzt weiter, also, hopp, hopp, trala, lala, schreiben wir Sukiennik die ganze Zeit, weil wir sonst nichts schreiben werden, bla bla bla bla, Arschloch, hey hey, was geht, bitterer Wodka, mir fällt nichts ein, Block, Block, Block, heb deinen Rock

Er unterbrach. Diese Methode funktionierte manchmal, aber nicht immer. Trotzdem versuchte er es weiter:

und vielleicht ein bisschen mehr mit Sinn, überleg mal, was du über die Wohnblocks schreibst, damit es frisch wirkt, ohne »sagt der Psychologe«, ohne Hip-Hop und Sportklamotten, weil das alles schon auf einer Million Seiten bearbeitet wurde, nichts über pathologische Zustände, sondern über die Alltäglichkeiten, die Zurückgezogenheit, Entfremdung und darüber, wie es möglich ist, dass es auf der Welt so viel Raum gibt und hier auf jeder Seite jemand hinter der Wand sitzt

Er unterbrach erneut. Es begann zu funktionieren. Er löschte alles, was er zuvor geschrieben hatte, und fing an, alles in Punkten aufzuzählen:

1. Stell dir einen Block vor, in dem die Wände und Decken aus Glas sind
2. Zeig reale Menschen, die in einem Gebäude wohnen; es kann dein Block sein, aber nicht notwendigerweise
3. Die Aussagen gelangweilter Experten (Soziologe, Psychologe, Erzieher, Priester, Polizist) in Kästchen stellen; konzentriere dich auf die Geschichten
4.

Es erschien keine Vier. Dafür kam ihm die Idee, den Posteingang zu überprüfen.

Halt, halt, Panie Sukiennik, Sie wollten doch bis zwei Uhr arbeiten, und es ist jetzt noch nicht einmal zwölf!

Ja, ja, aber das dauert doch nur einen Moment, rechtfertigte er sich und ging ins Internet. In der Mailbox war lediglich eine Spam-Mail, die ihn auf eine Seite locken wollte, auf der man angeblich sah, wie eine Mutter sich mit ihrer Tochter vergnügte. Er löschte sie. Er nahm sich vor, bis zehn nach zwei zu arbeiten. Dafür würde er jetzt, da er schon einmal im Netz war, noch bei der Buchhandlung Czarnoksiężnik nachschauen, ob es irgendwelche Neuerscheinungen gab. Als sich die ersten Elemente der Seite aufbauten, drückte er auf »Stop« und wählte aus seinen Favoriten »Google«.

Warum war es ihm nicht früher in den Sinn gekommen? Weronika hatte doch, wo auch immer sie jetzt arbeitete, zweifellos eine E-Mail-Adresse und beteiligte sich wie üblich an Diskussionsgruppen, an Foren, möglicherweise waren auch irgendwelche Artikel von ihr erschienen. Das war die einfachste Art, sie zu finden!

In die Suchzeile schrieb er »weronika sukiennik barska« (vielleicht benutzte sie ihren Mädchennamen). Dazu schrieb er noch »veraikon« – das war das Kürzel, das sie häufig verwendete.

Er drückte »Enter«.

»Could not open the page …«

Er fluchte. Was für ein Tag. Was würde denn noch alles passieren? Er klickte »zurück«, doch die gleiche Meldung erschien. Er konnte überhaupt keine Seite laden. Er schaute in die Bildschirmecke. Kein Wunder, dass es nicht funktionierte, denn die Verbindung war unterbrochen. Nachdem ein paarmal »keine Verbindung zum Netzanbieter« hergestellt werden konnte, gab er auf, weil er annahm, dass in der Telekomunikacja Polska wieder einmal das System überlastet war. Gott sei Dank geschah dies nicht mehr ganz so häufig, aber es war immer nicht noch berauschend.

Um sich zu vergewissern nahm er den Telefonhörer ab. Stille. Er drückte ein paarmal auf den Knopf. Die ganze Zeit Stille.

Er stand vom Schreibtisch auf und warf sich aufs Bett. Er fühlte sich so, als hätte er eine Tonne Kohle geschaufelt.

Fassen wir zusammen, dachte er. Wasser gibt's nicht, zu essen gibt's nicht, zu trinken gibt's auch nichts, das Telefon ist tot. Du hast keine Ideen und dazu auch noch Kopfschmerzen. Du wolltest eigentlich bis zwei Uhr arbeiten (sogar bis zehn nach zwei), aber man muss flexibel sein. Jetzt machst du einen Spaziergang und gehst einkaufen, schnappst ein wenig frische Luft, lüftest deine Rübe und arbeitest dann am Abend. Einverstanden?

Wiktor war ganz mit sich einverstanden, zog sich an und ging hinaus.

4.

In den letzten Wochen hatte Kamil den Hausarrest in Bezug auf alle möglichen Hausarbeiten eifrig für sich genutzt. Er führte eine Art italienischen Generalstreik durch, da er schlicht befunden hatte, dass das Verbot absolut war.

Er trug den Müll nicht hinaus, ging nicht einkaufen und holte auch kein Bier, wenn sein Vater es vergessen hatte. Wenn seine Alten zu hartnäckig wurden, antwortete er: »Gut, ich gehe, und bei der Gelegenheit schaue ich kurz in der Buchhandlung vorbei.« Dann kam es zum Streit (»Du willst in die Buchhandlung? Hast du etwa unsere Abmachung vergessen?« Bla, bla, bla …), bei dem er sich letztlich durchsetzte. Wenn sie es so wollten, konnten sie es so haben. Es war alles etwas kindisch, doch manchmal war dieser Partisanenkrieg sein einziges Vergnügen, also genoss er es in vollen Zügen, indem er sich jedes Mal neue Konfliktursachen ausdachte.

Doch heute hatte er schon genug. Das Wetter war wunderbar, ein ungewöhnliches Sonnenfenster eröffnete sich inmitten der grauen Mauer, die Polen von Oktober bis April abschirmte. Er stand auf dem Balkon, gegen das Geländer gelehnt, und hatte den Eindruck, dass alle Welt die grauen Wohnungen mit den zu niedrigen Decken verlassen hatte. Zwar war schon morgen der letzte Tag seines Hausarrests, und am Montag würde er sicherlich nicht vor Mitternacht nach Hause kommen, doch am Montag konnte es wieder grau, nass und herbstlich sein, wie jedes Jahr am Unabhängigkeitstag.

Lange trieb er sich in der Küche herum und beklagte sich, dass nichts Ordentliches zum Frühstücken da sei und warum sie die Brötchen von gestern essen sollten (die in Wirklichkeit von vorgestern waren), obwohl sie genauso gut frische essen konnten. Außerdem jammerte er, dass es keine Tomate für die belegten Brötchen gab und sie alle aufgrund eines Vitaminmangels noch Hämorriden bekommen würden und so weiter. Schließlich rief seine Mutter, die mit ihrer Geduld am Ende war, dass er endlich Ruhe geben, sich Brötchen und Tomaten holen und am besten erst in einer Stunde wiederkehren solle.

Sie hatte ihren Satz noch nicht beendet, da war Kamil schon auf dem Gang. Er öffnete die Gittertür zum Treppenhaus und flog förmlich die Stufen hinunter.

5.

Jeden Moment würden sich Agnieszka, Kamil und Wiktor – die Hauptakteure der Ereignisse, die sich in den nächsten fünf Tagen abspielten (oder vielmehr die positiven Hauptakteure) – unten bei der verschlossenen Eingangstür treffen. Zu diesem Zeitpunkt kannte ich keinen von ihnen persönlich, aber ich ahnte bereits, dass mich von dem Moment, in dem jemand an meine Wohnungstür klopfen und fragen würde: »Was, zum Teufel, geht hier vor?«, weder Monate noch Tage trennten, sondern nur Stunden. Es war unvermeidlich. Ich überlegte, was ich ihnen sagen würde. Ob sie bereit für die Wahrheit waren? Ob sie sie hören wollten?

Ich hatte nach langem Zögern verstanden, dass wir durch Lügen und Verschwiegenheit an einen zu dunklen Ort geführt worden waren. Wir konnten uns keine mehr leisten. Nur die Wahrheit konnte diejenigen, die es tatsächlich wollten, befreien. Und diese Menschen waren – wie ich meinte – in der Mehrheit, auf der einen wie auf der anderen Seite.

6.

Die Nachbarin der Łazareks aus dem achten Stock, von der Agnieszka sich den Kellerschlüssel geliehen hatte, saß regungslos in einem tiefen Sessel am Fenster. Sie war mit keinem Menschen jemals so eng verbunden gewesen wie mit diesem Möbelstück. Die mit Plüschstoffen bedeckten Armlehnen wirkten wie Prothesen ihrer Arme, und die hohe Kopfstütze war ihre beste Freundin, die liebevoll ihren Kopf berührte. Die Jahre der Einsamkeit hatten dazu geführt, dass sie etwas eigentümlich geworden war und sich nur in ihrem Sessel sicher fühlte. Jedes Verlassen dieses Bereichs, in dem ein weinroter Bezug dominierte, verursachte Händezittern, weiche Knie und einen schnelleren Herzschlag. Sie sagte sich, dass es das Alter sei, doch es war etwas anderes.

In diesem Sessel hatte sie auf den Knien ihrer Mutter gesessen, als noch niemand von Orten gehört hatte, in denen Menschen unter, über und neben einem wohnten. Hier hatte sie zu Großmutters Füßen gesessen und zugesehen, wie aus ihren Stricknadeln Pullover, Schals und Wollmützen herausflossen. In diesen Sessel war ihr verletzter Vater gesunken. Sie erinnerte sich daran, dass er kein Wort sagen konnte, sie nur liebevoll anschaute und kurz danach im Sessel starb. Hier hatte sie einen Tee getrunken, als ihr Fruchtwasser abging, und hier hatte sie auch gesessen, als ihr Mann in der Küche einen Herzinfarkt bekam. Manchmal dachte sie, dass sich dieses Möbelstück an zu viele Emotionen erinnerte und dass sie mehr zu ihm gehörte als der Sessel zu ihr. Sie hätte ihn schon längst loswerden sollen, doch sie wollte es nicht – und sie wollte nicht zugeben, dass sie seine Gefangene war.

Jetzt saß sie seit vielen Stunden regungslos in diesem Sessel, sicherlich seit dem gestrigen Abend, ohne ein Auge zuzutun. Sie horchte. Als sie im Flur ein fröhliches Rufen hörte: »Na dann tschüs, ich bin in einer Stunde wieder da«, das Zuschlagen einer Tür und das Trampeln junger Füße, die die Treppen hinunterliefen, seufzte sie erleichtert. Die Lösung nahte – und vielleicht würde auch sie sich von dem weinroten Bezug befreien.

Jarek Kwaśniewski, ein achtundzwanzigjähriger Bewohner im zehnten und obersten Stock, betrachtete das Panorama Bródnos und freute sich, dass er endlich sein Experiment durchführte. Er hatte Vorräte für mindestens fünf Tage. Gestern hatte er die Kabel von Telefon, Fernseher und Computer in den Müllschacht geworfen. Ein Schlüsselset hatte er per Kurier zu seinem Freund geschickt, mit dem Vermerk, dass die Sendung erst am Mittwoch abgeliefert werden sollte. Mit dem zweiten Set hatte er alle Schlösser verriegelt. Dann hatte er die Schlüssel mit einer Metallfeile kaputt gemacht.

Bis Mittwoch würde er hier nicht herauskommen. Er konnte niemanden anrufen, keine Mails versenden und auch keinen Kontakt mit der Außenwelt aufnehmen. Ihm standen ganze fünf Tage für Meditation, die Arbeit an sich selbst und seine Lebensbeichte zur Verfügung. Entweder würde er wahnsinnig oder neugeboren werden. Er hatte die ehrliche Hoffnung, dass ihm Letzteres gelingen würde.

Paulina, eine alleinerziehende Mutter, die mit ihrer siebenjährigen Tochter im sechsten Stock wohnte, kämpfte mit dem Wasserhahn in der Badewanne.

Die alte Armatur hatte die traurige Angewohnheit, entweder eiskaltes oder aber siedend heißes Wasser auszuspucken. Alles, was dazwischen lag, war nicht gerade ihre Sache. Paulina gelang es aber schließlich, eine angenehme Wassertemperatur zusammenzumischen, goss ein wenig Kinderschaumbad in die Wanne (die Flasche hatte die Form eines Schneemanns) und rief Ania. Das Mädchen lief mit einem Arm voller Spielzeuge ins Bad und sprang ins Wasser.

»Bleibst du bei mir?«, fragte sie.

»Ich kann nicht, ich muss jemanden anrufen«, antwortete Paulina. Ihre Tochter sah betrübt aus.

»Wenn das so ist, dann bring mir das Radio, damit ich Musik hören kann.«

»In Ordnung, was möchtest du hören?«

»Michał …«

»Auf keinen Fall«

»Na dann das Schweinchen.«

Paulina überprüfte noch mal die Wassertemperatur und brachte das kleine rosafarbene Radio mit dem CD-Player ins Bad. Sie schloss es an die Steckdose neben dem Spiegel an, drückte die Play-Taste und sah Ania vielsagend an: »Nur ohne Toben, meine Liebe.« Dann ging sie aus dem Badezimmer. Aus dem CD-Player kam schon das Lied, das davon handelte, dass »ein paar Kumpels und ein oder zwei Stöcke« genügten, um ein Haus zu bauen. Schade, dass nicht alles so einfach ist, dachte sie und griff nach dem Telefonhörer, um mit ihrem »Bis-vor-Kurzem-Ehemann« die nächsten Verhandlungen zu beginnen.

Es war besetzt.

Sie hörte ein Platschen. Was machte das Kind bloß schon wieder? Sie stellte den Ton im Fernseher ab (es lief gerade eine Sendung aus Jamaika mit irgendeinem polnischen Meisterkoch – der führte vielleicht ein Leben), um die aus dem Bad kommenden Geräusche besser zu hören.

Sie wählte noch einmal die Nummer.

Sie hörte ein erneutes Platschen. Ania schrie kurz auf, der Fernseher und das Licht gingen aus, die Luft war mit dem Geruch von Ozon erfüllt. Paulina lief sofort in das dunkle Badezimmer. An der Wasseroberfläche schwamm das Kinderradio. Sie spürte, dass sie starb. Sie hatte Angst, ihre Hände ins Wasser zu tauchen. Sie hatte Angst, dass sie von dort die Leiche ihrer Tochter herausholen würde. Sie schrie auf, als sie irgendetwas Feuchtes an der Hand berührte.

»Mama ...«

Ania stand tropfnass neben ihr. In der Hand hielt sie ihren Plastikbären.

»Mama, das ist nicht meine Schuld, wirklich! Ich bin aus der Wanne gestiegen, weil der Bär rausgefallen ist, und ohne ihn macht das Baden keinen Spaß, dann wollte ich zurück, und dann hab ich gesehen, wie das Radio heruntergefallen ist, aber ich habe es wirklich nicht berührt, Mama, ich schwöre es. Denkst du, dass es jetzt kaputt ist?«

Marianna und Witold Dobrzyński lagen nebeneinander im Bett und hielten sich an den Händen. Sie hatten mehr miteinander durchlebt, als irgendjemand je gerne in seinem Leben durchmachen würde. Sie sprachen es nicht laut aus, aber das einzige Gefühl, das sie nicht gemeinsam erfahren hatten, war das Gefühl des Todes. Sie hatten ihn schon seit vielen Jahren erwartet und waren dabei noch unzertrennlicher geworden. Sie hatten Angst, davon heimgesucht zu werden, während sie alleine waren. Doch der Tod war nicht gekommen. Sie sprachen es nicht aus, doch sie befürchteten, dass der böswillige Sensenmann extra auf einen Moment wartete, in dem sie sich trennten. Deshalb hielten sie einander noch krampfhafter fest. Jetzt, da sie im Bett lagen, mussten sie nichts laut äußern, weil sie es ohnehin beide ganz genau fühlten. Der Tod war sehr nahe. Es reichte, die Hände nicht loszulassen.

Die leer stehenden Wohnungen, und es gab hier viele davon, wurden an diesem Samstag noch leerer und kühler als sonst. In der Zweizimmerwohnung im Erdgeschoss gaben die Rohre über dem Waschbecken klopfende Geräusche von sich. Die übliche Wohnblock-Armatur mit den Kunststoffhähnen schüttelte sich wie ein Mensch, der erfolglos versucht, sich zu übergeben, und schließlich stieß sie einen Strahl aus schwarzem, dichtem Rauch aus. Es war der gleiche Rauch, der in Roberts Traum aus den schwarzen Kerzen im Atelier seiner Mutter strömte. Die tiefe Schwärze schluckte das gesamte Licht der verlassenen Wohnung, bedeckte den Fußboden, wanderte die Wände hoch und hüllte dabei in kurzer Zeit auch die Decke und die Fenster in Dunkelheit ein. Dann begann sie, Spalten, Rohre, Kabel und Belüftungsgitter zu suchen, um weiterzuwandern.

7.

Zu zweit beobachteten sie, wie die junge Frau zum x-ten Mal versuchte, die Tür zu bewegen, dieses Mal, indem sie gleichzeitig die Klinke nach unten drückte und versuchte, die Tür mit der Schulter nach oben zu schieben. Sie war voller Entschlossenheit und sah dabei wunderschön aus. Wiktor dachte unwillkürlich, dass er seit der Trennung von Weronika keine Frau mehr gehabt hatte. Und bis zu diesem Moment, in dem er diese attraktive Blondine in dem engen Pulli sah, die mit der Tür kämpfte, hatte er kein Bedürfnis danach gehabt.

»Junge Frau«, begann er ruhig, »die Tür ist kaputt, und der

Rest des Schlüssels, mit dem sie abgeschlossen wurde, steckt im Schloss. Sie werden sie nicht öffnen können.«

»Woher wollen Sie das wissen?«, schnaufte sie. »Haben Sie versucht, sie aus den Angeln zu heben?«

Wiktor seufzte und blickte zur schmutzigen Decke hinauf.

»Eine Viertelstunde lang, bevor Sie gekommen sind. Kamil und ich haben so ziemlich alles versucht.« Er schaute vielsagend zu dem Jungen, der neben ihm stand, und gab ihm so ein Zeichen, dass er sich ins Gespräch einschalten sollte.

»Ja, ja, genau, alles«, bestätigte Kamil eifrig, »aber vergeblich.«

»Das besagt lediglich«, erwiderte sie und ließ schließlich die Tür los, »dass Sie sich ungeschickt angestellt haben und keine Experten sind. Sagen Sie dem Hausmeister Bescheid, dass er aufmachen soll, und ich steige aus dem Fenster im ersten Stock.« Sie nahm ihre Tasche und lief ins Treppenhaus.

Kamil trat an die Tür und drückte resigniert seine Stirn gegen die Scheibe.

»Das geht mir einfach nicht in den Schädel«, sagte er. »Endlich kann ich irgendwo hingehen, einfach nur so, alleine, nicht mit Vater im Auto, und dann ist abgesperrt.«

»Was soll das heißen, ›mit Vater im Auto‹? Wartest du, wenn du die Straße überqueren willst, auch auf eine ältere Begleitperson?« Wiktor konnte sich seine boshafte Bemerkung nicht verkneifen.

»Haha, sehr witzig! Ich will dir sagen, was los ist. Ich hab seit einem Monat Hausarrest. Ich gehe nur zur Schule. Mein Alter fährt mich hin und holt mich auch wieder ab. Davon abgesehen darf ich nur aus dem Haus, um bei Vater zu arbeiten, und auch dann fährt er mich. Klar?«

»Bist du nicht zu alt für solche Spielchen?«

»Und bist du nicht zu alt, um in Treppenhäuser zu kotzen, in bepissten Hosen herumzulaufen und im Aufzug wie Hundescheiße zu stinken?«

Wiktor öffnete den Mund, um etwas zu erwidern, doch er hörte auf der Treppe das Trampeln von Agnieszkas Schuhen und beschloss, lieber ruhig zu bleiben.

»Gut, wir sind quitt«, murmelte er nur.

Die junge Frau kam sichtlich durcheinander aus dem Treppenhaus.

»Ich verstehe das überhaupt nicht«, sagte sie. »Das Fenster im ersten Stock lässt sich auch nicht öffnen. Ich weiß nicht, vielleicht bin ich zu schwach …«

»Ich werd es versuchen.« Kamil rannte nach oben und Agnieszka blieb bei Wiktor stehen. Sie zündete sich eine Zigarette an und blickte sehnsüchtig auf die durch die Herbstsonne erhellte Welt hinter der Eingangstür.

»Eines ist sicher. Ich ziehe hier so schnell wie möglich aus.«

»Also sobald das möglich sein wird?«

»Sehr witzig! Es passieren hier zu viele merkwürdige Dinge. Robert, mein Mann, hatte recht, als er sagte, dass dieses Angebot verdächtig günstig sei. Wenn ich aus Warschau wäre und die Zeitungen hier lesen würde, dann wüsste ich sicherlich, dass man sich von diesem Ort fernhalten sollte.«

»Da kann ich Sie beruhigen …«

»Agnieszka, bitte duzen Sie mich.«

»Wiktor. Ich kann dich beruhigen. Schau mal, ich bin aus Warschau, lese regelmäßig Zeitung und habe noch keine erschütternden Berichte über ein Haus gelesen, in dem es angeblich spukt. Obwohl ich zugeben muss, dass man nicht nur einen Artikel darüber schreiben könnte. Das letzte Ereignis war nicht der erste Vorfall.«

Agnieszka wandte sich blitzartig zu ihm.

»Gab es ein Feuer? Ist jemand verbrannt?«

»Nein, nein, zumindest weiß ich nichts darüber. Das Feuer war recht klein, die Mieterin geriet in Panik und sprang vom Balkon. Verbrannt ist keiner. Wie kommst du darauf?«

Sie zog an ihrer Zigarette und schaute sich nach einem

Aschenbecher um. Schließlich warf sie die Zigarette auf den Boden und trat sie aus. Wiktors aufmerksamem Blick entging nicht, wie schön sich dabei ihr Schenkel in der eng anliegenden Hose anspannte.

»Ich hatte merkwürdige Halluzinationen«, antwortete sie zögernd. »Außerdem werde ich von Albträumen geplagt, ich will nicht darüber reden … ist was mit dir?«

Wiktor spürte, wie das Blut aus seinem Gesicht wich und sein Hals zu einem Block aus Stahlbeton erstarrte. Seine Hände begannen bereits taub zu werden, seine Kehle war völlig trocken. Nur mit Mühe konnte er sich beherrschen.

»Es ist nichts, ich mag es bloß nicht, wenn jemand über schlechte Träume spricht. Ich schlafe selbst nicht besonders gut.«

Einen Augenblick lang sagten sie nichts, sondern schauten sich in die Augen, verbunden durch die Erinnerung an nächtliche Wahnbilder sowie durch das plötzliche Gefühl, dass tatsächlich etwas so war, wie es eigentlich nicht sein konnte. Wiktor dachte, dass dieser Robert ein Glückspilz war. Das Mädchen war nicht majestätisch schön, aber sie hatte etwas. Und diese Lippen – als ob sie im Vergleich zum Rest des Gesichts zu groß waren. Sehr sexy. Ob das, was sie sah, für sie wohl interessant war? Das zerklüftete Gesicht eines fünfzehn Jahre älteren Mannes? Dicke Tränensäcke und schlecht frisierte, ungepflegte Haare, weil das Wasser nicht gereicht hatte? Trotzdem spürte Wiktor, dass zwischen ihnen irgendein Funke übergesprungen war. Doch vielleicht hatte er schon das Alter erreicht, in dem man bei jedem gut gebauten Körper »Funken« spürte?

Kamil unterbrach den nicht eindeutigen intimen Augenblick.

»Es hat keinen Zweck. Das Fenster lässt sich tatsächlich nicht öffnen. Wisst ihr, wo der Hausmeister wohnt? Ich bin noch nie bei ihm gewesen.«

Agnieszka schüttelte den Kopf und wandte den Blick von Wiktor ab.

»Ich erst recht nicht. Das überlasse ich euch, meine Herren. Ich gehe zurück in meine Wohnung. Ich habe nur eine Bitte: Klopft bei mir – an der Tür mit der Nummer vierundfünfzig –, wenn hier unten wieder offen ist, okay?«

Vielleicht klopfst du auch bei mir an, dachte sich Wiktor, bei mir gibt es keinen Robert. Laut sagte er: »Okay, wir klopfen. Der Hausmeister wohnt irgendwo im Parterre. Wohnungsnummer fünf oder sechs. Es steht an der Tür«, sagte er. Dann lachte er und nickte Kamil zu. »Komm, Junge, ich verstehe, dass du keine Lust hast, nach Hause zu gehen.«

»Nein, wirklich nicht! Außerdem müssen wir den Hausmeister anscheißen. Ich dachte, dass sie hier besser geputzt hätten.« Er zeigte auf den Fußboden unter den Briefkästen, wo ein getrocknetes Blutrinnsal zu sehen war.

Agnieszka lief nach oben.

8.

Erdgeschoss, Wohnung Nr. 5 / 9. November 2002, 12.30 Uhr.

(Klingel)

(Klingel)

Erster Mann: Vielleicht funktioniert die Klingel nicht, klopf an!

(Klopfen)

(Klopfen)

Zweiter Mann: Wer ist da?

Dritter Mann: Wiktor Sukiennik, aus dem Sechsten. Wir haben hier ein Problem mit der Tür. Jemand hat sie abgeschlossen und den Schlüssel abgebrochen. Man kann die Tür nicht öffnen.

(Tür)

Zweiter Mann: Welche?

Dritter Mann: Nicht Ihre. Die Eingangstür!

Zweiter Mann: Am Montag werde ich es richten lassen.

Dritter Mann: Sind Sie verrückt geworden? Sollen wir das ganze Wochenende über eingeschlossen bleiben? Und wenn jemand einen Herzinfarkt bekommt, was sagen Sie dann? Dass der Krankenwagen am Montag kommen soll? Außerdem ist am Montag Feiertag. Man kann weder Brot holen noch die Zeitung und auch nichts zu trinken …

Zweiter Mann: Aha, hier drückt also der Schuh.

Dritter Mann: Jetzt hör mal gut zu, Hausmeister – sorg dafür, dass die Tür sich gleich wieder öffnen lässt, sonst werde ich dort gleich mit deinem quadratischen Kopf die Scheiben einschlagen. Hast du verstanden?

Zweiter Mann: Verehrter Herr, beruhigen Sie sich. Wie soll ich an einem Samstag jemanden von der Verwaltung bekommen?

Erster Mann: Man kann doch einen Schlüsseldienst bestellen. Es gibt Firmen, die jedes Schloss öffnen.

Zweiter Mann: So ein vorlauter junger Kerl! Vielleicht möchte er ja bezahlen? Der Bursche denkt wohl, dass diese Dienstleistungen umsonst sind? Einen Hunderter kostet das mindestens, und ich kriege hier nur Siebenhundert auf die Hand. Wer gibt mir das dann zurück, hm?

Dritter Mann: Was wollen Sie also tun?

Zweiter Mann: Vor allem werde ich mich nicht hetzen lassen. In der Verwaltung gibt es Bereitschaftsdienste. Es wird jemand kommen, aber so schnell geht das nicht. Bis zum Abend wird es erledigt sein.

Erster Mann: Toll, einfach geil!

Dritter Mann: Gut, Sie haben bis um etwa fünf Uhr Zeit, dann komme ich wieder.

Zweiter Mann: Oh, da habe ich aber schon furchtbare Angst.

Vor allem vor diesem »Möchtegern«. Wozu überhaupt die Aufregung? Es ist Wochenende. Da sollte man zu Hause sein, ein wenig entspannen, fernsehen. Draußen ist es zwar trocken, aber arschkalt. Die Sonne hat sich auch schon versteckt. Dafür hat man schließlich ein Zuhause, um dort zu sein. Und wenn es jemandem in der Stadt nicht passt, dann kann er ja aufs Land ziehen. Ich sehe da kein Problem. Was muss man denn ständig rausgehen? Da haben sich mir ja ein paar Reisende in der Ulica Kondratowicz eingefunden. Einen Film sollten sie über euch im Fernsehen drehen, Weltenbummler …

Dritter Mann: Ist ja schon gut. Kann man bei Ihnen aus dem Fenster steigen?

Zweiter Mann: Nein, die sind vergittert.

Erster Mann: Kann man die Gitter nicht öffnen?

Zweiter Mann: Natürlich nicht, die sind fest zugeschweißt. Na dann, ich sag auf Wiedersehen, meine Herren.

Dritter Mann: Um Fünf sehen wir uns, ich erinnere Sie daran.

(Tür)

Erster Mann: Unglaublich.

Dritter Mann: Unglaublich. Hast du einen Computer mit einem Drucker?

Erster Mann: Jo.

Dritter Mann: Schreib, dass es eine Störung gibt und dass die Tür bis spätestens siebzehn Uhr wieder offen sein wird, damit die Leute nicht wütend werden, okay?

Erster Mann: Klar.

Dritter Mann: Ich versuche, aus irgendeinem Balkon im Erdgeschoss oder im ersten Stock zu steigen. Ich habe nicht vor, hier Wurzeln zu schlagen.

Erster Mann: Ich glaube, es sind an allen Fenstern Gitter.

Dritter Mann: Auch im ersten Stock? Sind die Leute verrückt geworden?

Erster Mann: Nee, warum? Es ist doch logisch. Wenn die im

Erdgeschoss Gitter haben, dann kann man über diese leicht nach oben klettern, also haben sich die Leute im ersten Stock auch welche montieren lassen. Übrigens haben die im Zweiten auch fast alle Gitter und sogar ein Typ im Dritten.

Dritter Mann: So oder so gehe ich mal herum. Vielleicht lassen sie sich ja bei jemandem im Ersten öffnen.

Erster Mann: Viel Erfolg.

9.

Alle Skizzen und Entwürfe, die nichts zum Thema beitrugen, sowie dieses verdammte, nicht von seiner Hand gemalte Bild des Saals legte er zur Seite und deckte sie mit Zeitungen zu. Auf dem Fußboden breitete er neues Packpapier aus und legte einen sauberen Zeichenkarton darauf. Er kniete sich hin, legte die Stirn auf das Papier und schloss die Augen. Er atmete einige Male tief durch.

Emotionen, dachte er, denk daran, dass die Wahrheit in den Emotionen liegt. Suche keine verstandesmäßigen Lösungen, versuche nicht, sie wie ein Puzzle zu entwerfen. Die Wahrheit ist kein Rubik-Würfel. Du hast ein Bild – das Fenster zur Wahrheit –, und im Fenster sieht man zwei Elemente, die eine Kraft bilden. Oder eine Schwäche. Doch sie sollten eine Kraft erzeugen. Sollte die Aggression ein Schutz sein? Nein, das macht keinen Sinn. Eine Antriebskraft darf nicht passiv sein. Außerdem wolltest du nicht verstandesmäßig tüfteln. Zuerst die Aggression, sie ist so saftig. Denk darüber nach, was dich wirklich in den Wahnsinn treibt. Was du am meisten hasst.

Agnieszka.

Nein, Unsinn, sie ist doch das liebenswürdigste Wesen auf der Welt, und dann auch noch diese Lippen …

Sie stört dich, du weißt es genau. Dir fällt nichts ein, weil sie die Emotionen aus dir heraussaugt. Sie macht aus dir einen emotionalen Eunuchen und kastriert dich mit diesen wulstigen Lippen. Wegen Agnieszka bist du so leer wie ein Topf mit Loch.

Robert riss seinen Kopf hoch und stand auf. Er trank einen Schluck Wasser und begann, schnell in der Wohnung umherzugehen, um sich zu beruhigen. Schon wieder spürte er einen Druck auf der Brust. Vielleicht ging es ihnen in letzter Zeit eher mäßig, mit Sicherheit um einiges schlechter als vor ihrem Wegzug aus Olecko, aber das war noch längst kein Grund, aus ihr den Sündenbock und zugleich den Henker zu machen.

Versuch es!

Warum eigentlich nicht? Sich etwas vorzustellen war keine Sünde. »Denken kannst du alles« – das hatte seine Mutter immer wiederholt. »Dafür hast du deinen Kopf, um über alles nachdenken zu können. Die Tatsache, dass du dir jemandes Tod vorstellst, macht aus dir noch keinen Mörder.« Er ging vor dem Karton in die Hocke, skizzierte schnell Agnieszkas ovales Gesicht, die Haare, die großen Lippen, leicht geöffnet, provozierend.

Bereit zum Aussaugen.

Er griff nach den Farben. Er malte die Augen. Groß, schwarz, ohne Pupillen, zwei kleine Fässer voller Teer, die unheilvoll unter den Augenbrauen hervorblickten. Dann die Lippen. Rot, dunkelrot, so, als ob sie sehr gierig Blut schlürfen würden. Das Rot ergoss sich um die Lippen herum, floss am Karton herunter und bildete dabei eine kleine Pfütze auf dem braunen Papier. Die Mundwinkel hoben sich leicht zu einer Grimasse, die nur unwesentlich an ein Lächeln erinnerte.

Jetzt sieht man ihr wahres Gesicht, was?

Er hatte ein Ungeheuer gemalt. Voller Abscheu warf er den Pinsel weg und betrachtete das Porträt der Hexe. Falsch, falsch, falsch, das ist nicht die Richtung, darum geht es nicht, das ist nicht das Ziel!

Was macht es schon? Es ist doch nur eine Zeichnung. Na los, male!

»Hör auf, mich herumzukommandieren!«, schrie er die Stimme in seinem Kopf an, dann hörte er das Knacken des Türschlosses. Energisch zerknüllte er das Blatt und warf es zu dem restlichen Müll in die Ecke.

Du solltest für eine Stunde verschwinden.

»Was ist passiert? Warum bist du nicht beim Einkaufen?«

Agnieszka warf ihr Täschchen hin und ging, ohne die Schuhe auszuziehen, über den Papierteppich, um sich auf das Sofa zu setzen.

»Du glaubst es nicht. Man kommt nicht aus diesem verdammten Haus raus.«

»Wie meinst du das?«

»Die Eingangstür ist verschlossen. Sie lässt sich nicht öffnen. Ich wollte durch das Fenster im ersten Stock rausklettern, doch auch das ist zu. Irgendwie absurd. Die Nachbarn wollten den Hausmeister informieren, damit er die Tür öffnet.«

»Hat jemand versucht, eine Scheibe herauszuschlagen?«

»Aber nein, immer mit der Ruhe! Ein paar Stunden kann man es schon zu Hause aushalten. Warum sollte man da gleich das Gemeingut demolieren? Eine Scheibe ist ohnehin schon ausgeschlagen. Leider kann man nicht durch die Öffnung hinaussteigen.«

Jetzt wird sie dir im Genick sitzen. Das hat sie extra gemacht.

»Du kannst also nicht zum Einkaufen gehen?«, fragte Robert langsam.

»Du hast es erfasst. Aus dem Luxusfrühstück wird nichts, aber ich kann dir belegte Brote machen.«

Sie zog ihren Pulli aus, warf ihn in den Schrank und ging, eine Melodie pfeifend, in die Küche.

»Kannst du nicht irgendeinen Spaziergang machen?«

Das Pfeifen verstummte. Agnieszka streckte ihren Kopf aus der Küche und sah ihn an wie ein Kalb mit zwei Köpfen.

»Wo sollte ich deiner Meinung nach spazieren gehen? Neben dem Müllschacht oder auf den Treppen, oder soll ich vielleicht mit den Aufzügen rauf- und runterfahren? Du spinnst wohl ein bisschen.«

Sie macht sich über dich lustig.

»Reg dich nicht gleich auf. Ich habe einfach nur gedacht, dass ich einen Moment lang in Ruhe malen kann«, sagte Robert, aber noch bevor er seinen Satz beendet hatte, merkte er, dass es keine gute Idee gewesen war. Seine Frau lief rot an.

Genau wie du es gemalt hast.

Mit zusammengepressten Lippen ging sie auf ihn zu.

»Jetzt hör mir mal zu, mein Lieber«, zischte sie, »wenn du so ein großer Künstler bist, wenn du so viel Freiheit, Zeit und Raum brauchst, dann gebe ich dir einen guten Rat: Nimm dich zusammen, schufte in den Nächten und verdiene ordentlich was. Dann kannst du dir eine Werkstatt mieten und von mir aus wochenlang dort malen. Aber zuerst musst du was verdienen, falls du die Bedeutung dieses Wortes verstehst. Warte, ich buchstabiere es: v-e-r-d-i-e-n-e-n. Angeblich können Männer das.«

Er sprang auf.

»Passt dir was nicht? Hast du jetzt mitbekommen, dass ich kein Makler bin? Hättest vielleicht doch den jungen Polkowicz heiraten sollen. Schließlich hast du mit ihm nach den Partys gevögelt, da hättest du auch den nächsten Schritt tun können. Dann würdest du jetzt Säuglinge in roten Hosenträgern gebären und sie im BMW herumkutschieren.«

Sie trat mit geballten Fäusten zu ihm, ihre Augen blitzten vor Wut.

»Wie kannst du solche Dinge sagen? Wie kannst du so dumm und niederträchtig sein? Wie kannst du es wagen, mir so etwas vorzuhalten? Und was ist mit dir? Warst du etwa noch unschuldig, als wir uns trafen? Die einzige Jungfrau von Olecko, die auf eine Jungfrau gewartet hat? Du Arschloch! Du weißt ganz genau, dass es mir nicht ums Geld geht!«

»Es geht nicht ums Geld? Wozu dann die ganzen Sprüche über das Verdienen? Du wusstest ganz genau, woran du bei mir bist. Ich war ein Habenichts, bin ein Habenichts und werde sicher ein Habenichts bleiben. Und weißt du was?«, schrie er, hob seinen Zeigefinger hoch und holte noch einmal tief Luft, wohlwissend, dass dies nicht der beste Moment war. »Ich werde ein noch größerer Habenichts sein, weil sie mich gestern rausgeworfen haben.«

»Was heißt das? Was heißt rausgeworfen?« Schlagartig verflog ihre Wut. Sie lehnte sich gegen das Fensterbrett und riss die Augen weit auf.

»Na, was wird es schon heißen? Sie sagten, dass ich mir mehr Mühe geben müsse. ›Wir müssen uns ernsthaft mit Ihnen unterhalten, Panie Łazarek, setzen Sie sich.‹« Er wurde immer lauter bei der Erinnerung an diese erniedrigende Situation. »›Bitte verstehen Sie. Eine gute Beziehung zu unseren Kunden ist das A und O für unsere Firma. Sie dürfen nicht unfreundlich sein, bla, bla, bla, bla, bitte ändern Sie Ihr Verhalten …«

»Warte, das ist noch keine Kündigung.«

»Du hast recht, sie haben mich drei Sekunden später rausgeworfen.«

»Warum? Was hast du gesagt?«

»Ich habe gefragt, ob diese Taschenbohrer, die man den Kunden mit so viel Respekt verkaufen soll, den männlichen G-Punkt finden könnten. Und dann habe ich ihnen gesagt, dass ich ihnen in dem Fall empfehlen würde, sich einen Bohrer bis zum Anschlag in den Arsch zu schieben, ihren eigenen G-Punkt zu finden und – ich versuchte, dabei die ganze Zeit über freundlich zu lächeln – so für die größte Wollust ihres Berufslebens zu sorgen.«

Die letzten Worte schrie er ihr mit verzerrtem Gesicht entgegen und gestikulierte dabei wild mit seinen Armen, obwohl Tränen in seinen Augen standen. Wie konnte er so etwas tun,

du hast etwas Besseres verdient

etwas so unvorstellbar Dummes, so etwas Arrogantes, noch dazu ohne im Recht zu sein. Agnieszka lehnte sich mit dem Rücken gegen das Regal und ließ resigniert den Kopf sinken. Die Haare fielen über ihr Gesicht.

»Lieber Gott«, sagte sie leise, »wie werden wir jetzt zurechtkommen? Vor allem mit den neuen Ausgaben.«

»Welche neuen Ausgaben?«, fragte er unwirsch.

»Das ist wohl nicht der beste Moment«, begann sie leise. Doch dann sagte sie trotzig: »Ich bin schwanger.«

»Und was geht mich deine Scheiß-Schwangerschaft an?«, gab er zurück und spürte, dass etwas in ihm zerbrach und starb. Warum nur hatte er nicht einen Moment lang gezögert, einen Sekundenbruchteil, einen halben Bruchteil? Warum, warum hatte er mit einem Satz alles in einer unwiderruflichen Weise verändert? Aber vielleicht ließ es sich doch rückgängig machen? Vielleicht hatte sie es nicht gehört? Vielleicht würde sie irgendeinen Scherz machen, so dass die Situation sich schlagartig entspannte. Sie wusste doch, dass es nicht die Wahrheit war, dass er nicht so dachte. Er wollte doch mit ihr alt werden und von Enkeln umgeben beim Kamin in ihrem kleinen Haus im Bieszczady-Gebirge sitzen.

Die Stille zog sich unendlich lang hin. Er hatte Angst, sich zu bewegen. Er wollte, dass sie das Unmögliche tat und seine Aussage entschärfte oder ganz überging. Doch sie nahm bloß ihren Pulli, schaute ihn an und sagte:

»Das ist nicht nur meine Scheiß-Schwangerschaft!«

Dann ging sie raus.

Gut so, soll sie doch zu ihrem Papa zurückkehren. Sogar besser so.

Ein neuer Malkarton fiel vom Schrank und breitete sich vor Roberts Füßen aus.

10.

Lediglich in zwei der sechs Wohnungen im Erdgeschoss war jemand zu Hause – der Hausmeister (mit dem festgeschweißten Gitter) und seine Nachbarn, ein junges Ehepaar, das ebenfalls festgeschweißte Gitter hatte. Obwohl in ihrem Fall »Gitter« ein wenig untertrieben war – es handelte sich um massive Befestigungen aus dicken geriffelten Eisenstäben. Es wäre einfacher gewesen, mit einem Löffel ein Loch durch die Wand zu kratzen, als diese massiven Stäbe zu durchtrennen. Bei der nächsten Wohnung stieß er auf eine verrückte alte Dame, die ihn zunächst als Hausierer beschimpfte und dann als Perversen und Vergewaltiger, was ihn sehr amüsierte. Er lachte noch, während er die nächsten Klingeln im ersten Stock drückte. Erst dachte er, dass keiner da sei, dann öffnete sich eine Tür am Ende des Hausflurs.

»Ja bitte?« Die Stimme klang unfreundlich.

»Guten Tag, ich bin aus diesem Block. Ich wohne ein paar Stockwerke höher. Haben Sie ein Gitter vor Ihrem Balkon?«, fragte Wiktor.

»Habe ich, na und?«, brummte die Stimme zurück.

»Lässt es sich öffnen?«

»Was soll das heißen?«

»Na, ob es ein Vorhängeschloss hat?«

»Ja, hat es. Ein großes Vorhängeschloss aus Metall. Es wiegt etwa ein halbes Kilo. Lässt sich nicht öffnen und auch nicht durchsägen. Ich habe dafür fast hundert Złoty bezahlt.« Die Stimme, deren Besitzer Wiktor weiterhin nicht sah, obwohl er sein Gesicht gegen die Gittertür presste und in das Ganginnere hineinschielte, wirkte nun lebendiger.

»Prima, denn die Tür im Erdgeschoss ist kaputt, so dass man nicht rauskommt, und ich muss unbedingt nach draußen«, erklärte Wiktor. »Würden Sie vielleicht so nett sein und mir das Gitter öffnen, damit ich rausspringen kann?«

Stille. Schließlich fragte die Stimme:

»Aber sonst geht es Ihnen gut, ja?«

Wiktor seufzte.

»Gehen Sie doch bitte selbst runter und überprüfen Sie es, dann werden Sie es sehen. Wozu sollte ich mir das Ganze ausdenken!«

»Na, ich weiß ja nicht, vielleicht, weil Sie nicht ganz dicht sind«, antwortete die Stimme, und der Besitzer kam endlich ans Gitter. Er sah aus wie ein typischer Frührentner. Ausgetretene Filzpantoffeln, Jogginganzug und ein grauer Pulli. Etwa fünfzig Jahre alt, Geheimratsecken, unrasiert und mit Bäuchlein. Er erinnerte Wiktor an seinen Sportlehrer aus der Grundschule.

»Ich kenne Sie«, sagte der Sportlehrer. »Sie sind der Journalist, der Trinker aus dem Sechsten. Besucht Ihre Frau Sie noch manchmal?«, fragte er gehässig.

Wiktor schluckte ein Schimpfwort hinunter. Und da heißt es, dass in Wohnblocks keiner etwas über den anderen weiß, dachte er.

»Ja, in letzter Zeit sogar recht häufig. Zwischen uns wird wahrscheinlich alles wieder gut werden«, log er glattweg, glaubte fast selbst daran, und seine Laune verbesserte sich sogleich. »Genau deshalb muss ich hier rauskommen. Helfen Sie mir?«

Der Sportlehrer spürte seine Macht. Er schwankte hin und her wie ein einsamer Revolverheld, und seine Pantoffeln scheuerten dabei leise auf dem Boden.

»Ich weiß nicht, ich weiß nicht«, sagte er in einem Ton, als wäre er ein Verkehrspolizist, der ein Schmiergeld herausschlagen wollte. Wiktor war sich sicher, dass er gleich sagen würde: »Und was habe ich davon?«

Er lag falsch.

»Gut, kommen Sie rein.« Der Nachbar wurde plötzlich ganz energisch, nahm den Schlüssel aus seiner Hosentasche und sperrte die Gittertür auf. »Sie sehen ganz vertrauenswürdig aus, und ich habe eine recht gute Menschenkenntnis. Nach so vielen Jahren in der Schule kennt man sich aus, wissen Sie. Jeden Tag versuchen sie dir dort irgendetwas vorzumachen.«

Wiktor schüttelte die ausgestreckte Hand seines Nachbarn und wollte schon fragen, was er denn in der Schule unterrichtete, aber da betraten sie gerade seine Wohnung, die komplett mit Wimpeln, Medaillen, Urkunden und Plakaten von Sportwettkämpfen behängt war. An einem Ehrenplatz hing ein großes Foto, auf dem der Nachbar umgeben von wunderschönen Gymnasiastinnen stand. Die Aufschrift lautete: »Wir danken unserem Trainer – die Mädchenmannschaft Nr. XIII, III. Platz beim Wojewodschaftsturnier im Handball«.

Der Nachbar nickte in Richtung des Fotos.

»Nette Schnitten, schon volljährig«, sagte er und leckte sich lüstern die Lippen. Dann sah er Wiktor an und lachte gekünstelt. »Ein Scherz, das war nur ein Scherz, lieber Nachbar. Aber was soll man machen, genau für solche Scherze hat man mich entlassen. Niemand hat mehr Humor in diesen trüben Zeiten. Aber ich sehe, dass auch Sie nicht lachen, also lasse ich Sie jetzt lieber raus.«

»Vielen Dank, wirklich vielen Dank«, sagte Wiktor und sah, dass der Sportlehrer aus einer Schublade einen goldfarbenen Schlüssel herausholte und zur Balkontür ging. Er spürte, dass sein Herz vor Freude höherschlug. Wenn er noch länger in den trostlosen Fluren herumgeirrt wäre, hätte er sicher bald Halluzinationen bekommen. Doch jetzt würde er gleich frei sein und erst abends zurückkehren, wenn dieser unfähige Hausmeister die Tür geöffnet hätte.

Der Nachbar ging auf den Balkon und öffnete das Gitter.

»Darf ich bitten?«, sagte er betulich. »Es ist nicht viel höher als der Rekord im Hochsprung. Zur Not können Sie runterspringen, doch es ist wohl besser, über das Gitter des Nachbarn im Erdgeschoss zu steigen. Wozu was riskieren? Hätte die Kleine besser aufgepasst, wie ich immer in meinen Sportstunden gesagt habe, hätte sie jetzt keinen dicken Bauch.« Er prustete vor Lachen.

Wiktor trat ans Geländer, hielt sich mit beiden Händen daran fest und legte ein Bein darüber, so dass er rittlings darauf saß.

»Vielen Dank, Sie haben bei mir etwas gut«, sagte er zum Nachbarn und schwang das zweite Bein über das Geländer.

Er stand wieder auf dem Balkon und blickte desorientiert drein.

»Was ist denn, haben Sie etwa Angst bekommen? Ein Alpinist wird aus Ihnen wohl nicht mehr werden«, spottete der Sportlehrer.

Wiktor antwortete nicht. Noch einmal setzte er sich rittlings auf das Geländer, schwang erneut sein zweites Bein darüber und stand wieder auf dem Balkon.

»Drei Versuche haben Sie, Meister! Soll ich Ihnen vielleicht meine Hand reichen?« Der schadenfrohe Typ kugelte sich fast vor Lachen.

Wiktors Hände zitterten. Er verstand nicht, was hier geschah. Vielleicht war er schizophren, vielleicht übernahm sein zweites Ich die Macht über ihn und befahl ihm umzukehren. Vielleicht war es irgendein Anzeichen von Alkoholismus?

»Äh, wollen Sie es vielleicht mal versuchen?«, fragte er.

»Sind Sie wahnsinnig? Es ist Wochenende. Keine zehn Pferde bringen mich hier weg. Und außerdem, was soll das bringen? Wozu soll ich hier auf den Balkonen herumturnen?«

»Können Sie mir vielleicht noch sagen – ich weiß, dass es etwas komisch klingt –, was Sie sehen, wenn ich das mache?«

Der Nachbar schnalzte ungeduldig mit der Zunge.

»Ich sehe, wie Sie ein Bein über das Geländer legen. Dann wollen Sie das andere rübernehmen, doch Sie werden von so einer Angst gepackt, dass Sie sich einmal um sich selbst drehen und sich wieder auf die sichere Balkonseite schwingen. Und jetzt entscheiden Sie sich bitte, wenn Sie so gnädig wären.

Entweder steigen Sie runter, oder Sie gehen wieder zu sich rauf.«

Wiktor sah zum Geländer und trat einen Schritt zurück, als könnte er sich an ihm verbrennen.

»Dann gehe ich wohl besser«, sagte er verunsichert. »Entschuldigen Sie bitte die Störung, es tut mir wirklich leid.«

Ohne die Antwort seines Nachbarn abzuwarten, lief er ins Treppenhaus und rannte schnell die Treppen bis zu seinem Stockwerk hinauf. Als Erstes überprüfte er die Flasche vom Vortag. Sie war so ausgetrocknet wie die Sahara. Im Barschrank – nichts. In der Küche – nichts. Unter dem Bett – nichts.

Ruhe, nur die Ruhe bewahren, wiederholte er in Gedanken. Du wirst um fünf Uhr dorthingehen. Die Tür wird offen sein. Alles wird okay sein. Jetzt schlaf erst mal ein wenig!

Er zog die Vorhänge zu, legte sich aufs Bett, ohne die Schuhe auszuziehen, deckte seinen Kopf mit dem Kissen zu und versuchte vergeblich einzuschlafen. Sein Herz klopfte so heftig, dass es ihm fast aus der Brust zu springen schien, diesmal vor Panik.

11.

Um fünf vor Fünf warf sich Wiktor seine Jacke über die Schulter und ging hinunter zum Erdgeschoss, in der Hoffnung, dass die Tür schon offen war. Als er im ersten Stock ankam, hörte er ein Stimmengewirr – also hatte er vergeblich gehofft. Im Hausflur bei der Eingangstür hatten sich mehrere Personen versammelt. Er erkannte Agnieszka – sie stand einsam in der Ecke neben den Aufzügen und sah sehr mitgenommen und traurig aus. In ihren Augen war eine solche Leere, dass sie Wiktor leid tat und er umso schneller zu ihr ging.

Er schob sich an Kamil vorbei, der mit seinen Eltern gekommen war. Die farblos wirkende Frau, die mit gesenktem Kopf dastand, war zweifellos Kamils Mutter – sie sahen sich sehr ähnlich. Der steife Mann mit den zusammengezogenen Augenbrauen und dem verbissenen Gesichtsausdruck eines Militärs musste sein Vater sein. Wiktor zwinkerte dem Jungen zu und lehnte sich an die Wand neben Agnieszka.

»Du siehst nicht gerade gut aus«, sprach er sie an, »macht dir die abgeschlossene Tür so zu schaffen?«

Sie wandte ihr Gesicht zu ihm, und Wiktor fuhr zusammen. Er kannte diesen Ausdruck voller Schmerz und Traurigkeit.

»Ich habe mich mit meinem Mann zerstritten«, sagte sie dumpf.

»Jetzt gerade?«

»Nein, am Vormittag, gleich nachdem wir uns verabschiedet hatten.«

Von der Tür kam die grelle Stimme einer jungen Frau, die ein kleines Mädchen an der Hand hielt:

»Bitte klingeln Sie beim Hausmeister, wir können hier doch nicht ewig herumstehen!«

Kamil drehte sich um und drückte die Klingel, ohne loszulassen.

»Es reicht«, herrschte ihn sein Vater an. »Hast du irgendeinen Grund anzunehmen, dass er taub ist?«

Der Junge warf Wiktor einen Blick zu, der besagte: du siehst ja selbst, und ließ die Klingel los.

»Du Arme, du konntest nicht einmal hier raus.« Wiktor sprach leiser, als er sah, dass Kamils Vater seinen Kopf leicht in ihre Richtung drehte.

»Ich habe auf der Treppe gesessen«, antwortete Agnieszka mit der gleichen tonlosen Stimme.

Wiktor wollte schon sagen, dass sie das nächste Mal zu ihm kommen sollte, als sich die Wohnungstür öffnete und der Hausmeister höchstpersönlich zu den Versammelten heraustrat.

»Hätte es nicht noch etwas länger dauern können?«, sagte die junge Frau höhnisch.

Der Hausmeister schenkte der Bemerkung keine Beachtung, zog seine Hose zurecht und warf einen Blick auf die Bewohner. Er genoss den Augenblick sichtlich.

»Guten Abend, meine Damen und Herren«, begann er. »Wir haben hier ein kleines Problem mit der Tür. Wie Sie vermutlich wissen, haben es mir zwei freundliche Hausbewohner heute Vormittag gemeldet.« Er warf Wiktor einem Blick zu, der besagte, dass er eigentlich dachte: zwei Idioten. »Ich wollte bei der Verwaltung anrufen, doch das Telefon funktioniert nicht. Um Ihnen möglichst jede Unannehmlichkeit zu ersparen, habe ich versucht, von den Wohnungen anderer Hausbewohner aus anzurufen, doch auch dort waren die Telefonleitungen tot.«

»Warum haben Sie nicht vom Handy aus angerufen?«, fragte ein beleibter Mann im Anzug ungeduldig, während er sein glitzerndes Spielzeug herausholte. »Geben Sie mir bitte die Nummer.«

»Haben Sie denn schon einmal versucht, vom Handy aus irgendwo anzurufen?«, entgegnete der Hausmeister mit einer süßlichen Stimme. »Denn wenn Sie, sehr verehrter Herr Stopa, es versucht hätten, wüssten Sie, dass Handys in diesem Block keinen Empfang haben.«

Stopa zog seine Augenbrauen hoch, drückte einen Knopf und hielt sein Handy ans Ohr. Dann steckte er es schnell wieder in die Hosentasche.

»Vielleicht ist das Plus-Netz ausgefallen. Haben Sie vielleicht andere Netzbetreiber?«, fragte er in die Menge hinein.

Die Leute begannen, ihre Handys herauszuholen. Einige Augenblicke später steckten sie diese wieder weg, schüttelten den Kopf und berichteten nacheinander: »Geht nicht«, »Meins auch nicht«, »Meins funktioniert auch nicht«.

»Sie sehen es ja selbst«, fuhr der Hausmeister fort. »Und da wir nicht telefonieren können, müssen wir zu gewaltsamen Argumenten greifen.« Damit holte er eine Bohrmaschine aus seiner Wohnung und ging zur Eingangstür. »Wir bohren das Schloss auf und das Problem ist erledigt.«

»Hätten Sie das nicht schon heute Morgen machen können?«, fragte jemand aus der Menge vorwurfsvoll.

Der Hausmeister antwortete nicht. Er kniete sich bei der Tür hin, setzte den Bohrer am Schloss an und legte los. Funken sowie Metallteilchen flogen auf den Fußboden. Nach einer kurzen Weile wechselte er den Bohrer aus und drang mit dem neuen Aufsatz erneut ins Schloss ein. Dann stand er auf und stemmte seinen ganzen Körper dagegen. Das quietschende Bohrgeräusch änderte seinen Klang, und der Bohrer stieß auf der anderen Seite durch.

»Na bitte, schon ist alles erledigt.« Der Hausmeister wischte sich seine Hände an der Hose ab, riss an der Klinke und öffnete die Tür, hinter der sich lediglich die Schwärze des Novemberabends befand. »Darf ich die werten Herrschaften nach draußen bitten?«

»Idiot!«, zischte die junge Mutter. »Ich hätte hier schon vor fünf Stunden rausgehen wollen. Gehn wir, Schatz«, sagte sie zu ihrer Tochter, trat über die Schwelle und … fand sich erneut drinnen wieder.

Wiktor lockerte seine geballten Fäuste und stieß die angehaltene Luft aus. Also doch! Im Gegensatz zu den anderen war er nicht überrascht.

12.

Am Morgen, als eine offene Tür für ihn eine Stunde Freiheit bedeutet hätte, war Kamil an einem Erfolg der Operation gelegen, doch jetzt beobachtete er das Geschehen recht gleichgültig. Wenn es gelang, würde er mit seinen Eltern seine kauzige Tante Cecylia besuchen. Wenn nicht, würde er mit ihnen zurück nach oben gehen. Dort hatte er seine Musik, Bücher und einen Fernseher. Bei der Tante hatte er nur die Tante.

Als die Tür geöffnet wurde, zuckte er mit den Schultern und ging unbeteiligt auf den Ausgang zu. Dabei sah er, wie die junge Frau hinausging. Hinter ihr trottete ein kleines Mädchen her. Er sah ihren schmalen Rücken, der im Dunkeln verschwand, und – im gleichen Moment – ihr erstauntes Gesicht. Der Mann mit dem Handy war hinter ihr und blieb ruckartig stehen.

»Gehen Sie raus oder nicht?«

»Natürlich gehe ich raus«, antwortete Paulina. »Das heißt, entschuldigen Sie, ich weiß es nicht so genau. Ich wollte rausgehen, ja, ja, aber …«, stammelte sie, »aber gehen Sie doch vielleicht zuerst.« Sie trat einen Schritt beiseite und ließ Stopa vorbei.

Der Mann marschierte energisch durch die Tür, und ebenso energisch trat er wieder herein. Dabei stieß er beinahe eine ältere Dame um, die einen Spaniel auf ihrem Arm hatte und einen Wollhut auf dem Kopf trug.

»Gütiger Himmel!«, piepste sie. »Wollen Sie uns hier zerquetschen?«

Die Leute, die von hinten zur Tür drängten, darunter Kamils Eltern, begannen nach vorne zu rufen, dass man dort etwas schneller machen sollte, denn sie hätten schließlich nicht den ganzen Tag gewartet, um jetzt noch mal so lange im Flur zu stehen. Kamil zog sich auf die Treppe zurück und beobachtete von oben das kurioseste Ereignis seines Lebens. Einzelne Personen gingen raus und kamen sofort mit verblüffter Miene wieder herein, wo sie von den nächsten Personen ungeduldig beiseitegeschoben wurden. Die Situation wiederholte sich. Schließlich entstand der merkwürdigste Stau der Welt. Die Personen, die RAUSGEHEN WOLLTEN, blockierten diejenigen, die ebenfalls RAUSGEHEN WOLLTEN. Zwei Personen wurden – von der Menge geschubst und durch die Tür nach draußen gedrängt – im selben Moment ins Haus hineingedrückt. Je mehr man sie schob, desto mehr wurden sie nach innen gedrückt. Kamil beobachtete ihre roten Gesichter und befürchtete, dass jemand zertrampelt werden könnte, wie man es aus Stadien und Rockkonzerten kannte. Die hinausgedrückten Personen dachten wohl das Gleiche, denn sie begannen zu schreien. In diesem Moment ertönte Wiktors Stimme.

»Ruhe! Sofort Ruhe! Geht alle von dieser Tür weg.«

Die Leute hörten auf zu drängeln und traten zurück. Sie blickten in Wiktors Richtung.

»Und wenn nicht?«, fragte der Hausmeister provozierend. »Befehlen Sie jetzt hier?«

»Halt die Klappe, Hausmeister!«, fuhr ihn jemand an, den Kamil nicht kannte.

»Nein, ich befehle nicht«, antwortete Wiktor ruhig. »Ich möchte nur verstehen, was hier vor sich geht, genau wie Sie. Es macht keinen Sinn, dass wir alle drängeln, wenn wir doch nicht rausgehen können.«

Er ging zur Tür. Der Rest der Menge umringte ihn in einem Halbkreis, um zu sehen, was er tat. Er stellte sich an die Schwelle und schob seinen Arm bis zur Schulter in die Dunkelheit.

»Da ist nichts«, sagte er. »Ich sehe einen Bürgersteig, ein Blumenbeet, einen Spielplatz und den Wohnblock gegenüber. Ich sehe auch deutlich meine Hand, Sie auch?«

Ein zustimmendes Murmeln war zu hören.

»Und nun versuche ich rauszugehen. Beobachten Sie mich genau«, wies er die anderen an und machte einen Schritt vorwärts, der gleichzeitig ein Schritt nach drinnen war. Die Leute wichen zurück. Eine der Frauen bekreuzigte sich und führte ein Kreuz, das an ihrem Hals hing, zu ihren Lippen.

»Mir ist das heute schon mal passiert«, sagte Wiktor. »Ich wollte unbedingt rausgehen. Daher bat ich einen Nachbarn im ersten Stock, mich über seinen Balkon rauszulassen. Als ich versuchte, über das Geländer zu steigen, passierte genau das Gleiche. Ich erschrak und dachte, dass mit mir etwas nicht stimmte. Aber ich sehe, dass nicht nur ich dieses Problem habe. Machen wir noch ein kleines Experiment.« Er ließ sich die Handtasche von Agnieszka geben und nahm der protestierenden alten Frau ihren kleinen Spaniel ab. »Überprüfen wir, ob es nur Menschen betrifft.«

Er holte aus und warf die Handtasche hinaus. Sie kam zurückgeflogen und fiel gut zwei Meter von der Tür entfernt auf den Boden, als hätte jemand sie von der anderen Seite hereingeworfen. Dann schob er das Hündchen sanft nach draußen. Im selben Moment lief der Spaniel hinein und sprang seiner Herrin in die Arme.

»Tierquäler«, wimmerte die alte Frau.

»Es sieht ganz so aus, als kämen wir hier nicht raus«, stellte Wiktor mit düsterer Stimme fest. »Weder wir noch etwas anderes.«

»Quatsch, das ist unmöglich«, entrüstete sich Stopa.

»Theoretisch haben Sie recht. Ich denke, dass diejenigen von Ihnen, die sich selbst davon überzeugen wollen, es jetzt noch einmal versuchen sollten. Aber ohne Gedränge.«

Stopa und einige andere, darunter die Frau mit dem Kreuz, die leise ein Gebet murmelte, versuchten es. Vergebens.

»Was nun Kumpel?«, fragte Kamil und sah Wiktor an.

»Wir können nicht rausgehen, aber vielleicht können wir mit der Welt Kontakt aufnehmen. Wir warten, bis irgendwer vorbeigeht.«

»Gleich werden meine Eltern hier auftauchen«, meldete sich Paulina zu Wort. »Ich wollte gerade rausgehen und Kuchen für sie holen.«

»Gut, warten wir«, sagte Wiktor. Alle schwiegen und blickten gespannt nach draußen. Auf der anderen Seite der Glastür fuhr jemand mit dem Fahrrad.

»Hallo, hallo!«, rief Stopa so laut, dass alle hochfuhren. »Du auf dem Fahrrad, hallo, hallo, komm mal hier rüber, zum Flur gegenüber; du auf dem Fahrrad, hallo, hallo!«, schrie er so lange, bis der Fahrradfahrer, ohne zu reagieren, um die Ecke verschwunden war.

Nun standen sie in einer noch größeren Stille da. Als es plötzlich in einem der an der Wand hängenden Installationskästen rauschte, blickten sie gleichzeitig in diese Richtung. Wiktor ging zu den Blechkästen, lauschte und blieb vor einem stehen, der mit einem kleinen Vorhängeschloss zugesperrt war.

»Was ist dahinter?«, fragte er den Hausmeister.

»Eine trockene Steigleitung. Ein leerer Hydrant, an den man im Falle eines Feuers Wasser anschließen kann. In jedem Stock gibt es einen Anschluss und ein Ventil.«

»Warum zischt es so?«

»Woher soll ich das wissen? Die Leitung müsste eigentlich trocken sein. Moment mal, ich schließe den Kasten auf.«

Aus seiner Hosentasche kramte er einen Schlüsselbund heraus, fand den passenden Schlüssel und sperrte das Vorhängeschloss auf. Vor den Augen der Versammelten wurde ein dickes Rohr mit einer roten Verschlussschraube sichtbar. Jetzt hörten sie deutlich das Rauschen.

»Wenn da drinnen Wasser ist und ich das Ventil aufdrehe, was passiert dann?«, fragte Wiktor den Hausmeister.

»Wenn Sie es lockern, wird es lecken, und wenn Sie es ganz aufdrehen, wird es hier eine Überschwemmung geben. Ich persönlich rate davon ab«, antwortete dieser und ging auf sicheren Abstand.

Wiktor stellte sich neben den Installationskasten, legte seine Hand auf die Verschlussschraube und drehte sie leicht. Es zischte heftig. Er zog blitzartig seine Hand zurück und blickte zu Kamil, der von der anderen Seite herangetreten war. Auf Wiktors Stirn glänzten dicke Schweißtropfen.

»Vielleicht probieren wir es zusammen, was?«, murmelte

Kamil und legte seine Hand ebenfalls auf die Verschlussschraube. Sie drehten sie um eine Vierteldrehung … nichts … dann um eine halbe Drehung … Eine Frau, die in der Nähe stand, begann laut zu schreien und bewegte sich rückwärts auf die Aufzüge zu. Kamil schaute zum Ventil und schrie ebenfalls auf. Unter der Verschlussschraube hing ein aufgedunsener, riesiger Tropfen von etwas, das wie flüssige Schwärze aussah. Es war ekelerregend. Der Tropfen war fettig, schwer und absolut schwarz – er reflektierte kein Licht, wie ein »Nichts«, das im Raum hing. Und – was das Schlimmste war – der Tropfen lebte. Er blähte sich auf und zuckte, als würde er sich nach etwas umsehen.

»Dreht das zu, dreht das sofort zu!«, schrien die Leute. Kamil sah zu Wiktor. Dieser war wie hypnotisiert. Er starrte mit apathischem Blick auf den Tropfen. Auch Kamil zog etwas in diese Richtung, es rief ihn. Er zwang sich dazu, seinen Blick loszureißen, drückte seine Augenlider mit aller Kraft zu und drehte – gegen einen deutlichen Widerstand kämpfend – das Ventil zu. Wieder zischte es. Er hörte ein leises Platschen. Der Tropfen hatte sich vom Rohr gelöst und war auf den Boden gefallen. Kamil sprang schnell zur Seite. Wiktor stand immer noch kreidebleich mit einer Hand auf dem Ventil da und starrte auf den vibrierenden schwarzen Flecken.

»Der Satan!«, schrie die Frau mit dem Kreuz und fiel auf die Knie. »Rette uns, heiliger Vater! Der Satan ist gekommen, um uns mitzunehmen, rette uns, Christus!«

Selbst wenn der Fleck tatsächlich der Satan war, fürchtete er den Namen des Herrn offensichtlich nicht. Er bewegte sich etwas auf die hysterische Frau zu.

Der Rest der Menge wimmerte laut und drückte sich an die Wände. Der Fleck floss noch ein Stück auf die Frau zu, doch dann änderte er seine Meinung und strömte langsam in Kamils Richtung, der – in die Ecke gedrängt – keine Fluchtmöglichkeit hatte.

Er hatte auch keine Idee, was er tun sollte. Er räusperte sich, schaute auf den Fleck, zischte »verpiss dich« und spuckte in Richtung der zähflüssigen Dunkelheit. Er traf nicht, doch der Fleck blieb stehen. Einen Moment lang – das hätte Kamil schwören können – zögerte er, bis er schließlich schnell an die Stelle der Wand floss, an der aus dem Boden das Gasrohr ragte. Dann floss er leise zischend in den Keller ab.

Bevor alle aufatmen konnten, rief Paulina freudig:

»Sie kommen! Meine Eltern kommen.«

13.

Agnieszka fühlte nichts. Der Streit mit Robert hatte bewirkt, dass sie sich gänzlich in sich selbst zurückgezogen hatte, in ihr tiefstes Inneres, ohne etwas an der Oberfläche zu lassen, das man noch hätte verletzen können. Sie fühlte nichts, dachte nichts und beschränkte sich auf die einfachsten Lebensfunktionen. Die Szenen bei der Tür hatten auf sie keinen Eindruck gemacht. Beim Anblick des rinnenden Flecks hatte sie noch nicht einmal geblinzelt. Nun schaute sie ebenfalls emotionslos auf das Durcheinander, das durch das Eintreffen von Paulinas Eltern hervorgerufen wurde. Sie wusste, was passieren würde: Nichts.

Noch bevor das ältere Ehepaar den Eingangsbereich des Blocks erreichte, rief und winkte ihnen Paulina, an der Türschwelle stehend, zu, doch sie bemerkten ihre Tochter nicht. Als sie zum Eingangsbereich kamen, hielten sie plötzlich an, während sich drinnen alle um Paulina scharten und riefen: »Guten Tag!«, »Hallo!«, »Hierher!« Agnieszka stand die ganze Zeit auf den oberen Stufen und sah das Paar hinter der Tür, das die schreiende Menge offensichtlich nicht bemerkte, obwohl diese nur einen halben Meter von ihnen entfernt war.

»Ruhe!«, rief Paulina. »Sie sagen etwas.«

Die Menge verstummte, und selbst Agnieszka hörte das Gespräch deutlich.

»Weißt du was, Liebling? Ich habe schon die ganze Zeit den Eindruck, dass ich etwas vergessen habe«, sagte er.

»Ja, mir lässt auch etwas keine Ruhe, seitdem wir aus der Straßenbahn gestiegen sind. Hast du die Haustür zugeschlossen?«, fragte sie.

»Ja, wie immer.«

»Das Gas abgestellt?«

»Ja, wie immer.«

»Bist du sicher?«

»Nein, wie immer.«

Sie begannen beide zu lachen.

»Na, dann können wir wohl beruhigt einen Spaziergang machen, nicht wahr, mein Gatte?«, sagte sie und schmiegte sich an ihn. Er legte seinen Arm um ihre Schulter.

»Jawohl, mein Seelchen. Wir werden uns um nichts Sorgen machen, sondern die frische Herbstluft genießen.«

»Sag nicht ›Seelchen‹ zu mir«, tobte sie mit gespieltem Zorn. »Denn ich bin weder achtzig Jahre alt, noch sind wir Spießbürger aus der Zeit der Jahrhundertwende.«

»Selbstverständlich, mein Seelchen. Und welches Jahrhundert hast du genau im Sinn?«

Sie lachten ausgelassen, und er küsste sie auf die Mütze. Dann drehten sie sich um und gingen in die Richtung zurück, aus der sie gekommen waren.

»Mama! Papa!«, schrie Paulina. »Ihr seid gekommen, um mich zu besuchen. Mich und Ania, erinnert ihr euch nicht? Wir wohnen hier! Mama! Komm zurück! Bitte!«

Aber sie gingen zufrieden weiter, so als hätten sie nicht vorgehabt, ihre Tochter zu besuchen. Ania begann zu weinen und klammerte sich an die Beine ihrer Mutter.

»Mama«, fragte sie, »warum will Oma uns nicht besuchen?«

Paulina wischte sich die Tränen aus den Augen und nahm das Mädchen auf den Arm. Dabei lächelte sie gezwungen.

»Ach, mach dir keine Sorgen. Oma und Opa haben sich an etwas Wichtiges erinnert und mussten schnell nach Hause zurück. Aber sobald sie es erledigt haben, werden sie bestimmt zu uns kommen. Und wer weiß« – sie hob theatralisch ihre Stimme – »vielleicht nehmen sie dich sogar mit zu sich, dann kannst du bei ihnen übernachten. Was sagst du dazu, hm?«

Der weitere Gesprächsverlauf wurde durch Wiktors Stimme übertönt, der nach dem Vorfall mit dem Fleck wieder zu sich gekommen war.

»Mehr werden wir heute wohl nicht erfahren. Wir können nicht rausgehen, wir können nichts hinauswerfen, wir können uns mit niemandem verständigen, und es will ganz offensichtlich niemand zu uns hereinkommen. Außerdem gibt es noch das hier.« Er zeigte voller Ekel auf die Steigleitung. »Dieses Etwas, an das ich mich nicht erinnern möchte. Ich denke nicht, dass wir heute noch mehr erfahren werden, und es macht keinen Sinn, hier zu stehen, sich gegenseitig Angst einzujagen und Panik zu säen. Möglicherweise ist das eine Art Halluzination, eine kollektive, so was wie eine Einbildung. Wir sollten ordentlich ausschlafen und uns entspannen. Morgen werden wir dann weitersehen. Gegen Mittag werden wir überprüfen, ob sich etwas geändert hat. Hoffentlich ist das der Fall! Und wenn nicht, dann berufen wir eine Mieterversammlung ein. Sind Sie damit einverstanden?«

Allgemeine Zustimmung machte sich breit, und alle gingen, wie auf Kommando, zu den Aufzügen. Diejenigen, die tiefer wohnten, gingen zur Treppe.

Agnieszka konnte nicht glauben, dass Wiktor das gesagt hatte. Anstatt die Nachbarn anzuspornen, auf jede erdenkliche Weise zu versuchen, aus dem Haus herauszukommen, schlug er vor, in die Wohnungen zurückzugehen. Und alle taten es! Anstatt die Scheiben einzuschlagen, zu schreien, Fackeln anzuzünden und in jedes Fenster ein Schild mit der Aufschrift »Hilfe!« zu hängen, kehrten die Leute mit hängenden Köpfen in ihre Wohnungen zurück, die in Gefängniszellen verwandelt worden waren. Und sie selbst? Sie ließ sich auch nicht zu irgendwelchen spektakulären Aktionen hinreißen. Sie rührte sich nicht von der Stelle, allerdings wusste sie auch nicht so recht, an welchen Ort sie nach dem heutigen Streit zurückkehren konnte. Vielleicht war sie deshalb der Meinung, dass sie kämpfen sollten. Dabei hatte Wiktor eigentlich recht. Man musste einfach nur abwarten und einmal darüber schlafen.

Sie zündete sich eine Zigarette an.

Wir könnten versuchen, aufs Dach zu steigen, dachte sie, aber sie konnte sich nicht dazu durchringen, es laut auszusprechen.

Sie beschloss, mit Wiktor noch ein paar Worte zu wechseln und darüber zu sprechen – sie wollte etwas tun, damit sie sich gegenseitig zum Handeln zwangen –, als Robert in der Tür des Treppenhauses erschien. Er war außer Atem, mit Farbe vollgeschmiert, doch sein Gesicht war nicht mehr hasserfüllt, wie noch am Morgen. Agnieszka wich zurück, als er versuchte, ihre Hand zu nehmen.

»Ich weiß, dass es schon zu spät sein könnte«, flüsterte er, »aber ich bitte dich, komm heim.«

»Nein.«

»Ich flehe dich an. Ich weiß, dass ich mit einem Satz unser Häuschen im Bieszczady-Gebirge zerstört habe, doch vielleicht sind noch die Fundamente geblieben. Ich baue es neu auf, ich verspreche es. Verzeih mir. Ich weiß nicht … ich weiß nicht, warum es so passiert ist.«

»Ich will nicht, dass du mit mir redest und neben mir im Bett schläfst«, entgegnete sie nach kurzem Schweigen.

»Alles, was du nur wünschst«, antwortete er schnell.

»Kein Malen, wenn ich in der Wohnung bin.«

Roberts Gesicht verfinsterte sich, doch er zögerte nicht.

»Kein Malen.«

Agnieszka sah umher. Ihre Augen begegneten Wiktors wachsamem Blick. Sie hob leicht die Augenbraue und er nickte, als würde er bestätigen: jederzeit. Gott, warum hat Robert nicht so eine Ruhe in sich, dachte sie. Warum werden Männer überhaupt geboren, bevor sie dreißig sind?

14.

Wiktor sowie Kamil und seine Eltern waren die Letzten, die noch unten waren. Wiktor wollte nicht hochfahren, die anderen hatten nicht mehr in den Aufzug gepasst. Keiner sagte etwas. Nachdem der Aufzug die anderen Hausbewohner nach oben befördert hatte und wieder zurückgekehrt war, rief Wiktor:

»Kamil, kannst du einen Augenblick bei mir bleiben?«

Sein Vater öffnete schon seinen Mund, um zu protestieren, doch dann schaute er zur Steigleitung und sagte zu seinem Sohn: »Eine Viertelstunde. Hast du verstanden? Eine Viertelstunde!« Dann betrat er zusammen mit seiner Frau den Aufzug, und sie fuhren hoch.

Kamil kam die Stufen hinunter und setzte sich bei der immer noch offenen Eingangstür hin.

»Hier zieht es nicht mal«, sagte er und atmete tief durch. »Denkst du, dass wir hier immerzu die gleiche Luft atmen und letztendlich ersticken werden?«

»Weiß der Teufel, so ein Block hat einen ziemlich großen Rauminhalt.« Wiktor setzte sich neben ihn. »Vielleicht reicht es noch für etwa … Moment, lass mich rechnen … zehn Stockwerke mal Quadratmeter, mal Sauerstoffverbrauch eines Erwachsenen pro Tag … das macht dann … verdammt!«

»Was ist?«

»Nach meiner Berechnung reicht es noch für eine halbe Stunde!«

Sie begannen wie verrückt zu lachen.

»Herzlichen Dank, du warst super«, sagte Wiktor zu Kamil, als sie sich beruhigt hatten. »Du hast ein ziemlich gutes Reaktionsvermögen, und in deinen Adern fließt kaltes Blut in Unmengen, Junge. Vielleicht wirst du einmal ein guter Rennfahrer.«

Kamil lachte laut auf und sah seinen neuen Kumpel an: »Was war vorhin mit dir los? Du hattest nicht bloß Bammel, oder?«

Wiktor saß schweigend da. Schließlich sagte er: »Du hast recht, es war keine Angst. Ich habe mich an etwas erinnert. Etwas, das ich einmal gesehen habe. Es war nicht so ein Tropfen oder Flecken, sondern eine Erscheinung. So schwarz, dass es nicht wahr sein konnte. Nicht schwarz wie Pech, wie Kohle oder Basalt. Es war schwarz wie …«

»Wie das Nichts?«

»Ja, wie das Nichts. Wie kondensiertes, schwarzes Nichts. Die Essenz der Nacht. Etwas, das Licht verschlingt.«

»Wo war das?«

»Ich sah es« – Wiktor schluckte und holte langsam und tief Luft – »ich sah es in den Augen eines gewissen Mädchens. Schwarze Pupillen ohne Iris und ohne jegliche Lichtreflexion. Nur Dunkelheit.«

Kamil sah Wiktor beunruhigt an. »Werd mir hier bloß nicht ohnmächtig, Mensch. Bleib ganz ruhig und beherrsch dich – großes OM. Es ist vorbei. Es geschehen verschiedene eigenartige Dinge, ich hätte selbst einige zu erzählen.«

»Ein junger Hüpfer wie du? Mach keine Witze, Junge.«

»Ich mache keine Witze. Ich wette, dass einige meiner Albträume dich um den Schlaf bringen würden. Du müsstest bei eingeschaltetem Licht pennen.«

Wiktor lachte wieder. Es versprach ein sehr lustiger Abend

zu werden. »Die Wette nehme ich an. Du kannst mich mit nichts schockieren. Gestern habe ich zwei Stunden geschlafen, und das nur deshalb, weil ich bis zur Bewusstlosigkeit gesoffen habe. Heute werde ich mir Streichhölzer unter die Augenlider stecken müssen, um nicht einzuschlafen.«

»Weil du jede Nacht zwei Schritte weiter gehst und jede andere Lösung bevorzugst, um bloß nicht den Albtraum zu Ende zu träumen?«

»Woher weißt du das?«

»Wovon träumst du? Von diesem Mädchen?« Kamil ignorierte Wiktors Frage.

»Ich wäre verrückt, wenn ich es dir erzählen würde.«

»Vielleicht hast du keine andere Wahl.«

»Du spinnst ja.«

»Du hast laut gedacht. Du siehst einen Zusammenhang zwischen deinen Albträumen und dem, was hier passiert. Ich sehe einen Zusammenhang mit meinen. Vielleicht sollten wir sie einander erzählen.« Kamil sah ihn gespielt boshaft an und fügte hinzu: »Ich höre gerne Geschichten, die einem das Blut in den Adern gefrieren lassen. Außerdem wäre es besser, da wir offenbar die Auroren werden sollen.«

»Auroren? Die Jäger der dunklen Magier? Ich hätte nicht gedacht, dass so ein großer Kerl ›Harry Potter‹ liest. Und was soll dieses klugscheißerische Getue? Welche Fragen willst du noch stellen? ›Und wie geht es Ihnen damit?‹, ›Und was halten Sie davon?‹ Erspar mir das!«

»Also, erstens bin ich nicht so ein alter Knacker wie du, der nur Gesundheitslexika liest, zweitens war meine Tante eine Therapeutin und mein Onkel Priester (vielleicht auch andersrum) und drittens werden wir vielleicht schon in einigen Tagen bereit sein, alles auszuprobieren. Na, was sagst du?«

Wiktor seufzte. Er begann den Jungen zu mögen, und vielleicht hatte er recht. Über seinen Traum – und über seine Angst – hatte er mit niemandem gesprochen, nicht einmal mit

Weronika. Er hatte alles in sich erstickt und sich beinahe in eine Psychose getrieben, von der Alkoholsucht gar nicht zu sprechen.

Aber eigentlich glaubte er nicht, dass sie hier einige Tage verbringen würden. Er war sich sicher, dass morgen alles vorbei sein würde.

»Ich verspreche nichts«, sagte er. »Aber kannst du deinem Vater eine Flasche klauen, damit ich die Nacht überlebe?«

Kamil lachte auf.

»Muss ich das? Ich habe selbst einen kleinen Vorrat. Aber wenn du auf dem Diebstahl bestehst …«

»Nein, nein, ist schon in Ordnung.«

»Alles klar, der Herr. Die Lieferzeit beträgt bis zu dreißig Minuten. Der Kurier wird zehn Złoty bei sich haben, um Wechselgeld rausgeben zu können.«

Kapitel 5

Herr, dein Wille geschehe und nicht der von Scheinheiligen.

Warschau, Śródmieście. Graffito auf dem Tor beim Nowy Świat, neben der Ulica Warecka.

1.

4. Stock, Wohnung Nr. 28 / 10. November 2002, 0.30 Uhr.

(Stille, Uhrticken, Rascheln von Bettwäsche, Rauschen von Wasser in den Leitungen, in der Ferne ein Hupen)

(Stille)

(Seufzen, ein leises Wimmern)

Erste Frau: Hmmm, ja, hmmm, nein, ich weiß nicht, ich will nicht, ich sag's nicht.

(Stille)

(schneller Atem)

Erste Frau: Ja … ich weiß … ich weiß, dass ich es sollte … aber das ist schon alles … wirklich … ich kann mich an keinen mehr erinnern … ich lüge nicht … ich bin ehrlich, ich schwöre es bei Gott … ich habe schon alles gebeichtet … quälen Sie mich nicht, Herr Pfarrer … ich flehe sie an … welche Gedanken? … nein, ich habe solche Gedanken nicht, habe sie niemals gehabt … wie können Sie es wagen … warum glauben Sie mir nicht … also gut ja, vielleicht manchmal, manchmal habe ich gedacht … an wen? … das ist doch wohl nicht wichtig … es ist wichtig? … aber ich will nicht … muss ich es wirklich sagen? … ja, ja, ich möchte rein sein, ich möchte der Eucharistie würdig sein, selbstverständlich … also werde ich es beichten … ich träumte … ich träumte … ich träumte … ich stellte mir vor …

(sehr schneller Atem)

Erste Frau: Ich träumte, dass ich es mit einem Priester tue … uff, was für eine Erleichterung … Wie? … ich war bei der Beichte, so wie jetzt … aber ich erinnere mich nicht daran, welche Sünden ich beichtete … der Priester verließ den Beichtstuhl und sagte, wer den Boden kein einziges Mal berührt habe, der könne nie im Himmel sein … und ich fing an zu weinen, ich bekam Angst vor der Hölle … ja, der Priester kam heraus, so wie jetzt, er beugte sich über mich, so wie jetzt … ob ich es gerne? … ja, ich würde es gerne noch mal erleben, ich sehne mich danach zu sündigen … oh, wie sehr ich mich nach der Sünde sehne … hihi, wie viele Knöpfe hat diese Sutane …

(lautes Stöhnen)

Erste Frau: Still … ich höre etwas … lass mich, Pfaffe … hörst du die Schritte? … ich höre was … lass mich! … ich höre Schritte, das Geklapper von Schritten … ich fürchte mich … Ich bitte Sie, Herr Pfarrer, sehen Sie doch … oh Gott, neeein … neeeeeiin!

Zweite Frau: Aniiiaaa!

(Krach, lautes Luftholen)

Erste Frau: Was? Nein, wo bin ich? Im Namen des Vaters und des Sohnes und des Heiligen Geistes, Amen! Das ist ein Traum, das ist nur ein Traum. Es ist nicht deine Schuld, beruhig dich, Emilia, beruhig dich sofort! Das ist nur ein Traum, ein böser Traum …

Zweite Frau: Aniiiaaa!

Erste Frau: Ja, Mama, ich komme, ich komme schon.

(Rascheln, Schritte)

Erste Frau: Was ist passiert, Mama? Tut dir etwas weh? Hattest du … hattest du einen schlechten Traum?

Zweite Frau: Ich wooote iiich auecken, Aniia …

Erste Frau: Du wolltest mich aufwecken, Mama? Ach, ich danke dir. Danke, du weißt gar nicht, wie sehr ich dir danke, Mama. Ich liebe dich, Mama. Schlaf weiter. Ich werde deine Hand halten, ja? Ich will heute nicht mehr schlafen.

8. Stock, Wohnung Nr. 54. 10. November 2002, 0.50 Uhr.

(Geräusch von Pinselstrichen, leises Wasserplätschern)

Mann: Jaaaa, so ist es besser, viel besser, hier noch etwas, fast gut, okidoki, es ist nicht übel … nicht übel, aber es fehlt immer noch etwas …

(Schrei)

Frau: Neeeiiin!

(Schritte)

Mann: Was ist mit dir, Liebes? Hast du schlecht geträumt?

Frau: Fass mich nicht an!

Mann: Es tut mir leid, ich habe mich erschrocken. Was hast du geträumt?

Frau: Ich will nicht, ich will es nicht …

Mann: Na los, erzähl es mir, du wirst dich danach besser fühlen.

Frau: Gut, vielleicht hast du recht. Ich habe geträumt, ich habe geträumt, dass ich schlafe, ganz normal, hier in unserem Bett. Ich habe es von oben gesehen, weißt du, wie im Traum. Plötzlich bin ich aufgewacht und aufgestanden. Ich sah jetzt alles mit meinen eigenen Augen. Ich nahm einen merkwürdigen Geruch wahr, so einen Geruch, als ob jemand etwas im Backofen vergessen hätte … Fleisch, du verstehst. Aber ich hatte keine Angst. Ich war wütend, dass ich vergessen hatte, den Backofen auszuschalten. Ich stand auf, zog die Hausschuhe an und ging in die Küche. Es war dunkel, das einzige Licht kam von der Birne im Backofen. Schnell ging ich zum Herd und nahm noch deutlicher diesen Geruch wahr und …

(Stille)

Mann: Und?

Frau: Es war dieser Geruch aus dem Aufzug … der Geruch von verbranntem Fleisch und von Haaren. Ich habe ihn gerochen, kurz bevor ich im Türspalt diese kleinen Händchen sah. Dann geriet ich in Panik. Ich wollte von dort fliehen, mich nicht dem Backofen nähern, nicht sehen, was darin war … Oh Gott …

Mann: Schon gut, ganz ruhig, es ist nicht mehr da.

Frau: Aber ich konnte nicht. Ich konnte nicht aus der Küche rauslaufen. Ich fühlte, wie mich etwas am Kopf packte und mir die Augenlider aufhielt, so dass ich sie nicht schließen konnte. Dann begann es, mich zu der Glasscheibe in der Ofenklappe zu ziehen. Ich sollte sehen, was im Ofen war. Ich senkte den Kopf, versuchte, die Augäpfel zu bewegen, um zumindest unscharf zu sehen, so eine Angst hatte ich. Und dann sah ich mit diesem vernebelten Blick im Innern irgendeine Bewegung. Und ich begann so laut ich konnte zu schreien, um dich zu wecken …

Mann: Und es ist dir gelungen.

Frau: Ich hatte solche Angst. Ich spürte, dass ich jeden Moment meinen Verstand verlieren würde. Ich ertrage das nicht noch einmal …

Mann: Hast du das schon mal geträumt?

Frau: Häufig, seitdem wir hier eingezogen sind. Und jedes Mal komme ich näher heran und weiß, dass ich es irgendwann nicht mehr schaffen werde aufzuwachen. Ich werde in den Ofen hineinsehen müssen. Ich habe Angst einzuschlafen.

Mann: Dann schlaf jetzt nicht. Ich mache dir einen Tee.

Frau: Ja, gerne. Was machst du gerade?

Mann: Ich zeichne.

(Stille)

Frau: Ich dachte, wir hätten etwas abgemacht.

Mann: Ja klar, aber du hast doch geschlafen. Wenn du schläfst, dann ist es so, als wärst du nicht da.

Frau: Ich schlafe nicht mehr.

Mann: Also male ich auch nicht.

(Stille)

Frau: Du weißt, dass es aus ist.

Mann: Es ist nicht aus.

Frau: Warum bist du dir so sicher?

Mann: Du bist mein! Du hast es vor Gott geschworen.

(Lachen)

Frau: Ich habe geschworen, dass ich dich lieben werde und nicht, dass ich dein bin.

(Schritte)

Frau: Mein Gott! Was ist das?

Mann: Was? Die Zeichnung?

Frau: Nein, das im Glas!

Mann: Das? Schmutziges Wasser von den Pinseln. Tatsächlich, es ist höchste Zeit, das Wasser zu wechseln.

Frau: Aber Wasser sieht nicht so aus. Das ist irgendein … es sieht aus wie Pech … wie ein schwarzes Loch!

Mann: Keine Panik! Ich räume es gleich weg. Ich räume alles weg. Du wirst nichts mehr von den Malsachen sehen, okay?

9. Stock, Wohnung Nr. 55 / 10. November 2002, 1.10 Uhr.

(Schnarchen)

(Räuspern)

Mann: Liebling, bist du schon zurück? … du wolltest doch eigentlich länger weg sein … oh, du hast was für mich! … und was ist es? … eine Überraschung … jetzt sag schon …

(Räuspern)

Mann: Was? … wie bitte, ein Kind? … wir können doch keine Kinder haben … du hast es adoptiert und nach Polen mitgebracht? … und das geht so einfach … nein, natürlich freue ich mich, wo ist es denn? … im Koffer? … in welchem Koffer? … bist du wahnsinnig geworden? … in diesem Koffer? … aber Kinder kann man doch nicht in einem Koffer verstauen, das ist doch absurd! … wie bitte, gefährlich? … was? … ich denke schon … ich denke, dass es mich mögen wird … aber lass es doch um Himmels willen aus dem Koffer heraus … genau … und wo … oh Gott … das … das ist unmöglich … das kann doch nicht wahr sein … das … nein! … nein! … nimm es weg von mir! … ich bin nicht dein Papa! … das ist nicht mein Kind! … das ist überhaupt kein Kind! … Hilfe! … nein! …

5. Stock, Wohnung Nr. 32 / 10. November 2002, 1.20 Uhr.

(leise Radiomusik)

Erster Mann: Mama! Mama! Nein!

(Herumgezerre)

(Schritte, Lichtschalter)

Frau: Schon gut, mein Sohn, ich bin bei dir, wach auf! Es ist alles in Ordnung.

Erster Mann: Mama? Ist das wirklich? Ist das jetzt wirklich? Ja?

Frau: Du hattest einen schlechten Traum. Aber er ist zu Ende, hab keine Angst.

Erster Mann: Was für ein Albtraum. Scheiße!

Zweiter Mann: Das ist noch lange kein Grund zu fluchen, wenn deine Mutter dabei ist.

Erster Mann: Willst du nicht lieber schlafen?

Frau: Kamil …

Zweiter Mann: Ich will nicht! Das ist meine Wohnung, und ich schlafe dann, wenn ich Lust dazu habe. Und jetzt habe ich keine Lust dazu. Du hattest angeblich einen Albtraum. Erzähl ihn uns!

Erster Mann: Ja, ich erzähle ihn gerne. Ich habe im Traum meine reale Welt gesehen und konnte sie nicht ertragen.

Zweiter Mann: Was meinst du damit?

Erster Mann: Ich meine damit, dass ihr mein größter Albtraum seid!

Zweiter Mann: Uaaa, du bist so langweilig, Sohn. Wenn sonst nichts ist, dann können wir wohl wieder schlafen gehen.

Erster Mann: Am besten für immer.

Zweiter Mann: Ach, unser Kleiner wird wohl erwachsen, dass er so unsympathisch ist. Meinst du nicht, Krysia? Schau nach, ob wir in der Hausapotheke ein wenig Melisse haben, vielleicht wirkt sie beruhigend.

Erster Mann: Ich hasse dich!

(Stille)

Zweiter Mann: Weißt du was, mein Sohn? Ich mag dich auch nicht besonders.

Frau: Tadeusz!

Zweiter Mann: Lass mich! Er ist schon erwachsen, ich muss ihm nichts mehr vormachen. In Wirklichkeit wollte ich nie ein Kind haben, und schon gar nicht so ein verwöhntes Muttersöhnchen und so einen Schlappschwanz, wie du es bist …

Frau: Wie kannst du nur!

Zweiter Mann: Ich muss mich Tag und Nacht abrackern, um dein gefräßiges Maul zu stopfen und deine Mutter zu versorgen, die sich durch dich in ein Heimchen am Herd verwandelt hat. Ich bezahle deinen Nachhilfeunterricht, weil die Stunden in der Schule für einen Trottel wie dich ja nicht ausreichen. Aber das würde ich noch ertragen. Am meisten hasse ich deine ewigen weibischen Launen. Deine kindischen Vorwürfe, dein Gezetere und Gejammere. Jeden Tag fällt dir etwas anderes ein, das dir nicht passt. Du weißt nicht, welche Sportart du magst, aber du weißt ganz genau, welche du nicht ausstehen kannst. Du hörst keine Musik, sagst aber stets gerne, welche von Schwulen und Deppen gehört wird. Du bist wie die Spaghetti, die deine Mutter notorisch zerkocht. Ich ekle mich davor, dich anzufassen, weil ich Angst habe, dass an meinen Fingern warmer, klebriger, zerkochter Teig hängen bleibt.

Frau: Ich bitte dich …

Zweiter Mann: Du hast so absolut keine Eier. Du bist eine Beleidigung für alle Männer, die jemals auf der Erde waren.

Erster Mann: Ich bringe dich um.

Zweiter Mann: Natürlich. Aber nur, wenn Mama dir das Messer bringt, es in deine Hand legt, dich dann zu mir führt und mir mit deinen weichen Pfötchen die Kehle aufschlitzt. Dass ich nicht lache. Werd endlich erwachsen und dann raus hier.

(Tür)

Frau: Kamil, achte nicht darauf, was er da von sich gibt. Du weißt doch, was er in letzter Zeit durchmachen musste, und dann hast du auch noch den Wagen kaputt gefahren und überhaupt …

6. Stock, Wohnung Nr. 40 / 10. November 2002, 6.00 Uhr.

(Gezwitscher)

Mann: Sehr gut, mein Kleiner, sehr gut. Zwitschre lange und laut, damit dein Freund Wiktor nicht einschläft …

(Schluckauf)

Mann: Ich werde zu dir sprechen, mein süßes Vögelchen, weil ich sonst einschlafe, und das darf mir nicht passieren. Es darf nicht passieren, denn wenn ich einschlafe, werde ich wieder davon träumen, und wenn ich wieder davon träume, dann wird dein Freund Wiktor vielleicht sogar ins Gras beißen. Verstehst du, was das bedeutet, »ins Gras beißen«? Welcher Art gehörst du überhaupt an, Vögelchen? Du bist keine Krähe, denn Krähen machen »kra«, du bist auch keine Eule, denn Eulen machen »hu, hu«. Vielleicht bist du einfach ein normaler Piepmatz, der »piep, piep« macht.

(Lachen)

Mann: Piepmatz, das ist gut. Und mit Nachnamen heißt du bestimmt Schwanzmann. Wie bist du eigentlich hierhergekommen, Kleiner? Ach ja, ich erinnere mich. Matylda hat ihre Großeltern gezwungen, dass sie ihr diese grässliche – ach, tut mir leid – diese wunderschöne Vogeluhr zum Geburtstag kaufen. Erinnerst du dich an Matylda, Vögelchen? So ein kleines Mädchen mit dunklen Haaren. Sie wohnte hier mit ihrer Mama und so einem Kerl. Was sagst du? Nein, nein, das war nicht ich, das war ein völlig anderer Kerl, echt, ein wirklich netter Typ, aber er wohnt nicht mehr hier. Nein, er wohnt hier nicht mehr. Er ist mit seinen Mädels ausgezogen. Er könnte doch nicht ohne sie leben, er würde sich wahrscheinlich umbringen. Verstehst du, Vögelchen? Ich weiß, ich weiß, es ist nicht einfach, sich umzubringen, vielleicht hast du auch recht. Vielleicht würde er sich nicht umbringen, vielleicht würde er hierbleiben, einfach dasitzen und warten, bis das Leben aus ihm entweicht. Ja, er würde einfach warten und es würde nichts passieren, denn der Mensch – das musst du wissen, mein Vögelchen – ist doch eine zähe Bestie. Nicht so wie du, Piepmatz. Um einen Menschen umzubringen, da muss man schon, hoho, da muss man sich schon Mühe geben. Oder man überlässt ihn sich selbst und wartet, bis er wahnsinnig wird. Jeder Mensch hat in seinem Kopf etwas, das ihn in den Wahnsinn treiben kann. Haben Vögelchen das auch? Genau, das habe ich vermutet. Aus jedem Menschen kann man irgendeine Angst hervorrufen, irgendeine Schuld, ein Versäumnis, sogar einen Traum – ja, auch mit einem Traum kann man einen Menschen um den Verstand bringen. Die Menschen vermischen die Realität mit ihrer Vorstellungskraft. Sie schämen sich für das, was sie gedacht haben. Sie sind stolz auf Dinge, die sie nicht getan haben. Sie lieben Menschen, die sie gar nicht kennen, und hassen andere, von denen sie bloß gehört haben. Wenn du dich so anschaust, Vögelchen, wirst du merken, dass du einen Wald hast. Und wenn du mich anschaust, siehst du, dass ich vielleicht ein Haus habe, Arbeit, Bekannte, vielleicht eine Geliebte, ein Kind, Eltern. Habe ich viel davon? Ich, ein Mensch? Ich habe wenig, ich könnte alles auf einem Zettel auflisten. Du hast in deinem Wald sicher mehr. Allerdings habe ich alles im Kopf, alles, jeden halben Gedanken, jedes Viertel Fantasie, jeden Bruchteil eines Wunschtraums. Ich habe eine Trillion Liebhaberinnen, eintausend Elternpaare, eine Million Berufe und drei Milliarden Liebesabenteuer. Ich bin mal Opfer, mal Henker, mal der Vergewaltigte, mal der Vergewaltiger, mal Mörder, mal Heiliger. Das alles, mein süßes Vögelchen, habe ich im Kopf. Und genau deshalb kann ich heute Nacht nicht einschlafen, weil es irgendwie so gekommen ist, dass ich das alles nicht mehr unter Kontrolle habe. Ich habe Angst, dass ich irgendeinen aufrührerischen, unverschämten Gedanken für die Realität halten und darin festhängen könnte. Und das, mein Vögelchen, könnte das absolut Schrecklichste sein. Da wäre es dann schon besser, gleich den Löffel abzugeben. Aber wie ich schon gesagt habe – der Mensch ist eine zähe Bestie.

(Stille)

Mann: Oh Gott, ich bin fast eingeschlafen. Noch ein Moment. Noch ein Moment, dann kommt das Morgengrauen. Rede, rede und mach dir einen Kaffee! Ja, aber womit? Es gibt doch kein Wasser. Von wem kann ich um diese Uhrzeit Wasser holen? Vielleicht gehe ich mal durch die Stockwerke. Irgendjemand hat bestimmt einen Vorrat an Mineralwasser. Das ist gar keine schlechte Idee. Wenn ich rumgehe, schlafe ich nicht ein. Und wenn ich »darauf« stoße? Nein, lieber nicht! Da ist es schon besser hierzubleiben. Ich rede mit dem Vöglein. Das Wichtigste ist, dass ich laut und ohne Unterbrechung spreche. Nur nicht einschlafen!

2.

Der Sonntag begann tückischerweise noch schöner als der Samstag. Zwei solche Tage nacheinander? Zu dieser Jahreszeit? Kamil war zwar jung, doch er erinnerte sich nicht an etwas so Ungewöhnliches. Normalerweise war das Wetter zu dieser Zeit dunkel, grau, trüb und deprimierend. Doch wieder strahlte die Sonne ungehindert von einem wolkenlosen Himmel hinein und erhellte die grauen Fliesen im Gang des Wohnblocks. Im Erdgeschoss war niemand. Das war etwas merkwürdig. Kamil war sicher gewesen, dass bei Tagesanbruch alle nach unten eilen würden. Vielleicht waren sie schon hiergewesen und längst nach draußen gegangen; sein Herz schlug schneller.

Er blieb bei der offenen Tür stehen und atmete tief ein. Würde er die Frische das Tages spüren, der gerade draußen begann? Keineswegs! Er nahm lediglich den faden Gestank von Putzmitteln sowie den Modergeruch aus dem Keller wahr, der stets zum Erdgeschoss hinaufzog. Er trat an die Tür und streckte seinen Arm über die Schwelle – so, wie Wiktor es gestern getan hatte. Bis hierher okay, dachte er. Er machte einen Schritt nach draußen – und trat wieder in den Flur hinein. Er sah sich resigniert um. Auf dem Bürgersteig gingen zwei hübsche junge Mädchen entlang. Mit einer war er gemeinsam in die Grundschule gegangen.

»Hallo, hallo, Karola, hörst du mich?«, rief er ein paarmal, ohne eine Reaktion zu erwarten. Und lag richtig mit seiner Vermutung. Die Mädchen gingen weiter.

Er versuchte noch, seinen Schuh nach draußen zu werfen. Er schleuderte ihn mit solcher Wucht hinaus, dass dieser, als er zurückflog, schmerzhaft gegen seinen Oberschenkel prallte, bevor Kamil zur Seite springen konnte. Er fluchte, zog den Schuh an und humpelte in den sechsten Stock zu Wiktor.

Plötzlich wurde er schmerzhaft durch einen grellen Sonnenstrahl geblendet, der vom Wohnblock gegenüber reflektiert wurde. Jäh wandte er sein verzerrtes Gesicht ab und rieb sich die Augen. Nach der unterbrochenen Nacht hatte er das Gefühl, als ob unter seinen Augenlidern Sand ausgekippt worden wäre. Im Tausch gegen eine Schüssel Wasser, in die er sein Gesicht eintauchen konnte, wäre er bereit gewesen, einen weiteren Monat Hausarrest zu akzeptieren. Er wünschte sich nur zwei Liter dieses absolut normalen Produktes der städtischen Wasserwerke. Doch Wasser gab es schon seit dem gestrigen Abend nicht mehr. Und nach dem Abenteuer mit dem schwarzen Tropfen war auch er nicht besonders erpicht darauf, Wasserhähne aufzudrehen.

»Du siehst so aus, als wärst du schon unten gewesen.« Diese Worte hörte er, als er über die Schwelle zu Wiktors Wohnung trat.

»Und, warst du schon unten?«

»Ich? Nein! Irgendwie war ich nicht auf eine persönliche Begegnung mit der Steigleitung aus.« Wiktor lächelte angestrengt.

Sein zerknautschtes Gesicht machte nicht den besten Eindruck. Gestern hatte er seinem Alter entsprechend ausgesehen, doch heute erinnerte er Kamil an seinen Onkel. Er wirkte alt, krank und erschöpft.

»Ich habe die ganze Nacht über gekämpft, um nicht einzuschlafen«, sagte er erklärend. »Es war nicht einfach, aber ich habe mich durch ein Gespräch mit dem Vögelchen abgelenkt.«

Kamil zog verwundert seine Augenbrauen hoch.

»Nein, nein, nicht mit diesem Vögelchen«, sagte Wiktor lachend. »Mit dem dort.« Er zeigte auf die Uhr, die an der Wand hing. Neben den Ziffern waren Zeichnungen verschiedener Vogelarten zu sehen. Kamil war nicht imstande, auch nur eine davon zu bestimmen.

»Du musst nicht denken, dass ich verrückt werde. Ich hatte nur panische Angst davor, einzuschlafen, so dass ich nach jedem Strohhalm gegriffen hätte.«

»Also, was machen wir, Chef?«, unterbrach Kamil Wiktors Rechtfertigungen. Er wusste nicht warum, aber er beschloss, nichts über seine Albträume und schlaflosen Nächte zu erzählen, zumindest jetzt noch nicht.

»Wir gehen zu allen Wohnungen und informieren die Leute, dass sich die Situation nicht geändert hat …«

»Sie werden es ohnehin selbst überprüfen wollen.«

»Ich weiß, vor allem diejenigen, die gestern nicht das Bedürfnis hatten, aus dem Haus zu gehen, und erst jetzt von uns alles erfahren werden. In jedem Fall berufen wir für 18 Uhr unten eine Versammlung ein.«

»Warum erst so spät?«, wunderte sich Kamil. »Wir sollten die Versammlung jetzt abhalten, checken, wie wir hier rauskommen und abhauen.«

»Ich habe weiterhin die Hoffnung, dass sich etwas ändert. Geben wir diesem ›Etwas‹ ein wenig Zeit. Für alle Fälle werden wir selbst jede Stunde runtergehen. Außerdem sagen wir allen Bewohnern, dass sie versuchen sollen, regelmäßig vom Festnetz und von ihren Handys aus zu telefonieren. Vielleicht hat sogar jemand CB-Funk.«

»Wie teilen wir uns also auf?« Kamil gab schnell nach. Er wusste nicht warum, aber er fühlte sich sofort erleichtert.

Wiktor überlegte einen Augenblick lang.

»Übernimm du die unteren Stockwerke bis zur fünften Etage. Ich erledige die oberen. Frag alle, ob sie etwas Merkwürdiges erlebt haben, und sei nicht irritiert, wenn die Leute aggressiv reagieren. Es ist sowieso schon nicht einfach, und jetzt sind alle zusätzlich genervt.«

Kamil blickte sich suchend nach dem Eierlikör um, den er gestern hergebracht hatte. Die Flasche stand auf dem Tisch. Leer.

»Es war wohl nicht einfach, die ganze Flasche leer zu saufen und dann nicht einzuschlafen?«, fragte er.

»Nein, es war nicht ganz einfach, aber es war der einzige Weg. Am meisten hat mich dabei der Geschmack dieses süßen Krams fertiggemacht. Wie kannst du solchen Schweinkram trinken, Junge? Hat deine Freundin dir das Zeug mitgebracht?«

Kamil fluchte innerlich.

»Ich trinke das, was ich mag«, murmelte er. »Lass mich in Frieden! Außerdem hättest du dir etwas für später aufheben sollen. Ich habe nämlich nichts mehr. Beim Samenspender habe ich übrigens auch schon nachgeguckt.«

Er sah, wie sich Wiktors Pupillen vor Angst weiteten. Verdammter Alkoholiker. Wie schaffte es dieser Mann nur zu überleben? Kamil fragte sich, ob er schon jetzt beginnen würde, in den Wohnungen darum zu betteln, dass sie ihm etwas für abends abfüllten. Vielleicht nahm er gleich ein Gefäß für die flüssigen Gaben mit. Kamil merkte, dass er sich unnötig aufregte und boshaft war, aber die Bemerkung mit dem Frauenlikör hatte gesessen. Sie hatte ihn an die ewigen Vorwürfe seines Vaters erinnert. Warum sollte er nicht das trinken, was ihm gerade schmeckte? Musste er etwa Wodka aus der Flasche saufen, damit sie ihn nicht auslachten?

»Da kann man nichts machen«, grummelte Wiktor. »Ich werde schon irgendwie zurechtkommen. Jetzt aber los. In zwei Stunden treffen wir uns hier wieder.«

Kamil rief laut »bis dann!«, lief hinunter ins Erdgeschoss, wo außer dem Hausmeister immer noch niemand war, und begann seine Tour von Wohnung zu Wohnung.

Als er den zweiten Stock erreichte, war er bereits sehr verwundert. Die Leute reagierten äußerst merkwürdig auf seinen Besuch. Die meisten – und es waren nicht viele, da überraschend viele Wohnungen leer standen – nickten nur und schlossen dann wieder die Tür. Ein Bewohner sagte »in Ordnung«, ein anderer bestätigte trocken »um 18 Uhr unten«. Selbst der Hausmeister, gestern noch der Mittelpunkt der Gesellschaft, hatte nur kurz mit seinen unausgeschlafenen, blutunterlaufenen Augen aufgesehen, um zu murmeln »gut, aber es ist mir sowieso schnuppe«. Alle sahen wie ihre eigenen Schatten aus, wie an die Wand geworfene Bilder eines alten Projektors, dessen Birne mit letzter Kraft leuchtete. Grau, zerknittert und in sich selbst zusammengesunken. In zwei Wohnungen hörte Kamil Geräusche. Er klopfte lange, doch niemand öffnete. Er fuhr zusammen, als er daran dachte, dass diese Geräusche gar nicht die Anwesenheit von Menschen bedeuten mussten. Er stellte sich eine Wohnung vor, die mit dem Nichts erfüllt war, mit dieser Schwärze, die sie gestern so erschreckt hatte. Schließlich lief die Steigleitung durch den ganzen Wohnblock. Wohin konnte dieses Etwas oder eher dieses Nichts fließen? Würde es auch bis zur seiner Wohnung gelangen? Und wann? Würde es ihnen bis dahin gelingen, hier rauszukommen?

Während er noch darüber nachdachte, drückte er die Klingel neben der Tür am Ende des Gangs im fünften Stock. Es war das letzte Stockwerk, in dem er die Bewohner informieren sollte. Seine eigene Wohnung befand sich am anderen Ende. Komisch, aber er hatte nie gesehen, wer hier wohnte. Bestimmt stand auch diese Wohnung leer. Er hörte ein Geräusch, doch niemand machte auf. Er drückte die Klingel noch mal und hielt sie gedrückt. Nach einer Weile klirrte das Blech des Spions, der sich seltsamerweise auf Höhe seiner Taille befand.

»Wer ist da?«, fragte eine männliche Stimme.

»Guten Tag, Kamil Źródlaniec. Wir sind Nachbarn, ich komme wegen unserer Situation.«

Der Türriegel knackte, und die Tür öffnete sich. Kamil trat erstaunt einen Schritt zurück.

3.

Seit dem Morgen fühlte ich mich wie ein Schauspieler vor der Premiere. Ich war mir sicher, dass heute einer von ihnen bei mir klingeln würde. Nur wer? Als ich hörte, dass es Kamil sein würde, fühlte ich mich verunsichert. Wiktor war ein erwachsener reifer Kerl, Kamil hingegen ein wütender Teenager. Wie sollte man mit so jemandem reden? Angespannt wartete ich auf das Klingelgeräusch. Abwechselnd fuhr ich zwischen Tür und Zimmer hin und her. Ich kochte mir Tee, trank aber Wasser. Ich sagte mir immer wieder, dass Kamil ja nichts wusste, doch es beruhigte mich nicht. Ich überlegte, ob ich so tun sollte, als sei ich nicht zu Hause. Dann rügte ich mich dafür, so etwas Dummes zu denken, denn schließlich erwartete ich diesen Besuch voller Spannung, wenngleich ich auch große Angst davor hatte. Ich hatte die Hoffnung, dass es bei diesem einen Mal bliebe. Ich würde ihnen sagen, dass mich das Ganze nichts anging – schließlich bin ich an den Rollstuhl gefesselt –, dann würden sie mich vielleicht in Ruhe lassen. So wäre es am besten, aber so würde es unter Umständen nicht funktionieren. Möglicherweise würde jemand ihnen etwas sagen. Dann würden sie zweifellos ein zweites Mal bei mir klingeln. Sie würden klopfen, die Tür aufbrechen, Erklärungen verlangen.

Als die Klingel letztlich ertönte, war ich gerade im Bad – wie sollte es auch anders sein? Hektisch zog ich mich an und hievte mich unbeholfen in den Rollstuhl zurück, als wäre ich erst seit gestern und nicht seit einigen Jahrzehnten gelähmt.

Als ich schließlich aus dem Badezimmer rollte, durchdrang der Lärm der Klingel die ganze Wohnung. Ich stellte mir vor, dass der Krach nicht von der Klingel stammte, sondern dass Kamil voller Wut durch das Schlüsselloch schrie, weil er hinter die Wahrheit gekommen war. Sicherheitshalber schaute ich durch den Spion – Kamil schrie nicht. Er stand mit gelangweilter Miene da und hörte auf zu klingeln, als er mich hörte.

Ich fragte: »Wer ist da?«, um seine Stimme zu hören, und öffnete dann die Tür. Was soll man sagen – er war auf diesen Anblick nicht vorbereitet. Keiner im Haus wusste, dass so jemand wie ich in einer Zweizimmerwohnung im fünften Stock lebte, hinter der Tür mit der Nummer sechsunddreißig, an der kein Namensschild war.

Seltsam, aber ich hatte ihn mir anders vorgestellt. Ich dachte, dass er kleiner wäre, mit einem schwammigen Gesicht, ohne Bart, etwas verweichlicht, mit einem trüben Blick – so tief hatten sich all die Bemerkungen seines Vaters in mir festgesetzt.

Stattdessen stand vor mir ein gut gebauter, hochgewachsener Junge, vielmehr ein Mann, mit kurz geschnittenen Haaren und originell frisierten Koteletten. Die grauen Augen unter den buschigen Brauen schauten mich verwundert an, aber ohne Furcht und voller Neugier. Er sah eigentlich nicht aus wie jemand, dem die Stimme beim Gespräch mit den Eltern versagte.

»Ja, bitte?«, sagte ich.

»Ich habe Sie noch nie gesehen«, antwortete er. »Wohnen Sie schon lange hier?«

»Länger als Sie leben, junger Mann. Was führt Sie hierher?« Ich weiß nicht, warum ich mich dumm stellte. Denn nach dem, was er mir durch die Tür gesagt hatte, hätte ich zumindest so tun sollen, als sei ich neugierig, um welche Situation es sich handelte.

Er berichtete mir recht knapp die Ereignisse des vorigen Tages. Die Kürze dieses unpersönlichen Berichts enttäuschte mich. Er wirkte nicht wie eine Erzählung eines lebendigen Menschen, sondern vielmehr wie ein Zitat aus einer Pressenotiz irgendeines drittklassigen Journalisten.

Als Kamil zu Ende erzählt hatte, sagte ich, was ich seit dem Morgen innerlich ständig wiederholt hatte:

»Nun, wie Sie selbst sehen«, begann ich und deutete auf meine reglosen Beine, »ist das Eingesperrtsein für mich kein neuer Zustand. Ganz im Gegenteil, es ist für mich natürlicher, als für Sie das Gehen. Natürlich mache ich mir Sorgen darüber, dass meine Pflegerin mir nichts zu essen bringen kann, aber ich habe noch Vorräte für eine Woche. Bis dahin wird sich die Situation wohl klären. Folglich gibt es für mich keinen Grund, zur Versammlung zu kommen.«

Er hörte sich mein gestelztes Gerede zu Ende an und fragte:

»Überrascht Sie diese ganze Situation nicht?«

Es lief schlecht. Ich wollte dieses Gespräch unbedingt vermeiden. Leider machte ich mich noch mehr zum Idioten.

»Nein, sie überrascht mich nicht«, antwortete ich. »Ich bin

vielleicht körperlich behindert, doch die Natur hat mich dafür entschädigt, indem sie mir eine Art sechsten Sinn gab. Ich nehme mehr als andere wahr, was um mich herum passiert. Außerdem höre ich, wenn ich manchmal in der Stille sitze, worüber die Nachbarn im Gang …«, ich zögerte, »… und sogar in ihren Wohnungen reden.«

»Haben Sie so ein gutes Gehör oder legen Sie ein Stethoskop an die Wand?«

Der Kerl machte sich eindeutig lustig über mich.

»Nein! Ich habe im ganzen Gebäude Wanzen installiert«, platzte ich wütend heraus.

Ich wollte, dass er ging. Doch er stand mit beiden Händen in den Hosentaschen da, den Kopf leicht nach vorne geneigt, und starrte mich an.

»Ich glaube es nicht«, sagte er. »Da laufe ich von Wohnung zu Wohnung und erzähle diese Geschichte Leuten, die sie nicht kennen, und keiner hört sie sich zu Ende an. Alle sehen wie Gespenster aus, unterbrechen mich mitten im Satz und sind an nichts interessiert. Die Information über die Versammlung musste ich einige Male durch verschlossene Türen brüllen. Ihnen dagegen habe ich alles erzählt, aber Sie sind überhaupt nicht überrascht und faseln außerdem etwas vom sechsten Sinn. Deshalb hätte ich da eine kleine Frage: Was, zum Teufel, wissen Sie?«

»Nichts«, entgegnete ich schnell. Zu schnell.

»Jaaa, klar. Aber vielleicht können wir uns in Ihrer Wohnung weiter unterhalten. Sie langweilen sich doch sicher.«

Ich schwitzte wie ein Schwein.

»Ganz im Gegenteil!« Ich bemühte mich, mit recht mäßigem Erfolg, meine Stimme so ruhig wie möglich klingen zu lassen. »Ich habe gerade begonnen, eine Patience zu legen. Ich spiele täglich um diese Uhrzeit, und ich kann es nicht ausstehen, meine Rituale zu ändern.«

Er lachte laut auf. Respektloser Lümmel!

»Das bezweifle ich nicht. Ich komme am Abend wieder und erzähle Ihnen, wie es bei der Versammlung war. Vielleicht passt es gerade zwischen die Rituale, und dann plaudern wir ein wenig miteinander. Was halten Sie davon?«

»Das ist nicht nötig«, brummte ich. »Ich werde lauschen.«

Dann schlug ich dem Kerl die Tür vor der Nase zu.

4.

Es war nicht auszuhalten. Es wäre ihr leichter gefallen, mit einer völlig fremden Person zu sprechen, als mit ihrem eigenen Mann. Sie saßen am Tisch, tranken Tee und versuchten, sich dabei nicht anzuschauen. Es war der vierte Tee an diesem Vormittag. Irgendwann kam der Moment, in dem einer von ihnen es nicht mehr aushielt und fragte: »Möchtest du vielleicht noch einen Tee?«, worauf der andere antwortete: »Ja, sehr gerne«. Sie hatte von dem Tee schon einen faden Geschmack im Mund. Außerdem mussten sie mit den Wasserflaschen sparsam umgehen. Viele waren nicht mehr übrig, und alle Wasserhähne waren so trocken wie Schnapsflaschen in einer Alkoholikerwohnung.

Sie versuchten, über neutrale Themen zu sprechen, doch das funktionierte nicht. Andererseits wollte keiner von ihnen das Wichtigste – ihr Thema – aufgreifen, da sie befürchteten, dass es die Situation zusätzlich verschlimmern würde.

Soweit es überhaupt schlimmer werden kann, dachte Agnieszka.

Sie beobachtete Robert die ganze Zeit über aus den Augenwinkeln. Er benahm sich merkwürdig. Entweder sah er sie wie ein geprügelter Hund an, der alles ertragen hätte, wenn sie ihn nur streichelte, oder er streckte sich und warf ihr mit finsterer Miene einen verächtlichen, hasserfüllten Blick zu. Dann wieder schielte er sehnsüchtig zu seinen Pinseln. Agnieszka hatte keine Ahnung, was sie von der ganzen Situation halten sollte. Sie wusste, dass es zwischen ihnen nie mehr so wie vorher sein würde. Doch trotzdem ließ sie den Gedanken nicht zu, dass es vorbei sein konnte. Gestern, als er so reuevoll nach unten gekommen war, hatte sie sich gefreut. Vorher war sie über die Flure geirrt – überzeugt davon, dass ihre Beziehung plötzlich und endgültig zu Ende war.

Doch jetzt, als sie seine wütenden Blicke sah und sich an sein nächtliches, idiotisches »Du bist mein« erinnerte, lief ihr ein kalter Schauer über den Rücken. War dies derselbe Mensch, der sie in Olecko huckepack über den Fluss getragen hatte, damit ihre Füße nicht nass wurden? Derselbe, der immer dazu aufgelegt gewesen war zu spotten, anzugeben und immer aus allem einen Scherz zu machen?

Derselbe Mensch, der geschrien hatte: »Was geht mich deine Scheiß-Schwangerschaft an?«

Es ist dieses teuflische Gebäude, dachte sie. Dieser Block. Alles fing an, als wir hier einzogen. Zunächst die Leiche, dann der Keller, der Zwischenfall im Aufzug, die Malerei, schreckliche Bilder, Probleme mit der Arbeit, das Eingeschlossensein, der schreckliche Streit gestern …

»Ich mache einen Spaziergang«, sagte sie.

Er zog seine Augenbrauen hoch und wusste nicht, was er antworten sollte.

»Mach dir keine Sorgen, das ist keine Provokation. Ich sehe, dass du dich nur mit Mühe zurückhältst, zu den Farben zu greifen. Mal du hier ruhig, und ich schaue bei Wiktor und Kamil vorbei. Bestimmt sitzen sie zusammen und versuchen weiter, einen Weg aus dem Gebäude zu finden.«

Robert rutschte auf seinem Stuhl hin und her.

»Aber er war doch hier, dieser Wiktor. Er sagte, dass die Versammlung erst am Abend stattfindet. Und außerdem sitze ich wirklich lieber mit dir zusammen, als zu malen.«

Sie war traurig. Sie wünschte sich, dass er sich ihr gegenüber ehrlich verhielt. So wie einst.

»Ich frage dich noch mal. Ich kann hier sitzen und wir werden Tee trinken, bis wir zusammenklappen, oder ich gehe … sagen wir, ›spazieren‹, dann kannst du malen. Was möchtest du?«

»Ich werde dich doch nicht mit Gewalt festhalten …«

Mit Mühe hielt sie die Tränen zurück. Sie sagte noch gespielt schwungvoll:

»Na dann tschüs. Wir sehen uns später beim Abendessen.« Dann ging sie hinaus.

Bereits jetzt wusste sie, dass es zu Ende war. Erst auf der Treppe weinte sie los. Sie ließ alles heraus, was sich seit gestern angesammelt hatte. Sie schluchzte und schluchzte, und als sie sich beruhigt hatte, fühlte sie sich wesentlich besser. »Mach dir keine Sorgen, Kleine! Wir finden einen tollen Kerl und werden wie die Prinzessinnen leben.«

Sie ging zwei Stockwerke tiefer und klopfte bei Wiktor. Als er die Tür öffnete, konnte sie einen Schrei nicht unterdrücken:

»Wie siehst du denn aus?«

»Bestimmt wie mein Onkel einen Tag nach der Lohnzahlung«, antwortete er mit einem sarkastischen Lächeln. »Ich habe die ganze Nacht mit dem Schlaf gekämpft – und gesiegt.«

»Ich gratuliere. Ich bin für zwei Stunden eingeschlafen. Und das war ein Fehler. Im letzten Moment bin ich aufgewacht, wieder zwei Schritte näher an der Auflösung. Ich kann mir nicht vorstellen, dass ich das Ende ertragen könnte. In dieser Nacht werde ich wieder alles daran setzen, kein Auge zuzutun.«

Sie betrat die Wohnung. Kamil saß am Tisch und winkte ihr zur Begrüßung, ohne dabei aufzustehen. Sie schaute sich in der verwahrlosten Wohnung um und bemerkte verwundert die Kinderzeichnungen an den Wänden.

»Ich dachte, du bist Junggeselle«, sagte sie zu Wiktor.

»Nein, bin ich nicht«, antwortete er kurz.

»Bist du schon lange allein?«, fragte sie.

»Gewissermaßen schon. In achtzehn Tagen ist es ein Jahr.«

Sie wollte fragen, wie es war, wenn man sich von jemandem trennte, den man jahrelang geliebt hatte, doch sie hielt sich zurück. Einige Sekunden lang schauten sie sich an, dann warf sie ihre Handtasche auf den Boden und setzte sich an den Tisch. Sie zündete sich eine Zigarette an, machte sie jedoch gleich wieder aus.

»Wie sieht es an der Front aus?«, fragte sie.

»Keine Veränderungen«, meldete Kamil. »Ich habe schon so oft probiert, durch diese Tür zu gehen, dass ich es leid bin. Außerdem haben wir ein Plakat aufgehängt« – in Wiktors Fenster hingen einige aneinandergeklebte Zettel mit der riesigen Aufschrift: »HILFE!« –, »aber eher werden mein Arsch und mein Bauchnabel die Plätze tauschen, bevor das was bringt. Und ich habe ein Alien in unserer wunderbaren Villa getroffen.«

»Das heißt?«

»Im fünften Stock wohnt ein kahlköpfiger, behinderter Sonderling. Ich habe ihn zum ersten Mal gesehen. Und dabei wohne ich im gleichen Stock, zehn Meter weiter. Kennst du ihn?«, fragte er Wiktor.

»Nein. Wie sieht er aus?«

»Na, ich sag's doch, wie ein Alien. Er ist furchtbar dünn, hat aber riesige Flossen und muskulöse Schultern. Das kommt bestimmt vom Rollstuhlfahren. Er sieht blass und kränklich aus. Er hat eine Glatze und weder Augenbrauen noch Wimpern, und sein Schädel … wie soll man das beschreiben? Der wird hinten ganz flach. Dieses Alien sieht dadurch wie eine Schlange aus. Eine graue, haarlose Schlange. Ich sag's euch, da bin sogar ich zurückgewichen.«

»Fährt er denn mit seinem Rollstuhl?«, fragte Agnieszka interessiert.

»Ja.«

»Wenn das so ist, warum kommt er dann nicht aus der Wohnung raus?«

»Weiß der Teufel, da musst du ihn fragen. Vielleicht führt er Experimente an Hundeschädeln durch und darf sie nicht mal für einen Augenblick allein lassen, weil er die Spannung in den Elektroden kontrollieren muss. Er sieht völlig durchgeknallt aus.«

Wiktor mischte sich ins Gespräch ein.

»Ich habe im letzten Stockwerk auch einen schrägen Typen getroffen. Erst sagte er, dass er mich aus der Tiefe seiner menschlichen Seele liebe, und dann meinte er, dass er weder rauskommen noch mich reinlassen könne, da er die Schlüssel vernichtet habe.«

Wiktor ließ den Finger an seiner Schläfe kreisen, um zu zeigen, was er über diesen Nachbarn dachte.

Sie sprachen über die unterschiedlichen Bewohner, ihr Verhalten, ihre Absonderlichkeiten und darüber, dass sie zurückgezogen und verängstigt wirkten. Und heute vor allem unausgeschlafen. Wiktor unterhielt die anderen mit einer amüsanten Erzählung über den Sportlehrer aus dem ersten Stock. Das Thema des schwarzen Flecks hing in der Luft, doch keiner wollte es ansprechen. Es gab auch ein zweites Tabu, das Kamil brach.

»Und worum geht es eigentlich bei diesen Träumen? Warum haben wir alle diese Albträume?«

Eine schwere Stille trat ein. Agnieszka und Wiktor richteten ihre Blicke ungezielt in den Raum. Kamil sah sie abwechselnd mit gespannter Miene an. Schließlich hob Agnieszka ihren Kopf.

»Das sind keine Albträume«, sagte sie. »Das sind eher Visionen, etwas derart Reales, dass ich allein beim Gedanken daran erstarre. Ich schlafe heute bestimmt nicht ein. Ich würde mir lieber die Pulsadern aufschneiden, nur um das nicht noch einmal zu erleben. Das ist …«, ihre Stimme brach, »das ist das

Schlimmste, was mir je im Leben passiert ist. Und es ist kein Traum! Es ist so real wie die realste Wirklichkeit. Ich bin dabei vollkommen bei Bewusstsein. Es gibt keine Zeit- oder Raumsprünge, es gibt keine typischen Traumabsurditäten oder Widersprüche. Es ist eine Welt, die vom ersten Moment an auf einer immer stärker werdenden Angst basiert, als würde jemand einem die schlimmste Furcht aus dem Kopf herauszerren und dann mitten hineinstecken. Man kann nicht fliehen, und jemand hält einen am Kopf fest, so dass man alles genau beobachten muss. Ich fürchte mich sogar vor dem Gedanken daran. Ich habe Angst, mich daran zu erinnern, dass es einen Zeitpunkt gibt, wenn ich einschlafe, ich habe Angst … he, Wiktor, was ist mit dir los?«

Wiktor fasste sich kreidebleich mit beiden Händen an die Brust und rutschte vom Stuhl auf den Fußboden.

»Ich sterbe«, sagte er heiser. »Hör auf, sprich nicht weiter, ich flehe dich an, das bringt mich um. Ich … das ist wohl ein Infarkt … ich kann nicht atmen … helft mir …«

»Wodka!«, schrie Kamil.

»Was?«

»Wodka! Hast du bei dir irgendwas Alkoholisches? Wodka, Whiskey, Bier, Wein, irgendwas …«

»Nein, ich glaube nicht … oder doch! Ich habe einen Becherovka!«

»Hol ihn schnell! Er ist Alkoholiker. Der Likör bringt ihn wieder auf die Beine. Beeil dich!«

Kamil begann, mit beruhigender Stimme auf Wiktor einzureden. Agnieszka hörte es nicht mehr, da sie bereits zum achten Stock hinauflief. Sie stürzte in die Wohnung, ohne Robert irgendetwas zu erklären, griff die halbleere Flasche der Spezialität aus Karlovy Vary und eilte wieder hinunter.

Wiktor war nicht mehr blass. Er war blau angelaufen und versuchte vergeblich, Luft zu bekommen. Kamil hielt ihn wie ein kleines Kind an seiner Brust und summte leise. Agnieszka goss etwas Likör in ein Glas und führte es an Wiktors Lippen. Durch die Wohnung strömte süßlicher Kräutergeruch.

»Noch mehr«, hauchte Wiktor und griff nach der Flasche. Er setzte sie an die Lippen und leerte sie in einem Zug. Er holte tief Luft. Nach einigen Atemzügen wich die tödliche Bläue aus seinem Gesicht.

»Na, Alter«, sagte Kamil, »nach dieser Zügellosigkeit wirst du wahrscheinlich den Kotz-Wettbewerb gewinnen.«

»Da hat er recht«, fügte Agnieszka hinzu. »Damit darf man es nicht übertreiben.«

Wiktor sah sie an wie eine Anstandsdame, die beim intimen Rendezvous störte.

»Erstens: Ihr braucht euch keine Sorgen mehr um mich zu machen. Und zweitens: Herzlichen Dank! Vor einem Moment dachte ich, dass ich sterben würde. Die Perspektive, zu kotzen, ist für mich wie ein Ticket nach Teneriffa.«

Sie saßen zu dritt um die leere Flasche herum am Tisch. Agnieszka schoss durch den Kopf, dass sie sich selbst gerne so zuschütten würde, dass kein Traum mehr eine Chance hätte, deutlich zu sein. Sie fragte Wiktor, ob es funktionierte.

»Es hilft nichts«, antwortete er kurz. »Es ist sogar noch schlimmer, denn es ist schwierig, nach dem Aufwachen zu sich zu kommen, wenn man im Rausch ist. Meine Methode besteht darin, nicht zu schlafen und so viel zu trinken, dass ich im Wachzustand nicht in Panik gerate. Das ist nicht einfach. Und jetzt wird es unmöglich sein.« Er deutete auf die leere Flasche. »Es sei denn, du hast noch irgendwas Alkoholisches.«

Sie schüttelte den Kopf.

»Tja. Ich habe nichts, du hast nichts, Kamil auch nicht, und ins Spirituosengeschäft kann man nicht gehen. Ich hätte nie gedacht, dass mein Entzug unter solchen Bedingungen ablaufen würde.«

Sie schwiegen eine Stunde lang, und es störte sie überhaupt nicht. Schließlich brach Kamil zum zweiten Mal das Tabu.

»Erzähl uns deinen Traum«, bat er Agnieszka.

Sie lachte nur laut auf.

»Ich meine es ernst. Wenn du ihn noch nicht einmal bis zum Ende geträumt hast, diesem schrecklichen Ende, und schon jetzt so entsetzt bist, dass du ihn noch nicht einmal erwähnen möchtest, dann wird es nie besser werden. Ich denke …«, stammelte er, »ich denke, dass uns das hier festhält. Wir sind nicht Gefangene dieser Gemäuer, sondern Gefangene unserer eigenen Ängste. Solange sie uns beherrschen, so lange werden wir hier eingeschlossen sein.«

Wiktor stand vom Tisch auf.

»Macht, was ihr wollt«, sagte er. »Ich werde dabei nicht mitmachen. Es gibt keinen Wodka mehr, und ihr wollt noch darin herumwühlen. Ich gehe.«

»Wohin? Etwa zum Pennen?«, spottete Kamil.

»Lass mich in Ruhe, Junge! Was weißt du schon darüber?«

»Vielleicht mehr, als du ahnst!«

Wiktor blieb bei der Tür stehen, seine Hand lag auf der Türklinke. »Wie alt bist du? Siebzehn? Achtzehn? Nehmen wir an, achtzehn. Wovor kannst du schon Angst haben? Welche Albträume können dich schon verfolgen? Hat dein Vater dich etwa nicht auf eine Party gelassen? Oder hat deine Mutter dir kein Geld für die Markenklamotten gegeben? Ich bin sehr gespannt, was es ist. Ich bin sehr gespannt, welche Albträume jemand hat, dessen einzige Verpflichtung es ist, sich mit seinen Kumpels in der Schule zu treffen, der den ganzen Tag MTV schauen kann, der unbesorgt essen, schlafen und scheißen kann und außerdem immer saubere Wäsche im Schrank hat, weil für alles automatisch gesorgt wird. Also bitte.« Wiktor ließ die Klinke los und trat an den Tisch. Mit beiden Händen stützte er sich auf die Tischplatte und beugte sich mit einem boshaften Lächeln zu Kamil. »Du spielst hier den großen Analytiker. Verdammt noch mal, wenn du willst, dass wir unsere Träume erzählen, dann fang du damit an.«

Kamil senkte seinen Kopf und lehnte sich zurück. Er schwieg.

»Also, wir hören.«

Kamil sah auf, und ihre Blicke trafen sich. Wiktors boshafte Miene verflog sofort, als er die unendliche Traurigkeit bemerkte, die sich in den Augen des Jungen ausdrückte.

»Glaub mir, Mann«, sagte Kamil leise. »Wenn unsere Albträume unsere eigene Schuld sind, kannst du mich nicht überbieten. Niemals. Das kannst du mir glauben.«

Wiktor öffnete den Mund. Agnieszka war überzeugt, dass er erwidern wollte: »Sag es. Sag es, dann glaube ich es.« Sie hörte das Echo dieser Worte, noch bevor Wiktor etwas gesagt hatte, doch er schloss seinen Mund, ohne einen Laut von sich zu geben.

Dafür meldete sie sich zu Wort.

»Bleib, Wiktor! Bleib zumindest noch einen Moment. Du weißt doch, dass dieses Wetteifern keinen Sinn macht. Und ich spüre«, sagte sie und legte unbewusst ihre Hand auf den Bauch – ich bin gespannt, ob das jetzt meine neue Angewohnheit wird, schoss es ihr durch den Kopf – »ich spüre, dass es möglicherweise sinnvoll ist. Fragt nicht warum! Ich spüre es einfach. Streitet nicht mehr! Ich fange an. Ich werde erzählen.«

5.

Können Sie sich vorstellen, mit welcher Anspannung ich diesem Gespräch lauschte? Endlich, nach so vielen Jahren, so vielen Jahrzehnten merkwürdiger Ereignisse und Unfälle, die der Dünne nie entdeckt hätte, selbst wenn er bis ans Ende seiner Tage gegraben hätte. Endlich war jemand darauf gekommen, was – möglicherweise – der Schlüssel zum Rätsel dieses Ortes war. Ich saß mit Kopfhörern vor dem Rekorder, und es war so, als würde ich mir den besten Thriller der Welt anhören. Ich war überrascht, dass Agnieszka, die ich für eine dumme Gans gehalten hatte, eine so klare Entscheidung getroffen hatte. Allem Anschein zum Trotz erwies sie sich als die Stärkste von allen. Aber sie hatte erst einen kleinen, winzigen Schritt getan. Es war so, als würde man einem Menschen mit Höhenangst sagen, dass er Fallschirmspringen könnte und seine Höhenangst danach sofort besser wäre. Könnte er springen? Natürlich könnte er! Sicher würde er sogar glauben, dass es ihm danach besser gehen würde. Doch würde er es auch tun? In neun von zehn Fällen – nein! Aber Höhenangst treibt niemanden in den Selbstmord. Zumindest an anderen Orten nicht.

6.

Oleg Kuzniecow versuchte die Akten zu ordnen, die sich in seinem Minibüro im ersten Stock des Polizeireviers im Pałac Mostowskich stapelten. Vom Eifer, mit dem er am Morgen begonnen hatte, war nicht die kleinste Spur übrig geblieben. Oleg stand zwischen den Aktentürmen, knirschte mit den Zähnen und fluchte. Ursprünglich hatte er geplant, eine halbe Tonne Papier wegzuwerfen und die Akten neu zu ordnen, damit er von nun an effektiv und gut organisiert arbeiten konnte. So würde er nichts mehr vergessen und nichts Wichtiges liegen lassen.

Doch sein Plan funktionierte nicht. Nach drei Stunden Arbeit stellte sich heraus, dass alle Akten noch gebraucht wurden und die Menge der auf ein unbestimmtes Später verschobenen Dinge erdrückend war. Außerdem waren ohnehin zu wenig Akten vorhanden, um alles vernünftig zu bearbeiten. Oleg hatte versucht, sie nach ihrer Wichtigkeit zu ordnen. Auf seinem Schreibtisch lagen nun zehn Aktenstapel mit Fällen, die er schon vor Ewigkeiten abschließen wollte. Die wichtigsten und aktuellsten waren noch gar nicht dabei.

Als der Dünne den Kopf ins Zimmer steckte, schaute Oleg ihn widerwillig an.

»Bring mir bloß keine neuen Akten!«, maulte er.

Der Dünne versteckte mit einer theatralischen Bewegung eine Mappe, die er in der Hand hielt, hinter seinem Rücken.

»Jawohl, Herr Kommissar. Ich komme in der folgenden Angelegenheit: Ich möchte Sie zu einem gemeinsamen Spaziergang bewegen.«

»Dünner, versuch nicht, meinen Arbeitseifer zu untergraben.«

»Sei nicht dumm. Sieh doch mal aus dem Fenster. Der nächste Tag mit einem solchen Wetter wird im Mai kommen. Wenn wir schon hier sind, anstatt mit unseren Frauen im Łazienki-Park, dann sollten wir zumindest kurz rausgehen. Außerdem will ich mit dir reden, und hier haben wir keinen Platz.«

Oleg sah sich mit ohnmächtigem Blick um und seufzte. Es stimmte, im Büro war kein Platz.

Er zog seine Lederjacke an, und sie gingen vors Gebäude. Der Dünne hatte recht. Wenn die kahlen Bäume und Grünanlagen nicht gewesen wären, hätte man kaum geglaubt, dass es bereits Mitte November war. Die Sonne schien kräftig, in der Luft hing der Geruch feuchter Erde und modriger Blätter, durchmischt mit dem Geruch von städtischem Asphalt und Beton. Oleg dachte daran, dass seine Frau jetzt womöglich alleine spazieren ging. Er hatte sie allein gelassen, um die Akten in der Arbeit zu ordnen, doch in Wirklichkeit hatte er nichts geschafft. Die ganze Aktion war sinnlos gewesen.

Oleg und der Dünne setzten sich auf die Bank neben der Fontäne vor dem Kino Muranowo. Seltsam, dass es zu Fuß nur drei Minuten bis hierher waren, doch das letzte Mal hatte er das Kino vor einigen Jahren besucht. Der Dünne zog einen Schokoriegel aus seiner Manteltasche.

»Ich mag diesen Ort.« Er zeigte auf den Plac Bankowy.

»Warum?«

»Er ist so großstädtisch. Der himmelblaue Wolkenkratzer, das Rathaus, die Straßenbahnen, der Eingang zur Metro. Hinten die Bäume des Krasińskich-Parks. Und der viele Platz. In keiner anderen Stadt in Polen gibt es so viel Raum. Krakau und Danzig sind meinetwegen auch schön, aber irgendwie so beengt. Kleine Straßen, kleine Plätze, alles ist klein und eng. Nach einer Stunde dort bekomme ich schon Kopfschmerzen.«

Oleg schwieg bewusst. Die Vorliebe des Dünnen für die Stadt war ebenso legendär wie seine Abneigung gegenüber der Provinz, zu der er alles zählte, was außerhalb des Warschauer Zentrums lag. Sie hatten ihn verteidigen müssen, als er in Anwesenheit ihres letzten Chefs – der aus Krakau stammte – damit herausgeplatzt war, dass man Krakau und Lodz mit Rasierklingen aus allen Landkarten Polens herausschneiden sollte, da es eine Schande für das ganze Land sei, »dass wir solche Proleten in die Union mitschleppen«.

»Worüber wolltest du mit mir sprechen?«

»Du wirst lachen.«

»Oh nein, alles, nur das nicht, Dünner! Hast du gesehen, was bei mir auf dem Schreibtisch liegt? Das sind sehr wichtige Fälle, die längst abgeschlossen sein sollten und die ich mir erst jetzt vornehme. Fantasien über Mörder-Wohnblöcke interessieren mich nicht. Keine Chance! Und außerdem, gönn mir bitte eine Pause, Mann!«

Oleg schloss die Augen und hielt sein Gesicht in die Sonne. Er lächelte, während er den Geräuschen der Stadt lauschte. Eine bremsende Straßenbahn, ein laufender Polonez-Motor, das Zischen der Tür in einem neuen Bus, irgendwo weiter weg die Sirene eines Krankenwagens. Das leise Geräusch eines Fahrrads, das schnelle Klacken von Absätzen auf dem Bürgersteig. Er blinzelte mit einem Auge, um die Besitzerin der Absätze zu sehen. Wirklich nicht übel!

Der Dünne gab nicht auf.

»Wenn dort etwas passiert, dann wirst du durch die Gänge laufen und an allen deine schlechte Laune auslassen. Und ich werde dir auf Schritt und Tritt folgen und dir ununterbrochen ins Ohr flüstern: ›Hab ich's nicht gesagt, hab ich's nicht gesagt?‹«

»Gott, wie anstrengend du bist. Was sollen wir deiner Meinung nach tun?«

»Wir sollten das Haus beobachten. Jemanden dort hinschicken. Die Jungs von der Chodecka sollen den Block überwachen.«

»Ich denke, die Jungs von der Chodecka werden von deiner Idee hellauf begeistert sein. Aber meinetwegen. Wir stellen dort jemanden ab. Für eine Woche. Soll er schauen, ob etwas passiert.«

»Ab heute?«

»Dünner!«, schrie Oleg auf. »Heute ist Sonntag, und morgen ist der Staatsfeiertag! Bist du wahnsinnig geworden? Ab Dienstag!«

»Ja, ja, klar, ich hab's vergessen.« Der Dünne machte einen Rückzieher. »Aber wenn das so ist, dann rufe ich sie morgen noch an.«

»Wo rufst du an? In der Chodecka?«

»Nein, in der Kondratowicz, bei den Bewohnern. Ich will fragen, ob alles okay ist.«

»Gütiger Herr, beschütze mich vor den Warschauer Verrückten«, sagte Oleg und gähnte. Am liebsten hätte er auf dieser Bank ein Nickerchen gemacht, um sein chronisches Schlafdefizit wenigstens etwas auszugleichen.

7.

6. Stock, Wohnung Nr. 40 / 10. November 2002, 16.50 Uhr.

Erster Mann: Na, und dann?

Frau: Das war alles. In diesem Moment bin ich aufgewacht. Gott sei Dank.

Erster Mann: Ja, okay. Aber du musst dir diesen Traum bis zum Ende vorstellen. Es ist alles in deinem Kopf. Wenn es dort den Anfang gibt, dann findest du dort auch das Ende. Wenn du das Ende nicht kennen würdest, wärst du nicht so entsetzt. Die Angst vor dem Unbekannten ist nur eine kleine Ratte im Vergleich mit dem riesigen Ungeheuer unserer schrecklichen Träume.

Zweiter Mann: Was ist denn mit dir los? Hast du zu viele Ratgeber gelesen? Die Lehre von der Psychoanalyse an einem Weekend? Hör auf, das Mädchen zu quälen.

Frau: Lass nur, Wiktor. Er hat recht.

Zweiter Mann: Nein, er hat nicht recht! Aber macht, was ihr wollt.

(Stille)

Erster Mann: Versuch es! Befrei dich! Denk nach! Was ist dort? Was ist hinter der Scheibe dieses Backofens?

Frau: Nein. Ich kann nicht.

Erster Mann: Ein Kind?

Frau: Nein.

Erster Mann: Etwas Kleineres?

(Stille)

Erster Mann: Eine Frucht.

(Schluchzen)

Frau: Ich … ich bin schwanger. Ich weiß es erst seit ein paar Tagen. Ich … ich will nicht … ich kann mir das nicht vorstellen … ich habe Angst …

(Schluchzen)

Frau: Ich befürchte, wenn ich es mir vorstelle, dann … dann

wird es passieren … wird es Wirklichkeit werden … es wird dem Kind, das in mir ist … es wird gerade ihm passieren …

Erster Mann: Was wird passieren?

Frau: Ich flehe dich an, nicht, nicht jetzt, vielleicht später. Jetzt soll jemand anderes erzählen. Lasst mich, lasst mich einfach in Ruhe.

(Stille)

Zweiter Mann: Du bist an der Reihe, Junge. Gleich werden wir sehen, was deine Theorie wert ist.

Erster Mann: Ich kann nicht.

(Lachen)

Zweiter Mann: Klasse! Woher habe ich's nur gewusst? Sag's mir, Kamil, woher habe ich's gewusst?

Erster Mann: Du verstehst es nicht. Ich kann nicht. Nicht, weil ich es nicht will. Ich kann nicht, weil ich mich nicht an meine Träume erinnere. Ehrlich! Gestern noch habe ich mich an etwas erinnert. Und heute ist es schon wieder weg. Es ist nichts mehr da. Alles komplett weg.

Zweiter Mann: Was faselst du da? Ich habe jede Sekunde meines Albtraums die ganze Zeit vor Augen.

Frau: Ich auch.

Erster Mann: Komm, stell mich nicht als Feigling hin, Wiktor! Warum sollte es mir etwas ausmachen, so viel wie Agnieszka zu erzählen, ohne das Ende? Ich lüge nicht. Ihr müsst mir glauben! Ich erinnere mich einfach an nichts mehr – nur daran, dass ich schlief, mich losriss und entsetzt war, so entsetzt wie noch nie zuvor. Aber an keinen Inhalt, nichts. Null.

Zweiter Mann: Du lügst, Kindskopf.

Frau: Lass ihn! Warum sollte er lügen?

Zweiter Mann: Weil er Angst hat. Was sonst?

Frau: Ich glaube ihm. Aber selbst, wenn er lügt, wirst du ihn doch nicht zum Sprechen bringen.

Erster Mann: Ich sage die Wahrheit.

(Stille)

(Stille)

Zweiter Mann: Lasst mich bloß in Ruhe! Ihr braucht mich gar nicht so ansehen. Ich habe schon gesagt, wie ich darüber denke.

(Stille)

Zweiter Mann: Schade, dass es keinen Vierten gibt. Dann könnten wir Bridge spielen. Habt ihr Lust zu würfeln? Wir könnten uns zumindest mit etwas beschäftigen.

(Stille)

Zweiter Mann: Vielleicht erinnert sich der Kindskopf unterdessen …

Frau: Lass es gut sein.

(Stille)

Zweiter Mann: Ich habe gesehen, dass du rauchst. Hast du Zigaretten dabei?

Frau: Hab ich. Willst du eine? Ich wusste nicht, dass du rauchst.

Zweiter Mann: Manchmal schon.

Frau: Was heißt »manchmal schon«?

Zweiter Mann: Manchmal rauche ich eine Woche lang nicht und manchmal rauche ich eine Schachtel in zwei Tagen. Kommt drauf an. Wenn ich trinke, rauche ich mehr. Jetzt trinke ich nicht, also habe ich auch keine große Lust zu rauchen.

(Feuerzeug)

(Stille)

Zweiter Mann: Verdammte Kacke, warum mache ich immer das, was ich sollte, oder wovon ich denke, dass ich es sollte, anstatt das, wozu ich Lust habe? Ich erzähle euch den Hintergrund, in Ordnung? Die Ereignisse, aus denen heraus mein Albtraum geboren wurde. Dann sehen wir weiter.

Frau: Tu das, was du möchtest.

Erster Mann: Wie …

Zweiter Mann: Halt einfach die Klappe und hör zu.

(Stille)

Zweiter Mann: Was ich erzählen werde, wird deutlich länger sein als Agnieszkas Geschichte. Damit ihr alles versteht, muss ich auf eine Zeit zurückgreifen, als ich ein flinker, sorgloser Reporter war, der erfolgreich für eine Tageszeitung arbeitete. Ich war zwar keine zwanzig mehr, doch ich fühlte mich noch so, und mein Leben war eine Aneinanderreihung von Erfolgen. Bis zu dieser Geschichte.

8.

»Vor meiner, sagen wir, ›Entdeckung‹, war es der aufsehenerregendste Prozess jener Jahre«, begann Wiktor und lächelte innerlich, da er das Echo seiner Stimme vor einigen Wochen hörte. Doch jetzt war die Situation völlig anders. Damals hatte er einen Idioten vor sich gehabt, der blutige Details verlangte. Jetzt hörten ihm zwei Personen zu, die dankbar wären, wenn er ihnen all diese Schilderungen ersparen würde. Der Idiot hatte ihm damals befohlen, alles genau zu erzählen, um seine persönliche Neugier zu befriedigen. Diese beiden hier wollten ihm dagegen helfen. Schwer zu glauben, dass er sie ausgerechnet in dem Gebäude getroffen hatte, in dem er zuvor nie mehr als zwei Worte mit jemandem gewechselt hatte. »Seinerzeit konnte mir nichts Besseres passieren als ein aufsehenerregender Prozess. Es bedeutete, dass ich mich zwei Monate lang um keine Themen kümmern musste. Normalerweise hat bei einer Tageszeitung jeder das Problem, dass er morgens mit einem leeren Hirn zur Arbeit kommt und die übliche Frage des Chefs hört: ›Und, was werden Sie heute bringen?‹ Man muss wirklich gute Ausreden haben, um sich nicht für irgendeinen Mist einspannen zu lassen, den niemand anderes übernehmen kann, weil alle gerade beschäftigt sind. Da ich einen großen Prozess begleitete, musste ich nichts anderes machen. Selbst an Tagen, an denen es keine Verhandlung gab, reichte es zu murmeln: ›Ich sammle Stoff für die Honorata-Reportage; Sie wissen schon, es ist diese größere Geschichte.‹ Und schon hatte ich meine Ruhe. Ich war zu dieser Zeit allerdings auch schon relativ etabliert und konnte mir mehr erlauben als manche graue Journalistenmaus.«

»Warst du ein Bluthund?«, fragte Agnieszka.

»Gewissermaßen schon. Nein, nicht gewissermaßen, ich war es definitiv! Und ich war stolz darauf. Ich spürte den Dingen bei der Staatsanwaltschaft und in den Gerichtssekretariaten nach. Je ungewöhnlicher die Fälle waren, je grausamer und blutiger, desto besser. Wenn mir jemand eine Akte über eine Gruppe von Vergewaltigern zuschob, machte ich einen Luftsprung vor Freude. Und wenn ich auf dem Gang von der Anklage gegen einen Muttermörder hörte, fühlte ich mich wie im siebten Himmel.«

»Ekelhaft. Und bist du auch zu den Opfern gegangen, wie die vom Fernsehen? Du weißt schon, nach dem Motto ›Wie fühlen Sie sich jetzt, nachdem der Feuerwerkskörper Ihrem Sohn beide Beine abgerissen hat?‹.«

»Was denkst du denn? Klar! Ich war Meister darin, die Angehörigen der Opfer zu überreden, ihre Geschichte zu erzählen. Ich klopfte an ihre Türen, und wenn die erste Welle der Beschimpfungen vorbei war, setzte ich meine Trauermiene auf und erzählte ihnen etwas über meine gesellschaftliche Mission. Mein häufigster Satz war: ›Ich weiß, dass nichts auf dieser Welt Ihren Mann wieder lebendig machen kann, doch wir dürfen nicht zulassen, dass sein Tod umsonst war. Die Gesellschaft soll alles über dieses Verbrechen erfahren und Ihren Schmerz sehen. Sie soll erfahren, wie man solche Untaten vermeiden kann und wie sie bestraft werden sollten.‹ Und so weiter.«

»Und sind sie darauf reingefallen?«, fragte Kamil.

»Jedes Mal. Natürlich erzählten sie ihre Geschichte nicht nur aus diesem Grund. Sie wollten ihr Unglück mit jemandem teilen. Und last but not least möchte die Mehrzahl der Menschen öffentlich in Erscheinung treten, ihren Namen in der Zeitung oder ihr Gesicht im Fernsehen sehen. Dachtet ihr etwa, dass es besonders schwierig ist, diese ganzen Sonderlinge für all die voyeuristischen Talkshows anzuwerben? Ganz im Gegenteil! Sie stehen Schlange und bieten sich an: ›Haben Sie schon einmal mit Waisen ohne Hände gesprochen? Oder würden Sie vielleicht gerne mit Waisenkindern ohne Hände und Beine sprechen?‹

Ich war also ein Bluthund, und als ich das erste Mal von Honoratas Fall hörte – das war vor etwa sieben Jahren –, dachte ich mitnichten ›armes Mädchen‹, sondern ›toll, das dürfte ein spannender Prozess werden‹.«

»Worum ging es überhaupt bei dieser Geschichte?« Kamil führte Wiktor zum Kern der Erzählung.

»Honorata war eine bildhübsche Fünfzehnjährige, eine sehr gute Schülerin und eine vorbildliche Tochter – das perfekte Kind, so wie in amerikanischen Familienfilmen. Sie wohnte mit ihren Eltern und ihrem jüngeren Bruder im Mietshaus in der Żurawia gleich neben dem Plac Trzech Krzyży. Anfang Juni wurde sie entführt. Entführt oder ermordet, zum damaligen Zeitpunkt wusste das niemand. Jedenfalls war sie verschwunden. Die gesamte Polizei der Hauptstadt suchte sie, die Zeitungen schrieben über nichts anderes.«

»Du auch?«

»Nein, die Kollegen von der Kriminalredaktion übernahmen das. Ich beschäftigte mich damals mit einem langweiligen Veruntreuungsprozess. Es war eine zähe politische Geschichte. Den ganzen Tag hing ich im Gerichtssaal herum, und in die Zeitung kam nur eine Notiz von dreihundert Druckzeichen. Ein Albtraum. Doch natürlich verfolgte ich Honoratas Fall, wie ganz Polen. Die Polizei stellte die Stadt auf den Kopf, ständig tauchte jemand auf, der nach Ruhm dürstete und behauptete, dass er sie ›auf einer Yacht unter der Grot-Brücke‹ gesehen habe, doch man fand nicht die geringste Spur. Seitdem Honorata eines Tages die Schule in der Ulica Skorupki verlassen hatte, war sie spurlos verschwunden. Wie vom Erdboden verschluckt. Keiner wusste etwas.«

Wiktor fuhr sich mit der Zunge über seine aufgesprungenen Lippen.

»Habt ihr vielleicht etwas Normales zu trinken?«, fragte er. »Wasser, Saft, Cola?«

Kamil lief hinaus und kehrte einen Moment später mit einem Fünf-Liter-Kanister Mineralwasser zurück. Er schenkte Wiktor und Agnieszka ein.

»Trinkst du nichts?«, wunderte sich Agnieszka.

»Nein, ich habe am Morgen getrunken, jetzt habe ich irgendwie keine Lust«, antwortete Kamil.

Wiktor fuhr mit der Erzählung fort.

»Einen Monat nachdem das Mädchen verschwunden war, wurde sie gefunden. Ein nächtlicher Spaziergänger entdeckte sie zufällig. Sie lag nackt in einem abschüssigen Gebüsch in einem Park. Ihr kennt ihn bestimmt, hinter dem Parlament. Wenn er sie eine Viertelstunde später gefunden hätte, wäre sie sicherlich nicht mehr am Leben.«

Er machte eine Pause.

»Ich werde euch nicht detailliert erzählen, in welchem Zustand sie war, denn das tut nichts zur Sache. Es ist auch nicht das Thema meines Traums … meiner Vision. Jedenfalls hatte man ihr wohl auf jede erdenkliche Weise Leid angetan, so wie man einem Menschen nur Leid antun kann. Sie wurde geschlagen, gefoltert, mehrfach vergewaltigt. Bevor man sie freiließ, hatte man ihr die Zunge herausgerissen, damit sie niemanden beschuldigen konnte. Es wäre nicht nötig gewesen. Honorata war, als man sie fand, kein lebendiges Mädchen mehr. Sie vegetierte nur noch dahin. Ich denke, dass alle weniger schockiert gewesen wären, wenn sie tot gewesen wäre. Die Tatsache, dass man sie am Leben gelassen hatte, war wahrscheinlich die allergrößte Grausamkeit.

Nun begann die Suche nach den Tätern. Sie wurde ebenso hartnäckig durchgeführt wie vorher die Suche nach der Vermissten. Und sie war ebenso erfolglos. Den Durchbruch markierte das Einverständnis der Ärzte, dem Mädchen einen Katalog mit Fotos von Verbrechern und Personen vorzulegen, bei denen die Polizei ›bestimmte Verdachtsmomente‹ hatte. Als Honorata beim Anblick eines der Fotos hysterisch wurde, sagten die Ermittler ›Bingo!‹. Es war ein Jugendlicher aus Honoratas Parallelklasse, der das achte Schuljahr wiederholte.

Man organisierte eine Gegenüberstellung. Zu dem Jugendlichen stellte man ein paar Typen, die ihm ähnlich sahen – die meisten waren aus der Schule in der Ulica Skorupki –, und präsentierte sie dem Mädchen auf dem Revier in der Ulica Wilcza. Sie reagierte ungeheuerlich. Sie riss sich von den Polizisten los, presste ihren Körper gegen die Scheibe vor einem der Vorgeführten und gab dabei einen nicht endenden Schrei von sich.«

»Sie hatten ihn.«

»Nicht unbedingt, denn bei der Gegenüberstellung reagierte sie auf einen ihrer Klassenkameraden, einen ganz normalen Jungen, mit dem sie früher sogar befreundet gewesen sein soll. Die Polizisten waren zwar erstaunt, aber sie nahmen ihn sowie ein paar andere Jugendliche in die Mangel. Die Gefassten gestanden nicht, doch irgendwelche bruchstückhaften Zeugenaussagen, Geruchsspuren und Lügendetektor-Vernehmungen erlaubten es der Staatsanwaltschaft, eine Anklage zu konstruieren. Ehrlich gesagt war sie einen Dreck wert, doch der gesellschaftliche Druck war so groß, dass die Verantwortlichen irgendjemanden einsperren wollten, bloß damit die Warschauer nicht begannen, vor den Kommissariaten die Fahnen zu schwingen. Zusammen mit den zwei Jungs, Michał T. und Edmund F., klagte man ein Mädchen aus der Gastronomieschule an, Teresa C. Sie war älter als die Jungs und, wie Zeugen behauptet hatten, mit ihnen befreundet. Auch sie wurde von Honorata erkannt. Außerdem schnitt sie nicht besonders gut beim

Lügendetektortest ab. Die Anklage lautete bei allen gleich: Entführung, schwere Körperverletzung, besonders grausame Vergewaltigung sowie versuchter Mord. Die Höchststrafe: lebenslänglich.«

Wiktor schenkte sich ein Glas Wasser ein und trank es in einem Zug aus.

»Der Prozess begann blitzschnell, beinahe sofort nach der Anklageerhebung. Und was soll man da groß reden, es war ein komplettes Fiasko. Die Gutachter zerrissen die Geruchsbeweise und die Lügendetektortests. Auch die Identifizierung wurde stark angezweifelt. Ich erinnere mich an das nicht enden wollende Schluchzen von Honoratas Mutter, als der psychiatrische Gutachter mit leidenschaftsloser Stimme eine Identifizierung bewertete, die durch eine Person im Zustand der Katatonie vorgenommen wird. Schon nach der Hälfte des Prozesses wurde klar, dass nichts dabei herauskommen würde. Eine Sache hätte nur durch die Aussage eines Zeugen herbeigeführt werden können, der plötzlich gesagt hätte: ›Ja, ich habe gesehen, wie sie sie verschleppten‹. Oder aber, wenn die Polizei den Ort gefunden hätte, an dem Honorata festgehalten worden war. Ich muss nicht hinzufügen, dass man nach der Anklage gegen die drei Jugendlichen in dieser Sache nichts mehr unternahm. Für die Polizei zählen nur die Festnahmen, nicht die Verurteilungen.«

»Und, hat man sie freigelassen?«, fragte Kamil.

»Einen Moment. Gleich werdet ihr alles erfahren. Es war Ende September. Ich verließ ziemlich angewidert das Gerichtsgebäude, denn ich hatte schon zu viele Verbrecher gesehen, die freigelassen worden waren, nur weil die lieben Herrschaften von der Staatsanwaltschaft keine Lust hatten, die Ermittlungen ordentlich zu überwachen.«

»Es ist besser, zehn Schuldige zu entlassen, als einen Unschuldigen zu verurteilen«, bemerkte Agnieszka.

»Theoretisch hast du recht, doch glaub mir, du würdest nach

einigen Prozessen deine Meinung schnell ändern. Jedenfalls verließ ich schleunigst das Gericht und begann mich im Straßenquadrat Kondratowicz – Wilcza – Marszałkowska – Hoża herumzutreiben. Dort waren Honorata und ihre beiden ›Kumpels‹ zur Schule gegangen. Dort wohnte einer der Jugendlichen und gleich daneben auch der zweite sowie Teresa C. – diese beiden übrigens im selben Mietshaus. Die Gastronomieschule war weiter weg, bei der Poznańska. Ich lief so umher und überlegte, wie es möglich gewesen war, dass keiner die Entführung gesehen hatte. Einer der Anklagepunkte besagte, dass Honorata in die Wohnung von Edmund T. gegangen war und dort überfallen und betäubt wurde. Doch es gab keinerlei Beweise dafür. Ich dachte: Vielleicht hat sie die Schule gar nicht verlassen?

Ich stand vor dem zweistöckigen Gebäude, das mit Sandsteinplatten gedeckt ist, schaute in die dunklen Fensteröffnungen und überlegte: Ist es möglich, dass sie gar nicht aus der Schule hinausgegangen ist? Wäre das nicht zu einfach? Kann es sein, dass etwas so Naheliegendes nicht überprüft wurde? Es war schon Abend. Die Kinder und Lehrer waren längst nach Hause gegangen. Ich ignorierte die Aufschrift JOURNALISTEN IST DER ZUTRITT VERBOTEN an der Tür, ging hinein und schmierte den Hausmeister, damit ich mich im Gebäude umschauen konnte.

Es ist ein recht typisches Schulgebäude. Zwei Stockwerke, zwei riesige Treppenhäuser mit abgegriffenen, rutschigen Treppengeländern. Große Flure mit Fenstern zum Pausenhof auf der einen Seite und Klassentüren auf der anderen. Das Hauptgebäude wird durch zwei rechteckige Flügel flankiert. In einem Flügel befinden sich unten die Mensa und die Küche, im anderen die Sporthalle. Absoluter Standard.«

»Hast du etwa nach Spuren in den Klassenzimmern gesucht?«

»Ein cleverer Junge bist du. Ich ging gleich in das Kellergeschoss hinab und begann damit, es Zentimeter für Zentimeter abzusuchen. Es war ein Kellergeschoss wie jedes andere. Dort befanden sich vor allem Verschläge mit Garderoben, Hauswirtschaftsräume, der Heizungskeller, Umkleidekabinen und Duschen sowie ein Gemeinschaftsraum. Ganz normal, dachte ich im ersten Moment. Dann blieb ich vor einer Tür mit der Aufschrift MÖBELLAGER stehen (jemand hatte MÖBEL in VERMÖBELN verwandelt). Es war eine massive, feuerfeste Tür in einem dicken Stahlrahmen. Sie war zwar mit einem Vorhängeschloss verriegelt, doch ein Loch in der Mitte zeugte davon, dass sie ursprünglich mit einem großen Schlüssel abgesperrt worden war, so wie es bei Eingängen zu Schutzräumen üblich ist. Versteht ihr, was ich meine?«

Sie nickten zustimmend.

»Weitere fünfzig Złoty kostete es, den Hausmeister davon zu überzeugen, das Schloss zu öffnen und mich mit seiner Taschenlampe hineinzubegleiten.«

»Hast du tatsächlich vermutet, dass sie einen Monat lang in einem schulischen Möbellager versteckt wurde?«

»Um die Wahrheit zu sagen, nein, aber ich war getrieben von einer journalistischen Besessenheit, alles zu überprüfen. Die Fotoreporter hassten mich dafür. Ständig ordnete ich etwas Neues an: ›Schauen wir noch hier rein, lasst uns die Geschichte dort überprüfen, reden wir mit ihr, warten wir auf ihn …‹ Ich ging also in dieses Möbellager. Die Aufschrift hatte nicht getäuscht. In einem engen Gang befanden sich Schränke, Bänke, kaputte Stühle, Siegertreppchen, Relikte der Schulhistorie, wie zum Beispiel Wappenadler ohne Krone, eine Leninbüste, ein großes Schild mit dem Namen ›Jan-Krasicki-Schule 203‹.«

»Wer war das?«

»Keine Ahnung. Er verschwand nach 1989 aus den Namen vieler Schulen. Aber das ist unwichtig. Ich stieß weiter vor, denn der schmale Gang konnte nicht als Schutzraum für die ganze Schule gedient haben. Es musste irgendwo einen zentralen

Raum geben. Und tatsächlich, auf beiden Seiten des Ganges gab es je eine Tür. Die eine, wie mir der Hausmeister erklärte, führte zum Gemeinschaftsraum und die zweite irgendwohin, wo er noch nie gewesen war.«

»Sicher hast du ihn aufgefordert, sie zu öffnen?«

»Natürlich. Der Hausmeister war zu diesem Zeitpunkt schon genauso aufgeregt wie ich. Er hätte noch nicht einmal Geld für die weitere Dienstleistung verlangt. Doch die Tür hatte kein Vorhängeschloss, und das Türschloss selbst sah kaputt aus, das heißt: für immer zugesperrt.«

»Und von der anderen Seite ...«

»Genau! Als ich mein Auge an das Loch in der Türmitte legte, das wohl einmal als Spion gedacht war, und mit der Taschenlampe durch das Schlüsselloch leuchtete, sah ich nur, dass dort ein großer Raum war, ein Saal. Danach zu urteilen, was ich sehen konnte, war er leer.«

»Und was hast du gemacht? Konntest du die Polizei überreden, die Tür aufzubrechen?«

»In diesem Moment fiel mir auch nichts Besseres ein. Ich wusste, dass ich alleine nichts mehr ausrichten konnte. Ich verabschiedete mich freundlich vom Hausmeister, gab ihm noch einen Fünfziger, damit er den Mund hielt – ihr versteht schon, ich wollte nicht gleich Fernsehteams vor der Schule sehen –, und ging dann aus dem Gebäude. Ich hatte den Plan, zur Polizei in der Ulica Wilcza zu gehen, da ich dort einen guten Bekannten hatte. Vor der Schule zündete ich mir eine Zigarette an und beobachtete, wie die Hausmeisterin des Nachbarblocks ein Stück Garten umgrub. Ich schaute und schaute, und plötzlich machte etwas in meinem Kopf ›klick‹. In der Mitte des Rasens ragte ein metallischer, pilzförmiger Gegenstand auf. Es war zweifellos ein Belüftungsschacht, und irgendetwas musste darunter sein. Es waren sicher nicht die Mieterkeller, denn der Pilz befand sich gut zehn Meter vom Gebäude entfernt.

Ich ging zur Hausmeisterin, sprach sie an und unterhielt

mich kurz mit ihr über den Fall. Dass es eine schreckliche Geschichte war und das in dieser Gegend, ob sie die Leute kannte, bla, bla, bla. Ich erwartete nicht, dass sie mir irgendwas sagen würde, aber sie legte nur so los. Dass diese Teresa eine Hure sei, dass es eine Schande für das Viertel sei, dass sie sie nicht nur einmal mit irgendwelchen Liebhabern gesehen habe, sondern fast jeden Tag mit einem anderen. Dann deutete sie auf die grüne Tür zum Treppenhaus und sagte: ›Manchmal ging Teresa sogar in den benachbarten Wohnblock. Bestimmt hatte sie dort auch jemanden, diese Hure.‹

Ich fragte, ob sie das der Polizei erzählt hätte. Hatte sie nicht! Übrigens hatte keiner mit ihr gesprochen. Ich wurde wieder einen Geldschein los und begann mit der nächsten Besichtigung. Diesmal war ich alleine. Ich lief daher vorher noch in den Laden in der Ulica Skorupki, um eine Taschenlampe zu kaufen. Sie hatte einen großen Reflektor und benötigte sechs Batterien.

Die Tür zum Keller befand sich neben dem Aufzug. Sie war offen. Ich machte das Licht an, schaltete die Taschenlampe ein, holte dreimal tief Luft und stieg hinab in den Modergeruch. Da diese Gegend im Zentrum liegt, sind die Keller dort Backsteingewölbe, keine sterilen Gänge aus Stahlbeton wie hier.

Es war ein ungewöhnlich scheußlicher Ort, mit vielen Biegungen und sehr verwinkelt. Ich bemerkte schnell, dass diese Kellergewölbe sich viel weiter erstrecken als das darüberliegende Gebäude. Ich versuchte mich so zu orientieren, dass ich in Richtung der Schule ging. Ich lief an den Kellerabteilen der Bewohner vorbei und gelangte schließlich ans Ende des Gangs. Was ich dort sah, ließ mir den Atem stocken: Ich erblickte eine Tür, die identisch mit der in der Schule war. Hier hatte sie noch das Originalschloss – abgesperrt. Ich musste mich mächtig anstrengen, um den Schlüssel im Schloss herumzudrehen.«

»Warum hast du das alles nicht mit der Polizei gemacht?«

»Du machst wohl Scherze. Damit ich dann auf der Pressekonferenz unter all den anderen gewesen wäre und nur noch ganz bestimmte Informationen bekommen hätte?«

Hinter der Tür war ein weiterer Gang. Schmaler und länger als der letzte. Am Ende eine zweite Feuerschutztür, offen, und dahinter ein großer, rechteckiger, relativ niedriger Raum. Zweifellos war das der Saal, den ich durch das Loch in der Tür von der anderen Seite gesehen hatte. Er war absolut leer. Das Rätsel, warum man die Tür von der Schulseite her nicht öffnen konnte, löste sich schnell: Von dieser Seite war sie an die Türlaibung geschweißt. Die Schweißnaht war ziemlich schlampig. Und, was das Wichtigste war, sie war frisch!

Ich sah mich um. Außer der Tür, durch die ich hineingekommen war, und der zweiten, die zur Schule führte, befand sich noch ein dritter Zugang im Raum. Dahinter sah ich eine Reihe von Zimmern. Möglicherweise waren sie als Schlafzimmer oder Führungsstellungen gedacht. Weiß der Teufel, ich kenne mich mit Schutzräumen nicht aus.

Am Ende des Gangs befand sich ein gefliester Duschraum.«

Wiktor wurde still. Er hatte nicht den Eindruck, sich, während er erzählte, an Ereignisse zu erinnern, die vor einigen Jahren stattgefunden hatten. Es war, als ob ein Film ablief, der in einem dunklen Saal nur für ihn ausgestrahlt wurde. Auf der großen Filmleinwand sah er deutlich jedes Detail. Der Stereoton gab laut seine hallenden Schritte im Keller wieder. Auf den Wänden jagte wild ein Lichtstrahl umher, ein fernes Tröpfeln, Atemdunst … Die erste Tür, die zweite, die dritte, ein großer Raum auf der linken Seite. Dann die Duschen – Stahlrohre, an der mit grünlichen Kacheln bedeckten Wand befestigt, Wasserhähne, Metallgitter im Fußboden. Die Tür war angelehnt, er drückte sie auf, um sich den Duschraum genau anzuschauen. Das Licht enthüllte inmitten der Dunkelheit die Unermesslichkeit des Bösen, das diesen Raum erobert hatte. Der Filmvorführer hielt den Projektor an, damit der einzige Zuschauer im Saal seine Augen am Anblick des Verbrechens weiden konnte.

Er sprang vom Tisch auf, an dem sie saßen, und übergab sich im Badezimmer. Dabei schoss es ihm durch den Kopf, dass nun eine Menge Likör verloren ging. Schnell wischte er sich den Mund ab und ging zurück zu den anderen. Er gab ihnen ein Zeichen, dass alles in Ordnung war, und sprach weiter.

»Sie hatten sie dort festgehalten. Es gab da einen Tisch voller Werkzeuge, einen am Boden festgeschraubten Sessel, an der Wand befestigte Handschellen. Jemand hatte sich viel Mühe gegeben, alles so vorzubereiten. Am schlimmsten waren die Fotos. Schwarz-weiße Amateurfotos, die bestimmt in einem der anliegenden Zimmer entwickelt worden waren. Sie zeigten alles, was man mit ihr gemacht hatte, und jedes Foto war beschriftet: TAG 1, TAG 2, TAG 3 und so weiter. Ich riss alle Fotos von der Wand und steckte sie ein.«

»Wolltest du sie veröffentlichen?« Agnieszka musste aufstehen.

»Ich wollte sie vernichten. Wenn ich sie dagelassen hätte, wären sie zu den Fallakten gelangt und von dort aus letztlich in die Medien. Keiner sollte sie sehen.«

»Aber es waren doch Beweismittel!«

»Ich hoffte, dass die Polizei auch ohne die Fotos genügend Beweise finden würde, vor allem Fingerabdrücke. Und ich behielt recht. Es waren keine Fotos nötig. Außerdem gestanden die Angeklagten alles, nachdem der Raum entdeckt worden war.«

»Bist du von da aus geradewegs zur Polizei gegangen?«

»Ja. Aber sie mussten mir versprechen, die Information erst am späten Abend bekannt zu geben.«

»Warum?«

»Damit es nicht in anderen Zeitungen erschien.«

Wiktor lächelte traurig beim Gedanken an die Hierarchie, an der er sich einst orientiert hatte.

»Und davon träumst du?«, fragte Agnieszka. »Das verstehe ich nicht. Das ist doch wirklich passiert. Die Erinnerung ist schrecklich, das Schrecklichste, was man sich vorstellen kann, aber doch nicht so schlimm, dass man deswegen Selbstmord begehen würde.«

»Ist das mein Albtraum?«, erwiderte Wiktor. »Dieser Albtraum mit großem A? Gewissermaßen schon, aber nur gewissermaßen. Hört euch erst mal an, wie es weitergeht.«

»Du wirst wohl ein anderes Mal zu Ende erzählen müssen.« Kamil zeigte auf die Wanduhr mit den Vögelchen. »Fünf vor Sechs.«

9.

Agnieszka lief noch nach oben, um Robert zur Versammlung mitzunehmen. Es überraschte sie nicht, dass er nicht mitgehen wollte, aber das, was er sagte.

»Ich verstehe nicht, weshalb so viel Wirbel darum gemacht wird. Die Tür ist kaputtgegangen, na und? Irgendwann wird jemand sie reparieren, und damit ist das Problem erledigt.«

»Robert!«, brüllte sie. »Die Tür ist offen, aber keiner kann durch sie rausgehen. Ist das deiner Meinung nach normal?«

»Scheinbar ist sie irgendwie eingeklemmt. Ich weiß nicht, woran es liegt, ich kenne mich nicht aus mit Türen. Jedenfalls denke ich, dass ihr Panik macht, und deshalb hast du deine Albträume. Ist denn jemandem etwas passiert?«

»Möglicherweise wird bald etwas passieren!«

»Klar, ich sehe es schon vor mir. Nun geh, damit du nicht zu spät kommst. Du erzählst mir alles, wenn du zurückkommst.«

Sie ging erschüttert raus und wusste nicht, wie sie Roberts Worte verstehen sollte. Als sie unten ankam, war der Eingangsbereich schon mit Leuten gefüllt. Sie sahen nicht so aus, als wären sie entsetzt. Vor allen Dingen machten sie einen schrecklich müden und unausgeschlafenen Eindruck.

»Ich weiß, dass die Bedingungen nicht luxuriös sind«, begann Wiktor. »Doch wir haben hier keinen Plenarsaal. Wir warten noch einen Moment auf Spätankömmlinge und beginnen dann.«

Agnieszka sah, wie der Hausmeister Wiktor etwas ins Ohr flüsterte.

»Ich höre gerade, dass wir doch eine bessere Alternative haben. Oben gibt es eine Waschküche und einen Trockenraum, dort haben wir mehr Platz. Lassen Sie uns daher alle in den zehnten Stock hinauffahren.«

Nach zehn Minuten und drei Fahrten mit beiden Aufzügen befanden sich alle im dunklen Raum im obersten Stockwerk. Wiktor stellte sich auf einen steinernen Waschtrog, damit ihn alle sahen. Agnieszka schob sich in seine Richtung vor und versuchte dabei, die Bewohner zu zählen. Insgesamt waren höchstens dreißig Personen anwesend! Selbst wenn man Kamils Eltern (sie sah sie nirgends), Robert, den Behinderten im Rollstuhl, den Irren aus dem obersten Stock sowie die abwesende Nachbarin, die ihr den Kellerschlüssel geliehen hatte, dazuzählte, wohnten in diesem großen Gebäude höchstens vierzig Personen. Dabei gab es sechzig Wohnungen!

Wiktor musste das Gleiche bemerkt haben.

»Ich hätte nicht gedacht, dass wir nur so wenige sind«, sagte er zu den Versammelten. »Ich weiß, dass einige Personen fehlen, doch es sieht so aus, als würde die Hälfte der Wohnungen leer stehen.«

»Verdammt, wenn ich das gewusst hätte, hätte ich die Wand zur Nachbarwohnung durchbrochen«, sagte ein Mann in einer Lederjacke. Lediglich ein leises Gemurmel war zu hören. Die Leute konnten sich kaum auf den Beinen halten, und keiner hatte die Kraft oder Lust, über Witze zu lachen. Alle sahen so aus, als hätten sie seit mindestens zwei Nächten nicht geschlafen. Tiefe Augenringe, rote Augen, apathisch wirkende Mienen, kraftlose Bewegungen, Hände, die über die müden Gesichter fuhren. Für den Mann in der Lederjacke war der Scherz wohl auch die letzte Anstrengung, zu der er sich an diesem Tag aufgerafft hatte.

Wiktor fasste kurz die ergebnislosen Versuche zusammen, aus dem Gebäude hinauszugelangen und mit der Außenwelt Kontakt aufzunehmen. Die Leute nickten und erzählten von ihren Versuchen. Es stellte sich heraus, dass ein Bewohner CB-Funk hatte, er war ebenso stumm wie die Telefone. Ein anderer hatte versucht, mit einem Spiegel das Sonnenlicht zu reflektieren und auf diese Weise eine Nachricht mit dem Morse-Alphabet zu senden. Einige Leute waren auf die gleiche Idee wie Wiktor gekommen und hatten Plakate in ihre Fenster gehängt. Paulina, die Mutter des kleinen Mädchens, berichtete, dass sie verzweifelt versucht hätte, das Fenster im Gang des ersten Stocks herauszuschlagen, doch alle Scheibenteile seien nach innen gefallen. Andere Bewohner erzählten von Problemen, die sich aufgrund des Wassermangels und fehlender Lebensmittel ergaben, und baten dabei um Hilfe. Die Litanei der Beschwerden schien kein Ende zu nehmen. Agnieszka war nicht überrascht, dass keiner über Schlafprobleme sprechen wollte, obwohl offensichtlich alle davon betroffen waren.

»Ich bitte alle Personen, die kein Wasser und keine Lebensmittel mehr haben, sich in eine Liste einzutragen«, sagte Wiktor. »Die anderen helfen ihnen im Rahmen ihrer Möglichkeiten.«

»Das ist sehr interessant«, sagte Stopa. »Doch woher wissen Sie, wie lange wir hier noch festsitzen werden? Vielleicht drei Tage, vielleicht drei Monate, keiner weiß es!« Ein Teil der Anwesenden murmelte zustimmend. »Wenn ich heute denen etwas abgebe, die nichts mehr haben, werde ich in einer Woche selbst vor Hunger krepieren. Ein gutes Geschäft, prima!«

»Was er sagt, ist richtig«, wurden einige Stimmen laut. Sie stammten sicherlich von denjenigen, die noch Vorräte hatten.

»Keiner weiß, wie lange wir hier eingesperrt sein werden, aber es glaubt wohl auch keiner, dass es Wochen dauern wird. Letztlich wird es wohl kaum unbemerkt bleiben, dass ein großes Gebäude verschwunden ist«, antwortete Wiktor ruhig. »Die menschliche Solidarität verlangt von uns, dass wir uns gegenseitig helfen.«

»Wer soll es bemerken? Was reden Sie da?«, brüllte Stopa. »Wir haben es gestern doch alle gesehen: ›Aber sicher, mein Seelchen, lass uns spazieren gehen.‹ Sie wollten hier reinkommen, doch sie konnten nicht! Wer soll uns hier noch besuchen? Wer hat außer uns, den Bewohnern, ein Interesse daran, hier reinzugehen?«

»Was schlagen Sic also in diesem Fall vor?«, fragte Wiktor.

»Ich schlage vor«, antwortete der Mann schon etwas ruhiger, »dass sich jeder um sich selbst kümmert.«

Wieder war ein zustimmendes Gemurmel eines Teils der Leute hörbar. Die Übrigen ließen die Köpfe hängen, sie wollten offenbar keine Almosen fordern. Wiktor schaute Stopa voller Abneigung an.

»Ich finde, dass Sie ein Arschloch sind«, sagte er kühl. »Doch leider kann ich Sie nicht dazu zwingen, mit den anderen zu teilen. Zumindest noch nicht«, fügte er warnend hinzu. »So oder so sollten wir nun eine Liste mit den benötigten Dingen erstellen. Möglicherweise teilen nicht alle Ihre Meinung.«

Nach einem kurzen Durcheinander mit der Liste meldete sich Paulina zu Wort.

»Heißt das, dass wir einfach nur so warten werden?«, fragte sie mit zitternder Stimme. Ihre Tochter stand neben ihr. Obwohl sie offensichtlich beunruhigt war, weil sie die Angst der Erwachsenen spürte und verstand, dass etwas nicht in Ordnung war, machte sie keinen verängstigten oder unausgeschlafenen Eindruck. Sind Kinder etwa nicht davon betroffen?, überlegte Agnieszka.

»Ja. In erster Linie werden wir warten«, antwortete Wiktor. »Aber vielleicht gibt es auch einen anderen Weg.«

Die Versammelten blickten auf, beobachteten Wiktor angespannt und warteten ab, was er sagen würde.

»Gibt es unter uns jemanden, der nicht von Albträumen geplagt wird?«, fragte er. »Nicht nur von Albträumen, sondern von sehr realistischen, schrecklichen Visionen, der Verbildlichung der schlimmsten Ängste?«

Keiner sagte etwas. Einige Personen wichen zur Wand zurück, da sie befürchteten, dass jemand sie nach ihren Träumen fragen könnte.

»Das dachte ich mir. Diese Albträume und die Tatsache, dass wir um keinen Preis ihr Ende erfahren wollen, verbindet uns miteinander. Darum sehen wir so müde aus, denn wir versuchen, nicht einzuschlafen. Habe ich recht?«

Die Leute stimmten leise zu. Wiktor holte tief Luft und sagte nun das, was er die ganze Zeit im Sinn gehabt hatte.

»Möglicherweise, aber nur möglicherweise, wird derjenige, der den Mut findet, seinen Albtraum zu Ende zu träumen, ihn ganz zu durchleben, frei sein.«

Agnieszka schauderte es. In den Augen der Bewohner war ein grenzenloses Entsetzen erkennbar. Einige Personen verließen den Trockenraum. Eine Frau begann zu weinen.

»Sie, sie …«, stammelte sie. »Sie würden das nie sagen, wenn Sie wüssten, was ich sehe. Ich … ich würde lieber sterben, als das zu Ende zu träumen.« Mit ohnmächtigem Blick sah sie die Versammelten an.

»Das gilt auch für mich!«, rief der Hausmeister, der bislang still in der Ecke gestanden hatte. »Ich werde mir eher die Pulsadern aufschneiden, als zuzulassen, dass es sich bis zum Ende erfüllt!«

»Ich auch! Ich auch! Ich auch!«, riefen jetzt viele.

Agnieszka bewegte sich etwas näher zur Tür. Sie spürte, dass die Menge schnell in Panik geraten konnte, und hatte Angst davor.

»Und woher wisst ihr«, fragte Wiktor leidenschaftslos, »dass das Letzte, was ihr erleben werdet, während ihr in das Nichts hinabstürzt, nicht gerade diese Vision sein wird? Im Sterben werdet ihr noch weniger Kraft als sonst haben, um sie von euch zu stoßen. Dann werdet ihr jedoch keine andere Wahl mehr haben. Ihr werdet die Vision in allen Einzelheiten von Anfang bis zum Ende sehen.«

»Hören Sie auf! Hören Sie auf!«, schrie der Hausmeister. »Hören Sie auf, mich zu quälen! Ich möchte nicht die Methode fürs Leben kennen. Ich möchte nur noch die Methode für den Tod wissen. Ich möchte so sterben, dass ich es nicht sehe. Ich möchte schnell sterben! Mir in die Birne schießen. Gott, warum habe ich keine Waffe, warum nur?«

Über das allgemeine Klagen und Weinen erhob sich die Stimme Stopas:

»Guter Mensch«, wandte er sich an Wiktor, »was haben Sie studiert?«

»Polnische Philologie.«

»Und ich Psychologie. Und ich muss sagen, dass von den unzähligen Theorien, die ich während meines Studiums und später in der Praxis kennengelernt habe, Ihre mit Abstand die dümmste, oberflächlichste und sinnloseste ist.«

Die Leute wurden still und sogen Stopas Worte wie süßen Nektar auf.

»Und was ist Ihre Theorie?«, fragte Wiktor.

»Ruhe! Wir sind alle hysterisch, denken unlogisch, fürchten uns vor unseren eigenen Ängsten. Das ist nicht normal! Und Sie fordern die Leute auch noch dazu auf, ihre Ängste hervorzukramen und darin herumzuwühlen. Das ist sogar mehr als nicht normal. Das ist brutal! Wir sollten uns beruhigen und nicht daran denken. Anstatt sie an die Oberfläche zu ziehen, sollten wir unsere Ängste so weit wie möglich unterdrücken. Das ist meine Methode. Eine Methode, die Millionen Patienten auf der ganzen Welt davor gerettet hat, wahnsinnig zu werden.«

»Feigling.« Agnieszka vernahm Kamils verächtliches Flüstern. Doch die Versammelten lauschten Stopa wie einem Propheten.

»Richtig, vollkommen richtig«, sagten sie. »Wir müssen uns beruhigen, abwarten. Dann wird alles vorbeigehen. Der Doktor hat recht.«

»Ich wiederhole noch einmal: Ruhe, Ruhe, Ruhe. Entspannung. Leute, geht in eure Wohnungen zurück, atmet tief durch, denkt an schöne und positive Dinge! Dann werdet ihr wie ein Baby schlafen, und morgen werdet ihr aufstehen und zur Arbeit gehen, ich schwör's euch. Abends werdet ihr mit euren Freunden darüber lachen, was euch hier widerfahren ist.«

Agnieszka spürte die Falschheit in seiner Stimme, doch sie erlag ebenfalls der Verlockung, an diese simple Theorie zu glauben. Vielleicht stimmte sie ja? Vielleicht schaukelten sich ihre Stresserlebnisse genauso hoch wie die Emotionen der anderen und waren nun Teil der kollektiven, sich selbst weitertreibenden Hysterie? Es reichte, nach Hause zu gehen, sich neben Robert zu legen, sich an seinen warmen Rücken zu schmiegen und zu vergessen. Sie würde nicht mehr über Albträume, schwierige Beziehungen, Konflikte und berufliche Dinge nachdenken, sondern das Bild des Familienhauses hervorrufen, des Kamins im Häuschen im Bieszczady-Gebirge, eines Spaziergangs in den Bergen, eines kleinen Mädchens, das ihr seine Hände aus dem Kinderwagen entgegenstreckte. Sie lächelte bei diesen Gedanken. Und nicht nur sie – die anderen Leute um sie herum entspannten sich ebenfalls und hatten sicher die schönsten Bilder ihres Lebens vor Augen. Selbst der trübe Trockenraum wirkte jetzt heller und freundlicher.

Die Leute sahen Stopa an wie einen Erlöser. Der kleine, dicke, langsam kahl werdende Mann stand mit stolz erhobenem

Haupt in der Mitte des Raums, umringt von Leuten, die wollten, dass er recht hatte. Keiner beachtete Wiktor.

»Wissen Sie, wie viele Psychologen man braucht, um eine Birne auszuwechseln?«, fragte dieser laut.

»Nein, ich weiß es nicht«, entgegnete Stopa. »Doch die Antwort ist bestimmt ungeheuer witzig.«

»Keinen! Die Birne wird sich selbst auswechseln, wenn sie dazu bereit ist.«

Keiner lachte. Stopa lächelte verkrampft.

»Ich habe mich geirrt«, sagte er. »Die Antwort war nicht witzig. Vielleicht sagen Sie lieber geradeheraus, worum es Ihnen geht. Witze sind nicht gerade Ihre Stärke.«

Die Leute blickten Wiktor feindselig an. Es gefiel ihnen nicht, dass er den Menschen angriff, der ihnen eine einfache Lösung versprochen hatte.

»Es geht mir darum«, sagte Wiktor ruhig, »dass wir handeln müssen. Aber die Psychologie hindert uns daran. Ich glaube nicht an eine Wissenschaft, die den Menschen von der Verantwortung für seine eigenen Taten freispricht und alles auf die Kindheit, die Eltern, die Schule, die Umwelt oder was auch immer abschiebt. Ich will niemanden erschrecken, aber es könnte sein, dass wir umkommen werden, wenn wir nicht zu handeln beginnen.«

Ein Raunen ging durch den Raum. Stopa beruhigte die Leute, indem er seine Hand hob.

»Sie reden Blödsinn«, sagte er. »Das alles passiert nur in unseren Köpfen. Es gibt hier keine andere Bedrohung außer uns selbst.«

»Warum gehen Sie dann nicht einfach nach draußen?«, konterte Wiktor.

»Weil mein Kopf nicht anders als Ihrer ist. Ich bin auch dieser absurden Psychose erlegen. Der Unterschied besteht darin, dass ich mir dessen bewusst bin. Ich habe den ersten Schritt getan. Jetzt werde ich mich entspannen und darüber nachdenken, warum ich so merkwürdig handle. Dann werde ich eine Lösung finden, meine Jacke anziehen und rausgehen. Und diejenigen, die weiter an ihrer Panik und an dummen Theorien festhalten, werden weiter von Albträumen geplagt werden.«

»Und Sie?«, fragte eine ältere Dame mit einem Kreuz um den Hals und piepsiger Stimme. »Schlafen Sie etwa gut, Herr Psychologe? Denn Sie sehen kein bisschen ausgeruhter aus als wir. Und wissen Sie auch, warum? Weil das eine göttliche Strafe ist«, wetterte sie. »Und solange wir unsere Schuld nicht eingestehen und uns nicht mit Gott vereinen …«

»Werft diese Scheinheilige hier raus!«, knurrte Stopa. »Sie soll unsere Gedanken nicht vergiften.«

Der Hausmeister und ein zweiter Mann, der daneben stand, fassten die Frau unter den Armen und führten sie in den Gang hinaus.

»Ich verzeihe euch, meine Söhne«, sagte sie, bevor die Tür hinter ihr zuschlug.

Wiktor und Kamil warfen sich einen vielsagenden Blick zu.

»Hört zu, Leute«, rief Wiktor. »Ich wünsche mir auch, dass Pan Stopa recht behält. Ich wünsche es mir wie kein anderer, auch wenn ich nicht sonderlich daran glaube. Gehen wir auseinander. Jeder soll versuchen, soweit er kann, mit den eigenen Dämonen zurechtzukommen. Gut möglich, dass wir morgen wie gewöhnlich aufstehen, durch die Tür rausgehen und fluchen, dass der Wagen nicht anspringt oder dass der Bus genau vor unserer Nase weggefahren ist. Gut möglich, dass wir uns morgen die Parade und das Feuerwerk ansehen werden. Gut möglich, dass der morgige Unabhängigkeitstag für uns mehr als sonst bedeuten wird. Wir werden sehen. Wenn nicht, treffen wir uns morgen um 18 Uhr hier wieder.«

»Morgen werden Sie ganz alleine auf Ihrer Versammlung sein«, kündigte der Hausmeister provozierend an.

»Dass Sie sich da nur nicht täuschen«, schloss Wiktor.

10.

Die Leute verließen den Trockenraum in besserer Stimmung. Agnieszka ging zu Kamil und Wiktor, lächelte entschuldigend und murmelte, dass sie sich in diesem Fall in den Armen ihres Mannes aufmuntern lassen würde.

»Wenn etwas ist, sehen wir uns morgen früh«, warf sie beim Weggehen noch ein.

Wiktor zuckte mit den Achseln. Er hatte zu viel erlebt, um an eine so einfache und angenehme Lösung zu glauben. Es war so, als wollte man einen Soldaten davon überzeugen, dass er einen Krieg gewinnen würde, wenn er auf der Landkarte nur einen neuen Frontverlauf einzeichnete.

»Und wo sind deine Eltern?«, fragte er Kamil.

»Ich war vormittags bei ihnen. Sie sind ganz schön fertig. Sie haben gesagt, dass sie die Versammlung nicht noch mehr aufheizen wollen und sie auf mich warten werden, damit ich ihnen erzählen kann, wie es war.«

»Aber warum schenken sie dir plötzlich so viel Vertrauen?«

»Weiß der Teufel. Vielleicht träumen sie, dass Mutter Fünflinge gebärt und mir alle aufs Haar gleichen.« Kamil lachte gezwungen. »Welcher war eigentlich der Sportlehrer?«, fragte er, um das Thema zu wechseln.

»Er war nicht da. Aber du hast ihm doch Bescheid gesagt. Er wohnt im ersten Stock. Das ist dein Revier.«

»Welche Nummer?«

»Zehn.«

»Da hat sich keiner gemeldet.«

»Mach keine Scherze!« Wiktor wurde unruhig. »Hast du ordentlich Radau gemacht?«

»Wie überall. Zuerst habe ich geklingelt und dann, schon hinter der Gittertür, habe ich gegen die Tür gehämmert und gelauscht.«

Sie sahen sich an und dachten das Gleiche. Wortlos standen

sie auf und fuhren mit dem Aufzug runter in den ersten Stock. Das Gitter zwischen dem Vorraum und dem Gang war offen. Wiktor lief zur Tür des Sportlehrers, drückte die Klingel und hielt sie gedrückt. Er horchte dabei angestrengt, ob er auf der anderen Seite außer der Klingel noch etwas hören konnte.

Keine Reaktion.

Er begann, mit den Fäusten gegen die Tür zu schlagen.

»Hallo! Entschuldigen Sie! Ich bin's, Wiktor Sukiennik. Ich war gestern bei Ihnen. Sie müssen nicht öffnen, bitte geben Sie nur irgendein Lebenszeichen. Hallo! Hallo!«

Sie lehnten die Köpfe an die Tür und horchten einen Augenblick. Nichts.

»Vielleicht ist er rausgegangen?«, fragte Kamil.

»Sei nicht albern! Wir müssen die Tür aufbrechen.«

»Und wie?«

»Woher soll ich das wissen? So wie im Film. Mit einem Tritt oder mit der Schulter. Oder hast du eine bessere Idee?«

»Pax, Pax.« Kamil machte eine besänftigende Geste. »Reg dich nicht auf, Mann. Du schadest dir damit nur selbst. Ich zähle bis drei, dann stoßen wir gemeinsam gegen die Tür, okay?«

»Okay.«

Sie traten an die Wand gegenüber der Tür. Dann stellten sie sich seitlich Rücken an Rücken hin, spannten ihre Schultern an, fassten sich an die Unterarme und drückten sie dabei gegen den Bauch. Es sah wirklich wie in einem Thriller aus.

»Eins … zwei … drei!«, rief Kamil. Sie warfen sich gleichzeitig gegen die Tür. Auf Wiktors Seite, wo das Schloss war, hielt sie stand, doch die Scharniere wurden zusammen mit großen Holzstücken aus dem Rahmen gerissen.

Drinnen war es so dunkel wie in einem Grab. Wiktor blinzelte, um seine Augen an die Dunkelheit zu gewöhnen. Er schnupperte und nahm einen leichten Urin- und Biergeruch wahr, ansonsten nichts Besonderes. Er begann, auf der Suche nach dem Lichtschalter mit seiner Hand die Wand im Flur abzutasten. Er zuckte zusammen, als er den Ärmel eines feuchten Trainingsanzugs auf einem Kleiderbügel berührte. Schließlich fand er den Schalter. Das Licht erhellte den Raum.

Sie stießen gleichzeitig einen Schrei aus.

Alle Pokale lagen zerquetscht auf dem Boden, inmitten zerrissener Fotos und zerfetzter Wimpel. Die Sportplakate waren von den Wänden heruntergerissen, das Glas in der Vitrine war zerschlagen. Über diesem Schlachtfeld, an einem Strick, der aus den Erinnerungsmedaillen zusammengeknotet war, hing starr in einem rot-weißen Trainingsanzug mit der Aufschrift POLEN die Leiche des Sportlehrers, Michał S. Hubert – wenn man dem Schild an der aufgebrochenen Tür glauben durfte.

»Schau mal da«, stammelte Kamil und zeigte in eine Zimmerecke.

Wiktor sah hin und wich in den Gang zurück. Mit einem leichten Rauschen, wie von abfließendem Wasser, flüchtete das schwarze Nichts aus der Wohnung. Wiktor sah, wie es als dünnes Rinnsal an der Wandecke herunterfloss und im Fußboden verschwand. Er sah, wie es ins Ventil des Heizkörpers schlüpfte und vom Fensterbrett aus hinter dem Fenster abfloss. Es war hier gewesen. Er hatte keinen Zweifel, dass es bis zu dem Augenblick, als sie an die Tür geklopft und gehämmert hatten, in jedem Winkel der Wohnung gewesen war. Er erschauerte beim Gedanken daran, dass es auch den Leichnam von Hubert vollständig bedeckt hatte.

»Wir können ihn nicht so hängen lassen«, sagte Kamil. »Wir müssen ihn da abschneiden. He, Wiktor!«

»Ja, ja, Entschuldigung, du hast recht.«

Er ging wieder ins Zimmer. Er zitterte dabei am ganzen Körper und schaute sich voller Angst um.

»Stell dich auf den Stuhl und fang ihn auf. Ich schneide ...« – er betrachtete den seltsamen Strick, der mit verschiedenfarbigen Medaillen geschmückt war – »... ich schneide dieses Band durch.«

Nach einem kurzen Gezerre mit der steifen, schweren Leiche, gelang es ihnen, den Sportlehrer auf das Sofa zu legen, ihm die Augenlider zu schließen und ihn mit einem himmelblauen Bettlaken zuzudecken. Wiktor wandte die ganze Zeit über seinen Blick von der Leiche ab. Er befürchtete, dass er in den Augen des Toten die Schwärze sehen würde oder dass aus dessen Mund ein Rinnsal des Nichts fließen und in seine Richtung strömen würde.

»Was hält er hier?«, ächzte Kamil, während er versuchte, ein zusammengefaltetes Blatt Papier aus Huberts geballter Faust zu nehmen.

»Lass nur, das ist bestimmt ein Stück von einem Wimpel oder ein Fetzen des Fotos mit den Gymnasiastinnen. Lass ihm das.«

»Warte, das ist kein Foto. Das ist eine Seite aus einem Notizbuch. Irgendwas steht dort. Noch einen Moment, noch ein Stück, ein Stückchen …« Es knackte. »Verdammt, ich habe ihm wohl den Finger gebrochen.«

»Ich hab doch gesagt, du sollst es sein lassen.«

»Kann man nichts machen. Er wird schon nicht beleidigt sein und mich nachts erschrecken. Schau mal, was auf dem Zettel steht.«

»Sechsunddreißig. Sonst nichts.«

»Was kann das bedeuten?«, fragte Kamil.

»Es ist bestimmt nicht sein Alter. Er war wesentlich älter.«

»Vielleicht hat es etwas mit seinem Traum zu tun.«

»Vielleicht. Aber vielleicht ist es auch die Anzahl der Minderjährigen, die ihm im Umkleideraum der Schule erlegen sind. Oder sowohl als auch. Genug damit. Lass uns von hier verschwinden. Ich will nicht einen Moment länger hierbleiben.«

»Ja, du hast recht«, antwortete Kamil langsam und steckte den Zettel in seine Hosentasche. »Sechsunddreißig, sechsunddreißig, was bedeutet das?«, murmelte er die ganze Zeit vor sich hin.

Sie sperrten das Schloss in der Tür auf und befestigten die Scharniere wieder, so gut sie konnten. Sie wollten schon aus der Wohnung gehen, als Wiktor aufhörte, gegen sich selbst anzukämpfen und das tat, wozu es ihn gedrängt hatte, seit sie hier reingekommen waren. Er schlich in die Küche und durchsuchte alle Schränke. Da war tatsächlich was! Heureka! Der heiß Begehrte! Auf der Arbeitsplatte neben der Brotschneidemaschine stand eine Flasche Magenbitter. Zwar war sie halb leer, doch für Wiktor war sie in diesem Moment halb voll. Er steckte sie in die Hosentasche und ging hinaus. Dann half er Kamil, die demolierte Tür so gut wie möglich zu schließen.

»Mgr. Michał S. Hubert« stand auf einer rechteckigen gravierten Messingtafel. Darunter, auf einer ähnlichen Tafel, »Nummer 10«.

»Zehn«, grübelte Kamil. »Zehn. Eins und null. Sechsunddreißig. Drei und sechs. Zehn, sechsunddreißig. Wiktor!«, schrie er.

»Was ist?«

»Die Nummer auf dem Zettel: Sechsunddreißig …«

»Ja?«

»Das ist die Wohnungsnummer des Aliens, dieses Sonderlings im Rollstuhl. Der überhaupt nicht verwundert war, dass hier etwas nicht mit rechten Dingen zugeht.«

»Jaaaa«, sagte Wiktor. »Es ist wohl an der Zeit, dass wir diesem armen Invaliden einen Besuch abstatten.«

11.

Es war passiert. Trotz allem war ich überrascht. Hubert war der Einzige – zumindest von denen, die möglicherweise gerne etwas gesagt hätten –, der mehr als die anderen Bewohner über mich wusste. Mir war bewusst, dass seine Psyche so schwach und seine Albträume so mächtig waren, dass er die Konfrontation mit sich selber nicht lange aushalten würde. Aber er hatte es noch geschafft, etwas auf den Zettel zu schmieren? Warum hatte er das getan? Um den anderen zu helfen? Nie hätte ich so einen altruistischen Akt von diesem lüsternen Sportlehrer erwartet, doch offenbar bringt die Todesnähe bei Menschen manchmal versteckte Eigenschaften zum Vorschein.

Jetzt blieb mir nur die Hoffnung, dass die beiden Männer, die gerade auf dem Weg zu meiner Wohnung waren, mich nicht gleich verprügelten, sondern mir zuerst Fragen stellen würden. Für alle Fälle setzte ich die Brille auf. Sie würden doch wohl keinen Behinderten mit Brille schlagen?

Es klingelte. Ich fuhr zur Tür und öffnete, ohne ein Wort zu sagen. Sie traten ein und schlossen die Tür hinter sich.

»Sie fragen gar nicht, wer da ist«, sagte der Ältere.

Das war also Wiktor. Er hatte ein graues, kaputtes Verlierergesicht. Jeder dritte Pole sieht so aus. Ehrlich gesagt, hatte ich ihn mir weniger gewöhnlich vorgestellt. Leider war Agnieszka nicht bei ihnen.

»Nein«, antwortete ich.

»Wer sind Sie?« Wiktor, der Ermittler, stellte mit kräftiger Stimme eine weitere Frage, doch seine Hände zitterten dabei heftig.

»Niemand«, antwortete ich.

Kamil lachte laut auf, doch ich wies ihn mit einem Blick an, ruhig zu sein. Er hatte schon genug angerichtet.

»Hören Sie«, begann Wiktor langsam, und seine resignierte Stimme beeindruckte mich mehr als sein vorheriges Gebrüll. Menschen, die so sprechen, sind zu allem fähig. »Dieses Katz-und-Maus-Spiel langweilt mich. Mich interessiert nur eines: Was geht hier vor?«

Na gut. Wahrheit gegen Wahrheit.

»Ich weiß es nicht«, antwortete ich. »Das heißt, ich weiß es nicht sicher, aber ich ahne es.«

»Bitte sagen Sie, was Sie ahnen, wir hören gerne zu.«

Er war nahe dran, mir an die Gurgel zu gehen, doch trotzdem riskierte ich es.

»Ich sage es Ihnen morgen, wenn Sie mit Agnieszka kommen. Dann sage ich alles, was ich weiß. Ich schwöre es!« Die letzten drei Worte sagte ich mit kreischender Stimme, weil er zwei Schritte auf mich zukam und seine Augen voller Mordlust waren.

»Woher weißt du von Agnieszka, wenn du hier nie rausgehst, du Dreckskerl?«, brüllte er mir ins Gesicht. Speicheltröpfchen landeten auf meiner Brille.

»Morgen werden Sie alles erfahren. Ich schwöre es! Kommen Sie morgen Mittag zu dritt. Dann erfahren Sie die ganze Wahrheit!«

Ich war panisch. Ein jahrelanger Mangel an Kontakten mit Menschen kann Spuren in der Psyche hinterlassen.

»Ich sehe keinen Grund, warum ich diese Wahrheit nicht jetzt aus dir herausbekommen sollte. Morgen Mittag könnte es mehr Opfer geben als nur Hubert. Du hast noch einige nicht gelähmte Körperteile, die sicher Schmerz empfinden.« Er schaute mich vielsagend an. Sein Verhalten war ein gutes Beispiel für die These, dass Angst die Quelle von Aggression ist.

»Morgen Mittag«, keuchte ich. »Es wird nicht mehr Opfer geben, als es jetzt sind. Glauben Sie mir. Morgen Mittag werden Sie alles erfahren.«

Kamil ging zu Wiktor und legte ihm die Hand auf die Schulter.

»Schau ihn dir an«, sagte er. »Das ist ein menschliches Wrack, eine halbe Leiche, mehr Gespenst als Mensch. Du wirst nichts erfahren, wenn du diese Schlange in die Mangel nimmst.« Im Prinzip verteidigte er mich, doch mir gefielen seine Worte nicht. »Was macht es uns schon aus? Wir müssen nur eine Nacht durchstehen.«

Wiktor sah den Jungen an wie einen Ankömmling aus einer

anderen Welt; wie treffend doch dieser Vergleich die Situation beschrieb.

»Bist du des Wahnsinns?«, fragte er. »Wir haben gerade eine Leiche gefunden. Wir sind Gefangene im eigenen Block. Dieser Freak weiß ganz offensichtlich etwas, und wir sollen einfach wieder gehen? Und sagen ›na, dann entschuldigen Sie uns bitte‹ und uns artig ins Bett legen? Weißt du, was es für mich bedeutet, ›einfach nur eine Nacht durchzustehen‹? Wach auf, du Kindskopf!«

Obwohl Wiktor recht hatte und unter normalen Bedingungen auf seiner Position bestanden hätte, wusste ich, dass er dieses Mal nachgeben würde. Früher oder später. So war es hier eben, jeder gab früher oder später nach.

»Sie haben die Wahl«, sagte ich. »Entweder Sie warten bis morgen und hören dann alles, was ich Ihnen aus freien Stücken erzähle, oder Sie versuchen jetzt mit Gewalt Informationen aus mir herauszubekommen, die aber bruchstückhaft sein werden und nicht unbedingt der Wahrheit entsprechen. Können Sie die Wahrheit von erfundenen Lügen unterscheiden, die nur erzählt werden, damit der andere Ruhe gibt?«

»Ich versuche es.« Seine Augen blitzten.

»Wiktor, hör mir jetzt mal genau zu!« Kamil sprach langsam. Er war sich bewusst, dass er auf dünnem Eis wanderte. »Wir werden nicht mehr erfahren, als das, was er uns erzählen will. Willst du alles wissen oder nur ein bisschen?«

»Ich möchte wissen, warum du auf seiner Seite bist«, antwortete er hitzig.

»Bist du bescheuert? Ich versuche einfach nur, logisch zu denken …«

»Du redest Quatsch. Was ist logisch daran, dass ein von der Welt abgeschnittener Rollstuhlfahrer sich morgen mit uns treffen will? Warum erzählt er nicht jetzt, was er weiß? Hat er heute keinen Termin mehr frei? Vielleicht sollten wir in den Warteraum gehen? Das ist für dich logisch?«

Sie sahen sich an und schwiegen. Ich spürte, dass Wiktor allmählich aufgab.

»Heute«, warf ich ein, »kann ich nicht alles sagen, weil ich noch nicht so weit bin. Bitte vertrauen Sie mir, Wiktor. Es gibt nicht Ihre Seite und meine Seite. Wir sind alle auf derselben Seite. Morgen werden Sie es verstehen. Aber nicht heute. Heute kann ich nicht, auch wenn ich es wollte. Es tut mir leid.«

»Es ist nur eine Nacht. Ein paar läppische Stunden«, unterstützte mich Kamil.

»Ein paar läppische Stunden. Mag sein.« Wiktor willigte widerstrebend ein, doch ich wäre bereit, alles Geld der Welt darauf zu verwetten, dass der unausgesprochene Teil seines Satzes lautete: »Wir können ihn später immer noch auseinandernehmen.«

Er schaute mich nochmals voller Hass an, dann gingen sie raus. Ich atmete tief durch und machte mich daran, Ordnung in die Kassetten und Unterlagen zu bringen, um mich auf das morgige Treffen vorzubereiten. Eine lange Nacht erwartete mich.

Sie auch.

Kapitel 6

Schauen Sie nach, ob das Grab Ihrer Angehörigen bezahlt ist.

Warschau, Bródno. Informationstafel am Friedhofstor.

1.

Die gedemütigte Anna Maria Emilia Wierzbicka ging in ihre Wohnung im vierten Stock zurück und betete unterwegs in Gedanken das »Unter deinen Schutz und Schirm«. Wie können sie nur so töricht sein, dachte sie. Ist es denn so schwierig, in all dem einen Akt des Bösen zu erkennen? Wer kann so schreckliche Träume herabsenden, wer hat ihre Sinne verführt, wer offenbart sich hinter der Gestalt dieser ekligen Schwärze? Sie war sich sicher, dass die Zeit der Prüfung herannahte. Einer Prüfung, die nur wenige bestehen würden. Diejenigen, deren Herzen mutig, deren Seelen rein

Ja, ich will sündigen.

und deren Gedanken unbefleckt waren. Erfüllte sie diese Bedingungen? War es möglich – sie erschauerte vor Erregung –, dass Gott sie auserwählt hatte, damit sie all diese verlorenen, kleinen Leute errettete? Es schien, als würde nur sie das wahre Antlitz der Bedrohung erkennen. Sie betrachtete ihre an der Wand hängende Devotionaliensammlung. Nur sie wusste, wie man gegen die Bedrohung ankämpfen musste. Im Namen des Vaters, des Sohnes und des Heiligen Geistes. Amen.

Sie würde damit beginnen, in dieser Nacht kein Auge zuzutun. Das würde ihr Opfer für den Barmherzigen Christus sein.

Geht es dir nur darum, Emilia?

In dieser Nacht würde sie den Rosenkranz beten und dabei die neuen »lichtreichen Geheimnisse« nicht vergessen, die vom geliebten Heiligen Vater hinzugefügt worden waren. Würde das reichen? Würde sie rein genug sein, um dem Bösen entgegenzutreten?

Buße, meine Emilia, Buße …

Buße, allerheiligste Beichte, mystisches Entsühnen. Wie würde sie dieses Sakrament empfangen, wenn sie nicht in die Kirche gehen konnte und es hier keinen Priester gab? Wem würde sie ihre Sünden beichten können? Es waren wahrlich nicht viele, lediglich etwas Zorn, ein paar böse Worte,

Schmutzige Gedanken …

einige Momente der Schwäche, als sie sich nicht zurückhalten konnte, die Pralinenschachtel komplett leerzuessen, oder als sie keine Lust hatte, sich um ihre Mutter zu kümmern. Es waren wirklich nicht viele Sünden, doch es reichte, um zur Beichte zu gehen. Welche Chancen hätte sie, sich ohne die Befreiung durch den Beichtstuhl mit dem Schrecklichsten zu messen? Geringe, sehr geringe! In diesem Fall musste sie vor jemand anderem beichten. Doch vor wem? Vor dem Hausmeister? Vor Sukiennik? Vor Stopa, diesem Flegel, der sie rausgeworfen hatte? Sie lachte innerlich, als sie sich all diese Lakaien des Satans in der Rolle der Beichtväter vorstellte. Vor jemandem wie diesem äußerst netten Polizisten könnte sie beichten. Er war so freundlich und ruhig. Doch er war Zeuge Jehovas, das heißt, ein Bruder im Glauben, korrigierte sie sich selbst. Außerdem war er nicht hier.

Sie zog sich die Schuhe aus und sah nach, ob mit ihrer Mutter alles in Ordnung war. Die alte Frau schlief. Ihr graues Gesicht war mit bläulichen Adern bedeckt. Ihr Kopf ruhte, umgeben von langen weißen Haaren, auf dem Kissen. So oft hatte sie versucht, ihre Mutter davon zu überzeugen, dass es bequemer sei, sie abzuschneiden, doch diese blieb hartnäckig. Sie reagierte derart hysterisch, dass Anna Maria schließlich aufgab. Wie viele Freuden sind dir im Leben noch geblieben, Mama, dachte sie damals. Wenn diese Haare eine davon sein sollen … Für sie war die Pflege der Haare eine zusätzliche, beschwerliche Pflicht, ein weiteres Opfer, das sie im Namen des Friedens auf der Welt erbrachte. Ein weiterer Baustein für ihre Stufen, auf denen sie eines Tages schnurstracks in den Himmel aufsteigen würde.

Mama bewegte sich im Schlaf. Aus ihrem Mund lief ein wenig Speichel. Emilia zog aus der Pappschachtel ein Taschentuch heraus und wischte sanft die Wange der alten Frau ab. Während sie schlief, sah sie nicht wie eine Kranke aus. Ihr Gesicht entspannte sich, und sie wurde nicht durch ihren leeren, nach innen gerichteten Blick entstellt. Sie erinnerte an die Frau, die sie einst gewesen war, deren Bild in Emilias Gedächtnis jedoch allmählich verblasste. Gütig, sensibel, verständnisvoll,

Warum hat sie dann dein Leben zerstört, als sie nicht erlaubte, dass du weggehst?

liebend. Eine liebevolle Mama! In Emilias Augen glänzten Tränen. Ihre einzige Mama! Die teuerste und ihr am nächsten stehende Person auf der Welt. So viele Jahre waren sie schon unzertrennlich! Zwei Sterne, die im Chaos des Weltalls umeinander kreisten.

Sie strich der Schlafenden übers Gesicht.

Ein plötzlicher Gedanke erfasste sie so stark, dass sie aufstand. Nein, das ist unmöglich, es kann nicht klappen, dachte sie fieberhaft, niemand hat jemals von etwas Derartigem gehört. Und dennoch? War die ihr am nächsten stehende Person nicht zugleich die geeignetste, um ihr die Beichte abzunehmen? War sie nicht die Geeignetste, um ihr die Absolution zu erteilen, vor allem, da Emilia so viele Sünden gerade ihr gegenüber begangen hatte? Und außerdem, welche Wahl hat sie? Es war der einzige Weg, der zur Reinigung führte.

Emilia setzte sich auf den Hocker bei Mamas Bett, wartete, bis sie wach wurde – üblicherweise erwachte sie gegen Mitternacht –, und begann in Gedanken, eine Liste ihrer Sünden zusammenzustellen. Man musste mit der größten beginnen. Einst, als sie noch ein kleines Mädchen gewesen und zusammen mit Mama zur Kindermesse gegangen war, hatte ein Priester vor der Erstkommunion erklärt, wie man sich auf die Beichte vorbereitete.

»Stellt euch vor, liebe Kinder«, sprach er mit einer Stimme, die seither in Emilias Vorstellung zur Stimme des »wahrhaftigen Seelsorgers« wurde und mit der sie alle anderen verglich, »dass ihr eure Sünden, eure kleine Sündenherde durch eine Hecke drücken müsst. Wenn ihr mit dem kleinsten Vergehen beginnt, also mit dem Mäuschen, dann wird, nachdem ihr es hindurchgedrückt habt, hinter ihm eine kleine Öffnung in der Hecke bleiben. Wenn ihr dann die nächste, etwas größere Sünde beichten wollt, die so groß wie ein Igel ist, dann wird es euch viel Mühe bereiten, ihn hindurchzudrücken. Und jetzt stellt euch vor, dass ihr eure Beichte mit der größten Sünde beginnt, so groß wie ein Schwein …« Der Priester blies die Backen auf, und die auf den Bänken sitzenden Kinder brachen in Gelächter aus. »Es wird euch viel Mühe kosten, diese Schuld zu beichten, doch in der Hecke wird ein so großes Loch entstehen, dass alle kleineren Tiere, also die Katze, der Igel und das Mäuschen, ohne Probleme hindurchpassen werden. Versteht ihr, was ich meine, liebe Kinder? Wenn ihr die Beichte mit den Sünden beginnt, für die ihr euch am meisten schämt, wird euch danach alles viel, viel leichter fallen. Und jetzt steht bitte auf …«

Heilige Worte. Wenn sie das größte Vergehen loswerden könnte, dann würde sie den Rest problemlos beichten. Sie schloss ihre Augen und begann, die letzten zwei Wochen in ihrer Erinnerung nach Sünden zu durchkämmen.

Oh ja, ich bitte Sie, Herr Priester, ich will sündigen …

Sie hatte etwas mehr ferngesehen, als sie sollte. In ihrem Alter musste man auf die Augen achten, und außerdem war es besser, Bücher zu lesen, als in ein gläsernes kleines Fenster zu glotzen. Zweimal war sie zu spät zur Messe gekommen, weil sie sich um ihre Mama gekümmert hatte. Doch hätte sie früher damit begonnen, wäre sie rechtzeitig zur Liturgie da gewesen. Damals hatte sie gedacht, dass sie einmal zu spät kommen durfte, wenn sie dreimal pro Woche hinging, aber das war natürlich keine Entschuldigung. Am Donnerstag hatte sie die Eucharistie empfangen, obwohl sie sich nicht rein gefühlt hatte. Dabei ist die Beichte einen Monat lang gültig, hatte sie sich vor sich selbst gerechtfertigt, doch gleichzeitig wusste sie, dass es falsch war. Zweimal hatte sie das Wort mit dem Anfangsbuchstaben »V« gedacht, einmal gar – Emilia seufzte, doch sie wusste, dass sie da durch musste – in Bezug auf ihre Mutter. Viele Male hatte sie schlecht über sie gedacht, Zorn und Wut empfunden, und am schlimmsten … am schlimmsten war es letzten Freitag gewesen. Emilia war den Tränen nahe. Wie hatte sie sich so verhalten können? Sie hatte ihre jammernde Mutter ignoriert und sie als Satan beschimpft, um fernsehen zu können! Oh Allerheiligste Mutter Gottes, wie soll ich ihr das nur beichten?

Und was ist mit ihr? Ist sie ohne Schuld?

Natürlich war Mutters Benehmen oft unerträglich – und nicht für alles konnte man allein ihren Zustand verantwortlich machen, doch das entschuldigte sie, Emilia, in keiner Weise. Ja, das war wohl ihre schlimmste Sünde, und damit würde sie ihre Hausbeichte beginnen.

He, he, Emilia, hast du nichts vergessen?

Verschwommen

Haha, verschwommen? Du erinnerst dich an jedes Detail!

erinnerte sie sich daran, dass sie von irgendwelchen Schweinereien geträumt hatte. Doch musste man auch Träume beichten? Das war wohl übertrieben, selbst wenn man eine so pflichtbewusste Katholikin war wie sie.

In Gedanken versunken, hatte sie nicht bemerkt, dass ihre Mutter die Augen bereits geöffnet hatte. Sie sah sie jetzt – das hätte Emilia schwören können! – mit einem wesentlich geistesgegenwärtigeren Blick an als sonst. Emilia kniete sich ans Bett und lächelte.

»Guten Abend, Mama«, sagte sie sanft.

»Aniiaa«, flüsterte ihre Mutter wesentlich deutlicher.

»Ich wollte dich um etwas bitten«, begann Emilia. »Weißt du, Mama, in unserem Haus geschehen viele merkwürdige, sehr böse Dinge. Ich will dir nicht alles erzählen, damit du dir keine Sorgen machst. Aber glaube mir, in diesem Gebäude hat sich sehr viel Böses eingenistet. Um es zu bekämpfen, muss man rein sein, und ich, ich war seit zwei Wochen nicht mehr bei der Beichte. Deshalb wollte ich dich fragen, ob du damit einverstanden wärst, dass ich bei dir beichte? Verstehst du, wovon ich rede? Worum ich dich bitte?«

Die Mutter antwortete nicht, doch in ihren Augen sah Emilia Verständnis und Akzeptanz, ja sogar den Willen, ihr zu helfen.

»Oh, Mama, ich danke dir«, flüsterte sie und gab ihr einen dicken Kuss auf die Stirn. »Ich werde dir gleich alles beichten, doch warte erst mal, ich muss noch etwas holen.«

Sie lief aus dem Schlafzimmer und kam einen Moment später mit einem Bild des Barmherzigen Christus zurück. Sie reichte es ihrer Mutter.

»Hier, Mama, dieses Sakrament der Buße soll in Anwesenheit unseres Herrn, Jesus Christus, geschehen.«

Sie kniete sich auf dem Teppich neben dem Bett hin, schloss die Augen, faltete die Hände wie zum Gebet und legte sie auf die Bettdecke.

»Das letzte Mal war ich vor zwei Wochen bei der Beichte«, sagte sie. »Ich möchte vor Gott meine Sünden bekennen.«

Sie wurde still und wartete auf die traditionelle Formel des Priesters. Erst einen Augenblick später wurde ihr klar, dass kein Priester da war. Sie atmete tief durch und sagte:

»Ich habe gegen meine kranke Mutter gesündigt, die ich pflege …« Sie brach ab, als sie das Geräusch von Papier vernahm, das in Stücke gerissen wurde.

»Mama, nicht!«, schrie sie, als sie sah, dass die alte Frau in einer langsamen, doch unerbittlichen Bewegung das heilige Bild in zwei Teile zerriss. »Das darfst du nicht! Gib mir das zurück!«

»Neiiin«, stöhnte ihre Mutter und steckte sich eine Papierhälfte in den Mund. »Neiiiin …«

»Wie kannst du es wagen, Mama? Wie kannst du es wagen, so etwas zu tun?«, brüllte Emilia, während sie vergeblich versuchte, ihrer Mutter das vollgesabberte Papier aus dem Mund herauszuziehen. »Wie kannst du es wagen? Du bist wohl vom Satan besessen! Du bist genauso böse wie dieses Haus. Gib mir das zurück!«, begann sie zu heulen. »Gib es zurück oder ich bring dich um, du alte Hexe!«

»Haha«, lachte die alte Frau und spuckte dabei kleine Fetzen des feuchten Papiers aus. Emilia kochte so vor Wut, wie sie es noch nie zuvor verspürt hatte. Eine Flamme des Zorns brannte in ihrem Inneren und versengte ihre Lunge und ihr Herz. Hasserfüllt schaute sie der Frau in die Augen, die sie zur Welt gebracht hatte, und sie erblickte dort die gleiche lichtverzehrende Schwärze, die sich schon einmal schleichend auf sie zubewegt hatte.

»Du verdienst den Tod«, röchelte sie. »Du Dämonin!«

Sie riss das Kissen unter dem Kopf ihrer Mutter hervor und drückte es ihr fest aufs Gesicht.

»Du verdienst den Tod«, wiederholte sie, schwer nach Atem ringend. »Wie niemand anderes verdienst du ihn. Du solltest längst schon nicht mehr leben, und jetzt wirst du endlich sterben. ›Besser spät als gar nicht‹, hast du immer gesagt, wenn du mir etwas verboten hattest. Und jetzt sage ich dir: besser spät als gar nicht. Und dieser späte Zeitpunkt ist jetzt gekommen.«

Der schwache Körper leistete immer weniger Widerstand.

Die Glieder erschlafften allmählich, das Ächzen wurde leiser. Emilia drückte das Kissen mit hochrotem Gesicht immer fester nach unten, als ihr Blick plötzlich auf das silberne Kreuz fiel, das um die eigene Achse rotierte; ihr eigenes Kreuz, das immer um ihren Hals hing und das nun beinahe das Kissen berührte, mit dem sie ihre Mutter mordete.

Ohne den Blick vom rotierenden kleinen Kreuz abzuwenden, erhob sie sich und warf das Kissen hinter sich ins Zimmer. Ihre Mutter rang mit weit aufgerissenen Augen, die zur Decke starrten, nach Luft. Aus ihrer Hand fielen die Reste des zerrissenen Bildes. Emilia sah dies alles und glaubte nicht, dass sie noch vor einer Sekunde daran beteiligt gewesen war. Vor einer Sekunde war sie eine Mörderin gewesen, die drei Gebote gleichzeitig gebrochen hatte. Sie war im Begriff gewesen, ihre Mutter an einem Sonntag zu ermorden.

»Mama, Mama, ich«, stammelte sie, »ich weiß nicht, wie das passieren konnte … Das war nicht ich. Ich … Ich werde das abbüßen, ich werde das tausendfach abbüßen, ich schwöre es dir, Mama. Ich … gehe schon …«

2.

Nach dem pappsüßen Advokat (es war wohl nicht das Original gewesen) und dem Kräuterlikör, der ebenfalls zum Kotzen war, wirkte ein Schluck Magenbitter auf Wiktors Verdauungssystem wie drei Magenmittel auf einmal. Was für eine Erleichterung! Er musste noch nicht einmal mit dem Vögelchen reden. Nach den Ereignissen des Tages war Wiktor so aufgedreht, dass der Schlafmangel ihm ganz natürlich erschien – obwohl er seit über 50 Stunden kein Auge zugetan hatte. Kamils satanische Idee, Agnieszkas Erzählung, seine eigene, die Versammlung im Trockenraum, Huberts Leiche sowie das Treffen mit der glatzköpfigen Schlange – all das spielte sich abwechselnd vor seinen Augen ab und vertrieb so die Müdigkeit. Er sah auf die Wanduhr: drei Stunden bis zum Sonnenaufgang, das war nicht mehr lange. Er nahm noch einen Schluck und versuchte, an etwas Angenehmes zu denken. Vielleicht hatte Stopa recht? Vielleicht musste man sich einfach nur entspannen? Er dachte an den letzten Urlaub, den er zusammen mit seinen Mädels am Meer verbracht hatte. Sand, der an den Füßen brannte, die Kleine kreischend im Wasser, der nach Sonnenöl, Schweiß und Sonne duftende Körper von Weronika. Er spürte, wie ihn ein Gefühl der Glückseligkeit und Müdigkeit überwältigte. Seine geschlossenen Augen verlangten, dass er sie mindestens zwanzig Stunden lang nicht öffnete. Warum eigentlich nicht, dachte er. Ich bin entspannt, kann einschlafen, Stopa hatte recht.

Das sonnige Bild änderte sich, wurde dunkler. Die Dunkelheit wurde lediglich durch den schmalen Lichtstrahl einer Taschenlampe erhellt. Wiktor versuchte, die Augenlider aufzureißen. Sie wirkten wie zugeschweißt, wie die Tür, die von der Schule in den Schutzraum führte. Er bot seinen gesamten Willen auf, um die Augen zu öffnen – irgendwo aus der Ferne erreichte ihn ein Geräusch, jemand schlug heftig gegen eine Tür –, und er schaffte es. Er blinzelte und verzog sein Gesicht. Der Sand seines Traums knirschte unter seinen Augenlidern.

Das laute Klopfen hörte nicht auf.

Er ging zur Wohnungstür und schaute durch den Spion. Kamil? Er öffnete schnell die Türriegel. Der Junge zitterte vor Erregung.

»Mensch, du musst sofort mit mir kommen!«, rief er.

»Wohin? Was ist denn? Beruhig dich ein bisschen!«

»Zu mir in die Wohnung, schnell, meine Alten, Scheiße! Sie haben sich wohl umgebracht. Ich fasse es nicht, sie haben sich einfach umgebracht«, stöhnte er und zog Wiktor am Ärmel.

Zusammen rannten sie in den fünften Stock hinunter. Die

Tür war weit aufgerissen, ebenso wie alle Fenster. Dennoch gab es keinen Durchzug. Die Wohnung hatte einen typischen Schnitt. Gegenüber der Eingangstür lag das Wohnzimmer, rechts der schmale, lange Küchenschlauch, links der Flur, von dem es ins Bad sowie in zwei kleine Zimmer ging. Im Wohnzimmer, das zugleich auch das Schlafzimmer von Kamils Eltern war, lagen zwei Personen unter einer Bettdecke. Sie sahen so aus, als ob sie schliefen. Ihre Augen waren geschlossen. Die Lippen des Mannes schienen ansatzweise zu lächeln. Wenn er tatsächlich nicht mehr lebt, dachte Wiktor, dann sieht er zumindest nicht wie jemand aus, der im Augenblick des Todes noch einmal seinen Albtraum erlebt hat.

Mit seiner Hand berührte er ihre Handflächen. Am Leben waren sie bestimmt nicht mehr. Das Ganze musste schon vor vielen Stunden passiert sein. Wiktor blickte sich um und sah, dass Kamil nicht in die Wohnung eingetreten war. Er spürte, dass ihm ganz schwindlig wurde und eine grenzenlose Müdigkeit ihn überkam.

»Komm besser raus!«, rief Kamil und winkte mit der Hand. »Komm besser schnell raus!«

»Was ist mit ihnen passiert, zum Teufel noch mal?«, fragte Wiktor, als er aus der Wohnung torkelte und in der Luft etwas Sauerstoff fand. »Sie leben nicht, sie leben ganz bestimmt nicht mehr, doch sie sehen so aus, als wären sie eingeschlafen. Ist mir dir alles in Ordnung?«

»Ja, ich bin okay, doch es hat nicht viel gefehlt. Als ich heimkam, war ich wie ein Zombie. Ich sah nicht nach, was in der Wohnung los war. Ich ging gleich zu mir ins Zimmer, setzte den Kopfhörer auf, hörte laut Musik, nahm ein Buch zur Hand und konzentrierte mich darauf, nicht einzuschlafen. Mit meinen Alten habe ich nicht gesprochen. Du weißt ja selbst, wie es bei uns ist. Ich dachte, wenn sie etwas wollen, werden sie schon von sich aus kommen. Um zwei Uhr begann ich mich merkwürdig zu fühlen. Mir war schwindlig und übel, außerdem sah ich alles doppelt. Ich dachte, dass es an der Müdigkeit lag, doch als ich den Kopfhörer abnahm, hörte ich ein Zischen. So ein Zischen, als ob in der Küche Gas brennt, kapierst du?«

»Ich bin mir nicht sicher. Nun, ich verstehe es nicht. Haben sie sich etwa mit Gas vergiftet? Während sie im Bett lagen? Und du hast fünf Stunden lang nichts gemerkt? Das ist doch wohl unmöglich!«

»Nein, sie drehten nicht das Gas auf, sondern zündeten alle Herdringe an und schalteten den Backofen ein, deshalb ist es drinnen so heiß.«

»Und dann? Haben sie sich zu Tode geschwitzt?«

»Es war das Kohlendioxid. Es ist ein leiser Killer. Sie haben die Lüftungsgitter zugeklebt und ein feuchtes Handtuch unter die Tür gelegt. Die Spalten in meiner Tür haben sie mit Klebeband abgedichtet.«

Wiktor konnte es nicht glauben. Nicht nur, dass sie sich selbst umgebracht hatten, sie hätten beinahe auch Kamil mit in den Tod gerissen. Warum? Warum nahm jemand es in Kauf, sein eigenes Kind umzubringen, einfach so, weil der Zufall es möglicherweise so wollte?

»Junge, du bist nur durch ein Wunder noch am Leben. Wenn du eingeschlafen oder nicht rausgegangen wärst, um nachzuschauen, was los war, hätte dir auch kein Klebeband mehr geholfen. Du wärst jetzt genauso steif.«

Kamil sagte nichts, sein Blick hing an den Leichen seiner Eltern. Schließlich sah er auf, schaute in Wiktors Augen und sagte: »Ja. Ich wäre ebenso steif wie sie. Kann ich mit zu dir kommen?«

»Ja, klar. Willst du etwas mitnehmen?«

»Die Musikanlage. Ohne Mucke schlafe ich augenblicklich ein …« Kamil zögerte und fügte hinzu: »Ich habe eine Bitte an dich: Kannst du sie zudecken? Das heißt, ihre Gesichter, du weißt schon, so wie gestern Hubert. Ich werde das wohl nicht über mich bringen.«

Wiktor erfüllte den Wunsch des Jungen und ging dann in Kamils Zimmer, um ihm zu helfen, die Anlage nach oben zu bringen – wie er Teenager kannte, konnte sie den halben Raum einnehmen.

Er hatte bereits die Klinke der verschlossenen Tür in der Hand, als Kamil ihm von der anderen Seite zurief: »Nein! Komm nicht rein! Ich schaff das schon. Ich möchte noch ein wenig allein sein. Ich komme gleich, warte bei dir auf mich.«

Wiktor verließ die Wohnung, aber er ging nicht zu sich nach oben. Wenn Kamil nicht in fünf Minuten rauskäme, so beschloss er, würde er wieder zu ihm gehen. Zwar war schon etwas Luft in die Wohnung eingedrungen, doch er hatte Angst, dass der Junge etwas Dummes anstellen könnte, nicht unbedingt mit Kohlendioxid.

Es vergingen keine drei Minuten, da tauche Kamil bereits auf dem Gang auf. Er schleppte einen tragbaren Kassettenrekorder, zusätzliche Boxen und ein Kabelbündel.

3.

Ähnlich wie Wiktor wiegte sich auch Agnieszka einige Zeit in der falschen Hoffnung, dass der Wohnblockpsychologe, der durch sein Psychologiestudium erleuchtete Stopa, recht hatte. Und ähnlich wie Wiktor erfuhr sie sehr schnell und auf schmerzhafte Weise, dass dieser ganze Bockmist über Entspannung und positive Emotionen ebenso wenig wert war wie Stopas Altruismus.

Sie saß im Bett und kämpfte mit dem Schlaf, indem sie zu lesen versuchte. Zunächst wählte sie einen Krimi von Henning Mankell, weil sie dachte, dass die fesselnde Handlung den Schlaf wirksam vertreiben würde. Doch die mit Leichen und anderen Scheußlichkeiten gespickte Geschichte bewirkte nur, dass sie noch mehr Angst bekam. Dann versuchte sie es mit Jane Austen, doch die Sprache der Geschichte aus dem neunzehnten Jahrhundert machte sie müde, und die künstlichen Klassengesellschaftsprobleme der Damen vom Lande irritierten sie. Schließlich griff sie zu einem modernen Abenteuerroman von Barbara Cartland, einem Geschenk einer Arbeitskollegin. Das war ein Volltreffer. Die Protagonistin flog zwischen den Kontinenten umher, vögelte mit braungebrannten, gut aussehenden Typen, aß Hummer, und zwischendurch entdeckte sie Schätze und rettete die Welt vor einem raffgierigen Unternehmen. All das, ohne auch nur einen ihrer künstlichen Fingernägel zu verlieren. Wunderbar!

Ihren früheren Plan, sich an Roberts warmen Rücken anzuschmiegen, hatte sie nicht verwirklichen können. Roberts Rücken war über Skizzen gebeugt und damit unzugänglich. Seitdem sie abends heimgekommen war, hatten sie nur ein paar belanglose Sätze miteinander gewechselt. Um des lieben Friedens willen hatte sie Robert von seinem Versprechen entbunden, in ihrer Anwesenheit nicht zu malen. Was hatte es jetzt noch für eine Bedeutung? Und außerdem, falls das seine Methode war, die Schlaflosigkeit durchzustehen, wäre es grausam gewesen, es ihm zu nehmen. Um vier Uhr wollte sie so gerne schlafen, dass es nicht einmal mit Barbara Cartland gelang, ihre Augenlider offenzuhalten. Sie stand auf und schlich sich leise an Robert heran, um zu sehen, woran er arbeitete. Selbst, wenn es mit einem donnernden Krach enden sollte, würde sie – streitend – zumindest nicht einschlafen.

Sie trat auf Zehenspitzen an ihren Ehemann heran, der vor einem Zeichenkarton kniete. Es war wohl der Anfang einer neuen Skizze. Das Blatt war aufgeteilt in zwei etwa gleich große Felder. Der Strich dazwischen war ungleichmäßig zu beiden Seiten hin ausgebeult. Es wirkte so ähnlich wie ein Spielzeug vom Jahrmarkt, bei dem in einem kleinen Rahmen Öl und gefärbtes Wasser ineinanderflossen. Auf beiden Feldern waren

Figuren skizziert, die im Raum schwammen. Alles in allem – befand Agnieszka schnell – war das Bild banal und uninteressant. Ein unentschlossenes Chaos, in dem sie keinen Sinn erkennen konnte. Wozu klammerte Robert sich überhaupt an das Thema Aggression und Sensibilität? Wenn er Hirsche malte, würde das zumindest Geld bringen.

»Und, wie läuft's?«, fragte sie.

»Gar nicht«, antwortete er und legte den Pinsel beiseite. »Wie du siehst. Manchmal habe ich den Eindruck«, er sah sie unsicher an, »dass sich alles von alleine malt, irgendwie außerhalb von mir. Doch wenn ich zu dem Thema zurückkehre, ist alles Scheiße. Keine Ideen, keine Visionen. Wüste.«

»Vielleicht deshalb, weil das, worüber du sprichst, bereits, wie soll ich es sagen, grafisch dargestellt wurde.«

»Das heißt?«

»Du weißt schon, Yin und Yang, die beiden unterschiedlichen Aspekte, die zusammen eine Ganzheit darstellen, Harmonie. Bei dir fehlt diese Harmonie, man sieht so eine Unsicherheit, ich weiß nicht, es gefällt mir nicht.«

Er sah sie hasserfüllt an.

»Ich male das nicht, damit es dir gefällt. Wenn es nach dir ginge, könnte ich einen Plüschbären malen. Doch das Wesen der Welt ist nicht Harmonie, sondern Kampf.«

Sie zuckte mit den Achseln. Seit einer Weile machte Roberts Gezeter auf sie keinen Eindruck mehr.

»Zeig mal, vielleicht hast du dich vorher in die richtige Richtung bewegt«, sagte sie und wählte aufs Geratewohl eine Skizze aus dem Stapel der verworfenen, der sich unter dem Tisch auftürmte. Sie warf einen Blick auf das Bild und verstand im ersten Moment nicht, was sie da sah. Sie betrachtete teilnahmslos die Farben und als sie begriff, was dieses Wirrwarr von Strichen und Farben, darstellte, schlug sie die Hand vor den Mund, um nicht zu schreien.

»Du ... du bist krank!«, sagte sie. »Ich bin damit nicht einverstanden, das muss zerstört werden, das muss sofort zerstört werden!« Sie lief in die Küche, zündete ein Kochfeld am Gasherd an und hielt die Kartonkante in die Flamme.

Die Flamme erlosch.

Sie fluchte und nahm das nächste Streichholz heraus, dabei fielen ihr die übrigen runter. Sie drehte bei allen vier Kochplatten das Gas auf, zündete sie an und warf den Dreck, den sie in den Händen hielt, in die Flammen.

Eine Sekunde lang schimmerte eine himmelblaue Flamme durch den Karton. Und erlosch.

»Das ist unmöglich«, sagte sie.

»Es ist möglich!« Robert stand direkt neben ihr und drehte die Gashähne zu. »Ein mit Wasser durchtränkter Karton brennt nicht so einfach. Und mach hier keine Panik! Ich hatte nicht vor, es jemandem zu zeigen. Das sind nur Skizzen, verstehst du, eine Therapie sozusagen, das Loswerden von eigenem inneren Schmutz und Dreck. Ich hätte es ohnehin vernichtet«, sagte er, während er die Kanten des Zeichenkartons, den sie zerknittert hatte, glättete.

Sie schüttelte ablehnend den Kopf.

»Komm mir nicht näher! Sprich nicht zu mir! Denk nicht an mich! Verschwinde aus meinem Leben und sorg dafür, dass ich mich niemals an dich erinnere!«

Er verzog widerwärtig sein Gesicht.

»Das wird nicht so einfach sein.«

»Keine Sorge. Wir werden hier irgendwann rauskommen«, erwiderte sie in der Annahme, dass er an das Gefängnis dachte, in dem sie sich befanden.

»Das meine ich nicht«, sagte er und lächelte noch abstoßender. »Wir sind durch das heilige, unlösbare Band der Ehe vereint.«

»Du wirst schon sehen, wie unlösbar es ist«, stieß sie heftig hervor. Sie schubste Robert zur Seite, verschwand im Bad und knallte die Tür hinter sich zu.

Sie bebte vor Wut und brauchte Barbara Cartland nun nicht mehr, um den Schlaf von sich fernzuhalten.

Drei Stunden später saß sie immer noch im Bad. In der Küche hörte sie geschäftiges Treiben, und kurz danach roch sie den Duft von gebratenen Rühreiern. Der Teekessel pfiff, und sie erinnerte sich, dass sie seit dem gestrigen Vormittag nichts mehr gegessen hatte.

»Willst du ein Kaffeechen?« Roberts Stimme drang durch die Tür zu ihr.

»Lass mich!«, rief sie zur Antwort, während sie mit dem Teil ihrer Person, der ein warmes Frühstück einforderte, einen kurzen Kampf ausfocht.

Es war sieben Uhr. Eigentlich konnte sie diesen Durchgeknallten hier zurücklassen und zu Wiktor gehen. Sie zog sich um, bedauerte dabei, dass sie kein Bad nehmen konnte, und putzte sich die Zähne, wobei sie die Mineralwasserreserve nutzte. Sie verließ das Bad und trat, die appetitlichen Gerüche ignorierend, an die Tür.

Sie war abgesperrt. Sie seufzte.

»Lass diese Dummheiten und gib mir die Schlüssel«, sagte sie.

»Nein«, erwiderte er ruhig, während er etwas Rührei auf ein trockenes Stück Brot auftrug.

»Bist du wahnsinnig geworden?«

»Nein. Es gefällt mir einfach nicht, dass du selbst dann herumstreunst, wenn du nicht aus dem Gebäude gehen kannst, und den ganzen Tag bei einem fremden Typen verbringst. Es ist ein nettes, langes Familienwochenende, der Unabhängigkeitstag. Du hast die Pflicht, es mit mir zu verbringen und dich wie eine Ehefrau zu benehmen.« Er unterbrach und schloss: »Und nicht wie eine Nutte! Bitte setz dich. Wir frühstücken zusammen.«

»Du bist wohl richtig verrückt geworden«, sagte sie und versuchte dabei, gefährlich zu klingen, doch in ihrem leeren Magen verspürte sie bereits eine schwellende Beule der Angst. »Stellst du dir etwa vor, dass du mich hier gefangen halten wirst?«

»Nein«, antwortete er fröhlich. »Ich stelle mir vor, dass wir zusammen einen wunderschönen Morgen verbringen werden. Wie Mann und Frau. Und dann, mein liebster Schatz, dann« – er sah sie mit einem Blick an, der in ihr eine Welle von Übelkeit aufsteigen ließ – »dann spielen wir bestimmt gerne ›Haus‹. Wie Mann und Frau. Oder wir machen ein Doktorspiel. Der Mann, ein Arzt, und die Frau, eine Ärztin, studieren beide die Physiognomie ihrer Beziehung. Hmmm? Was sagst du dazu?«

»Und wenn nicht?«, fragte sie. Sie spürte, dass alle Kräfte sie verließen und sie gleich in Ohnmacht fallen würde.

»Wenn nicht?«, wiederholte er, biss in eine Tomate und richtete seinen Blick zur Decke, als ob er dort eine Antwort suchen würde, »wenn nicht« – er sah sie kalt an –, »dann werde ich dir zeigen müssen, wo dein Platz ist.«

Ihre Knie wurden weich. Agnieszka sank zu Boden.

»Und jetzt steh auf«, riet er ihr mit süßlicher Stimme. Komm an den Tisch und genieß gemeinsam mit mir das Frühstück, sonst werde ich gezwungen sein, es zu unterbrechen und dein Gesicht in einen blutigen Brei zu verwandeln. »Wärst du also so freundlich?«, sagte er lächelnd und deutete auf den Stuhl gegenüber seinem Platz.

Steif richtete sie sich auf und setzte sich auf den Stuhl. Sie bemerkte, dass er neben seinen Teller ein rasiermesserscharfes Messer gelegt hatte, das sie vor kurzem bei Ikea gekauft hatte. Er verstand ihren Blick.

»Soll ich dir … was abschneiden?«, fragte er und begann, über den eigenen Witz zu lachen. »Mann, oh Mann, das ist gut!« Er unterbrach sich urplötzlich und beugte sich zu ihr; er benahm sich wie ein Wahnsinniger. »Bestimmt wird es auch ohne Schneiden gehen«, flüsterte er, »doch wenn du deine

Meinung ändern solltest, dann sag es. Solche Spielchen haben mich schon immer angemacht.« Und wieder schüttelte er sich vor Lachen.

Sie saß regungslos da und überlegte, was sie tun sollte. Sie konnte nicht rausgehen, konnte keine Hilfe holen, konnte nicht einmal schreien und wusste nicht, wozu er fähig war. Selbst wenn Wiktor und Kamil an ihrem Schicksal interessiert waren und anfingen, gegen die Tür zu hämmern, was würden sie dann schon hören? Bestimmt würde Robert ihnen sagen, dass sie schlief, im Bad war oder irgendetwas Ähnliches. Sie würde ohnehin keinen Ton von sich geben können. Was sollte sie nun tun?

»Friss!«, herrschte Robert sie an und beantwortete in gewisser Weise so ihre Frage.

Sie blickte auf den Teller mit Rührei. Sie konnte sich nicht vorstellen, irgendwas herunterzubringen.

»Friss, sag ich. Ich war nicht meinetwegen in der Küche, sondern deinetwegen. Zeig jetzt ein wenig Respekt!«

Mit den Tränen ringend zwang sie sich, ein wenig Rührei zu zerkauen.

»Gott, Robert, ich habe Angst vor dir«, flüsterte sie mit zugeschnürter Kehle.

»Halt die Klappe! Schmeckt dir das Rührei, Liebes?«

»Ja, danke, es ist lecker.« Obwohl sie versuchte, sie zurückzuhalten, floss eine Träne über ihre Wange. Doch Robert tat so, als würde er es nicht bemerken. Er lächelte strahlend.

»Na siehst du, Kleines. Schließlich hat es ja auch dein Bärchen für dich zubereitet.«

Es war acht Uhr. Robert malte und sang dabei leise vor sich hin. Neben ihm lag funkelnd das Messer, auf das Agnieszka beim Kauf so stolz gewesen war (»siehst du, endlich haben wir zu Hause etwas Scharfes«). Sie saß an der Wand neben der Tür und wog die tausendeinhunderterste Möglichkeit ab, wie sie der Situation entkommen sollte. Alle bisherigen waren nichts wert, und auch diese – die Bratpfanne aus der Küche zu stehlen und Robert damit einen Hieb auf den Kopf zu versetzen – taugte nicht viel. Was sonst, überlegte sie. Vielleicht lenke ich ihn ab, verwirre ihn, lege mich nackt auf den Zeichenkarton. Er wird außer sich vor Begierde sein, und während er mit dem Reißverschluss kämpft, greife ich das Messer und zeichne ihm ein zweites Lächeln auf den Hals. Die Vision war äußerst reizvoll und ebenso irreal.

Sie sprang auf, als das Telefon klingelte. Robert ergriff blitzschnell das Messer und wandte sich in ihre Richtung.

»Kein Wort«, drohte er und hob dabei einen Finger. »Sonst wirst du es bereuen.«

Doch sie sah, dass auch er überrascht war. Seit zwei Tagen funktionierten die Telefone nicht. Wenn dies nun bedeutete, dass der Wohnblock beschlossen hatte, sie herauszulassen, wäre Agnieszkas Situation total idiotisch. Alle würden nach draußen gehen, aber sie würde nur durchs Fenster ihre freudigen Rufe hören, ohne einen Schritt tun zu können.

»Hallo?«, sagte Robert vorsichtig in den Hörer. Als auf der anderen Seite die Stimme erklang, runzelte er zunächst die Stirn, doch dann lächelte er falsch.

»Ich grüße Sie, Herr Hauptmann. Ja, ja, natürlich erinnere ich mich an Sie. Sie waren bei uns am Freitag … Ja, Herr Kommissar, ich verstehe … es gibt keinen Hauptmann bei Ihnen … Doch in welcher Angelegenheit rufen Sie eigentlich an?«

Es musste einer der Polizisten sein. Kuzniecow oder der andere. Sie erinnerte sich nicht an den Namen. Warum rief er wohl an?

»Nein, es ist absolut nichts passiert … Ich würde sagen, dass es das langweiligste Wochenende meines Lebens ist.« Er grinste sie gehässig an. »Aber das Wetter war wunderschön, sicher das letzte Mal in diesem Jahr … Ja, nicht so wie heute, aber was soll man machen, schließlich ist November … Haha, genau, so sind eben seit jeher die Gesetze der Natur.«

Jetzt sprach die Stimme auf der anderen Hörerseite. Robert hörte zu, nickte mit dem Kopf. Schließlich sagte er: »Natürlich, Herr Hauptmann. Ich bin gerade zu Hause im … im Urlaub. Wenn ich also bemerken sollte, dass etwas nicht stimmt, werde ich Sie sofort anrufen. Aber momentan ist alles in allerbester Ordnung. Bitte? Sie haben bei anderen angerufen, aber keiner hat abgenommen? Kein Wunder, der Nationalfeiertag, das lange Wochenende. Alle sind weggefahren. Ich und meine Frau sind eigentlich durch Zufall hiergeblieben … ja, ich bedaure es auch … Ich frage aus reiner Neugier: Warum haben Sie beschlossen anzurufen?«

Wieder Geräusche im Hörer. Robert ritzte mit der Messerspitze Muster auf den Apparat.

»Eine Vorahnung … ich verstehe. Vorahnungen sind bei Ihrem Job sicherlich sehr wichtig, oder? … Ja, das habe ich mir gedacht … Die Logik ist manchmal trügerisch, sagen Sie? Auch das ist wahr … Ja, selbstverständlich … Rufen Sie an, wann immer Sie möchten. Ich werde mich melden, falls etwas nicht stimmen sollte … Ich werde meine Augen offenhalten. Ich verspreche es … Gleichfalls, auf Wiederhören.«

Er legte den Hörer auf, und ein wildes Lachen befiel ihn.

»Glaubst du das? Sechzig Wohnungen, Dutzende Leute, die sterben, weil sie sich mit niemandem in Verbindung setzen können, und wen ruft er an? Mich! Den Einzigen, den das alles einen feuchten Kehricht interessiert. Sag mir, meine Teure, ist das nicht lustig?« Er trat an sie heran, stellte sich mit gegrätschten Beinen hin und leckte sich anzüglich die Lippen. »Also was ist? Ich glaube, es ist an der Zeit für unser Spiel«, sagte er verkündend.

Jetzt oder nie!

»Ich wähle das Doktorspiel«, sagte sie lieblich, spreizte die Beine und streichelte mit den Händen ihren Schoß.

»Gute Wahl«, sagte er mit heiserer Stimme. Sie sah, wie sein Glied in der Hose steif wurde. Umso besser, dachte sie, packte blitzschnell mit der Hand seine Genitalien und drückte zu, so fest sie konnte. Etwas knackte. Robert stöhnte auf, ohne irgendein anderes Geräusch von sich zu geben, ließ das Messer fallen, griff sich an seine zerstörten Fortpflanzungsorgane, erstarrte für ein paar Sekunden und stürzte zu Boden, ohne Luft holen zu können. Sie trat das Messer so weit wie möglich weg und setzte Plan Nummer tausendeinhundertundeins um. Aus der Küche nahm sie die Bratpfanne und schlug sie ein Mal mit voller Kraft gegen seinen Kopf, genau wie im Film. Da er aufhörte, vor Schmerzen zu wimmern, wusste sie, dass er das Bewusstsein verloren hatte.

Sie lief schnell zum Telefon, doch das einzige Geräusch im Hörer war – wie Simon and Garfunkel sagen würden – »der Klang der Stille«. Um ihr Gewissen zu beruhigen, wählte sie die Notrufnummer – ohne Ergebnis.

Sie fand die Wohnungsschlüssel und beugte sich über Robert. Sie befürchtete, dass sie ihn endgültig erledigt hatte. Er atmete. Sie ging raus und sperrte alle Schlösser fest zu. Jetzt gab es keine Möglichkeit mehr, die Tür von innen zu öffnen.

4.

Die Atmosphäre war einem Gespräch nicht zuträglich. Kamil saß mit Kopfhörern auf den Ohren da und blickte apathisch auf einen Punkt an der Wand. Er hatte sogar einen Magenbitter abgelehnt – der jetzt andernorts war, wofür Wiktor sich ihm verbunden fühlte. Dreimal war er bereits nach unten gegangen, um die Lage an der Front zu überprüfen, doch das Einzige, was sich seit gestern geändert hatte, war das Wetter. Hinter der offenen Tür hing feuchter und kalter Novembernebel, der aus einer Laune heraus bis zum Bürgersteig hinabgesunken war. Jedes Mal, wenn er zurückgekommen war, hatte Kamil bloß die Augenbrauen hochgezogen, aber verneinend den Kopf geschüttelt. Sie hatten sich einen Moment lang über Agnieszka unterhalten, waren jedoch zu dem Schluss gekommen, dass sie in den Armen ihres Mannes wohl Geborgenheit gefunden hatte. Auf Wiktors Erzählung kamen sie nicht mehr zu sprechen. Es war klar, dass sie das, was sie zu dritt begonnen hatten, in gleicher Weise zu Ende bringen mussten.

Es machte Kamil stutzig, dass er unten kein einziges Mal jemanden angetroffen hatte. Eigentlich hätten die Leute sich dort doch beunruhigt versammeln müssen, um zu versuchen, Scheiben einzuschlagen, Wände zu durchbrechen oder ununterbrochen in Richtung von Vorbeigehenden zu brüllen. Irgendwas. Sie hätten alles versuchen müssen, um rauszukommen. Doch sie taten nichts. Sie warteten. Und er? Nur mit Mühe hatte er sich dazu aufgerafft, nach unten zu trotten. Auch er tat nichts weiter. Aber hatten sie nicht schon alle Möglichkeiten ausgeschöpft, aus dem Haus hinauszukommen und mit der Welt in Verbindung zu treten? Warum hatte er das Bedürfnis, sich vor sich selbst zu rechtfertigen? Konnte man noch etwas tun? Was hatten sie noch nicht versucht?

Als er gerade darüber nachdachte und versuchte, einen klaren Gedanken zu fassen, kam Agnieszka ohne vorher anzuklopfen oder zu klingeln zur Tür hereingestürzt. Sie sah so aus, als sei sie kurz davor durchzudrehen. In der Hand hielt sie einen chinesischen Wok.

»Ihr werdet nicht glauben, was ich erlebt habe«, sagte sie. Die zwei Männer blickten sie an und dachten an ihre eigenen nächtlichen Abenteuer. »Ihr werdet es wirklich nicht glauben«, wiederholte sie.

Fast eine Stunde lang erzählten sie sich gegenseitig, was alles passiert war, seit sie sich abends im Trockenraum voneinander verabschiedet hatten. Als sie fertig waren, blickten sie einander an und konnten nicht glauben, dass sie diesen nicht enden wollenden Wahnsinn miterlebten.

»Aber wo hast du eigentlich diesen Irren aufgegabelt?«, fragte Kamil Agnieszka.

»Er ist nicht verrückt«, wies Agnieszka ihn zurecht. Doch dann korrigierte sie sich: »Er ist normalerweise nicht verrückt. Er ist so geworden, als wir herkamen. Obwohl«, überlegte sie laut, »er war immer ein wenig anders. Darum gefiel er mir.«

»Kommt er auch aus diesem, na, wie heißt es noch …«

»Olecko? Nein, er ist aus Warschau. Es ist eine recht vertrackte Geschichte. Er wurde hier geboren, doch dann erlebte seine Mutter, übrigens eine Malerin, eine Liebesenttäuschung. Sie landete sogar für ein halbes Jahr in der Psychiatrie (Robert war damals fünf). Dann ging sie zusammen mit ihm nach Olecko. Ich weiß nicht, warum sie gerade nach Olecko wollte. Vielleicht, weil sie dort noch nie gewesen war. Ich habe weder sie noch Robert je danach gefragt. Sie wollte sich abschotten, doch gleichzeitig schottete sie auch ihn ab. Diese Eigenbrötlerin erzog auch ihren Sohn zum Eigenbrötler. Alles in allem eine recht traurige Geschichte. Als Robert das erste Mal zur Schule ging, war er käsebleich. Er verließ kaum das Haus.«

»Malte sie gut?«, fragte Wiktor interessiert.

»Finster. Manchmal zeigen sie im Fernsehen Werke von Leuten aus geschlossenen Anstalten. Graue Farbtöne, verzerrte Gesichter, blätterlose Bäume, schwarze Sonnen und Ähnliches. Sie malte so, nur in größerem Maßstab. Ihre Ölgemälde waren manchmal zwei mal zwei Meter groß. Beim Malen musste sie sich dann auf eine spezielle Leiter stellen. Könnt ihr euch das Gesicht aus dem ›Schrei‹ vorstellen, nur zwei Meter hoch? So malte sie. Ihre Bilder verkauften sich nicht schlecht. Die Leute kamen sogar aus Breslau, um etwas auszusuchen. Da wird einem angst und bange, wenn man daran denkt, wie viele durchgeknallte Leute diese dunklen Kleckserereien kauften.«

»Hm, du hast nicht die beste Meinung über ihre Bilder«, räusperte sich Wiktor.

»Und vor allem nicht über sie als Person! Ihr Atelier – sie nannten es den ›Saal‹ – war ein recht großer Raum, etwa zweimal so groß wie diese Wohnung. Aber es war fensterlos. Könnt ihr euch das vorstellen? Die ganze Zeit über malte sie im Dunkeln, nur bei Kerzenlicht und dem Schein des Feuers im Kamin. Ganz gleich, ob es ein Winterabend oder ein Sommermorgen war – bei Roberts Mama war es immer Nacht. In dieser Atmosphäre wuchs der kleine Junge auf.«

»Warum, zum Teufel, hast du ihn genommen?«, fragte Kamil. »Dachtest du, dass er an deinem warmen Busen normal werden würde?«

Agnieszka machte mit ihren Händen eine Geste, als wollte sie etwas sagen und wüsste nicht, wie. »Ihr versteht mich nicht, ich kann es auch nicht besonders gut erklären. Er war einfach anders. Wir haben zusammen studiert und wurden ein Paar. Er war ein netter, witziger, intelligenter Kerl. Er konnte gut zeichnen und malte uns witzige Karikaturen unserer Professoren, aber keine schwarzen Gebäude, die unter braunen Flammen lodern. Er war einfach toll. Und er hatte dieses gewisse Etwas, eine Tiefe, die die anderen nicht hatten, etwas Rätselhaftes, Geheimnisvolles – all das machte ihn anders …«

»Na, zumindest weißt du jetzt bereits, worin diese Andersartigkeit besteht.«

»Halb so schlimm! Es hätte sich auch herausstellen können, dass sich sein Jonny am Rücken befindet.«

»Kamil!«

»Ist ja gut. Es war nur ein Scherz.« Der Junge hob seine Hände beschwichtigend in die Höhe und blickte zur Wanduhr, wo der Specht gerade zehn schlug. »Also, Herr Redakteur«, sagte er zu Wiktor gewandt, »in zwei Stunden haben wir ein Rendezvous mit unserer geliebten Pythonschlange. Aber davor müssen wir noch etwas erledigen.«

5.

6. Stock, Wohnung Nummer 40 / 11. November 2002, 10 Uhr.

Erster Mann: Seid ihr sicher, dass das überhaupt Sinn hat? Besonders jetzt, wo Herr Python uns etwas verraten will? Vielleicht ist es gar nicht mehr nötig?

Frau: Wiktor … Jetzt ist es umso wichtiger.

Erster Mann: Da bin ich mir nicht so sicher. Und ich denke, auch du bist dir nicht sicher. Aber lassen wir das Hin und Her. Wir haben es so beschlossen, also gilt es. Ich werde euch erzählen, wie die Geschichte weiterging.

Am nächsten Tag verkaufte sich die Zeitung in einer Rekordauflage. Sie lag bei einer halben Million Exemplaren. Bis heute hat, soweit ich weiß, keine andere Zeitung diese Zahl auch nur annähernd erreicht. Ich wurde berühmt und gab tausend Interviews. Für die Riesenprämie des Herausgebers fuhr ich mit Weronika und Matylda, damals erst ein einjähriger Hosenmatz, in einen dreiwöchigen Urlaub nach Spanien. Ich erhielt auch eine Belohnung vom Kommissariat. Doch im Blitzlichtgewitter spendete ich sie für wohltätige Zwecke. Außerdem war es keine schwindelerregende Summe.

Frau: Gestern habe ich mich gefragt, ob diese Entdeckung dich irgendwie verändert hat.

Erster Mann: Nein, eigentlich nicht sonderlich. Der Schock war zwar riesengroß, doch er hielt nur kurz an. Der Ruhm war ebenso riesig, dauerhafter und tausendmal angenehmer.

Zweiter Mann: Hast du aufgehört, über den Prozess zu schreiben?

Erster Mann: Bist du verrückt? Für meinen Urlaub nutzte ich die zweimonatige Prozessunterbrechung. Sie mussten all die Beweise auswerten, die sie unten gefunden hatten. Eine Woche vor dem nächsten Verhandlungstag kam ich wieder zurück. Ich werde euch den Rest des Prozesses nicht erzählen. Aufgrund der Beweislage (man hat auch mich aufgerufen) und der Aussagen der Angeklagten war es nur noch eine Formsache. Das Urteil wurde am ersten Juni, dem Tag des Kindes, gefällt. Es war brütend heiß. Der Saal war brechend voll, ebenso die Flure. In der Ulica Solidarność musste der Verkehr angehalten werden, so viele Menschen kamen zur Urteilsverkündung. Die Richterin verlas den Urteilsspruch. Hinter den Fenstern skandierten die Leute »Bestien! Bestien!«. Ich – wie konnte es anders sein – saß samt Notizheft in der ersten Reihe.

Zweiter Mann: Wie viel bekamen sie?

Erster Mann: Die Jungs ein Vierteljahrhundert. Sie waren bereits sechzehn Jahre alt, also konnten sie wie Erwachsene verurteilt werden. Das Mädchen fünfzehn Jahre. Sie war zwar angeblich die Rädelsführerin, doch sie hatte als Erste begonnen, während der Verhöre auszupacken, und am schnellsten Reue gezeigt. Daher bekam sie ein geringeres Strafmaß.

Frau: Und wie ging es danach mit dir weiter?

Erster Mann: Tja. Der Prozess ging zu Ende, und damit war auch meine Rolle beendet. Niemand wollte mehr Interviews von mir. Ich schrieb ein paar letzte Texte und schloss die Sache ab. Danach betrachtete ich das Ganze nur noch als glänzenden Höhepunkt meiner bisherigen Karriere. Und dann rief mich Honoratas Mutter an.

Frau: Hattest du noch nie mit ihr gesprochen?

Erster Mann: Nein. Seit ihre Tochter gefunden worden war, hatte sie der Presse kein einziges Wort gesagt.

Frau: Und ihr Mann?

Erster Mann: Er starb, kurz bevor der Prozess begann. Der Schmerz war für ihn unerträglich gewesen. Später dachte ich, dass es gut war, dass er meine Entdeckung nicht mehr mitbekam. Natürlich hätte man ohne sie die Täter nicht verurteilen können, doch das war für ihn wohl nicht von Bedeutung. Ihr müsst wissen, dass Beziehungen zwischen Vätern und Töchtern sehr speziell sind. Selbst wenn die Täter zum Tode verurteilt worden wären und er das Urteil höchstpersönlich hätte vollstrecken dürfen, hätte das nichts geändert. Er zog es eines Tages einfach vor, mit dem Leben aufzuhören, als sich alles noch einmal vorzustellen.

Frau: Woher kennen wir das nur?

(Stille)

Erster Mann: Woher kennen wir das nur? Sehr richtig!

(Seufzen)

Erster Mann: Die Mutter rief mich jedenfalls an und sagte, dass sie sich freuen würde, wenn ich Honorata mal in der psychiatrischen Klinik besuchen würde. Ich war einverstanden.

Zweiter Mann: Kein übler Stoff.

Erster Mann: Es wird dich vielleicht wundern, aber ich sagte in der Redaktion niemandem, dass ich dorthinging. Nur Weronika wusste es. Auf dem Weg in die Nervenheilanstalt fühlte ich mich wie vor der Abiturprüfung. Meine Hände zitterten, und ich schwitzte wie ein Schwein. Ihre Mutter erkannte ich sofort. Sie sagte nur: »Wir sind Ihnen sehr dankbar. Wir haben Honorata alles über Sie erzählt, und sie würde Ihnen ebenfalls gerne danken.« Ich geriet in Panik. Bis zu diesem Zeitpunkt hatte ich gedacht, dass ich sie durch eine Scheibe sehen würde. Jetzt stellte sich heraus, dass ich in einer geschlossenen Abteilung mit einer Patientin sprechen sollte, die an Katatonie litt.

Frau: Wovor hattest du wirklich Angst?

Erster Mann: Wenn ich einen Psychoanalytiker brauche, melde ich mich bei Stopa. Hört auf, mich zu unterbrechen, wenn ihr wollt, dass ich vor zwölf Uhr fertig bin.

(Stille)

Erster Mann: Was ich sah … war eine völlig andere Person als das Mädchen, das auf dem Foto eines Schulausflugs zu sehen war, das man in allen Zeitungen abgedruckt hatte.

(Stille)

Erster Mann: Es tat weh. Es tat sehr weh. Ich hatte vor meinem inneren Auge gleichzeitig das Bild eines lächelnden Mädchens, ihr Gesicht auf den Fotos, die ich von den Wänden des Kellers heruntergenommen hatte, sowie das Mädchen, das ich nun vor mir sah: Sie trug ein Nachthemd mit Pu-der-Bär-Aufdruck und saß reglos auf dem Bett. Auch wenn es merkwürdig klingt, damals empfand ich ein Gefühl des Bedauerns, dass sie lebte. Ich verstand, dass es Momente gibt, in denen der Tod eine Erlösung sein muss. So eine Erlösung war er für ihren Vater. Doch warum wählte sie selbst das Leben? Ich vermutete, dass sie vielleicht zu schwach war, um zu sterben. Dass man ihr auch diese Wahl genommen hatte.

(Stille)

Erster Mann: Ihre Mutter ging zu ihr, streichelte ihren Kopf und sprach leise mit ihr. Dann nickte sie mir zu und sagte: »Bitte sprechen Sie mit ihr. Sie hört und versteht alles.« Ich kniete mich vor Honorata hin, denn es wäre merkwürdig für mich gewesen, von oben herab mit ihr zu sprechen. Und dann sah ich es zum ersten Mal. Schwärze. Das Nichts. Augen ohne Iris, deren schwarze Pupillen kein Licht reflektieren. Da war kein Mensch. Trotzdem sagte ich das, weshalb ich gekommen war: »Ich habe alle Fotos vernichtet. Niemand hat sie jemals gesehen und niemand wird sie jemals sehen.«

(Stille)

Erster Mann: Als ich das sagte, war es, als würden ihre Augen ihren Glanz zurückgewinnen. Sie hörten auf, schwarz und matt zu sein. Für einige Augenblicke erschien die Iris, und in ihren Pupillen sah ich mein Spiegelbild. Sie sah mich an.

Ich habe euch gesagt, dass mein Leben sich nicht durch die Entdeckung im Keller veränderte, und das war die Wahrheit. Es veränderte sich nach dem Besuch in der Klinik. Ich gab die Arbeit bei der Tageszeitung auf und irrte bei einigen sonderbaren Zeitschriften umher, so dass ich wenig arbeiten musste, aber noch genügend für den Lebensunterhalt verdiente. In meinen Lebenslauf gelangten unter anderem Magazine wie die ›Glaser-Rundschau‹, die ›Stimme des Dachdeckers‹ sowie die sehr exklusive Illustrierte ›Schwimmbäder & Saunen‹. Meine freie Zeit – nach der Arbeit bei der Tageszeitung schien es mir, als hätte ich ganze Zeitalter davon – teilte ich zwischen meinen Mädchen sowie den Besuchen bei Honorata auf. Ich hatte es mir zum Ziel gemacht, in ihren Augen Licht hervorzurufen. Wenn dort in der Tiefe doch noch ein Mensch war – so glaubte ich –, musste man ihn an die Oberfläche bringen und bergen können. Ich las Honorata aus Büchern vor, erzählte ihr von Matylda, zeichnete Comics für sie, ließ Musik laufen und spielte ihr mit Handpuppen kleine Theaterstücke vor. Ich probierte alles aus und versuchte auf diese Weise zu ermitteln, wodurch eine Reaktion hervorgerufen werden könnte.

Frau: Und, hat's funktioniert?

Erster Mann: Unterschiedlich. Das Lesen brachte offensichtlich am meisten. Ich erinnere mich, dass ich ihr ›Ronja Räubertochter‹ von Astrid Lindgren vorlas. Es gibt da so eine Szene, in der Ronja sich mit ihrem Vater Mattis streitet und gemeinsam mit Birk, dem Sohn des Anführers der gegnerischen Bande, in den Wald flieht. Sie vermisst ihren Vater sehr, und eines Tages, als schon der Winter anbricht, geht sie aus der Höhle raus, um Wasser zu holen, und sieht beim Eingang die bucklige Silhouette von Mattis. So endet das Kapitel. Ich hörte auf zu lesen und schloss das Buch, doch sie fasste mich bei der Hand. Wirklich! Ich wäre vor Freude fast in die Luft gesprungen. Ihre Augen leuchteten wie die Augen eines Kindes, das um jeden Preis wissen möchte, was weiter passieren wird, und sie leuchteten weiter, bis ich das nächste Kapitel vorgelesen hatte, in dem Ronja und Mattis sich miteinander versöhnen. Dann kehrte die Schwärze wieder zurück. Doch dieses Ereignis spornte mich an, meine Anstrengungen zu verdoppeln.

Frau: Wie lange hast du das gemacht?

Erster Mann: Zwei Jahre lang. Regelmäßig, mindestens einmal die Woche. Leider ist sie nie mehr so lange wieder aufgelebt wie damals, als ich ihr laut aus ›Ronja‹ vorlas. Manchmal sah ich ein kurzes Aufflackern, meistens, wenn ich ihr statt ausgedachter Attraktionen einfach erzählte, was bei mir so los war, wie ich lebte oder wie Matylda im Kindergarten zurechtkam. Normale, alltägliche Dinge. Doch vielleicht sehnte sie sich gerade nach so einem Leben?

(Stille)

Erster Mann: Dann fuhr ich für drei Wochen ins Ausland. Als ich heimkehrte, war Honorata nicht mehr am Leben.

Zweiter Mann: Was war passiert?

Erster Mann: Ihre Mutter erzählte mir, dass sie einfach erloschen war. Sie hatte aufgehört zu leben. Möglicherweise hatte sie schließlich den restlichen Willen gefunden, um mit sich selbst abzuschließen. Doch vielleicht war auch das Gegenteil der Fall. Vielleicht hatte sie den dünnen Faden verloren, der sie am Leben gehalten hatte.

Frau: Du weißt, dass es nicht deine Schuld war!

Erster Mann: Selbst jetzt bin ich mir da nicht so sicher. Und damals, damals brach ich zusammen. Ich begann eine Therapie, doch das verschlimmerte die Sache nur. Ich war innerlich hin- und hergerissen und suchte nach einer Möglichkeit, um den Schmerz und das Schuldgefühl zu betäuben – und hab sie schließlich gefunden.

Zweiter Mann: Bei Bruder Alkohol.

Erster Mann: Gewissermaßen.

Zweiter Mann: Was hast du denn immer mit diesem »gewissermaßen«? Kannst du nicht »ja« oder »nein« sagen?

Frau: Kamil!

Erster Mann: Ja, bei Bruder Alkohol. Ganz entschieden ja. Der treueste Freund jedes Mannes. Ich habe so viel gesoffen, dass sie mich sogar aus dieser Schwimmbad-Zeitschrift rauswarfen. Ich versuchte, etwas als freier Journalist zu verdienen, doch ich war so unfähig, dass schließlich niemand mehr Artikel von mir haben wollte. In nüchternen Momenten schrieb ich manchmal erotische Krimigeschichtchen und schickte sie an ominöse Zeitschriften wie ›Verbrechen und Sex‹. Weronika versuchte anfangs, mich zu retten, aber schließlich schnappte sie sich das Kind und zog aus. Ich hielt sie nicht auf, und ich nehme es ihr nicht übel. Das Leben mit mir war unerträglich und ist es sicherlich immer noch, nur ist niemand mehr da, der das überprüfen würde. Nachdem Weronika und Matylda fort waren, wurde alles nur noch schlimmer.

Frau: Merkwürdig. Ich kenne dich zwar erst seit einigen Tagen, doch ich habe nicht den Eindruck, dass du ein degenerierter Alkoholiker bist. Berücksichtigt man alles, was hier vor sich geht, müsstest du eigentlich irgendwo in deinem Erbrochenen liegen und seit mindestens zwei Tagen tot sein.

Zweiter Mann: Sie hat recht. Übertreibst du nicht ein bisschen?

Erster Mann: Sagen wir es mal so: Bevor das hier alles geschehen ist, war ich im Aufwärtstrend. Ich beschloss, mich zusammenzureißen, begann wieder zu schreiben. Ich Trottel bildete mir sogar ein, dass Weronika erkennen würde, dass ich mich geändert habe, wenn sie meinen Namen in der Zeitung sähe, dass sie anrufen und vielleicht alles wieder wie früher werden würde.

(Seufzen)

Erster Mann: Darüber hinaus sind meine Möglichkeiten, mich weiter zu erniedrigen, in letzter Zeit recht eingeschränkt. Offensichtlich war die halbe Flasche Magenbitter, die es mir ermöglicht hat, die Nacht zu überstehen, die letzte Alkoholreserve in diesem Gebäude.

Zweiter Mann: Erzähl uns von deinem Traum.

Erster Mann: Ja, es wird Zeit dafür. Jetzt, da ihr Honoratas Geschichte kennt, werdet ihr verstehen, warum ich jede Nacht so wie ihr damit kämpfe, nicht einzuschlafen. Der Albtraum beginnt in jenem Keller, in dem ich den Raum fand, in dem das Mädchen gefangen gehalten worden war. Ich gehe mit einer Taschenlampe in der Hand den Gang entlang, höre meine

Schritte. Ich betrete den großen Saal, dann den Teil des Kellergewölbes, in dem die Räume sind. Ich gehe an der ersten, zweiten, dritten Tür vorbei und komme den Duschen näher. Ab diesem Moment geschieht alles im Zeitlupentempo, eine sich unendlich hinziehende Tortur. Ich bin noch im Gang und höre Geräusche. Ich höre, was drinnen passiert, und weiß, dass der Raum dieses Mal nicht leer ist. Ich versuche zu fliehen, versuche mit aller Kraft umzukehren, doch ihr wisst ja, wie es ist. Natürlich schaffe ich es nicht. Langsam und unerbittlich bewege ich mich auf die angelehnte Tür zu, hinter der ich Licht sehe. Das Lachen der Entarteten sowie das Stöhnen der Gefolterten dringen zu mir heraus. Dann bin ich nur noch ein paar Schritte vom Eingang entfernt, schaue auf meine Hände und sehe, dass ich Gummihandschuhe anhabe. Versteht ihr? Ich gehe dort nicht als Zeuge hin, als Beobachter oder einer, der ein schreckliches Verbrechen aufdeckt. Ich gehe dort hin als einer der Schergen! Als ich mir dessen bewusst werde, drehe ich beinahe durch. Irgendwo im Kopf beginne ich mit mir zu ringen und zu schreien, um so die Vision abzubrechen. Ich will lieber sterben, als etwas zu sehen. Doch ich sehe, wie sich meine Hand der Klinke der leicht angelehnten Tür nähert, und plötzlich erkenne ich die Stimme eines Mädchens. Ich erkenne sie, obwohl ich Honorata nie gehört habe, sie hat nie zu mir gesprochen.

(Stille)

Erster Mann: So weit bin ich vor drei Nächten in meinem Traum gekommen und habe beschlossen, nie wieder einzuschlafen.

Zweiter Mann: Also, wessen Stimme war es? Vielleicht …

Erster Mann: Wenn du noch ein Wort sagst, bringe ich dich um! Ich schwöre bei allen der Menschheit bekannten Göttern und Dämonen: Wenn du diesen Satz aussprichst, wirst du sterben. Wenn ich jetzt in deinen Augen sehe, dass du ihn beenden willst, bringe ich dich um, bevor du es schaffst, deinen Mund zu öffnen. Ist das klar?

Zweiter Mann: Ja, klar. Doch es ist ebenso klar, dass du es zu Ende bringen musst. Du weißt es, Wiktor, nicht wahr?

(Stille)

Zweiter Mann: Wiktor?

Erster Mann: Eher sterbe ich. Eher sterbe ich!

Frau: Hört auf. Das hilft keinem weiter. Es macht keinen Sinn zu streiten. Außerdem wird es höchste Zeit für uns.

Zweiter Mann: Ja, Python wartet. Ich bin gespannt, was wir erfahren werden.

Erster Mann: Nichts Gutes, das garantiere ich dir.

Zweiter Mann: Oh, Mann.

(Tür)

(Schritte)

Frau: Kamil … warte! Wiktor soll schon mal rausgehen. Ich will dich etwas fragen.

Zweiter Mann: Hmmm?

Frau: Hör zu, etwas lässt mir seit gestern keine Ruhe. Als ich mit dem Becherovka zurückkam, hast du Wiktor festgehalten und ihm leise etwas vorgesungen, etwas Bekanntes. Was war es?

Zweiter Mann: Ach, lassen wir das lieber. Ich möchte es eigentlich nicht sagen, denn es ist mir ein bisschen peinlich. Weißt du … ein Typ, der einem anderen etwas vorsingt … du verstehst doch, das wirkt etwas merkwürdig.

Frau: Nun sag schon, sei nicht so! Ich würde nicht nachhaken, aber ich glaube, ich kenne das Stück.

Zweiter Mann: Gut, aber sag's nicht weiter, und erst recht nicht Wiktor, klar?

Frau: Klar.

Zweiter Mann: Wir hatten vorher über Musik gesprochen, und Wiktor rutschte dabei heraus, dass das Einzige, was ihn außer Wodka noch beruhigt, Hits von Rod Stewart sind. Wir haben uns eine Viertelstunde lang krank darüber gelacht. Ich wäre beinahe gestorben. Und gestern, als es so aussah, als würde er genau in dem Moment sterben, und du nicht zurückkamst, da … nun … da dachte ich, dass ich ihm etwas vorsinge.

Frau: Und was?

Zweiter Mann: Jesus, Herrgott, Scheiße, du bist vielleicht stur. Kennst du das Stück ›Sailing‹? Genau das war es. *I am sailing, I am sailing, all my* etwas in der Art *cross the sea …*

Frau: Genau das habe ich mir gedacht. Ich liebe dieses Stück.

Zweiter Mann: Gott, vergib diesen armen Disco-Bekloppten, denn sie wissen nicht, was sie tun.

Erster Mann: Kommt ihr endlich, oder kommt ihr nicht? Hier zieht's wie verrückt!

6.

In dieser Nacht machte ich kein Auge zu, wenngleich kein Albtraum der Grund dafür war. Obwohl ich mit der gesamten Vorbereitung schneller fertig wurde als gedacht, konnte ich vor Aufregung nicht einschlafen. Ich starrte aus dem Fenster und wiederholte in Gedanken alles, was ich ihnen sagen wollte. Dabei ordnete ich die Abfolge der Ereignisse ständig von Neuem und dachte über Fakten nach, die mir von entscheidender Bedeutung zu sein schienen. Ich überlegte, ob es mir gelingen würde zu vertuschen, wie ich das alles in Erfahrung gebracht hatte. Und wie es möglich war, dass ich so viel über sie wusste.

Am Vormittag zog ich mich schick an, mit Krawatte und Anzug. Eine Dame würde zu mir kommen, und ich platzte fast vor Neugier, weil ich es nicht erwarten konnte zu sehen, wie sie aussah. Wenn sie so aussah, wie ihre Stimme es vermuten ließ, war sie wunderschön.

Ab elf Uhr saß ich auf heißen Kohlen. Um halb zwölf erwischte ich mich dabei, dass ich nervös meine Lippen leckte. Ich versuchte, eine Abschrift der letzten Aufnahmen zu machen, konnte mich jedoch nicht auf die Arbeit konzentrieren. Ich kannte ohnehin alles auswendig. Wozu sollte ich es noch mal niederschreiben?

Als ich schließlich öffnete, sah ich sie vor mir – meine Gesellschaft für den Rest des Tages. Ich wollte, dass es nett wurde. Doch es begann völlig anders. Agnieszka, die sich tatsächlich nicht als Schönheit erwies, obwohl sie zweifellos sexy war – insbesondere die Lippen! –, kam auf mich zu, um mich zu begrüßen. Doch Wiktor hielt sie am Arm zurück.

»Du hast uns angelogen«, sagte er.

»Das denke ich nicht«, antwortete ich höflich, während ich Kamil ein Zeichen gab, dass er die Tür schließen sollte.

»Doch! Als wir uns gestern sahen, sagtest du, dass es bis zum heutigen Treffen keine neuen Opfer geben würde. Mittlerweile gibt es mindestens zwei.«

»Wirklich? Sie denken dabei sicherlich an Kamils Eltern«, sagte ich. »Also, ich versichere Ihnen, dass sie in dem Moment, als Sie mir Ihren netten Besuch abstatteten, nicht mehr am Leben waren.«

»Er könnte recht haben«, warf Kamil schnell ein. »Ich habe nicht nachgesehen, als ich nach Hause kam, sondern bin gleich in mein Zimmer gegangen. Und als du kamst«, wandte er sich an Wiktor, »da warst du selbst verwundert, dass sie so kalt waren. Er könnte die Wahrheit erzählen.«

Wiktor beobachtete mich die ganze Zeit über argwöhnisch und (dessen war ich mir sicher) würde seine Miene bis zum Ende unserer kurzen, intensiven Bekanntschaft gewiss nicht verändern.

»Nun, Sie sehen ja selbst, dass ich mit meiner Behauptung richtig lag«, fasste ich zusammen. »Allerdings hätte ich mich bei einer Person fast getäuscht. Es wäre zwar im Rahmen der statistischen Fehlertoleranz gewesen, doch wenn Frau Łazarek sich bei ihren Leibesübungen noch etwas mehr ins Zeug gelegt hätte, könnten Sie mich nun einer Lüge bezichtigen.« Ich sah die junge Frau vielsagend an und war neugierig, wie sie reagieren würde.

Sie wurde rot und machte einen Schritt auf mich zu.

»Woher wissen Sie das?«, platzte sie heraus.

Ich beschloss, die albernen Spielchen nun zu beenden. Ich hatte das Wissen, sie nicht. Also entschied ich, nicht sie. Ich war hier Herr der Lage.

»Ich werde es Ihnen sagen«, versprach ich. »Aber noch nicht jetzt. Wenn Sie erfahren wollen, was ich weiß, müssen Sie meine Bedingungen akzeptieren. Eigentlich ist es nur eine Bedingung. Ich gebe Ihnen mein Wissen in der Abfolge weiter, die ich für richtig erachte, und beantworte all Ihre Fragen zu dem Zeitpunkt, den ich für passend halte. Ist das klar?«

Wiktor machte schon seinen Mund auf, um irgendeine kindische Drohung in meine Richtung loszulassen, doch die junge Frau fasste ihn an der Hand.

»Klar«, sagte sie, »bitte fangen Sie an.«

Mit einer Geste bat ich sie ins Wohnzimmer. Zugleich beobachtete ich, wie sie sich benahmen. Neugierig schauten sie sich die Wände an. Alle – ohne Ausnahme – waren vom Fußboden bis zur Decke mit verschließbaren Schränkchen verbaut. Jedes Türchen hatte eine Nummer, doch das konnte sie auf keine Spur bringen. Den großen Schrank, in dem die Rekorder sowie die Schreibmaschine versteckt waren, hatte ich sorgfältig zugeschlossen. Auf meine Gäste warteten ein Tisch, drei Stühle, drei Tassen und eine mit Zitronentee gefüllte Thermoskanne.

»Bitte, fühlen Sie sich bei mir wie zu Hause«, ermutigte ich sie, als ich merkte, dass sie unschlüssig in der Mitte des Zimmers standen. »Gießen Sie sich doch einen Tee ein. Ich erzähle Ihnen nun etwas über ein bestimmtes Ereignis, das hier in den längst vergangenen Vorkriegsjahren, genauer, im Jahr 1932, stattfand.«

»Wunderbar«, spottete Wiktor, »und jeden Tag werden Sie uns etwas über ein anderes Jahr aus der Geschichte von Bródno erzählen?«

»Sie können gerne wieder gehen, wenn es Sie nicht interessiert«, entgegnete ich schlagfertig. »Keiner hält Sie hier mit Gewalt fest.«

Einige Sekunden lang standen sie regungslos da. Dann setzten sie sich, und Agnieszka goss allen Tee ein. Kamil kippelte mit dem Stuhl hin und her, Wiktor faltete seine Hände und legte sie auf den Tisch. Als ich befunden hatte, dass sie gut saßen und bereit waren, sprach ich weiter.

»Zunächst ein paar Worte der Einleitung. Sie müssen wissen, dass der Ort, an dem jetzt unser Wohnblock steht, einst aus Feldern und Wiesen bestand. Die Zivilisation erstreckte sich von uns aus gesehen bis zur zweiten Querstraße in Richtung Weichsel. Entlang der Schienen standen Häuser, in denen Eisenbahner wohnten, und etwas weiter befand sich ein großes Viertel für Obdachlose und all jene, für die der Staat sorgen musste. Dort trieb sich einiges Gesindel herum. Es gab natürlich auch Friedhöfe, den jüdischen bei Praga und nicht weit von uns die riesige Nekropole von Bródno, damals wie heute der größte Friedhof Europas.

Im Herbst des Jahres 1932 ging über lange Zeit eine Tragödie durch die Warschauer Presse, die sich unweit von hier ereignet hat – in einem Dorf, das am Rande der Eisenbahner-Siedlung lag. An der Stelle, an der heute die Rembielińska verläuft, nicht weit vom Delikatessengeschäft entfernt. Eine verrückte Mutter hatte sich zusammen mit ihrer Tochter in einem kleinen Holzschuppen neben ihrem Haus eingeschlossen, sich und das Mädchen mit Petroleum übergossen und angezündet. Bevor irgendjemand zu Hilfe kommen konnte, war schon alles vorbei. Auch der mit Holz gefüllte Schuppen war sofort in Brand geraten. Die Journalisten versuchten etwas von den Nachbarn in Erfahrung zu bringen. Insbesondere die psychische Krankheit der Mutter war für sie von Interesse, doch sie kamen der Wahrheit nicht einen Schritt näher.

Es entflammte noch eine kurze Debatte darüber, warum

man einer Verrückten erlaubt hatte, ein Kind großzuziehen, dann wurde es ruhig um die Sache. Ich möchte betonen, dass alle Informationen über ihren vermeintlichen »Wahnsinn« von den Nachbarn stammten und ziemlich widersprüchlich waren. Einer behauptete, dass sie ihr Kind gefangen gehalten habe, der Nächste erzählte genau das Gegenteil: Dass das Kind die ganze Zeit über ohne Obhut gewesen sei. Wieder anderen Gerüchten zufolge soll sie mit einem Topf auf dem Kopf durch das Dorf gelaufen sein sowie Flüche ausgestoßen und sich dabei auf den Schwarzen Engel berufen haben. In den letzten Tagen vor ihrem Tod ging sie angeblich täglich in die Kirche und sagte, dass das Ende der Welt nahe sei und sie sich lieber das Leben nehmen wolle, als die Ankunft des Satans abzuwarten. All diese Widersprüche brachte man in einem Absatz unter, Logik war damals wie heute keine große Stärke der Presse.«

»Und was war die Wahrheit?«, fragte Agnieszka. Ich merkte, dass die Information über das verbrannte Kind Eindruck auf sie machte.

»Die Wahrheit, verehrte Dame, die Wahrheit war schwer zu ermitteln. Es hat mich einige Jahre gekostet, Zeugen ausfindig zu machen – eigentlich waren es Verwandte der Zeugen des damaligen Ereignisses. Ich konnte mich nicht auf die schriftlichen Quellen verlassen, denn die Presseberichterstattung enthielt lediglich unzuverlässige Gerüchte. Obwohl ich natürlich peinlich genau alle Zeitungsausschnitte sammelte.

Die Wahrheit ist, dass jene ›Verrückte‹ – sie hieß Marianna Kopeć – eine Person war, die heute sicherlich eine atemberaubende Karriere als Rutengängerin und Wahrsagerin machen würde. Sie hatte die Gabe, Dinge zu sehen, die andere nicht sahen. Darüber hinaus war sie eine gute, fürsorgliche Frau und Mutter. Sie kümmerte sich um den Haushalt, melkte die Kühe und stellte Weidenkörbe her. Sie rühmte sich nie ihrer Fähigkeiten; diejenigen, die davon wussten, kamen manchmal ratsuchend zu ihr. Leider hatte Marianna Kopeć ein Problem, und dieses Problem hieß Marian Kopeć. Er war erstens ihr Ehemann, zweitens ein Choleriker und drittens ein Trinker.

Häufig schlug er sie und die Tochter, was aber niemanden kümmerte, da es in vielen Familien ganz normal war. Solange er sie nicht in der Kirche, auf dem Markt oder mitten auf der Straße schlug, hatte niemand das Recht, etwas zu sagen. Trotz der Misshandlungen beschloss Marianna, ihren Mann vor dem Unfall zu warnen, der seiner Mutter drohte und den sie in der nur ihr bekannten Weise vorhergesehen hatte.

Kopeć lachte sie aus und kümmerte sich nicht weiter darum, doch am nächsten Tag wurde seine Mutter ganz in der Nähe ihres Hauses vom Wagen des Milchmannes angefahren und dabei tödlich verletzt.

Kopeć drehte durch. Er warf seiner Frau vor, dass sie seine Mutter mit einem Fluch belegt habe, und prügelte sie bis zur Bewusstlosigkeit. Dann begann er, von Haus zu Haus zu gehen und zu erzählen, dass jeder, den seine Hexenfrau auch nur ansah, vor dem nächsten Neumond qualvoll sterben würde. Die meisten Leute lachten ihn aus, doch einige begannen, ihr Gehöft zu meiden, damit der böse Blick nicht zufällig auf sie fiel. Die Sache wäre sicherlich im Sand verlaufen, wenn nicht drei Umstände zusammengekommen wären. Primo: Kopeć lebte nur noch in seinem Wahn. Er sprach über nichts anderes mehr und fügte ein ums andere Mal neue Missetaten zur Liste der Vergehen seiner Frau hinzu. Jeder im Dorf hörte, ob er wollte oder nicht, immer wieder seine Verleumdungen. Secundo: Kopećs Saufkumpan war ein gewisser Warslich. Er war einer der Priester in der Rosenkranzgemeinde. Das war zu dieser Zeit die einzige Kirchengemeinde in Bródno. Dazu muss man wissen, dass die Eisenbahner und die Leute aus dem Dorf es eher nicht miteinander hielten. Selbst am Sonntag gingen sie nicht zur gleichen Messe. Warslich gehörte zu den ›Bauern‹. Der Priester beschloss, die Gerüchte auszunutzen, von denen die Menschen sich so beeindrucken ließen. Von der Kanzel aus wetterte er über schwarze Magie, den Satan sowie den bösen Zauber und wählte dabei immer drastischere Bibelstellen aus – gerade an solchen mangelt es ja nicht. Als sich dies herumsprach, begannen die Leute die Messe häufiger zu besuchen. Es gab damals kein Fernsehen, das tagtäglich Schauergeschichten geliefert hätte, und die Leute waren gierig nach besonderen Ereignissen. Durch den Erfolg ermuntert, veranstaltete der Priester einmal sogar ein absurdes Ablassfest gegen ›Schwarze Magie‹, für das er später durch den Pfarrherrn ordentlich gerügt wurde. Er wurde dafür beinahe suspendiert, was rückwirkend betrachtet ziemlich lächerlich klingt.

Man muss dabei betonen, dass Marianna die ganze Zeit weiterhin Körbe verkaufte, auf den Markt ging und ihre Tochter erzog. Außerdem kamen ständig Dorffrauen sowie die Frauen der Eisenbahner zu ihr und fragten sie um Rat. Denken Sie ja nicht, dass sie von einem Tag zum anderen von allen verflucht wurde. Nur Kopeć, Warslich und ein paar andere Fanatiker glaubten diesen Unsinn.

Was schließlich alles veränderte, war tertio: der Tod von Kopeć. Der dumme Tod eines Trinkers. Während Kopeć betrunken im Wald herumlief – es war derselbe Wald, den Sie durchs Fenster sehen –, geriet er in eine Schlinge, die von Wilderern ausgelegt worden war. Er schrie um Hilfe, bis seine Kräfte ihn verließen. Als man ihn zwei Tage später tot auffand, erkannte man ihn nur anhand seines Schuhs, der in der Schlinge steckte. Der Rest war nämlich weitgehend von Tieren gefressen worden. Ich muss wohl kaum hinzufügen, dass es einen Tag vor Neumond geschah. Natürlich war es bereits der sechste oder siebte Neumond, seit Kopeć mit seinem dummen Geschwätz begonnen hatte, doch das beachtete man nicht. Wichtig war lediglich, dass er vor einem Neumond unter fürchterlichen Qualen ums Leben gekommen war, so wie er es vorhergesagt hatte.

Das weitere Geschehen kann man sich ja denken. Die nackte

Angst befiel jene, die Kopeć geglaubt hatten, also den Priester sowie seine Kumpels aus der Kneipe. Die anderen Leute beobachteten ebenfalls ängstlich das Gehöft der Nachbarin. Irgendwo in ihren Köpfen hatten sich die schrecklichen Gerüchte festgesetzt. In der folgenden Nacht flogen Steine gegen das Haus der Kopećs, und der Zaun wurde angezündet. Eine regelrechte Hexenjagd begann. All das geschah nur einige Kilometer von einer europäischen Hauptstadt entfernt, wo sich emanzipierte Frauen in Tanzlokalen vergnügten, man Französisch sprach und in der Zwischenkriegszeit ein ausschweifendes Leben führte.

Marianna hätte ihre sieben Sachen packen und aus Bródno wegziehen sollen. Sie war keine hässliche Frau, sicher hätte sie sich woanders ein neues Leben aufbauen können. Doch das Gefühl, dass ihr Unrecht getan wurde, sowie ihr Stolz waren stärker als ihre Vernunft. Nachdem ihre Tochter von ›unbekannten Tätern‹ geschlagen worden war, ging sie in die Kirche und erklärte Warslich, dass jeder, der seine Hand gegen sie oder ihr Kind erhob, genauso enden würde wie ihr unseliger Ehemann. Sie hatte die Nerven verloren.

Ja, das Jahr 1932. Ich habe es nie gründlich geprüft, doch das war wohl der letzte Fall von Selbstjustiz an einer angeblichen Hexe in Polen. Eines Nachts kamen abergläubige Häscher, Frauen und Männer, Seite an Seite zu Mariannas Haus. Sie zerrten sie aus dem Bett und knebelten sie, damit Marianna sie nicht verfluchen konnte. Möglicherweise wollte der Priester, der die ganze ›Aktion‹ leitete, der Frau lediglich Angst machen und sie aus dem Dorf jagen, doch jemand rief ›Verbrennt die Hexe!‹, und niemand konnte den Mob aufhalten. Obwohl sich aus meinen Nachforschungen ergibt, dass es ein paar gab, die es versuchten.

Was soll ich noch groß erzählen? Der Mob sperrte Marianna gemeinsam mit ihrer Tochter in den Holzschuppen, überschüttete diesen mit Petroleum und zündete ihn an. Ein schrecklicher Tod und ein schreckliches Verbrechen. Es gab und gibt keine Entschuldigung für diejenigen, die diese Tat begingen. Und es gibt keine ausreichende Strafe für ihre Schuld. Doch sie wurden bestraft. Als die Flammen hochschlugen und niemand mehr das Feuer löschen konnte, gelang es Marianna, den Knebel auszuspucken, und bevor sie unter Qualen starb, verfluchte sie die Mörder:

›Es gibt keinen Richter, der euch bestrafen und keinen Henker, der mich rächen wird. Ihr werdet euch selbst richten und euer eigener Henker sein. Ihr werdet alle einsam sterben und Gott um ein möglichst schnelles Ende anflehen.‹

Das waren ihre letzten Worte.«

Agnieszka war den Tränen nahe, Wiktors feindselige Miene war verflogen, Kamil, der vorher mit dem Stuhl hin- und hergekippelt hatte, saß still da und richtete seinen Blick auf seine Hände. Alle drei waren erschüttert, denn die Geschichte war erschütternd. Ich verstummte und wartete, wie sie reagieren würden.

»Das ist unmöglich«, meldete sich Agnieszka zu Wort, »im zwanzigsten Jahrhundert? Das ist einfach unmöglich!«

»Meinen Sie damit das Jahrhundert der Weltkriege, des Holocaust, der Gulags und ethnischen Säuberungen?«, fragte ich. »Das Jahrhundert nicht endender Religionskonflikte, der ungestraften Unterdrückung ganzer Völker, der Abtreibung, der Euthanasie und des weltweiten Terrorismus? Sie machen wohl Scherze.«

Wiktor bewegte sich auf seinem Stuhl.

»Na gut. Es ist eine finstere Geschichte, doch was hat sie mit uns zu tun? Einige Querstraßen weiter wurde vor siebzig Jahren ein grausames Verbrechen begangen. Das ist eine traurige Tatsache, aber was soll das Ganze?«

Alles verlief so, wie ich es geplant hatte. Selbst die Fragen hatte ich vorhergesehen. Ich hatte zwar erwartet, dass sie gleich nach der Wirkung des Fluchs fragen würden, doch das konnte ich mir auch für später aufheben. So würde es sogar noch dramatischer werden. Für den Moment beschränkte ich mich darauf, wissenschaftliche Hilfsmittel einzusetzen. Ich griff in den Schrank und zog zwei Stadtpläne heraus. Einen davon breitete ich auf dem Tisch aus.

»Sehen Sie her«, sagte ich. »Das ist eine Karte des heutigen Warschau. Sie sehen den Friedhof, das Krankenhaus, die Kondratowicz, unseren Wohnblock. Hier, bei der heutigen Rembielińska, stand einst das Haus der Kopećs. Wir markieren es mit einem Kreuzchen. Direkt hinter unserem Block steht ein Kreuz, das an der Stelle des Pestfriedhofs errichtet wurde. Dort begrub man die Opfer der Seuche, die Anfang des 18. Jahrhunderts hier grassierte. Auch hier machen wir ein Kreuz.«

»Daraus geht immer noch nichts hervor«, bemerkte Wiktor bissig.

Ich ignorierte ihn.

»Und jetzt sehen Sie sich den zweiten Stadtplan an. Er stammt aus den Zwischenkriegsjahren. Er entstand zwar nach den Ereignissen, über die ich gesprochen habe, doch das spielt keine Rolle. Innerhalb dieser Zeit änderte sich hier nichts. Der Maßstab ist anders, doch es ist einfach, Objekte aus der heutigen Zeit einzuzeichnen.«

»Herr Jesus!«, rief Agnieszka. »War der Friedhof so groß?«

»Richtig. Es ist immer noch die größte Nekropole Europas, und zu jener Zeit war er um ein Vielfaches größer. Als die Stadt nach dem Krieg ausgebaut wurde, verkleinerte man ihn. Die nördliche Friedhofsmauer verlief damals auf der heutigen Kondratowicz, die wir in diesen alten Plan einzeichnen werden – genau hier! Sie sehen, dass man zum Beispiel das ganze riesige Krankenhaus von Bródno sowie das Rathaus der Gemeinde auf den Gräbern gebaut hat. Hier war das Dorf, in dem der Mob Marianna Kopeć ermordete – Kreuzchen. Hier sieht man den Friedhof für die Pestopfer. Unser prächtiger

Block aus vorfabrizierten Baustoffen, den wir rot einzeichnen, steht exakt zwischen dem großen Friedhof von Bródno und dem Pestfriedhof.«

»Gnade!«, schrie Wiktor. »Daraus geht immer noch nichts hervor! Weder steht unser Block am Ort des Verbrechens, noch baute man ihn auf einem Grab. Weder auf dem normalen Friedhof noch auf diesen unglückseligen Pestopfern. Warum verschwendest du unsere Zeit mit diesem Unfug?«

Ich gab ihm einen Augenblick, damit er sich beruhigen konnte.

»Sie sind ein aufmerksamer Zuhörer, Panie Sukiennik. Sonst wären Sie wohl kaum Journalist geworden. Erinnern Sie sich, wie die offizielle Version der Ereignisse des Jahres 1932 war?«

»Dass eine Wahnsinnige sich und ihr Kind tötete. Ich verstehe immer noch nicht, was das mit ... Oh Gott!«, stöhnte er, und an seinem Blick erkannte ich, dass er verstanden hatte. Ich schwieg, denn ich wollte, dass er es ihnen sagte.

»Selbstmord«, sagte er leise. »Er wird von der Kirche als Todsünde erachtet. Es ist klar, dass man sie weder beichten noch dafür die Absolution erhalten kann. Selbstmörder vergräbt man unter den Friedhofsmauern in nicht geweihter Erde. Manchmal begrub man sie sogar hinter den Mauern oder auf besonderen Friedhöfen für Ausgestoßene. Zufällig weiß ich, wie es in diesem Fall war, weil ich einmal etwas über den Friedhof für Pestopfer geschrieben habe. Daneben entstand ein Ort für all jene, die des heiligsten aller heiligen katholischen Böden nicht würdig waren.«

Ha! Wenn Sie nur alle ihre Gesichter hätten sehen können! Was für ein dramatischer Effekt! Beinahe wäre ich vor Stolz geplatzt, dass ich sie in so einen Zustand gebracht hatte. Eine Meisterleistung! Und ich hatte noch weitere Überraschungen auf Lager. Obwohl es in mir brodelte, nickte ich zu diesem Zeitpunkt nur betrübt. Ich wettete mit mir selbst, dass als Nächstes die Frage nach den Auswirkungen des Fluchs kommen würde und dass Agnieszka sie stellen würde. Weibliche Intuition sollte man nie unterschätzen.

»Und was war mit dem Fluch?«, fragte sie. »Hatte er irgendeine Wirkung?«

»Nun«, begann ich mit meiner Lieblingspartikel, »das hatte er. Alle Täter kamen ums Leben. Sieben Personen waren für das Massaker verantwortlich. Drei Frauen und vier Männer. Als Letzter starb Warslich. Innerhalb eines Jahres nach dem Tod von Marianna und ihrer Tochter beendeten sie alle ihr Mörderleben. Es geschah so, wie es ihr unschuldiges Opfer im Augenblick des Todes vorhergesagt hatte. Sie verurteilten sich selbst zum Tode und führten die Strafe selbst aus.«

»Das verstehe ich nicht«, sagte Agnieszka. »Wie konnten sie es selbst tun? Das ist doch Unsinn.«

»Ganz einfach«, schaltete Wiktor sich ein, »alle begingen Selbstmord. Stimmt's?«

»Es stimmt«, antwortete ich. »Aus den Berichten der Verwandten ergibt sich ein schlüssiges Bild. Am Anfang erschraken alle, weil sie nicht wussten, ob der Fluch wirken würde. Mit der Zeit verwandelte sich ihre Furcht in grenzenlose Angst. Sie lebten ständig in Panik. Angstvoll wachten sie auf, um einen Tag voller Furcht zu erleben, und entsetzt schliefen sie ein, nur um ein noch größeres Grauen zu erfahren. Sie kannten kein anderes Gefühl mehr außer dem, zu Tode gehetzt zu werden und keine Chance zur Flucht zu haben. Wie hätten sie auch vor etwas flüchten können, das in ihren Köpfen war? Drei erschossen sich, zwei nahmen den Strick, und einer legte seinen Kopf auf die Schienen. Warslich erhängte sich im Wald, nicht weit von der Stelle, an der Kopeć ums Leben gekommen war. Als Selbstmörder beerdigte man alle hinter der Nordmauer des Friedhofs. Die Opfer und ihre Täter ruhten nebeneinander. Doch vierzig Jahre später hoben Bagger ihre Überreste aus, und man errichtete an dieser Stelle den Wohnblock. Und wir haben nun die Ehre, ihn zu bewohnen.«

»Weiß man, wovor sie Angst hatten?«, fragte Kamil.

»Nein. Sie vertrauten niemandem ihre Ängste an. Zumindest ist mir nichts darüber bekannt.«

»Und was geschah sonst noch?«

»Unfälle, es gab eine Menge Unfälle. Sie kennen drei relativ aktuelle und spektakuläre. Der junge Kerl, dem der Aufzug den Kopf abriss, die Professorin, die vom Balkon sprang, der Mann, der in den Aufzugschacht fiel. Na, und in den letzten Tagen: der Sportlehrer aus dem ersten Stock, Kamils Eltern sowie das erste Opfer, Frau Michalak aus dem dritten Stock.«

»Moment, Moment, welche Frau Michalak?«, unterbrach mich Wiktor. »Wollen Sie damit sagen, dass in einer Wohnung im dritten Stock seit Freitag eine Leiche liegt?«

»Bestimmt nicht in der Wohnung. Rachela Michalak starb unten bei der Eingangstür. Soweit ich weiß, verletzte sie sich durch eine Fensterglasscheibe.«

»Das könnte passen«, murmelte Kamil. »Die schmale Scheibe an der linken Seite ist herausgeschlagen. Und erinnert ihr euch, dass ich überlegt habe, warum sie nicht besser geputzt haben, nachdem dem Typen der Kopf abgeschnitten worden war? Das war gar kein Blut von ihm, sondern von dieser Michalak.«

»Aber was ist mit der Leiche passiert? Ich habe noch von keinem Fall gehört, in dem der Körper des Opfers sich durch Angst aufgelöst hätte.«

»Ja, das ist tatsächlich ein Rätsel.« Ich rückte meine Brille zurecht. »Ein Rätsel, das ich nicht erklären kann, obwohl ich einen gewissen Verdacht habe. Doch zurück zu den anderen Opfern. Fünf Personen starben, während das Gebäude hochgezogen wurde. Die Sache wurde totgeschwiegen, denn über den Bau des Plattenbauviertels wurde ein Schutzschirm der Erfolgspropaganda gespannt, niemand wollte um so eine unangenehme Geschichte Wirbel machen. Aber wenn man alle Todesfälle aufgelistet hätte, die sich in der Kondratowicz 41 ereignet haben, wären insgesamt vierzig dabei herausgekommen.«

»Unmöglich!«

»Doch, es stimmt! Zehn Personen starben eines recht natürlichen Todes. Es waren ältere Menschen – sie hatten Herzversagen oder einen Schlaganfall, das passiert schon hin und wieder. Doch wenn es viermal vorkommt, dass ein Herzinfarkt jemanden tötet, der noch unter fünfundzwanzig ist, dann ist das schon etwas merkwürdig, oder etwa nicht? Was haben wir noch?«, überlegte ich laut. Ich hatte die Liste so oft gesehen, dass ich keine Notizen brauchte. »Die populärsten Todesursachen waren aufgeschnittene Pulsadern in der Wanne, Schlaftabletten, Köpfe im Gasherd. Zwei (drei mit dem Sportlehrer) Tode durch den Strang, ein Hemingway – das Gehirn an die Wand geschossen. Interessant ist, dass die Familien der Opfer fast sofort diesen Ort verließen und niemandem sagten, was ihren Angehörigen zugestoßen war. Deshalb hat keiner die darauffolgenden Bewohner gewarnt. Die Verhaltensweisen der Gemeinschaft in dem großen Plattenbau begünstigen Geheimnisse. Keiner kennt den anderen, keiner spricht mit dem anderen, keiner mischt sich beim anderen ein. Solange es nicht nach einer verwesenden Leiche stinkt, ist alles in Ordnung. Sie haben ja selbst schon mitbekommen, dass die Hälfte der Wohnungen in diesem Gebäude leer steht. Die Menschen haben so etwas wie einen sechsten Sinn, der ihnen davon abrät, hierherzuziehen. Selbst Sie« – ich wandte mich zu Agnieszka – »hatten Zweifel, als Sie das erste Mal hergekommen sind, um sich die Wohnung anzuschauen.«

»Ja, jetzt, wo ich daran denke … Sie haben recht«, sagte sie und rieb sich die Schläfen. »Aber Robert war so enthusiastisch. Er freute sich wie ein Kind. Er sagte, dass wir von hier aus überall gut hinkommen würden. Selbst das Zentrum ist gut erreichbar. Außerdem ist ein großer Laden fast direkt vor der Haustür, und ein neues Kino sollte auch bald eröffnet werden. Dann der Wald, in dem man spazieren gehen kann. Na, und die Miete. Sie war wirklich nicht hoch.«

»Aber warum?« Wiktors Gesicht verriet, dass er langsam abbaute. Es war schwer für ihn, diese Informationen zu ertragen. Leider hatte ich nichts Stärkeres als Tee. Kamil hatte selbst den nicht angerührt. »Warum?«

»Nun« – meine Art war bestimmt unerträglich – »wir können nur Vermutungen anstellen. Die Bagger gruben aus der Erde den jahrzehntealten Fluch aus. Einen sehr mächtigen Fluch, von einer Mutter ausgesprochen, die gemeinsam mit ihrem Kind ermordet wurde. Dieser Fluch machte jeden zu seinem eigenen Richter und Henker. Ich möchte nicht herumphilosophieren, doch es gibt keinen Menschen, der keine großen Traumata in sich trägt – Ängste, tatsächliche oder eingebildete Schuld oder Träume, die alle gesellschaftlichen Normen verletzen. In die entferntesten Winkel unserer Psyche verdrängt, machen sie uns hilflos, sobald sie an der Oberfläche auftauchen. Das ganze Leben lang lernen wir, so zu tun, als gäbe es sie nicht, anstatt ihnen zu begegnen. Wenn wir zu dieser Konfrontation gezwungen sind, verlieren wir, obgleich wir gewinnen könnten. Wir wählen den einfachsten Ausweg, die Flucht. Und die Flucht vor sich selbst kann nur den Tod oder Wahnsinn bedeuten.«

»Das heißt, dass unsere Lösung die richtige ist«, sagte Wiktor ohne jeden Enthusiasmus. »Derjenige, der seinem Albtraum bis zum Schluss die Stirn bietet, wird frei sein.«

»Genau«, bestätigte ich. »Vor allem, da Sie ja keine Mörder sind. In Ihnen gibt es keine wirkliche Schuld, von der Sie sich nicht lossagen könnten.« Das Wort »wirkliche« sprach ich mit Nachdruck aus, ohne den Blick von Wiktor zu lassen. »Das, was Sie fürchten, ist nicht real. Es sind die ältesten Urängste, Atavismen, von denen die Menschheit seit Anbeginn begleitet wird. Die Mehrzahl der Mieter, das können Sie nicht wissen, träumt von Kindern. Es gibt keine größere Angst als die Angst vor dem Tod des Kindes. Wir akzeptieren das eigene Ende. Doch niemals das Ende von jemandem, der unserem Blut und unserer Liebe Unendlichkeit verleiht. Es ist eine große, aber berechtigte Angst.«

Nach diesen hochtrabenden Erläuterungen, an denen ich während der Nacht stilistisch gefeilt hatte, trat eine bedrückende Stille ein. Ich beschloss, dass es keinen Sinn machte, mit weiteren Sensationen zu warten.

»Obwohl …«, sagte ich und bedauerte zugleich, dass mir niemand eine Frage gestellt hatte und ich den Satz nicht mit »nun« beginnen konnte, »obwohl ich den Eindruck habe, dass sich die Dinge verkompliziert haben. Ich weiß nicht, warum – wenngleich ich einen bestimmten Verdacht habe –, doch es hat eine Eskalation stattgefunden. Sie wissen, wovon ich spreche. Das Eingesperrtsein, die Unmöglichkeit, das Gebäude zu verlassen, das schwarze Nichts, das in den Leitungen zirkuliert, eine ungewöhnliche Intensivierung der Albträume. Was bis zu diesem Zeitpunkt nur im Bereich der Psyche ablief, hat sich plötzlich materialisiert und begonnen, die Bewohner auf physische Weise zu bedrohen. Ich denke, doch das ist nur eine Vermutung, dass die Zeit einer Konfrontation mit dem Bösen, das an diesem Ort Gefallen gefunden hat, gekommen ist.«

»Scheiße!«, entrüstete sich Wiktor und benutzte dabei das Lieblingsschimpfwort der Polen. »Ich glaube einfach nicht, dass ich mir das anhöre und für bare Münze nehme. Scheiße, welches Böse? Und welchen Gefallen soll es an diesem Haus finden? Scheiße noch mal. Soll ich glauben, dass ich in einem Plattenbau lebe, in dem es spukt? Das ist völlig absurd!«

»Warum denn nicht?«, erklärte ich stoisch. »Seit Jahrhunderten erzählt sich die Menschheit Geschichten über spukende Orte – Felsen, Dämme, Weggabelungen, Höfe und Schlösser. Es gibt so viele davon, dass etwas Wahres dran sein muss, zumindest dem Wahrscheinlichkeitsprinzip zufolge. Und da Sie doch so gerne das Wort absurd verwenden, können Sie mir vielleicht Folgendes erklären: Wenn eine Kapelle am Wegesrand ein magischer Ort sein kann, wenn merkwürdige Mächte in Schlossruinen zugegen sind und der Geist eines Reiters über Dämme hinweggaloppiert, warum sollte es dann nicht einen Plattenbau geben, in dem es spukt? Nur deshalb, weil er zu einer Zeit entstand, als man schon damit aufgehört hatte, Volkslegenden und Märchen aufzuschreiben? Nur deshalb, weil darin Menschen wohnen, die nicht das Bedürfnis verspüren, einander Geschichten zu erzählen? Woher wissen wir, wie viele Orte wie diesen es in Europa gibt, von denen niemals jemand etwas erfahren wird?«

»Regen Sie sich nicht auf«, sagte Agnieszka. »Ich glaube Ihnen. Ich glaube es, weil ich diese ... Präsenz seit Langem gespürt habe. Meine Mutter konnte bestimmte nicht sichtbare Dinge spüren, und ich kann es auch. Außerdem heißt es, dass Frauen mehr wahrnehmen. Doch es gibt da etwas, das ich mir überhaupt nicht erklären kann.« Sie sah mich an. »Woher wissen Sie das alles? Ich meine damit weder die Geschichte dieser armen Frau noch Ihr detailliertes Wissen über diesen Ort. Woher wissen Sie, wer wir sind, worüber wir reden, wovor wir Angst haben?«

Es war Zeit für die letzte Enthüllung. In der letzten Nacht hatte ich es noch verbergen wollen, doch seit dieses Gespräch begonnen hatte, konnte ich den Augenblick einfach nicht mehr erwarten, in dem ich mich damit rühmen könnte, worauf ich wirklich stolz war. Ich fuhr an den Schrank und sagte, bevor ich ihn öffnete:

»Sie fragen, woher ich das alles weiß? Und ich antworte: Es hat mit meiner Einsamkeit zu tun. Ich wohne hier, seitdem dieses Gebäude gebaut wurde. Seit fast dreißig Jahren. Ich wohne hier, weil ich keine andere Wahl habe. Ich bin ein Invalide, an den Rollstuhl gefesselt. Früher habe ich diesen Ort nicht verlassen, weil ich nicht konnte. Später dann, weil ich nicht wollte. Ich bin, ehrlich gesagt, wohl etwas sonderbar geworden.« Ich lächelte rechtfertigend. »Als meine Einsamkeit mir noch stark zusetzte, machte ich eine interessante Entdeckung. Eines Tages klingelte es bei mir. Ich war außer mir vor Freude, rollte zur Tür und nahm den Hörer der Haussprechanlage ab, um meinen Besuch hereinzubitten. Doch zu mir wollte niemand. Der Sohn der Nachbarn hatte versehentlich bei mir geklingelt. Einen Moment später hatte er die richtige Klingel gedrückt, so dass ich seine belanglose Unterhaltung mit seiner Mutter mithörte. Sie wollte, dass er nach oben kam, er aber wollte noch mit seinen Kumpels Fußball spielen. Sie neckten sich eine Weile, so zum Spaß, und schließlich erlaubte sie ihm, noch eine Viertelstunde zu bleiben. Ich erinnere mich daran, als wäre es gestern gewesen. Ich saß regungslos da und konnte den Hörer nicht weglegen. Und wissen Sie was? Selbst wenn niemand bei mir klingelte, konnte ich hören, was unten geschah! Das ist bei Haussprechanlagen älteren Typs so. Bestimmt haben Sie auch schon mal aus Versehen zwei Klingeln auf einmal gedrückt und Ihren Bekannten dann gesagt, dass Sie da sind und sich gleichzeitig bei den Nachbarn für das Versehen entschuldigt.

Ich saß den ganzen Tag da und lauschte den Geräuschen von draußen sowie den über die Sprechanlage geführten Gesprächen. Es war eine Entdeckung. Bis zu diesem Zeitpunkt hatte ich gedacht, dass man durch die Sprechanlage nicht mehr sagen konnte als ›ich bin es‹ oder ›die Post ist da‹. Aber hier schwatzte die ganze Zeit jemand. Ich erinnere mich besonders an eine Gymnasiastin aus dem dritten Stock und ihre Freundin. Zuerst unterhielten sie sich nach der Rückkehr aus der Schule eine halbe Stunde lang vor dem Eingang. Ich hörte zu und zwang mich, nicht zu lachen, da sie es ja gehört hätten. Schließlich sagte die eine zur anderen: ›Weißt du was, komm doch einen Augenblick mit rein.‹ Das war ein trauriger Moment, denn ich konnte nicht hören, was weiter geschah. Eine Stunde später ging die Freundin raus und immer, wirklich immer, klingelte sie noch mal bei der anderen und begann mit den Worten: ›Hör zu, ich habe vergessen, dir zu sagen …‹ Und dann ging es mindestens noch eine Viertelstunde lang weiter. Ich habe sie geliebt!

Ich war so fasziniert, dass ich anfing, den Gesprächsfluss der Sprechanlage aufzunehmen. Auf diese Weise schuf ich eine außergewöhnliche, phonographische Chronik dieses Ortes. Die ersten Kassetten, voller Rauschen, mit einem Grundiggerät aufgenommen, das ich an den Hörer anlegte, sind für mich wie Reliquien.«

»Das ist alles wunderbar«, unterbrach mich Wiktor, »doch ich kann mich nicht entsinnen, dass wir alle unsere Gespräche vor dem Eingang geführt hätten. Außerdem haben wir in letzter Zeit nicht mehr die Möglichkeit, uns dort zu treffen.«

»Nun«, begann ich wieder wie üblich, »seit dieser Zeit habe ich gewisse Modernisierungen durchgeführt.«

Während ich dies sagte, öffnete ich den Schrank und erreichte den erwarteten Effekt. Alle riefen gleichzeitig »Oh mein Gott!« und bewiesen auf diese Weise wieder einmal, dass Polen ein traditionell katholisches Land ist. Wenn es darum geht, in einem Moment extremer Verblüffung Emotionen auszudrücken, verliert sogar der Lieblingsausruf »Scheiße« gegen »Oh mein Gott«.

Was bekamen meine Gäste nun im Schrank zu sehen? Das Steuerungszentrum! Ein Schema des Wohnblocks, in dem jeder Systemanschluss mit Dioden versehen war. Ein Bündel dicker Kabel. Zwanzig Aufnahmegeräte. Einen Kassettenstapel sowie eine Schreibmaschine. Es war vielleicht keine Anlage, die technisch auf der Höhe des 21. Jahrhunderts war, doch sie erfüllte ihre Aufgabe.

»Was ist das? Was soll das bedeuten?«, fragte Wiktor, und seine Augen funkelten wutentbrannt.

»Ich nenne es ›das System‹«, erwiderte ich ruhig. »Wie ich bereits sagte, erstellte ich über Jahre hinweg eine phonographische Chronik darüber, was vor der Eingangstür geschah, sowie über die Gespräche, die durch die Sprechanlage geführt wurden. Doch die Grenzen dieses Systems begannen mich zu frustrieren. Einige Bewohner waren so interessant, dass ich beinahe weinen musste, wenn sie hinter der Eingangstür verschwanden. Ehestreitereien brachen im halben Satz ab, jugendliche Feten endeten in dem Moment, da die Tür zufiel, ähnlich wie Diskussionen zu Grundsatzfragen sowie Gespräche über Politik. Statt des Lebens anderer Leute sah ich lediglich ein Schattentheater. Obwohl ich mehr mitbekam, als ich mir wünschen durfte, fühlte ich mich ausgestoßen. Ich versuchte, in fiktive Welten einzutauchen, die viele Menschen ja mehr schätzen als das wirkliche Leben, doch die Figuren langweilten mich mit ihrer spielfilmartigen Vorhersehbarkeit. Was ich auch versuchte, die ganze Zeit über hatte ich nur einen Gedanken im Kopf. Ich wollte hören können, was auf der anderen Seite der Sprechanlage geschah, in den Wohnungen der einzelnen Bewohner. Ich vermutete, dass es technisch nicht kompliziert war, doch aus ersichtlichen Gründen konnte ich es nicht alleine umsetzen. Ich brauchte einen Komplizen. Fünf lange Jahre sparte ich das Geld zusammen, wohlwissend, dass ich nur eine Chance haben würde. Als ich eine Summe beisammen hatte, die mir ausreichend erschien (in Wirklichkeit hatte ich dreimal so viel zusammengespart wie ich benötigt hätte, doch ich wollte absolut sicher gehen), rief ich beim Kundendienst der Haussprechanlage an.

Als der Techniker kam, sagte ich ihm ohne Umschweife, was ich mir vorstellte, und legte den gesamten Betrag auf den Tisch. Ich denke, dass die Summe sein Jahreseinkommen deutlich übertraf. Nun, er willigte ein. Er brauchte einen Monat für diese ›Wartungsarbeiten‹ an den Sprechanlagen in den einzelnen Wohnungen sowie für die Installation der Zentrale. Am Ende freundeten wir uns sogar an. Seit dieser Zeit kommt er in gewissen Abständen und führt eine Inspektion sowie unerlässliche Modernisierungsmaßnahmen durch. Dabei ist er beim Verlassen unseres Wohnblocks stets um einiges reicher.

Er intervenierte sogar von sich aus bei der Hausverwaltung, die – oh Graus! – unsere Sprechanlage durch ein neueres Modell austauschen wollte.«

Ich hatte erwartet, dass meine Gäste sich auf mich stürzen würden, doch offensichtlich hatten die Ereignisse der letzten Tage sie abgehärtet. Stattdessen hörte ich die kurze, konkrete Frage Kamils:

»Wie funktioniert das Ganze?«

»Am Anfang war das System wesentlich primitiver. Ich musste zwischen den Wohnungen hin- und herschalten, um zu verfolgen, wo gerade etwas Interessantes geschah, und nur von diesem einen Ort konnte ich aufnehmen. Es war sehr beschwerlich, doch trotzdem war ich außer mir vor Freude. Jetzt ist alles automatisierter. Sehen Sie dieses Schema? Jede Diode steht für einen Anschluss. Wenn sie grün leuchtet, bedeutet es, dass es dort leise ist. Leuchtet sie rot, werden Geräusche registriert. Zwanzig Aufnahmegeräte, die durch Stimmen aktiviert werden, registrieren alles, was passiert. Es gibt natürlich viel mehr Anschlüsse, aber es kommt nur äußerst selten vor, dass mehr als zwanzig Aufnahmen gleichzeitig nötig wären. Danach kommt die Handarbeit: Ich höre mir die Aufnahmen an, verwerfe dabei alles wertlose (zum Beispiel Fernsehsendungen, ein wirklicher Graus – drei Viertel der Aufnahmen stammen aus Fernsehern), und aus den interessantesten fertige ich Skripte an.«

Agnieszka ging zur Schreibmaschine und las den letzten von mir eingetippten Satz laut vor: »Ich befürchte, wenn ich es mir vorstelle, dann … dann wird es passieren … wird es Wirklichkeit werden … es wird dem Kind, das in mir ist … es wird gerade ihm passieren …«

Sie wandte sich mit rotem Gesicht ab. »Wir sollten dich umbringen, du verdammter Irrer!«, zischte sie.

»Ich bin dafür.« Wiktor hob seinen Arm und lächelte widerwärtig. Ich schwitzte, doch ich beschloss, eine heitere Miene aufzusetzen.

»Nun, ich kann es Ihnen nicht verbieten. Ich verstehe, dass es von Ihrer Seite aus wie eine offenkundige Verletzung der Privatsphäre aussieht ...«

»Von unserer Seite aus? Gibt es etwa eine andere Seite?«

»Ich denke, ja«, antwortete ich vorsichtig. »Meine Seite. Berücksichtigen Sie bitte, dass ich daraus keine Radiosendungen zusammenschneide, sondern alles im Schrank verstecke. Ich verdiene nichts damit, es ist nur so ein ... Hobby, eine Flucht vor der Einsamkeit. Das Einzige, was mich am Leben hält.«

»Unglaublich«, sagte Wiktor langsam und eindringlich. »Diese Laus schämt sich nicht einmal dafür.«

Was soll ich groß reden? Er hatte recht. Nicht nur das, ich war sogar stolz auf mich, doch ich beschloss, dass es an der Zeit war, mit der Ehrlichkeit aufzuhören.

»Sie liegen falsch«, sagte ich. »Ich schäme mich und habe mich all die Jahre geschämt. Gott alleine kennt meine Scham«, seufzte ich theatralisch, »doch diese Sucht ist stärker geworden, als ich es bin. Jetzt, da ich in Ihre empörten Gesichter blicke – und Sie müssen wissen, dass ich zum ersten Mal meine ›Stimmen‹ sehe –, weiß ich, dass ich falsch gehandelt habe. Ich bitte Sie nicht um Verzeihung, denn das ist unmöglich«, sagte ich mit tieftrauriger Stimme und überlegte dabei, ob ich nicht übertrieb. »Ich bitte Sie nur darum, sich eine der Aufnahmen anzuhören. Dann werden Sie alles wissen.«

Zumindest alles, was ihr in diesem Moment wissen sollt.

Wie ich vermutete, siegte ihre Neugier. Ich legte das vorbereitete Band in das Abspielgerät.

»Ich habe es erst nach der Modernisierung des Systems entdeckt. Vorher habe ich nie darauf geachtet«, sagte ich. »Ich war der Meinung, dass es nur ein Rauschen war, das bei so einer Anlage zwangsläufig vorkommt. Ich nehme ja keine Radiosendung in einem schalldichten Studio auf. Doch nach dem Systemwechsel zeichneten die Aufnahmegeräte eben jenes Rauschen auf, und die Dioden leuchteten rot. Es war merkwürdig, da das System eigentlich nur auf deutliche und eindeutige Töne reagierte, nicht auf Nebengeräusche.

Was Sie jetzt hören werden, ist eine Aufnahme aus der Wohnung Nummer 21 im dritten Stock. Dort leben zwei ältere Herrschaften, die nie die Wohnung verlassen.«

»Ich weiß, ich war bei ihnen, als ich die Leute über die Versammlung informiert habe«, warf Kamil ein. »Sie sagten sehr höflich ab.«

»Stimmt, das war einer der wenigen Momente, in dem sie etwas von sich gaben. Normalerweise sagen sie nichts. Ich dachte sogar, dass dort niemand wohnt. Hören Sie sich das an.« Ich drückte auf PLAY, und die Lautsprecher begannen zu rauschen.

Eine kurze Weile hörten die drei zu, dann sagte Wiktor: »Na und? Man hört nichts. Es rauscht, das war's.«

»Stimmt«, bestätigte ich. »Und jetzt dasselbe, nur in einem langsameren Tempo.« Ich verstellte den Temporegler. Das Rauschen war weiterhin unverständlich, doch es wurde modulierter. Deutlich schwoll es an und wieder ab. Ich beobachtete, mit welcher Mühe und Konzentration sie versuchten, etwas herauszuhören.

»Immer noch nichts. Wie lange sollen wir uns noch mit dieser Aufnahme vergewaltigen?« In seinem Sarkasmus war Wiktor unschlagbar.

»Noch einen Moment«, antwortete ich und verlangsamte die Wiedergabe des Bandes erneut, das nun mit einem Viertel der normalen Geschwindigkeit abgespielt wurde.

»Wartet, wartet!«, rief Agnieszka und rückte näher an den Lautsprecher, was aber keinen Unterschied machte. »Ich höre etwas. Im zweiten Teil, diesem ganz kurzen, klingt es am Ende nach einem ›s‹. Hört ihr es? ›S‹, oder sogar ›ns‹. Kann man es noch langsamer abspielen?«

»Kann man!« Ich schaltete auf ein Sechzehntel der normalen Geschwindigkeit und wartete auf den Effekt. Aus dem Lautsprecher krochen langsam und klagend, mit heiserer Stimme ausgesprochene Worte, die sich ständig wiederholten: »Uns raus lasst uns raus lasst uns raus lasst uns raus lasst uns raus lasst uns raus lasst.« Ich hielt das Band an.

»Was soll das, zum Teufel noch mal, bedeuten? Ist das irgendein verdammter Scherz?«

Raten Sie mal, wer das sagte. Wenn Wiktor einmal mit dem Fluchen begonnen hatte, war er nicht mehr in der Lage, einen normalen Satz auszusprechen. Keine schöne Angewohnheit!

»Hat sich das, was Sie bisher erfahren haben, etwa als Scherz herausgestellt?« Trotz aller Mühe sprach ich in einem schleppenden Ton, wenn ich meine rhetorischen Fragen stellte.

»Vor Kurzem sprachen wir darüber, dass es an diesem Ort spukt. Das ist der beste Beweis dafür. Ich weiß nicht, wie es dazu kam, doch ein Teil der leerstehenden Wohnungen ist nicht wirklich leer. Dort zogen die ein, die man brutal aus ihren Gräbern gezerrt hat. Vielleicht täusche ich mich, doch ich habe fünfzehn solcher Wohnungen gezählt, in denen zwanzig, nennen wir sie ›Bewohner‹, hausen, die anders als die übrigen sind. Unter anderem die älteren Herrschaften, die Kamil gehört hat, auch Ihre Nachbarin, von der sie sich den Schlüssel geliehen haben, Frau Łazarek. Sie sind nicht lebendig und nicht tot. Sie können die Wohnungen, die sie besetzen, nicht verlassen. Sie empfinden keine Angst oder Wut. Es sind Selbstmörder, unglücklich zu Lebzeiten und unglücklich nach dem Tod. Sie sind nur traurig und würden gerne hier rauskommen. Dorthin zurückkehren, woher sie kamen.«

»Sind Marianna und ihre Mörder unter ihnen?«, fragte Agnieszka leise.

»Die Mörder ja«, antwortete ich. »Ich weiß nicht, ob alle hier sind, doch einige ganz sicher. Zum Beispiel Ihre Nachbarin. Sie war es, die als Erste geschrien hatte: ›Verbrennt die Hexe‹. Doch auf die Spuren Mariannas und ihrer Tochter bin ich nie gestoßen. Vielleicht sind sie hier irgendwo … ich schließe es nicht aus. Doch vielleicht waren sie auch zu gutherzig, und Gott hat es nicht zugelassen, dass sie zu Gespenstern wurden. Viele Fragen, auf die wir nie Antworten erhalten werden, viele Fragen.«

Wieder gab ich die Initiative ab. Sie hatten alles gehört, was ich zu sagen hatte, zumindest für heute. Der Rest musste warten. Tatsächlich wartete ich nur noch darauf, dass sie rausgingen und ich mir über mein System anhören konnte, was sie über mich sagten. Ich freute mich auch darüber, dass sie mich nicht mit einer Lawine aus rhetorischen, sinnlosen Fragen überschütteten. Na los, meine Freunde, lasst »Python«, wie ihr mich ja gerne nennt, schon alleine.

Alle drei saßen wie erstarrt da, Wiktor spielte gedankenverloren mit dem leeren Teeglas.

»Der entscheidende Zusammenstoß. Der entscheidende Zusammenstoß, sagen Sie ...«, murmelte er vor sich hin. »Was soll's, wir werden sehen ... ja, wir werden sehen.« Er hob seinen Kopf und sah mich mit den Augen eines Menschen an, der beinahe drei Nächte nicht geschlafen hatte. Welch ein bedrückender Anblick.

»Und was gibt es sonst noch?«, fragte er.

»Was heißt hier: ›Was gibt es sonst noch‹? Nichts mehr!«, erwiderte ich. »Sie wissen nun, was hier los ist. Sie kennen die Entwicklung der Ereignisse. Ihr Wissen ist unendlich viel größer als noch vor ein paar Stunden. Was möchten Sie denn noch wissen?«

»Die Lösung.«

Ich schüttelte den Kopf. Sie waren alle gleich. Alle hofften, dass ihnen jemand die Lösung präsentieren, den Weg weisen, schwierige Fragen beantworten, ihre Zweifel zerstreuen und den Kopf streicheln würde.

»Ich kenne die Lösung nicht. Wer weiß, vielleicht gibt es auch keine. Ich habe Ihnen alles gesagt, was ich weiß. Der Rest ist nicht mehr meine Sache.«

»Haben Sie keine Albträume?«, fragte Agnieszka.

»Das wiederum geht Sie nichts an«, antwortete ich.

Sie schwiegen. Erschöpft und traurig. Passiv. Wenn mich jemand fragen würde, was der größte Fluch dieses Ortes ist, würde ich nicht sagen, dass er die Menschen zum Selbstmord verleitet, oh nein! Das Schlimmste ist, dass er den Bewohnern ihre gesamte Kraft raubt, sie passiv werden lässt, schwerfällig, energielos. Sie wissen, dass sie kämpfen sollten, aber sie wollen nicht. Wer weiß, vielleicht liegt darin der Kern des Bösen begründet. Nicht darin, dass zu viele nach dem Bösen selbst streben würden, sondern darin, dass zu viele keine Lust haben, ihm die Stirn zu bieten.

»Sie sind sich darüber im Klaren«, sagte Wiktor, »dass das Erste, was wir tun werden, wenn wir dieses verdammte Gebäude besiegt haben, die Zerstörung Ihres Systems und Ihrer Archive sein wird. Vom ersten bis zum letzten Band.«

Es kostete mich viel Mühe, ein Lächeln zurückzuhalten.

»Ja, ich weiß.« Ich rückte meine Brille zurecht und sah Wiktor mit einer gespielten Traurigkeit an.

Ich hoffte, dass ihr Besuch nun zu Ende war.

»Gehen wir«, sagte Wiktor. »Wir werden hier nichts mehr erfahren. Es sei denn, unser netter Nachbar hätte noch irgendwelche Neuigkeiten für uns. Wie sieht's aus, Herr Nachbar?«

Ich schüttelte verneinend den Kopf. Ich wollte nicht, dass dieses Gespräch noch länger als nötig dauerte. Alle standen auf und gingen zur Tür. Natürlich machte sich keiner von ihnen die Mühe, »auf Wiedersehen«, »wir danken Ihnen«, »Sie haben uns sehr geholfen« zu sagen. Sie standen einfach auf und gingen raus.

»Ich überlege gerade«, sagte Wiktor, als er bereits die Klinke in der Hand hatte, »im letzten Stockwerk lebt so ein Sonderling … er sagte, dass er mich liebt, als ich ihn zur Versammlung überreden wollte. Und er faselte etwas darüber, dass er die Tür erst am Mittwoch öffnen könne. Ist er auch …«

Innerlich lachte ich. Ja, Pan Kwaśnieski, ich liebte seine Aufnahmen.

»Nein, er nicht! Er hat sich eingeschlossen, um den Kontakt zu seinen Gefühlen wiederherzustellen. Der Kerl ist, wie würde man es nennen, ein ›Suchender‹. Feng Shui, lerne die Kraft deines Geistes kennen, sei dein eigener Prophet, liebe die anderen, dann werden die anderen dich lieben, wie liest man Gedanken, wie kann man an einem Wochenende psychisch genesen, wie wird man sein Kindheitstrauma im Laufe eines einzigen Familienessens los und so weiter. Ich denke, wir müssen uns keine Gedanken um ihn machen. Er ist so dumm, dass keine dunklen Mächte – seine eigenen inklusive – einen Zugang zu ihm haben.«

(Tür) – genau so würde ich diesen Moment kurzgefasst beschreiben. Ich blieb alleine mit meinen Gedanken, zwei leeren Teegläsern und einem vollen, das Kamil noch nicht mal angerührt hatte. Trotz allem war ich etwas traurig. Vielleicht war es kein außergewöhnlich gelungenes, geselliges Treffen gewesen, doch auch so spürte ich sehr deutlich, welch erbärmliche Form des Kontaktes mein System war. Soweit man überhaupt von »Kontakt« sprechen konnte.

7.

Er dachte nicht einmal daran, was sie gerade erfahren hatten. Sein gesamtes Ich wurde durch das brennende Bedürfnis erfüllt, einen brennenden Wodka zu trinken. Er sehnte sich so intensiv danach, dass er beinahe den bitteren Geschmack auf der Zunge und ein leicht brennendes Gefühl im Hals spürte. Er fühlte förmlich, wie der Alkohol durch die Speiseröhre glitt und lindernd im Magen zerfloss, auf der Suche nach dem Weg zum Blutkreislauf. Er stellte sich vor, wie kleine, lächelnde Tröpfchen in seine Adern sprangen und mit freudigem »Hurra!« geradewegs ins Gehirn flossen, um dort wie eine Beruhigungsspritze auf die zuckenden grauen Zellen zu wirken. Winzige, schimmernde Schwestern der Barmherzigkeit. Er erinnerte sich, dass an den Flaschenwänden etwas getrockneter Likör hängengeblieben war. Er konnte die Flasche zerschlagen und diese Reste ablecken. Warum war er nicht vorher darauf gekommen?

»Wiktor? Ist alles in Ordnung?« Agnieszka fasste ihn bei den Händen und blickte ihm in die Augen.

»Ich bin ein bisschen ausgetrocknet«, erwiderte er. »Aber ich komme zurecht. Geht schon mal zu mir. Ich laufe runter und schaue nach, wie die Situation an der Front aussieht. Ich möchte ein wenig allein sein.«

Die anderen beiden nickten und gingen zum Treppenhaus. Wiktor wartete einen Moment und atmete einige Male durch, so tief er konnte. Ihm war schwindelig. Er war davon überzeugt, dass in die verstopften Lungen nur mikroskopisch kleine Luftbläschen gelangten. Noch vor Kurzem hatte er mit Kamil darüber gelacht, doch vielleicht war der Wohnblock tatsächlich hermetisch abgeschlossen, und sie verbrauchten nun den restlichen Sauerstoff.

Von wenig erheiternden Gedanken begleitet stieg Wiktor ins Erdgeschoss hinunter und verwirklichte auf dem Weg dorthin seinen Plan, wegen dem er seine Freunde fortgeschickt hatte. In jedem Stockwerk ging er vom Treppenhaus zu den Aufzügen und fluchte mit einer Tirade von Schimpfwörtern auf den Schlangennachbarn. Es war eine ganz banale Trotzreaktion, aber einige Stockwerke tiefer fühlte sich Wiktor viel, viel besser. Gemessen an seinem Zustand fühlte er sich geradezu sensationell gut. Als er im Erdgeschoss ankam, wollte er gerade wieder einige besonders beleidigende Worte loslassen, doch seine Stimme blieb ihm im Halse stecken, und seine gesamte aufkeimende gute Laune verdampfte wie ein Wassertropfen, der in eine heiße Pfanne fällt.

Der Eingangsbereich im Erdgeschoss war mit einem wabernden Spinnennetz des Nichts bedeckt. Schmale schwarze Rinnsale wanderten an den Wänden entlang und suchten einen Weg nach oben. Sie verschwanden bei den Gasrohren in der Wand, in den Heizkörpern, den Steckdosen, in der Decke hinter den Neonröhren. Sie flossen in die Schächte und kletterten von dort aus nach oben. Wiktor beobachtete voller Entsetzen, wie sich aus einem schwarzen Flecken an der Decke ein dicker Tropfen bildete, der sich bis auf Kopfhöhe nach unten ausdehnte und so einen höllischen Stalaktiten formte. Eine Pfütze, die sich direkt darunter befand, begann zu brodeln und zu spritzen und reckte sich so nach der Schwester, die von der Decke herunterhing. Die auf diese Weise entstandene Säule spannte sich an und begann zu vibrieren – ein Pfeiler des Nichts, eine Bruchstelle im materiellen Raum.

Wiktor stand wie gelähmt da und befürchtete, dass ES ihn sehen würde, wenn er sich bewegte. Er wusste nicht, weshalb, doch er war fest davon überzeugt: Wenn er seine Hand in DAS hineinsteckte, würde er nur noch einen Stumpf herausziehen. Dieses Etwas war wie eine Anti-Realität, Anti-Materie, Anti-Emotion. Alles, was er kannte, doch mit einem Minuszeichen davor. Trotzdem begann er sich mit angehaltenem Atem allmählich auf die Tür zuzubewegen. In ihm keimte die Hoffnung auf, dass ES ihn nur erschrecken und dazu bringen wollte zu gehen, da die Tür bereits offen war. Er stieg über einige kleine Rinnsale des Nichts hinweg, die über den Boden flossen, und war nur noch einen Meter vom Ausgang entfernt, als zwei Rinnsale unmittelbar vor der Türöffnung nach oben zur Decke strömten, sich von dort aus in einer Art breitem Vorhang nach unten sinken ließen und so eine Barriere zwischen ihm und dem Rest der Welt schufen.

Er blieb stehen. Der zitternde Vorhang musste hauchdünn sein, doch trotzdem war er völlig undurchlässig. Es kam Wiktor in den Sinn, einfach in diese verdammte Gardine einzutauchen. Was sollte es? Schlimmstenfalls war alles vorbei. Er traf seine Entscheidung, machte sich bereit zum Sprung und … trat einen Schritt zurück. Hier geht es nicht nur um mich, dachte er. Ich darf mich jetzt nicht in diese Schwärze stürzen.

Voller Ekel balancierte er zwischen den Pfützen hindurch und ging zurück zum Treppenhaus. Die Tür zum Keller stand offen. Am Rand der Treppe stieg ein kleines dunkles Rinnsal empor.

Der entscheidende Zusammenstoß? Da kannst du lange warten, bestimmt nicht dort, dachte Wiktor, als er einen Blick in den dunklen Kellergang warf. Rasch lief er in den sechsten Stock und nahm dabei stets zwei Stufen auf einmal. Da kannst du lange warten!

Bei der Wohnungstür stieß er mit Agnieszka und Kamil zusammen. Er wollte schon fragen, wo sie denn hinwollten, als im Inneren der Wohnung der Kuckuck fröhlich kuckuck rief. Es war sechs Uhr.

8.

Nachdem er den Trockenraum betreten hatte, verschaffte Wiktor sich zuerst einen genauen Überblick, um festzustellen, ob jemand fehlte. Offensichtlich war das nicht der Fall. Diejenigen, die am Vortag da gewesen waren, waren auch heute da. Also war niemand gestorben. Aber es war auch niemandem gelungen, aus dem Haus zu kommen. Hatten die Blockbewohner gestern noch wie Gespenster ausgesehen, so erinnerten sie heute an lebendige Leichen. Sie hatten in sich zusammengefallene, graue Gesichter mit dunklen Augenringen vom fehlenden Schlaf. Nur die kleine Ania, die sich an ihre Mutter schmiegte, sah normal aus. Sie war zwar ängstlich, doch in ihrem kleinen

Gesicht war keine trübe, jeglicher Emotionen beraubte Resignation sichtbar. Hatte sie Albträume? Wirkte der alte Fluch der Mutter auch auf kindliche Sinne? Wohl kaum, es wäre zu brutal, unsinnig. Es war zwar schwierig, in diesem Fall von Logik zu sprechen, doch es wäre in gewisser Weise tatsächlich unlogisch gewesen. Wiktor versuchte sich an das erste Treffen im Erdgeschoss zu erinnern, als der Hausmeister die versperrte Tür geöffnet hatte. Ihre Mutter war als Erste rausgegangen – sie war vielmehr als Erste nicht rausgegangen –, doch Ania? Hatte sie versucht, rauszugehen oder nicht? Er erinnerte sich nicht.

Der erschöpfte Stopa stand einsam herum. Wiktor seufzte, als er die hysterische Szene vorhersah, die der Herr Psychologe sicher machen würde, wenn er erfuhr, was Wiktor ihnen mitzuteilen hatte. Sollte er Python (er wusste nicht einmal, wie dieser Knacker hieß) und dessen Abhörsystem überhaupt erwähnen? Er konnte sich in dieser Sache nicht mehr mit Agnieszka und Kamil absprechen, doch instinktiv hatte er das Gefühl, dass er es nicht tun sollte. Wenn alles rauskäme, würde Stopa als Erster den Vorschlag machen, den absonderlichen Nachbarn zu lynchen. Es war zwar nicht so, dass er es nicht verdient hätte, doch ein Fall von Selbstjustiz war wohl genug.

Wiktor begann zu berichten, was ihm soeben unten widerfahren war. Dann fragte er, ob jemand an diesem Tag bereits versucht hatte, den Block zu verlassen. Als Antwort schüttelten die Nachbarn lediglich ihre Köpfe. Keiner gab einen Ton von sich.

»Was ich jetzt sagen werde, könnte Ihnen wie eine erfundene Geschichte erscheinen. Auch mir kommt es so vor, und vielleicht ist nichts davon wahr, doch ich möchte, dass Sie alles wissen, was ich weiß. Wir haben es heute von einem unserer Nachbarn erfahren, der eine Art … Chronist dieser Gegend hier ist. Leider ist er ein kranker Invalide und kann Ihnen diese Informationen nicht persönlich übermitteln. Ich bitte Sie, mich nicht zu unterbrechen und mit Ihren Fragen bis zum

Schluss der Geschichte zu warten. Vor siebzig Jahren geschah hier ein schreckliches Verbrechen …«

Während er sprach, war es absolut still. Der einzige Klang neben dem seiner Worte war der Hall, der von den nackten Wänden zurückgeworfen wurde. Im Laufe der Erzählung hoben sich einige Köpfe, doch niemand unterbrach Wiktor bei seinem leidenschaftslosen Bericht. Er bemerkte, dass Paulina ihrer Tochter die Ohren zuhielt und sie fest an sich drückte. Als er zum Ende kam, erwartete er einen wilden Lärm, doch keiner sagte etwas. Stopa unterbrach die Stille. Er sagte lediglich vier Worte:

»Und was soll das?«

»Ich weiß es nicht«, erwiderte Wiktor wahrheitsgemäß, »aber ich denke, dass wir jetzt irgendetwas tun müssen. Sonst bleibt uns nichts anderes übrig, als in unseren Wohnungen auf den Tod zu warten. Ich würde gerne hochtrabend erklären, dass ich ›lieber im Kampfe falle‹, doch ich bin mir gar nicht so sicher. Möglicherweise gefällt mir die Aussicht auf ein endgültiges Ende besser als irgendein Kampf mit diesem … Etwas. Es ist nicht so, dass wir keine Wahl hätten, doch es ist Ihnen wohl allen klar, dass diese Nacht die letzte sein wird, in der wir den Schlaf verdrängen können. In der nächsten werden wir uns ergeben, einschlafen und zulassen müssen, dass das, was in diesem Gebäude immer drastischer ans Werk geht, den Rest erledigt.«

»Und was schlagen Sie vor, Panie Sukiennik?«, fragte Stopa höflich. Wiktor begegnete Kamils verwundertem Blick. Es gab nur eine Erklärung für dieses Verhalten. Die letzte Nacht musste für den Psychologen ein unsagbarer Albtraum gewesen sein.

»Ich schlage Folgendes vor: Wir halten noch diese eine Nacht durch. Versuchen wir, es zu schaffen! Möglicherweise wird ein Wunder geschehen, schließlich vergeht schon der dritte volle Tag. Morgen ist ein normaler Arbeitstag. Die Müllabfuhr und der Briefträger werden kommen. In der Arbeit wird man beginnen, sich Sorgen zu machen. Vielleicht wird jemand von außen diese Barriere durchbrechen. Treffen wir uns morgen um zehn Uhr unten und überprüfen es. Wenn sich die Situation nicht verändert hat, was leider das Wahrscheinlichste ist, beginnen wir den Kampf.«

Durch den Raum ging ein Raunen. Die Leute, die durch ihre Angst zermürbt waren, zeigten endlich, dass sie noch keine wandelnden Leichen waren. Es war kein zustimmendes Raunen.

»Was verstehen Sie unter Kampf?« Stopas Ton offenbarte, dass allein schon das Sprechen über seine Kräfte ging.

»Vielleicht, dass wir uns noch mehr entspannen?« Wiktor konnte seinen Sarkasmus nicht zurückhalten. Immer noch verletzte es ihn, dass man Stopa am vorigen Abend als Propheten gefeiert, ihn aber für einen Idioten, Querulanten und Mythomanen gehalten hatte, der Panik säte. Vielleicht nicht direkt, doch darauf war ihre letzte Versammlung hinausgelaufen.

Stopa wandte den Blick ab. Auch diejenigen, die am vehementesten für ihn gewesen waren, senkten den Blick. Es wurde still.

Stopa räusperte sich schließlich und sagte, ohne dabei den Kopf zu heben: »Bitte quälen Sie mich nicht. Ich werde Ihnen zwar nicht recht geben, denn ich habe recht, doch im Kampf mit meinen Albträumen habe auch ich eine Niederlage erlitten. Es interessiert mich jetzt weniger, wer mit seiner Theorie danebenliegt und wer nicht. Ich möchte einfach nur, dass alles so schnell wie möglich zu Ende ist. Darum frage ich noch mal: Was verstehen Sie unter Kampf?«

Wiktor zögerte. Das hatten sie von Python zwar nicht erfahren, doch konnte es irgendeine andere Lösung geben?

»Wir müssen hinuntersteigen«, sagte er. »Dort gab es einst entweihte Gräber. Dort lagen Mörder und Opfer nebeneinander. Von dort aus dringt die feindselige Schwärze zu uns hinauf.

Wenn es irgendwo eine Arena gibt, in der unser Schicksal entschieden werden soll, dann dort.«

»Ohne mich, meine Lieben, ohne mich!« Der Hausmeister wurde plötzlich wacher. »Lebend werden Sie mich nicht dorthin bekommen.«

»Mich auch nicht! Ich gehe nirgendwohin!«, riefen andere.

»Beruhigen Sie sich«, meldete sich Agnieszka zu Wort, die neben Wiktor stand. »Es ist nicht nötig, dass Sie sich noch mehr Angst machen. Es werden Freiwillige gehen. Diejenigen, die den Mut und die Kraft finden, sich dem Kampf zu stellen. Keiner wird jemanden zwingen. Keiner wird gegen seinen Willen runtergehen müssen. Verstehen Sie? Sie brauchen sich nicht noch zusätzlich zu fürchten.«

»Wenn es so ist, wer wird dann gehen?«, rief ein junger Mann, den Wiktor nicht kannte, und in seiner Stimme schwang etwas Hysterie mit. »Wer wird so dumm sein und freiwillig hinabgehen? Vielleicht sollten wir das jetzt gleich festlegen. Überprüfen wir, ob es überhaupt irgendwelche Freiwilligen gibt.«

Wiktor spürte einen kantigen Betonklotz in seinem Hals. Das hatte er nicht vorhergesehen. Wenn er nicht gleich etwas tat, müsste er sich als Erster melden, und das war doch unmöglich! Er war schwach, Alkoholiker. Er würde es nicht schaffen. Außerdem hatte er ein Kind, eine Frau. Sie sollten es nicht zulassen. Sie sollten ihn zurückhalten, selbst wenn er gehen wollte.

Alle Blicke waren auf ihn gerichtet.

»Morgen«, sagte er mit heiserer Stimme und räusperte sich, um weitersprechen zu können, »morgen ist ein neuer Tag. Morgen werden wir uns unten treffen, und dann entscheiden wir. Es macht keinen Sinn, heute etwas festzulegen, wenn morgen alles ganz anders aussehen könnte. Morgen!«

Allmählich beruhigten sich die Leute. Gott, was für eine Erleichterung, es hatte geklappt.

»Ich denke, wir können auseinandergehen«, sagte Wiktor. »Haltet die Ohren steif, Leute. Auf dass der morgige Tag für uns glücklicher verläuft als dieser.«

Alle gingen zum Ausgang.

»Ich wollte noch etwas sagen!«, rief Stopa und trat in die Mitte des Trockenraums. »Wenn irgendjemand Probleme mit Trinkwasser oder mit Lebensmitteln hat, dann … dann lade ich ihn zu mir ein. Janusz Stopa, Wohnung Nummer 55, neunter Stock.«

Kapitel 7

Die Apokalypse wird euch von Dummheit, Angst und Illusionen befreien.

Warschau, Bródno. Aufschrift an der Friedhofsmauer bei der Odrowąż, Höhe Ulica Pożarowa.

1.

Der Schmerz war nicht auszuhalten. Er kam wellenartig, vorhersehbar und unbarmherzig wie die Flut des Meeres. Momente, in denen er schwächer wurde, brachten Linderung, doch zugleich bargen sie die Gefahr einer baldigen Rückkehr. Über viele Stunden hinweg. Flut – Ebbe, Flut – Ebbe, Flut – Ebbe. So war es unten, wo die schlanken Finger seiner Frau ihm die Genitalien zerquetscht hatten. Die Kopfschmerzen kannten keinen derart raffinierten Rhythmus. Sie waren ununterbrochen da und verstärkten sich selbst. Je mehr Robert litt, desto schneller drehte sich der Bohrer einer sadistischen Bohrmaschine in seinem Kopf.

Jetzt, am Abend, war es ohnehin unendlich viel besser als vorher, als er halbtot auf dem Fußboden der eigenen Wohnung erwacht war und dabei nur einen Gedanken gehabt hatte: Etwas Kaltes zu finden, woraus er einen Umschlag machen und das Feuer lindern könnte, das in seinen Genitalien brannte. Er war zum Kühlschrank gekrochen und hatte die Hose ausgezogen, um das Ausmaß der Zerstörung einzuschätzen.

Seit diesem Moment hatte es doppelt so wehgetan. Dort, wo ansonsten seine Männlichkeit beheimatet war, hatte sich heute ein bläulichgelbes, angeschwollenes Monstrum eingenistet, mit roten Schlitzaugen an den Stellen, an denen Agnieszkas Fingernägel sich eingegraben hatten.

Ja, jetzt ist es besser, bedeutend besser, wiederholte er in Gedanken ständig wie einen magischen Spruch, obwohl er wusste, dass dieses Mantra so gut wie keine Wirkung hatte. Vorher hatte er geweint, als er festgestellt hatte, dass es keinen Strom gab und im Kühlschrank alles warm war. Erst im Gefrierfach hatte er halb aufgetaute Erdbeeren gefunden. Er legte sie sich auf und sah nun aus wie ein Patient einer Irrenanstalt mit einer blühenden erotischen Fantasie.

Wie konnte sie ihm das antun, wie nur? Alles, was er wollte, war schließlich, dass sie wie eine Ehefrau mit ihm zusammen war. Deshalb hatten sie doch wohl geheiratet, dachte er weinerlich. Damit sie in schwierigen Momenten zusammenhielten. Und jetzt hatte diese kleine Hure ständig etwas anderes zu tun. Ich muss zur Arbeit, ich muss ins Schwimmbad, ich muss zum Einkaufen …

Alter, du hast sie mit einem Messer bedroht!

Ach was, von wegen gleich bedroht. Er hatte das Messer neben sich gelegt und ein paarmal gescherzt, was für ein großes Vergehen. Hatte er ihr mit dem Messer etwas angetan? Hatte er ihr überhaupt etwas getan? Eben, nichts! Nichts, gar nichts! Er hatte ihr Rühreier gemacht, das war wohl nicht verboten. Und sie hatte schließlich ihre ganze schmutzige Seele entblößt. Immer schon hatte sie ihn kastriert, aber im Stillen – ein wenig hier, ein wenig da, Stück für Stück, unmerklich. Und er hatte täglich ein Stück Schwanz weniger. Doch es genügte, ein wenig Druck zu machen, zu zeigen, dass er sich nicht so verächtlich behandeln ließ, und was war? Ganz genau. Sofort tat sie das, wonach ihr schon seit Langem zumute gewesen war. Sie zerquetschte seine Männlichkeit – buchstäblich und im übertragenen Sinne – und ging weg, um mit anderen zu ficken. Genau das, dachte Robert, mit anderen ficken. Sie hatte immer nur das gewollt.

Er kroch zu seinen Malsachen und versuchte aufzustehen, doch ihm wurde schwindlig, und er hatte das Gefühl, sich übergeben zu müssen. Der Bohrer in seinem Schädel schaltete eine Stufe höher. Schwer atmend legte er sich auf den Teppichboden und verlor das Bewusstsein. Was soll's, schlimmstenfalls werde ich es morgen zu Ende bringen – war sein letzter Gedanke.

Als er die Augen öffnete, war ihm, als hätte er insgesamt fünf Minuten geschlafen, doch der Schmerz war geringer. Der Bohrer kitzelte ihn nur noch, die Fluten des Schmerzes dort unten waren nicht mehr wie ein böiger Wind, sondern wie eine leichte Brise.

Er setzte sich auf und verzog sein Gesicht. So war es schlimmer, aber erträglich. Durch den Erfolg ermutigt, stand er auf. Die Welt schlug einen Purzelbaum und wurde mit schwarzen Flecken übersät, doch Robert gelang es, das Gleichgewicht zu behalten, indem er sich am Fernseher festhielt. Gut, nur die Ruhe, nur nichts überstürzen. Es ist ganz in Ordnung, es ist wirklich ganz in Ordnung. Siehst du, selbst die schwarzen Flecken sind verschwunden.

Er sog schnuppernd die Luft ein. Irgendein merkwürdiger Geruch drang über den süßsauren Duft der Erdbeeren hinweg in seine Nasenlöcher. Er sog nochmals schnüffelnd die Luft ein und drehte seinen Kopf dabei in alle Richtungen. Der Geruch kam eindeutig aus der Küche. »Was ist los, zum Teufel?«, murmelte er und machte zwei Schritte auf die Küche zu. Doch er blieb ebenso plötzlich wieder stehen, wie er losgegangen war.

»… als ob jemand Fleisch im Ofen gelassen hätte … der Geruch von verbranntem Fleisch und Haaren … ich will nicht sehen, was darin ist … etwas packt mich am Kopf … irgendeine Bewegung innen …«

Er schluckte. Das war doch unmöglich? Es war unmöglich, dass er Agnieszkas Albtraum träumte. So etwas passierte nicht. Zumindest war es sehr unwahrscheinlich. Er versuchte, seine Augen zu schließen. Es gelang ihm. Er drehte sich in die andere Richtung. Auch das gelang. Es konnte keine Rede davon sein, dass ihn etwas »am Kopf packte« und in Richtung des Backofens zog. Also konnte er wohl einen Blick in die Küche werfen? Wenn etwas nicht in Ordnung war, würde er rausgehen.

Aber du kommst nicht sehr weit, Alter. Vergiss nicht, dass sie die Tür zugesperrt hat.

Langsam und blinzelnd (so schaute er sich manchmal Horrorfilme an), näherte er sich der Küche und steckte seinen Kopf hinein. Der Duft des Gebratenen war jetzt intensiver. Das einzige Licht leuchtete im Innern des Backofens. Wie in ihrem Traum. Aber jetzt sind wir in keinem dummen, weibischen Traum, dachte er und drückte auf den Lichtschalter.

Nichts passierte. Doch wenn es kein Licht gab, warum funktionierte dann der Backofen?

Egal. Was soll schon Schreckliches im Backofen sein? Alles nur wegen der Träume dieses exaltierten Flittchens, dachte er. Mama gefiel diese Dorfschnepfe von Anfang an nicht. Und was soll ich sagen – Mama hatte doch recht.

Er trat näher an den Backofen heran. Trotz der geschlossenen Ofentür spürte er die strahlende Wärme. Er sah aus den Augenwinkeln hinein, erkannte drinnen aber nichts. Zum Geruch kam ein leises Brutzelgeräusch hinzu. Das Herz wollte ihm aus der Brust springen, er hörte den eigenen keuchenden Atem. Wie's kommt, so kommt's, dachte er und sah hinein.

Der Backofen war leer.

»Suchst du das hier, mein Sohn?«, ertönte es schrill hinter seinem Rücken. Er drehte sich um und merkte, dass er starb.

Im Flur stand seine Mutter. Mit offenen grauen Haaren, schwarzer Tunika, einer Lesebrille, dem gewohnten wahnsinnigen Ausdruck in den Augen. Diesen Blick hatte er immer gesehen, wenn er bestraft werden sollte (»Mama ist mit dir nicht zufrieden …«). In der Hand hielt sie etwas, das er nicht anschauen wollte. Vor einem Moment musste es noch im Backofen gelegen haben.

»Hier hast du's, fang!«, keifte sie und warf ihm dieses Etwas zu.

Er kniff seine Augen zusammen, um die Details nicht zu sehen. Etwas prallte von seinem Brustkorb ab und fiel auf den Boden. Es roch nach Gebratenem.

»Keine Angst. Es wird nicht beißen. Und dich sowieso nicht. Weißt du, warum es sich nicht bewegt?«

Er war wie gelähmt. Er richtete den Blick auf den Boden und versteckte die Hände hinter dem Rücken. Mit dem einen Fuß fuhr er über den Spann des anderen.

»Nein, ich weiß es nicht, Mama. Sag es mir!«

»Weil es tot ist.«

»Ja, Mama.«

»Und weißt du, warum dein Bild tot ist?« Sie schnippte mit den Fingern, und der Zeichenkarton mit seiner letzten Skizze tauchte zwischen ihnen auf.

»Nein, ich weiß es nicht, Mama. Sag es mir.«

»Weil es sich nicht bewegt.«

»Ja, Mama.«

Sie machte eine Handbewegung. Das Telefon riss sich von der Wand los, segelte durch den Flur und schlug ihm schmerzhaft gegen den Kopf.

»Sag mir, wie …«

Der Regenschirm schlug gegen seine Wade.

»… du zwei Elemente des Lebens …«

Das Gewürzregal vibrierte, die Gläschen sprangen heraus und schütteten sich über seinen Schultern aus.

»… die in ständiger Bewegung sind …«

Der Mülleimerdeckel öffnete sich plötzlich, schlug von hinten gegen seine Oberschenkel und riss ihn beinahe von den Füßen.

»… in einem statischen System malen willst!«

Er hörte, dass hinter seinem Rücken der Kühlschrank vibrierte, und er duckte sich.

»Selbst ein Idiot wie du …«

Der Kühlschrank bewegte sich langsam, aber kontinuierlich auf Robert zu.

»… muss verstehen, dass jedes Lebenssystem …«

Alle Schränke schaukelten nun, und ihre Türen öffneten und schlossen sich gleichzeitig, als wären sie vom Wahnsinn besessen. Mama fuchtelte wild mit den Armen herum, sie sah schrecklich aus. Er hatte stets Angst gehabt, wenn sie so wurde.

»… ein dynamisches System ist!«

Er begann zu weinen. Er konnte es nicht ertragen, wenn sie ihn anschrie.

»Verstehst du das?«

»Ja, Mama«, schluchzte er.

»Na, dann mach dich an die Arbeit!«

»Ja, Mama, sofort.« Er zog die Nase hoch, holte Pinsel und Farben und kniete sich vor die Skizze hin.

Auf der anderen Seite des Zeichenkartons zuckten ungeduldig die nackten Füße seiner Mutter. Im Saal war sie immer barfuß gelaufen.

2.

Agnieszka und Kamil saßen nebeneinander am Tisch und unterhielten sich. Kamil gestikulierte und erzählte bestimmt witzige Geschichten, denn Agnieszka brach immer wieder in Gelächter aus. Zu Wiktor drang jedoch kein einziges Wort ihrer Unterhaltung durch. Sie wurde durch das Scheppern all seiner

Knochen, sein Zähneklappern und das Zittern der inneren Organe übertönt. Wiktor stand tausend Ängste durch.

Bisher war er von einer schmutzigen, aus dem toten Meer des eigenen Ichs hervorgegangenen Angst gequält worden. Jetzt aber machte ihm die Furcht vor dem, was ihm bevorstand, zu schaffen. Warum war er nur so dumm gewesen, den entscheidenden Zusammenstoß im Keller vorzuschlagen? Warum hatte er sich überhaupt in die Anführerrolle dieser Herde gedrängt? Er hätte doch gestern mit allen anderen an der Wand stehen und dabei misstrauisch den Trottel beobachten können, der auf dem steinernen Waschtrog gestanden und irgendeinen Quatsch über Spukhäuser erzählt hatte. Was für ein Depp, was für ein Trottel, was für ein Idiot er doch war. Es war immer das Gleiche. Immer hatte er die größte Angst von allen, und immer drängte er an die vorderste Front, angetrieben durch wer weiß was. Er war wie ein amerikanischer Filmheld, der sich einverstanden erklärt hatte, an einem Autorennen durch die Stadt teilzunehmen. Und wenn sein Mädchen dann seine Hand nahm und zu ihm sagte: »Versteh doch, George, du musst nichts beweisen …«, stieß er sie zurück und antwortete langsam: »Niemand wird mich als Feigling bezeichnen.« Wrrr, wrrr – in seinem Kopf hörte er den Klang frisierter Motoren.

I-D-I-O-T. Wiktor I. Sukiennik. Wiktor Idiot Sukiennik, *enchanté mademoiselle*, immer zu Diensten. Meine Spezialität? Ich dränge mich gerne nach vorne, doch ich bin auch nicht schlecht dabei, überstürzte und unvernünftige Entscheidungen zu treffen. Ja, ja, ich weiß … das ist kein einfacher Beruf, doch dafür wird mich niemals jemand als Feigling bezeichnen, Fräulein.

Die Nachtigall setzte mit ihrem piepsigen Trillern ein (obwohl bei dieser Uhr alle Vögel ein piepsiges Trillern von sich gaben). Zwei Uhr. Noch fünf Stunden bis zur Morgendämmerung, E minus acht Stunden. Acht Stunden. Es würde sich in die Länge ziehen, wie ein Tag hinterm Schreibtisch. Aber vielleicht würde es nicht so schlimm kommen. Vielleicht würde sich jemand melden. Schließlich waren sie im Land der Ulanen und Lanzenreiter. Bestimmt würde sich jemand melden.

Das Gelächter in der anderen Zimmerecke verstummte.

»He, Wiktor, schlaf bloß nicht ein!«

Hahaha. Sehr witzig. Als ich so alt war wie ihr, war mir auch noch nach Lachen zumute. Gott, ich würde meine Jahresbezüge und einen halben Finger für ein Glas Alkohol hergeben. Irgendeinen. Es könnte sogar ein Orangenlikör sein, oder ein Amol oder Kräuter. Es ist mir ganz egal. Bei so viel Gutem möchte man überhaupt nicht schlafen.

Eine Ohreneule. Drei Uhr. Vier Stunden bis zum Morgengrauen, E minus sieben Stunden. Ha, den jungen Leuten ist auch nicht mehr nach Lachen zumute. Sind ihnen etwa die Gesprächsthemen ausgegangen? Wie ich es mir gedacht habe. Wer zuletzt lacht, lacht am besten. Schade, dass es nichts Süßes gibt. Angeblich wirkt Schokolade im ersten Moment ähnlich auf das Nervensystem wie Alkohol.

Ein Sperling. Vier Uhr. Drei Stunden bis zur Morgendämmerung, E minus sechs Stunden.

»Wie sieht's aus, Wiktor, alles klar?«

»Du, nerv mich nicht, ja?«

»Was hast du, Mann?«

»Ich meine, dass du es faustdick hinter den Ohren hast. Kannst du dich schon an deinen Traum erinnern oder leidest du immer noch unter Amnesie?«

»Wiktor, lass es gut sein, du tust ihm unrecht …«

Eine Amsel. In der Wanduhr klang sie so, als würde jemand sie mit einem knorrigen Stiel vergewaltigen. Fünf Uhr. Zwei Stunden bis zur Dämmerung. E minus fünf Stunden.

Die Müdigkeit übermannte Wiktor. Hinter seinen Augenlidern erschien erneut der Strahl einer Taschenlampe, der die Dunkelheit zerschnitt. Er wollte es bekämpfen, doch sein Organismus war nicht mehr imstande, noch länger ohne Schlaf zu funktionieren. Nur mit Mühe stand er torkelnd auf. Er erinnerte sich, dass es in der Küche etwas Süßes geben musste. Weronika war immer eine Naschkatze gewesen und hatte Süßigkeiten hinter den Töpfen gebunkert. Er dagegen mochte Süßigkeiten nicht sonderlich, daher hatte er bis jetzt nie danach gesucht.

Brutal zerrte er Töpfe und Geschirr aus den Küchenschränken.

»Wiktor, was suchst du?«

»Etwas Süßes. Es soll wie Alkohol wirken. Zumindest am Anfang.«

Er fasste tief hinter den Drahtkorb des Eckschranks und ertastete eine Folienverpackung voll mit harten Kugeln. Bonbons. Er zog die Packung hervor und stieß einen Freudenschrei aus. Kukułki! Es waren nicht nur Bonbons, sie waren auch noch mit Alkohol gefüllt!

Er ging ins Wohnzimmer zurück und warf die Packung auf den Tisch.

»Nehmt und esst alle davon. Die Vorsehung hat uns nicht im Stich gelassen.«

Kamil wollte nichts. Agnieszka aß zwei Stück. Wiktor stürzte sich gierig auf den Rest und steckte gleich eine ganze Handvoll davon in den Mund. Er zerkaute die Karamellschale und stöhnte genüsslich. Alkohol. Zwar nur eine mikroskopische Dosis, aber immerhin Alkohol. Er schluckte die zerkauten Bonbons schnell herunter und steckte eine zweite Handvoll in den Mund. Einen Moment später die dritte.

»Also, Wiktor, ich weiß nicht, ob das eine gute Idee ist.« Agnieszka beobachtete ihn mit Sorge. »Vielleicht solltest du sie dir lieber ein bisschen einteilen?«

Er hörte nicht auf sie. Auf dem Tisch lagen noch circa zehn

Bonbons. Es reichte gerade für zwei Portionen. Er aß sie schnell, setzte sich zufrieden an die Wand und wartete darauf, dass der Alkohol beginnen würde zu wirken. Doch anstatt einer erlösenden Wirkung durch den Likör spürte er, wie sich sein Magen drehte. Es stieß lang und unangenehm auf. Im Mund hatte er nun den Geschmack der Kukułki sowie von Magensäure.

»Oh Gott, ich flehe dich an, nur das nicht!«, stöhnte er und übergab sich vollständig auf den Teppich. Er schaffte es nicht einmal aufzustehen.

Und da ist mein alter Bekannter, der Piepmatz. Sechs Uhr. Eine Stunde bis zur Dämmerung. E minus vier Stunden.

Sie sahen wie drei Gespenster aus. Agnieszka wankte am Tisch hin und her und kämpfte mit dem Schlaf. Ihr Kopf fiel nach vorne, doch sie fuhr sofort hoch und blinzelte mit verquollenen Augen.

»He, lasst uns reden!«, lallte sie. »Hörst du, rede mit mir!« Sie riss Kamil am Arm, der wie ein Mannequin mit breit gespreizten Beinen auf seinem Stuhl saß und seinen gesamten Willen auf den Kampf mit den herunterklappenden Augenlidern konzentrierte.

Wiktor versuchte, zu ihr zu sprechen, doch am Ende des Satzes hatte er den Anfang bereits vergessen. Er versuchte es ein zweites und ein drittes Mal. Doch durch die Monotonie der immer gleichen Worte fühlte er sich noch müder.

Nur noch bis zur Dämmerung, dachte er. Nur noch bis zur Dämmerung. Wenn es hell ist, schlummert man nicht so leicht ein und man will nicht so dringend schlafen. Nur noch bis zur Dämmerung. Dies ist der schlimmste Moment. Wenn wir jetzt nicht einschlafen, haben wir es geschafft. Nur noch ein bisschen. Dies ist der schlimmste Moment, wir müssen ihn überstehen. Diesen schlimmsten Moment überstehen. Denn wenn wir ihn überstehen, wird alles in Ordnung sein. Wir müssen den schlimmsten Moment überstehen. Bis zur Dämmerung, dann ist alles in Ordnung.

Eine Drossel. Sieben Uhr. Dämmerung. E minus drei Stunden.

Sein Kopf drehte sich von einer Seite zur anderen. Er war nicht imstande, sich darauf zu konzentrieren, ihn in einer Position zu halten. Sein Blick glitt über unscharfe Gegenstände, blieb bei der Wanduhr hängen. Er blinzelte und blinzelte, doch die Zeiger liefen vor seinen Augen in alle Richtungen auseinander. Reiß dich am Riemen, denk an die Typen im Himalaja. Einige Tage ohne Schlaf, ringsum ein Schneesturm und minus fünfzig Grad. Er holte tief Luft, kniff seine Augen zusammen und konzentrierte seinen Blick auf die Uhr.

Zehn nach sieben.

Wie konnte das sein: Zehn nach sieben? Der Schock dieser Entdeckung machte ihn schlagartig wacher. Wie konnte das sein: Zehn nach sieben? Warum war es dann so dunkel? Es war November, er hatte nicht erwartet, dass hinter dem Block plötzlich die fröhliche Sonnenkugel auftauchen würde, doch es hätte zumindest dämmrig sein müssen. Selbst wenn die Wolkendichte an diesem Novembertag einen Jahrhundertrekord erreichte – was er nicht ausschloss –, konnte es nicht so dunkel sein.

So schwarz.

Er trat ans Fenster, drückte seine Stirn an die Scheibe und schirmte sein Gesicht mit den Händen ab, um das Zimmerlicht auszublenden. Es war nichts zu sehen, so, als würde er in düsterer Nacht in einen Brunnen schauen.

»He, Kamil!«, rief er, ohne die Stirn von der kalten Fläche zu nehmen. »Schalte mal kurz das Licht aus, ich will was überprüfen.«

Hinter seinem Rücken schrammte ein Stuhl über den Boden, und Kamil tapste zum Lichtschalter.

Klick.

Sie waren in eine absolute, undurchdringliche Dunkelheit eingehüllt. Wiktor verstand sofort, wie die Personen aus Erzählungen sich fühlten, die zwei Meter unter der Erde im eigenen Sarg das Bewusstsein wiedererlangten. Agnieszka schrie auf. Kamil knipste den Schalter wieder an. Nichts passierte. Er schaltete noch einige Male hin und her. Wieder nichts. Sie standen mitten in der Schwärze. Wiktor zuckte zusammen, als ihn jemand fest am Arm packte. Agnieszka.

Über die Möbel stolpernd tastete Wiktor sich zur Kommode mit den Schubladen vor und betete dabei im Geiste, dass seine Stirnlampe – eine alte Begleiterin bei Bergexpeditionen – dort sein würde, wo sie immer gewesen war. Sie war tatsächlich da. Und dass sie funktionierte. Er drehte den Schaltring. Sie funktionierte. Das helle Licht holte Agnieszkas und Kamils leichenblasse Gesichter aus der Dunkelheit heraus.

Wiktor ging zurück ans Fenster, drehte den Fenstergriff und öffnete beide Flügel sperrangelweit. Er sah das, was er erwartet hatte. Eine gewellte, undurchdringliche, das gesamte Licht absorbierende Membran. Agnieszka und Kamil stöhnten gleichzeitig.

Wiktor schloss das Fenster.

»Es herrscht Dunkelheit«, sagte er, »das heißt, alles wird heute zu Ende gehen. So oder so. Doch es wird zu Ende gehen. Jetzt dürfen wir nicht einschlafen. Wir dürfen noch weniger als zuvor einschlafen. Ich werde Kerzen und Taschenlampen suchen. Es muss so hell wie möglich sein.«

Schweigend stellten sie in der gesamten Wohnung Kerzen, Teelichter, sogar Grablichter und skurrile Kerzen in Form von Maßkrügen auf, die Weronika einst aus München mitgebracht hatte.

Nachdem sie alle vorhandenen Kerzen angezündet hatten, setzten sie sich gemeinsam an den Tisch und fassten sich an den Händen.

»Und jetzt unterhalten wir uns«, sagte Wiktor, »selbst wenn

es über den größten Quatsch ist, Hauptsache wir unterhalten uns. Es ist nicht mehr lange hin.«

Kamil berichtete von dem wahnsinnigen Rennen durch die Straßen Warschaus mit seinen Kumpels. Er erzählte bildhaft und dramatisch. Bei den spannendsten Momenten imitierte er sogar das Motorgeräusch. Wiktor hörte mit großem Vergnügen zu, doch er hätte nichts auf den Wahrheitsgehalt dieser Geschichte gegeben. Agnieszka sog dafür gierig jedes Wort auf und sprang bei den dramatischsten Momenten von ihrem Stuhl hoch.

»Und was war dann? Was war dann?«, bohrte sie nach, nachdem er fertig war. »Hast du dieses Mädchen getroffen?«

»Wie denn? Denk doch mal nach, Mädchen! Ich hatte doch Stubenarrest. Ich hab's euch vorher erzählt. Schule und Wohnung, und die Strecke dazwischen in Vaters Wagen.«

»Und, ist sie nett?«

Kamil lehnte sich auf dem Stuhl zurück und kreuzte die Arme vor der Brust. »Ob sie nett ist? Du stellst vielleicht Fragen! Wenn sie durch den Gang geht, dann bleibt hinter ihr nur luftleerer Raum, denn die Luft wagt es nicht, den Platz auszufüllen, an dem sie gerade war. Wenn ich sie anschaue, fühle ich, dass ich es ohne Unterbrechung für den Rest meines Lebens tun könnte. Wenn sie in der Tür ihres Klassenzimmers verschwindet, verspüre ich den Drang, wie ein Hund an der Schwelle auf sie zu warten. Und wenn sie die Haare aus ihrer Stirn streicht, dann könnte ich in ebendiesem Augenblick sterben, ohne etwas anderes vom Leben zu verlangen. Sie ist so … hmmmmm … ihr wisst schon wie. Genau so.«

»Wo hast du denn diese Sprache her, Junge?« Wiktor lachte laut. »Hast du das auswendig gelernt, um bei uns Eindruck zu schinden?«

Kamil lief rot an.

»Na und? Ich rede eben so, ist das vielleicht verboten? Nachts pauke ich, am Tag gebe ich an. Die Schnitten mögen das.

In letzter Zeit habe ich den ›Untergang‹ unterm Kopfkissen. Würde dir gefallen. Nette Redewendungen. Und mit dem Protagonisten würdest du dich schnell identifizieren.«

»Schon gut, entspann dich. Du hast Glück, dass dir nur eine gefällt«, kommentierte Wiktor. »Es gibt da so eine Geschichte über einen Menschen, der sich nicht zwischen drei perfekten Frauen entscheiden konnte. Jede von ihnen war wunderschön, jede unsterblich in ihn verliebt.«

»Und was hat er gemacht?«, fragte Agnieszka neugierig.

»Er beschloss, einen Test zu machen. Er gab jeder von ihnen eine recht ansehnliche Summe und sagte, dass sie damit tun sollten, was sie für angebracht hielten. Dann sollten sie wieder zu ihm kommen und ihm berichten. Die Erste kam als absolute Göttin aufgeputzt zurück. Für das Geld hatte sie ihr Aussehen perfektioniert. Sie hatte es für eine Visagistin, eine Stylistin und alle anderen möglichen ›Istinnen‹ ausgegeben. ›All das habe ich gemacht, weil ich für dich immer die Schönste sein möchte‹, sagte sie.«

»Okay. Die nehme ich«, brummte Kamil.

»Unterbrich mich nicht! Die Zweite investierte in Bildung: Sprachkurse, Aufbaustudien, Bildungsreisen, Bücher, Lexika, Bildbände über Malerei und so weiter. ›Ich möchte klug sein, damit du dich nie mit mir langweilst‹, sagt sie zu ihrem Liebsten. Die Dritte lernte zu investieren. Sie vermehrte das ihr geschenkte Geld um ein Vielfaches und sagte: ›Mit mir wirst du nie arm sein.‹ Unser Protagonist dachte lange nach, denn die Wahl, die schon vorher schwierig gewesen war, fiel ihm nun noch schwerer. Er sinnierte und sinnierte und zögerte lange … und wählte schließlich die mit den tollsten Titten.«

»Verdammter Zyniker! Da war es mir sogar lieber, dass du diese Alkoholbonbons rausgekotzt hast.«

Eine Meise. Acht Uhr. Die ganze Zeit tiefe Nacht. E minus zwei Stunden.

Agnieszkas und Kamils Augen sahen gespenstisch aus. In

blauvioletten, verquollenen Augenhöhlen glänzten matt die blutunterlaufenen rötlichweißen Augäpfel. Die Iris und die Pupillen bewegten sich unwillkürlich hin und her, ohne länger auf einem Objekt zu verharren. Wiktor war sich sicher, dass er ähnlich aussah. Durch das Kerzenlicht war der Raum zwar heller, doch es wurde auch schwül, und der Duft des geschmolzenen Wachses bewirkte, dass sie sich noch matter fühlten.

»Schalt irgendeine Musik an«, bat er Kamil, »etwas, das man gerne bei einer nächtlichen Autofahrt hört. Etwas Schnelles. Zum Beispiel ...«, er unterbrach sich plötzlich. »Was fasele ich da? Es gibt ja keinen Strom.«

»Wir haben Batterien. Es tut mir leid, aber ich habe, glaube ich, keine Discomucke, die euren Geschmack treffen würde.«

»Erstens: Schalt irgendwas ein! Zweitens: Rod Stewart ist keine Discomusik.«

»Nein, natürlich nicht. Das ist harter, saftiger, gitarrenlastiger Rock 'n' Roll.«

Kamil schleppte sich vom Stuhl zur Stereoanlage und stöberte kurz in den CDs. Einen Augenblick später wurde der Raum mit Musik erfüllt.

»Extra für euch, meine Lieben, der Song ›Arabian Disco‹. Euer Lieblingsstil, zumindest was den Titel betrifft.«

»Was ist das für eine Band?«, fragte Agnieszka.

»Faith No More. Es gibt auf dieser CD einige bezeichnende Stücke. Zum Beispiel: ›Falling to Pieces‹, ›Digging the Grave‹, ›Last Cup of Sorrow‹, ›Ashes to Ashes‹, und das wohl passendste Stück ›From Out of Nowhere‹. Speziell für Wiktor ›Midlife Crisis‹, und für uns alle etwas Optimistisches: ›A Small Victory‹. Eine sensationelle Platte für solch eine Nacht.«

Sie sagten nichts, während sie der charakteristischen Stimme des Sängers zuhörten.

»Apropos passende Musik: Ich erinnere mich an eine passende Geschichte, wenn wir uns schon Witze erzählen«, sagte Kamil. »In längst vergangenen Ritterzeiten gab es einmal eine friedliche Gegend, in der plötzlich ein Drache auftauchte. Er war eine richtige feuerspeiende Bestie, die alles fraß, zerstörte und tyrannisierte, was sich ihr in den Weg stellte, ohne auch nur einen Tag Pause zu machen. Die Bewohner brachen in Wehklagen aus und richteten sich hilfesuchend an drei Ritter, die auf ihren Landgütern residierten.

›Hab Erbarmen, Herr, und töte die schreckliche Bestie‹, baten sie den Ersten.

›Hm, eine ernste Sache ist das – ein Feldzug gegen einen Drachen‹, entgegnete er und runzelte die Stirn. ›Ich überlege es mir und gebe euch in etwa zwei Wochen Bescheid.‹

Daraufhin brachen die Bewohner in noch größeres Wehklagen aus und liefen zum zweiten Ritter.

›Ich kämpfe das Monster gerne nieder, das in euren Häusern Chaos und Angst sät, arme Leute‹, prahlte er. ›Ich denke, dass ich in einer Woche entscheide, wann ich das tun werde.‹

Nur noch eine Hoffnung blieb den armen Leuten, nur ein tapferer Mann konnte dem rastlos wütenden Drachen Einhalt gebieten. Auf Knien baten sie den dritten Ritter um Hilfe. Dieser antwortete ihnen mit keinem Wort, sondern legte seine Rüstung an, schnallte sich sein Schwert um und sattelte das Pferd.

›Was bedeutet das, edler Herr‹, stotterten die verwunderten Leute, ›braucht Ihr keine Bedenkzeit?‹

Darauf sagte der Ritter: ›Hier gibt es nichts zu überlegen, hier muss man die Kurve kratzen.‹«

Eine Lerche. Neun Uhr. Die Nacht ohne Dämmerlicht setzte sich fort, wie bisher. E minus eine Stunde.

»Edler Herr, nur noch eine Stunde«, murmelte Kamil beinahe bewusstlos, »Zeit fürs Pferd.«

Wiktor antwortete nicht. Er versuchte, mit seinem Blick den langen Uhrzeiger zu hypnotisieren, damit er stehen bliebe. Stattdessen sah er – wenn er lange nicht blinzelte –, wie dieser sich langsam und unerbittlich der nächsten Minute näherte. Mit jedem weiteren Strich verringerte sich der Abstand, der den Zeiger von der Zwölf trennte und Wiktor von der Stunde K. K wie Keller. Er zitterte unkontrollierbar. Jeder Muskel vollführte einen Veitstanz. Wiktor verbarg sein Gesicht in den Händen und begann, vor- und zurückzuschaukeln wie ein autistisches Kind.

Agnieszka legte ihre Hand auf seine Schulter, dann schmiegte sie sich an ihn.

»Du weißt, dass du dort nicht hingehen musst«, flüsterte sie.

»Was heißt das: Ich muss n… n… n… nicht? Natürlich muss ich!«, sagte er stotternd, so, wie als Kleinkind.

»Du musst nicht! Niemand kann dich dazu zwingen. Außer du selbst. Es ist allein deine Entscheidung, und von niemandem sonst.«

»Ich w… w… weiß«, antwortete er, »doch ich habe die Entscheidung schon getroffen, deshalb fürchte ich mich so. Und wie ich mich vor diesem Keller fürchte. Ich war noch nie da unten.«

»Im Ernst?«, schaltete sich Kamil ein. »So wie ich. Also weiß niemand von uns, wie er aussieht. Geil!«

»Ich war dort«, sagte Agnieszka, »und habe mir geschworen, nie mehr dorthin zurückzukehren. Ein grauenhafter Ort.«

Sie berichtete von ihrem und Roberts Besuch in dem sonderbaren Keller. Von dem langen Gang, der in der Dunkelheit verschwand, sowie von der zweiten, tieferen Ebene. Außerdem erzählte sie, dass Robert plötzlich verschwunden war und sie sich grundlos zu streiten begonnen hatten.

»Robert war dort unten sehr erschrocken«, sagte sie. »Er erzählte, dass er auf der Suche nach unserem Kellerabteil in den Gängen herumgeirrt war, doch lediglich auf irgendwelche sinnlosen Nummern gestoßen sei. Vor allen Dingen seien sie nicht in irgendeiner Reihenfolge geordnet gewesen. Einige

Nummern hätten sich wiederholt. In einem Gang gab es nur kleine Zahlen wie zwei, drei oder sechs – und die dazugehörigen Türchen waren klein. Das ergibt keinen Sinn, oder? Robert wunderte sich, warum die Bewohner des Erdgeschosses kleinere Abteile haben als die vom letzten Stock.«

»Diese Nummern«, sagte Kamil, »waren wahrscheinlich keine Wohnungsnummern.«

»Was denn dann?«, fragte sie.

»Jahre! Wenn du so viele Horrorfilme wie ich gesehen hättest, würdest du keine Zweifel haben. Es sind die Lebensjahre derer, die dort begraben wurden. Und die Türen waren keine Kellerabteile, sondern Gräber. Deshalb waren die mit den kleinen Zahlen auch klein. Kindergrabstätten sind immer klein.«

»Ich w… w… wwwürde das lieber nicht hören«, stotterte Wiktor.

Ein Specht. Zehn Uhr. Die längste Nacht dieses Breitengrades dauerte an. Es war an der Zeit.

Als der Specht sein Klopfkonzert beendet hatte, standen Agnieszka und Wiktor wortlos auf. Sie nahmen die Stirnlampe sowie ein paar Kerzen und Streichhölzer. Wiktor steckte sich etwas beschämt ein Holzbildnis mit dem Antlitz der Schwarzen Madonna von Tschenstochau in die Hosentasche. Kamil beobachtete die anderen beiden mit einem zugekniffenen Auge. Er stand erst auf, als sie bei der Tür waren und ihn erwartungsvoll ansahen.

»Gehen wir schon?«, fragte er rhetorisch. »Schade. Ich dachte, dass ich es noch schaffen würde, ›Fear of the Dark‹ von Iron Maiden zu spielen.«

3.

In den Gängen war es ebenso dunkel wie in der Wohnung. Sie gingen an anderen Bewohnern vorbei, die schweigend und mit Kerzen und Taschenlampen ausgerüstet die Stufen hinabstiegen – hinter ihnen ihre vibrierenden Schatten. Sie sahen aus wie Gespenster auf dem Weg zu einem Ball beim Satan. Alle hielten sich so nah es ging am Geländer, so weit wie möglich weg von dem bleistiftdünnen Rinnsal des Nichts, das an der Wand des schmalen Treppenhauses entlanglief.

Agnieszka ging voran. Wie alle anderen beeilte auch sie sich nicht. Langsam bewältigte sie Stufe für Stufe. Unwillkürlich las sie dabei die Kritzeleien an den Wänden. Neben den üblichen Flüchen sowie den Loyalitätsbekundungen gegenüber dem Fußballverein Legia Warschau versuchten einige die Leser direkt anzusprechen: »Was guckst du mich so doof an? Nimm nen Stift und schreib selbst was!«, »Unterschreib hier nicht, du Trottel!«. Andere Sprüche wiederum brachten allgemeine Warnungen zum Ausdruck: »Dreh dich nicht nach hinten weg, sonst kriegst du vorn nen Bodycheck« oder »Glatze, wir machen dich platt«. Im ersten Stock ging Agnieszka an einem bunten Graffito vorbei: »Bródno – Hauptstadt von Polen«. Sie lächelte.

Unten war es beengt. Die Mehrheit der Leute drängte sich auf den Stufen beim Kellereingang zusammen. Die Gittertür, die den Gang von der Kellertreppe trennte, war weit geöffnet, das Vorhängeschloss hing an den Stahlstäben.

Agnieszka beschloss – eigentlich nur pro forma – zu überprüfen, ob die Eingangstür offen war. Sie schob sich zwischen den Leuten hindurch, ging zum Eingangsbereich und merkte, dass ihr schwindelig wurde. Sie verstand jetzt, warum sich alle auf der Treppe drängten.

Die Neonröhren funktionierten (merkwürdig, im restlichen Teil des Gebäudes gab es doch kein Licht) und leuchteten so das befremdliche Theater des Nichts aus. Die Stalaktiten, die Wiktor am Tag zuvor gesehen hatte, waren heute bereits dicke Säulen, die den Fußboden mit der Decke verbanden. Leicht bauchig, erinnerte ihre Form an dorische Säulen, doch es war schwierig, sie als ein architektonisches Element zu erachten, denn diese Säulen waren eindeutig lebendig. Sie vibrierten und pulsierten leicht, so dass sie an riesige schwarze Schlagadern erinnerten, durch die ein böses Herz das Nichts ins Innere des Gebäudes pumpte. Immer wieder vibrierte eine der Säulen stärker, als würde sich etwas Größeres durch sie hindurchzwängen, und in diesem Moment bildete sich um sie herum ein schwarzes Nebelwölkchen. Der Nebel sank nicht herab. Daher waren alle Säulen mit einem dunklen Schleier umgeben. Sie sahen aus wie das Negativ einer Laterne, die im nächtlichen Nebel fotografiert worden war.

Es war aussichtslos, bis zur Tür zu kommen. Selbst wenn jemand so mutig und dumm gewesen wäre, sich zwischen den Säulen hindurchzuzwängen – der Eingang war durch eine schwarze Gardine verdeckt, genau so, wie Wiktor es gestern berichtet hatte.

Agnieszka zog sich auf die Treppe zurück. Die Bewohner drängten sich beim Geländer zusammen. Wiktor und Kamil stiegen an ihnen vorbei und zum Treppenabsatz hinunter. Das weiße, grelle Licht der Stirnlampe holte ihre Gesichter aus der Dunkelheit heraus. Es sah so aus, als wären sie bereits gestorben, hätten jedoch beschlossen, aus den Gräbern wieder aufzuerstehen, um ihr altes Zuhause zu besuchen. Sie wirkten monochromatisch, wie Opfergesichter auf Fotos aus Kriegszeiten.

Als man auf den Treppen keine Schritte mehr hörte und sich alle unten eingefunden hatten, wurde es still. Alle sahen Wiktor an und warteten, was er sagen würde. Schließlich räusperte sich der Hausmeister und begann zu sprechen:

»Gut, dass Sie so eine gute Stirnlampe haben. So werden Sie

die Hände frei haben. Und freie Hände könnten allemal nützlich sein.«

Wiktor sackte in sich zusammen, als wäre er geschlagen worden. Die anderen warteten auf seine Antwort, doch er stand wortlos da.

»Wir stellen so viele Kerzen wie möglich auf die Stufen«, unterbrach Kamil das Schweigen und nahm einigen Leuten die Kerzen aus den Händen. »Wenn jemand noch etwas zum Ausleuchten bringen kann, dann soll er es bitte tun. Wir brauchen so viel Licht wie nur möglich. Es macht keinen Sinn, die Kellertreppe ohne Grund dunkel zu lassen.«

Der Hausmeister brachte aus seiner Wohnung eine große Tüte mit Grablichtern. Kamil zündete sie nacheinander an und stellte sie in Abständen auf. Die bernsteinfarbenen Lämpchen auf den Stufen erinnerten an Allerheiligen. Es fehlten nur noch weiße Chrysanthemen und Fichtenkränze. Agnieszka erinnerte sich daran, wie sie als Kind mit ihren Eltern über den Friedhof gegangen war und ihre Finger ins geschmolzene Wachs getaucht hatte. Am Ende des Spaziergangs hatte sie an beiden Händen verschiedenfarbige, getrocknete Hütchen gehabt. Sie hätte auch Pflanzenstiele ins Wachs tunken können, doch das wäre nicht so schön gewesen.

Kamil stellte die Grablichter auf der Kellertreppe immer tiefer, jeweils zwei auf jeder zweiten Stufe. Schließlich war er hinter der Treppenbiegung aus ihren Augen verschwunden.

»He, pass dort auf!«, rief Agnieszka.

»Keine Angst«, antwortete er, »ich stelle die Kerzen nur bis zum Ende der Treppe auf und komme dann zurück. Ich werde bestimmt nicht weiter gehen.«

Niemand sagte mehr etwas. Die Stille wurde nur durch Kamils leises Pfeifen (was war das für eine Melodie, wohl ein Requiem, was für ein Trottel), das Knistern des Feuerzeugs sowie das leise Klappern der Grablichter, die auf den Boden gestellt wurden, unterbrochen. Endlich war Kamil fertig und lief zu ihnen zurück nach oben. Die Luftbewegung ließ die Kerzenflammen erzittern.

»Alles ist fertig«, sagte der Hausmeister laut und legte Wiktor die Hand auf die Schulter. »Wir drücken Ihnen die Daumen, Herr Kollege. Mögen Sie vor dem Bösen nicht zurückschrecken, wenn Sie durch den dunklen Keller gehen«, fügte er hinzu, und Agnieszka schoss durch den Kopf, dass es wie ein Zitat aus irgendeinem Film klang.

Wiktor schüttelte verneinend den Kopf.

»Falls Sie doch zurückschrecken«, sagte der Hausmeister, die Geste ignorierend, »dann sollten Sie es sich jedenfalls nicht anmerken lassen. Also, auf geht's!« Er schob Wiktor auf die Treppe zu.

»Scheren Sie sich von mir weg«, protestierte Wiktor, »ich gehe nirgendwohin.«

Die eng an das Geländer gepressten Leute stöhnten gleichzeitig auf, wie Zuschauer bei einem Fernsehquiz. Die Flämmchen flackerten wild.

»Ich gehe nirgendwohin«, brüllte Wiktor, »versteht ihr? Ich gehe, verdammt noch mal, nirgendwohin! Das war's! Punkt, Ende, aus! Ich sage es Buchstabe für Buchstabe: ICH GEHE NICHT! I-C-H G-E-H-E N-I-C-H-T«, buchstabierte er.

»Was heißt hier ›ich gehe nicht‹?« Der Hausmeister war sichtlich erschüttert. »Was soll das, Herr Kollege? Was heißt hier ›ich gehe nicht‹? Sie haben hier doch alles organisiert. Sie haben sich zum Leiter erklärt und beschlossen, hierherzukommen und runterzugehen. Wie können Sie da jetzt sagen ›ich gehe nicht‹?«

»Genau, was geht hier eigentlich vor?«, pflichtete ihm eine Stimme aus der Menge bei.

»Bitte gehen Sie jetzt runter und lassen Sie die Dummheiten«, kreischte jemand hysterisch.

Wiktor atmete tief durch.

»B… b… b…«, wollte er beginnen, doch er geriet beim ersten Wort ins Stocken. »Hören Sie bitte zu«, sagte er schließlich. »Es stimmt, dass ich das Ganze organisiert habe. Dass ich gemeinsam mit Freunden erfahren habe, warum dies alles geschieht, stimmt auch. Und dass ich auf irgendeine Art und Weise zum Leiter unserer Versammlungen geworden bin, auch. Doch das bedeutet keineswegs, dass ich da runtergehe. Erstens habe ich ohnehin schon viel getan, zweitens habe ich seit Langem eine panische Angst vor Kellern, so wie andere Höhenangst haben oder sich vor verschlossenen Räumen fürchten. Drittens«, Wiktor zögerte. »Es gibt kein Drittens, doch ich gehe trotzdem nicht da runter. Zwei Argumente müssen genügen.«

»Feigling!«, rief Janusz Stopa, der sich über das Geländer lehnte. »Sie sind feige, das ist alles. Wir brauchen hier keine Argumente.«

Wiktor drehte sich schnell um. Das Licht der Stirnlampe tänzelte über die Leute hinweg und machte auf Stopas Gesicht halt. Von der Seite konnte Agnieszka jetzt erkennen, dass Wiktor rot geworden war.

»Aber bitte sehr, Herr Held«, stotterte er. »Der Weg ist frei. Ich bin feige, das gebe ich zu. Doch ich versperre niemandem den Weg. Auch Ihnen nicht …«

Stopa wollte schon den Mund öffnen, um zu antworten, doch Agnieszka erkannte, dass ein Streit in niemandes Interesse war.

»Bitte beruhigen Sie sich«, sagte sie, ohne ihre Stimme zu heben. »Wie ich gestern schon sagte, wird niemand gezwungen, hinunterzugehen, und es wird niemand dort hinabsteigen, der es nicht möchte. So viel ist klar. Wiktor hat gesagt, dass er nicht geht. Auch das ist klar. Deshalb frage ich: Gibt es Freiwillige?«

Stille.

Vollkommene Stille. Eine Stille wie in einem Vakuum. Wie in einem Grab. Wie auf dem Boden des Marianengrabens. Wie im Kühlraum beim Metzger. Wie im Aufenthaltsraum eines

Gehörloseninstituts. Wie in einem kaputten Telefon. Die Stille war so dicht – man hätte sie in Scheiben schneiden und nach Gewicht verkaufen können. Agnieszka hatte nie zuvor eine solche Stille gehört. Sie hielt selbst unbewusst den Atem an, da sie diese nicht unterbrechen wollte. Außerdem hatte sie Angst – sicherlich so wie die anderen –, dass bereits der leiseste Ton ihrerseits als Zeichen wahrgenommen würde, dass sie sich freiwillig meldete.

In dieser Stille schlug Roberts Stimme wie eine Bombe ein.

»Ich werde gehen«, sagte er. Die Lichtstrahlen der Taschenlampen bewegten sich und fischten aus der Dunkelheit die am höchsten Punkt der Treppe stehende Silhouette. »Ich werde gehen«, wiederholte er, kam herunter und stellte sich neben Agnieszka. Instinktiv trat sie einen Schritt zurück.

»Ich werde gehen«, flüsterte er ihr zu, ohne den Blick zu heben. »Ich werde gehen, denn nur auf diese Weise kann ich mich bei dir entschuldigen.«

»Wie bist du aus der Wohnung herausgekommen?«, fragte sie ihn.

»Das ist jetzt doch unwichtig«, sagte er achselzuckend. »Aber wenn du es wissen willst, ich habe einfach die Tür aus den Angeln gehoben und sie so weit geöffnet, dass ich auf den Gang raustreten konnte.«

Er streckte ihr seine Hand entgegen, doch sie wich zurück.

»Verzeih mir«, sagte er. Dabei hielt er seinen Kopf immer noch gesenkt. »Ich habe keine Erklärung für mein Verhalten. Ich weiß einfach nicht, warum ich so war. Glaub mir, ich bedaure, dass ich die Zeit nicht zurückdrehen kann. Ich möchte nur wissen, ob …«, er unterbrach, »ob wir, wenn ich zurückkehre, noch miteinander sprechen werden.«

Sie wusste keine Antwort. Sie war sich sicher, dass das, was sie einst verbunden hatte, ebenso unwiderruflich verdunstet war wie der Tau eines Sommermorgens, doch andererseits … Andererseits wusste man nie, was passierte. Außerdem, dachte sie und schämte sich wegen dieses furchtbaren Gedankens, ist es besser, wenn er statt mir geht. Statt mir oder Wiktor oder Kamil. Er hat es verdient, wiederholte sie in Gedanken, um sich zu rechtfertigen. Er soll für sein Verhalten büßen.

»Ich weiß es nicht«, antwortete sie auf seine Frage, »ich kann es dir nicht sagen.«

»Ja, ich verstehe«, sagte er leise. »Wie auch immer, ich muss gehen. Wenn wir uns nicht mehr wiedersehen sollten«, er hob seinen Blick und sah sie traurig an, »denk nicht schlecht von mir.«

Als sie seinen Blick sah, hätte sie beinahe nach seiner Hand gegriffen und ihn angefleht, zu bleiben. Sie wollte ihm sagen, dass alles gut und wie früher werden würde, dass er doch ihr Liebster sei, derjenige, dem sie ihre Liebe und Treue bis in alle Ewigkeit geschworen habe. Dass sie gemeinsam mit ihrem Kind am Kamin in ihrem kleinen Häuschen im Bieszczady-Gebirge spielen würden. Doch bevor sie die Hand ausstrecken konnte, trat der Hausmeister zwischen sie und reichte Robert eine große, lange Taschenlampe.

»Nehmen Sie diese hier, junger, mutiger Mann«, sagte er. »Diese Taschenlampe erweist mir seit zwanzig Jahren treue Dienste. Ich nenne sie ›Blitz‹. Sie leuchtet so hell wie ein Blitz, geht nie kaputt, und im Falle eines Falles kann man jemandem mit dem anderen Ende eins überbraten.« Er holte mit der Taschenlampe wie mit einem Schlagstock aus und drückte sie dann Robert in die Hand. »Selbst, wenn Sie jemandem ein Loch in den Kopf schlagen, wird sie weiterleuchten.«

Der Hausmeister trat beiseite. Auch die anderen machten einen Schritt nach hinten. Im Halbkreis umringten sie Robert, der vor dem Kellereingang stand. Er ließ seinen Blick über die Menge schweifen, verweilte länger beim Gesicht seiner Frau, seufzte, machte die Taschenlampe an – sie leuchtete tatsächlich wie die Suchscheinwerfer einer Flakbatterie – und machte sich auf den Weg nach unten.

Keiner schrie »viel Erfolg!«, keiner rief »Gott sei mit dir!«. Die Leute standen mit angespannten Gesichtern und zusammengepressten Kiefern da. In ihren Augen kämpften Erleichterung, Hoffnung und Entsetzen gegeneinander. Viele drückten fest ihre Daumen. Eine der Frauen ließ die Perlen ihres Rosenkranzes durch ihre Hand gleiten. Als Agnieszka das sah, bekreuzigte sie sich und flüsterte:

»Gott, lass nicht zu, dass ihm etwas passiert.«

Viele Personen wiederholten ihr Zeichen.

Roberts Schritte wurden leiser und der Widerschein der Taschenlampe auf den Stufen immer schwächer. Agnieszka hielt den Atem an, als die Schritte ganz verstummten. Einen Augenblick lang hörte man nichts, dann öffnete sich mit einem donnernden Knall eine Stahltür. Das Echo des schrecklichen Geräuschs hallte im Treppenhaus wider.

»Alles in Ordnung?«, schrie Agnieszka laut in den Keller und lief dabei ein paar Stufen hinunter.

»Ja.« Roberts Stimme schallte zu ihnen hinauf. »Sieht so aus. Eigentlich ist hier nichts. Ich gehe weiter …«

»Was?«, brüllte sie. Die letzten Worte hatte sie nicht gehört.

»Ich gehe weiter«, schrie er.

Alle hielten den Atem an, um Roberts Schritte zu hören. Agnieszka horchte ebenfalls intensiv auf den Klang der Schritte. Sie schloss ihre Augen, um sich stärker darauf zu konzentrieren. Etwas stimmte nicht. Schritt, Schritt, Scharren, Schritt, Scharren, Schritt …

Oh Gott! Da war noch jemand! Sie hörte die Schritte von zwei Personen!

»Pass auf!«, brüllte sie so laut, dass sie einen Schmerz im Hals verspürte. »Pass auf! Dort ist jemand!«

»Was?«, schrie er zurück. Seine Stimme kam von ganz weit her. »Worauf soll ich … oh nein! … nur das nicht! … neeeiiiin!«, brüllte er derart entsetzt, dass Agnieszka nach unten stürzte, um ihm zu helfen oder mit ihm zu sterben. Das ist meine Schuld, das ist meine Schuld, dieser Gedanke dröhnte pulsierend und schnell in ihrem Kopf, wie das Rattern von Zugrädern. Sie sprang vier Stufen auf einmal hinunter, als sie jemand von hinten an den Armen packte und sie, obwohl sie um sich schlug, festhielt und nach oben zog. Sie blickte mit tränenüberströmtem Gesicht hinter sich. Wiktor.

Sie hörten, wie Robert in ihre Richtung lief. Die leisen Schritte wurden immer lauter. Zweimal schien es Agnieszka, als hätte in der Dunkelheit das Licht der Taschenlampe geblinkt. Er wird es schaffen, dachte sie. Doch im selben Moment drang zu ihnen ein kurzes, ersticktes, plötzlich unterbrochenes »Nein!« herauf und dann das Geräusch eines zu Boden stürzenden Körpers sowie das Klirren der auf dem Boden aufschlagenden Taschenlampe. Alles wurde still. Sie standen reglos in dieser Totenstille, lauschten. Das geringste Geräusch hätte ausgereicht und alle wären geflüchtet, ohne abzuwarten, wer oder was im gelben Licht der Grablichter erschienen wäre. Doch nicht das geringste Geräusch kam aus dem Keller.

Wiktor lockerte seinen Griff, und Agnieszka sank zu Boden. Sie drückte ihren Kopf zwischen die Knie, steckte ihren gekrümmten Zeigefinger in den Mund und biss zu, so dass es schmerzte. Sie war sich nicht im Klaren darüber, wo sie war und was mit ihr geschah. Es schien ihr, als hörte sie die ganze Zeit über von unten den hysterischen Schrei ihres Mannes. Jemand neben ihr zündete sich eine Zigarette an.

»Und was nun?«, fragte ein Mann, dessen Stimme sie nicht erkannte. »Kehren wir in unsere Wohnungen zurück?«

»Nein«, antwortete Wiktor, »auf diese Weise werden wir nichts erreichen. Entweder beenden wir die Sache jetzt, oder aber wir sterben in unseren Wohnungen. Geben Sie mir die Streichhölzer«, sagte er zu dem Mann, der sich die Zigarette angezündet hatte. »Keiner hat sich freiwillig gemeldet, deshalb losen wir, wer als Nächster gehen wird. Das ist die einzige Möglichkeit.«

»Moment, Moment, was heißt hier die einzige«, unterbrach ihn Stopa. Durch die Angst überschlug sich seine Stimme wie bei einem Teenager im Stimmbruch. »Wir haben eine Demokratie. Und in einer Demokratie lost man nicht, sondern man wählt. Vielleicht bestimmen wir einfach jemanden, und der Rest entscheidet, ob er absteigen soll oder nicht. Das ist doch ein gerechtes System, oder?«

Agnieszka hob den Kopf und sah Stopa an, der sich gegen das Geländer lehnte.

»Das ist tatsächlich sehr gerecht«, sagte Kamil mit spöttischer Stimme. »Für den Anfang stelle ich Pan Janusz Stopa als Kandidaten auf. Ich denke, dass er als Psychologe sowie als Person, die am nüchternsten von uns allen denkt, die größten Chancen hat. Wer von Ihnen dafür ist, dass uns Pan Stopa im Keller repräsentiert, hebe die Hand.«

Alle hoben ihre Hand, außer Agnieszka, Wiktor, Kamil und – selbstverständlich – dem demokratisch gewählten Janusz Stopa. Stopa selbst wankte, und es schien, als würde er gleich ohnmächtig werden. Agnieszka stand auf und stützte sich an Wiktors Arm ab.

»Da siehst du mal selbst, du Arschloch«, sagte Kamil. »Das Schicksal sollte entscheiden, wer von uns hinabgeht.«

Stopa schwieg. Die Übrigen auch. Für alle Fälle.

»Gut. In diesem Fall sollen alle Männer hierherkommen«, sagte Wiktor.

Die Aufgerufenen kamen widerwillig näher. Agnieszka zählte sie schnell: Vierzehn Personen.

Wiktor gab ihr die Streichholzschachtel.

»Nimm vierzehn Stück heraus, kratz von einem den Schwefel ab, versteck sie alle in der Hand und mische sie. Dann stell dich so hin, dass dich alle gut sehen können. Jeder zieht eins. Derjenige, der das Streichholz ohne Schwefel bekommt, geht runter. Einigen wir uns darauf?«, fragte er die umherstehenden Männer.

Sie murmelten zustimmend.

»Ich will hier kein Murmeln hören«, meldete sich Paulina zu Wort. Ania war in den Armen ihrer Mutter und umschlang krampfhaft deren Hals. »Jeder soll laut sagen, dass er mit diesem System einverstanden ist.«

»Ich bin einverstanden«, sagte Kamil. Dann wiederholten es der Reihe nach alle anderen.

Agnieszka kratzte den Schwefel von einem Hölzchen ab, mischte die Streichhölzer durch und steckte sie dann von oben in ihre geschlossene Faust, so dass nur die Enden herausschauten. Sie streckte die Faust nach vorne.

»Fertig«, sagte sie.

Als Erster zog Kamil ein Streichholz und lächelte dabei schelmisch, danach der Hausmeister, dann die anderen. Jeder versteckte seins in der Hand, ohne den anderen zu zeigen, ob das Los auf ihn gefallen war. In einigen Gesichtern wurde jedoch Erleichterung sichtbar.

Als letzte zogen Wiktor und Stopa ihre Hölzchen.

»Nun zeigen wir unsere Streichhölzer«, sagte Kamil, öffnete die Hand und hob sein Streichholz nach oben, so dass alle sehen konnten, dass der Kopf mit Schwefel bedeckt war. Genauso machten es die Übrigen. Jedes der Streichhölzer war unversehrt. Nur Wiktor und Stopa standen mit geballten Fäusten da. Sie musterten einander voller Angst. Beiden stand der Schweiß auf der Stirn. Ein dicker Tropfen kullerte von Stopas Halbglatze nach unten und gelangte in sein Auge. Er blinzelte.

»Los, weiter«, drängte er Wiktor.

Wiktor streckte seine geballte Faust nach vorn und öffnete die Hand. Im hellen Licht der Stirnlampe konnten alle das Hölzchen mit der deutlich grünen Spitze sehen.

Stopa wimmerte und lehnte sich an das Geländer. Schließlich nahm er das Streichholz ohne Kopf zwischen die Finger und starrte es ungläubig an, wie ein Mensch, der die Hoffnung hegt, dass die Ergebnisse der Parlamentswahlen nur von einer

Testwahl stammen und die tatsächlichen Zahlen erst im nächsten Moment verkündet werden.

»Das ist unmöglich«, piepste er, »das müssen wir wiederholen. Ich habe gefühlt, dass an meinem Hölzchen Schwefel war. Wirklich! Offenbar hat er sich in meiner Hand aufgelöst. Ich habe schwitzige Hände, Sie verstehen schon.« Er schaute flehend seine Nachbarn an. »Sie verstehen, nicht wahr? Schwitzige Hände, das kann passieren. Ich wische sie jetzt ab und wir wiederholen die Ziehung. In Ordnung? Das kommt alles nur von den feuchten Händen.«

Keiner sagte etwas. Janusz Stopa weinte lautlos, ohne dabei das Streichholz loszulassen. Alle Taschenlampen richteten sich auf ihn wie Theater-Scheinwerfer und verwandelten seine Angst in ein erschütterndes Monodrama.

Keiner sagte etwas.

Agnieszka legte ihre Hände auf den Bauch. Es war seltsam, aber sie spürte keine Angst vor dem, was im Keller lauerte. Vielleicht sollte ich mich melden, dachte sie. Vielleicht sind meine Chancen am größten. Sie drückte ihre Hände stärker gegen ihren Bauch. Nein, sie durfte es nicht tun.

In diesem Moment trat Emilia Wierzbicka aus der Menge hervor. Über ihrer Brust trug sie ein Skapulier mit dem Antlitz der Muttergottes von Ludźmierz. In einer Hand hielt sie einen Rosenkranz sowie ein Holzkreuz. In der anderen hatte sie ein kleines Kunststofffläschchen, das sicherlich mit geweihtem Wasser gefüllt war. Sie ging zu Stopa und blickte ihm in die Augen.

»Ich werde vor Ihnen gehen«, sagte sie. »Ich werde ohne Furcht sein, denn ich gehe nicht allein.« Sie deutete auf das Kreuz. »Das blinde Schicksal hat Sie bestimmt, doch mich hat jemand bestimmt, der alles andere als blind ist. Jemand, der alles sieht, was war, ist und sein wird. Verstehen Sie?«, fragte sie.

»Oh ja, natürlich verstehe ich«, versicherte Stopa inbrünstig. »Ich wage nicht, es anzuzweifeln. Natürlich verstehe ich. Ich bin selbst gläubig, doch mir fehlt die Gewissheit, die Sie haben. Offenbar«, er zögerte, »offenbar bin ich nicht rein genug.«

Jemand lachte auf.

Agnieszka ging zu Emilia Wierzbicka und legte den Arm um sie.

»Bitte überlegen Sie es sich«, sagte sie leise und ignorierte dabei Stopas Wimmern. »Wir wissen nicht, was da unten ist. Doch vielleicht ist es besser, wenn dort unten ein starker Mann ist ...«

»Ich bin überhaupt nicht stark, ich bin ganz schwach«, schluchzte Stopa.

»... statt einer zierlichen Frau. Selbst wenn diese in ihrem Glauben gefestigt ist.«

Die ältere Dame wandte sich Agnieszka zu und sah sie ruhig an.

»Ich möchte dorthin gehen«, sagte sie, »erlauben Sie es mir.«

4.

Anna Maria Emilia Wierzbicka stieg circa zehn Stufen nach unten, bis zu der Stelle, an der sich die Treppe bog und von den Obenstehenden nicht mehr zu sehen war. Sie ging vorsichtig und achtete dabei darauf, dass ihr langer Rock nicht an den brennenden Kerzen Feuer fing. Durch die Nase sog sie die Luft ein, die mit einem intensiven Geruch von erhitztem Wachs übersättigt war. Es war ein guter Geruch. Er erinnerte sie an die Besuche am Grab ihres Vaters – dem einzigen Menschen auf der Welt, von dem sie bedingungslos geliebt und vergöttert worden war und dessen Liebe sie erwidert hatte. Doch er war viel zu früh gegangen. Der Geruch erinnerte sie an die bescheidene Terrazzotafel in einer seitlichen Friedhofsallee in Bródno, an die Kunststoffvase neben dem Kreuz, die ausgestanzte, mit schwarzer Farbe aufgefüllte Aufschrift (die bald erneuert werden musste): »Leszek Wierzbicki. Er lebte 54 Jahre. Er starb am 8. Mai 1976. In Frieden soll er ruhen.«

Sie blickte über ihre Schulter nach oben zu den Leuten, die sie anstarrten. Eigentlich waren sie ihr absolut egal. Sie hatte eine offene Rechnung mit diesem Etwas, das dazu geführt hatte, dass sie beinahe ihre eigene Mutter umgebracht hätte. Wenn sie den anderen bei dieser Gelegenheit half, dann gut. Wenn es ihnen nicht helfen würde – auch gut. Der Gedanke an ihre Mutter erinnerte sie an etwas. Oh Gott, wie hatte sie das vergessen können?

»Pani Łazarek«, sagte sie, »meine Mutter ist in der Wohnung geblieben. Sie kann nicht aus eigener Kraft laufen. Sie ist krank. Wohnungsnummer 28.«

Agnieszka nickte und antwortete so bestätigend auf die unausgesprochene Bitte.

So ein nettes, gutes Mädchen! Wenn Emilias Leben anders verlaufen wäre, hätte sie womöglich so eine Tochter. Sie spürte, wie eine bittere, klebrige, lähmende Traurigkeit sich in ihrer Brust ausbreitete. Eine Tochter. Von den Millionen Dingen, auf die sie verzichtet hatte, bedauerte sie dies am meisten. Hätte sie ein Kind gehabt, wäre sie gerettet. Und jetzt, nun ja, selbst wenn sie wollte, war ihr Mutterschoß schon tot wie das Innere des Familiengrabes.

Sie lächelte verbittert angesichts dieser Gedanken und stieg – ohne sich einmal umzuschauen – ganz nach unten. Sie blieb bei der geöffneten Tür stehen. Ein letztes Mal ließ sie den Blick über die flimmernden Grablichter schweifen. Für Papa kaufte sie stets diese gläsernen, bauchigen, mit einem Blechdeckel voller runder Öffnungen.

Vor ihrem inneren Auge erschien wieder der Grabstein, den sie so oft unter Tränen betrachtet hatte. Wie oft hatte sie bedauert, dass dort nicht mehr war. Fotografien mit Sepia-Effekt in kleinen ovalen Einfassungen, oder die Aufschrift »Mein Liebster Vater« oder »Du wirst mir immer fehlen«. Etwas, das jedem, der am Grab vorbeiging, zeigte, dass Leszek Wierzbicki mehr gewesen war als nur ein Todesdatum und eine Anzahl weniger gelebter Jahre. Fast dreißig Jahre waren vergangen, seit er gestorben war. Dreißig Jahre und Hunderte von Besuchen. Wie hatte im Lauf dieser Jahre aus einer jungen, fröhlichen Frau eine verbitterte alte Jungfer werden können? Aber was hatte das jetzt noch für eine Bedeutung?

Aus der Tasche des Strickpullovers zog sie eine Taschenlampe, die so alt war wie sie selbst und eine Flachbatterie hatte. Sie knipste sie an und folgte dem schwachen, gelben Licht in die Tiefe des Ganges.

Jahrhundertelang war sie nicht mehr hier gewesen. Sie würde es wahrscheinlich noch nicht einmal schaffen, das eigene Abteil zu finden. Wo war sie? Sie richtete die Taschenlampe auf eine aus einigen losen Brettern zusammengezimmerte Tür, um die Nummer zu lesen. 4. Links die 63. Also musste sich ihr Kellerabteil irgendwo weiter hinten befinden. Sie machte zwei Schritte nach vorn. Rechts 5, links 62. Rechts 6, links 61. Rechts 7, links 60. Sie ging weiter und dachte dabei mehr daran, wo sich ihr Keller befand, als an die Gefahr, die sie bedrohte (tatsächlich?). Sie kam zur ersten Kreuzung der Gänge und gelangte zu dem Nummernpaar 20 – 40. Sie sah sich um. Das Licht der archaischen Taschenlampe reichte nicht bis zum Eingang zurück. Sie sah lediglich die Kreuzung und dahinter zwei Holztüren, eine davon war grün angestrichen. Dahinter nur Dunkelheit. Genauso war es auf der anderen Seite. Erst jetzt fühlte sie sich verunsichert. Sie hängte sich die Taschenlampe um den Hals und entsicherte ihre Waffe – das Kunststofffläschchen mit dem wundersamen Wasser aus der Quelle in Lourdes. Das Fläschchen hatte die Form der berühmten Statue in der Grotte von Massabielle. Emilia Wierzbicka bespritzte sich ihre Hände mit dem Wasser und benetzte dann ihr Gesicht mit den feuchten Händen. Jetzt fühlte sie sich ein wenig sicherer. Sie ging weiter.

Rechts 27, links 34. Plötzlich hielt sie an. Bis zu diesem Zeitpunkt war das Licht der Taschenlampe durch die Holztüren in das Innere der Abteile gefallen und hatte gestreifte Muster auf die innen stehenden Kartons, Bretter, Schachteln, Plastiktüten, künstlichen Weihnachtsbäume, Schlitten, Farbdosen, Autoreifen und all das, was man in Kellern aufbewahren kann, geworfen. Dieses Mal aber blinkte ihr hinter den Brettern, auf der linken Seite bei der Nummer 34, etwas anderes entgegen. Es war dünn, weiß und gebogen. Ein weiß emailliertes Metallrohr. Möglicherweise war es ein Teil eines Krankenhausbettes. So wie das Bett, in dem fünf Stockwerke höher ihre sabbernde Mutter lag.

Sie spürte, wie ihr Blutdruck stieg. Das Blut rauschte in ihren Schläfen, ihre Fingerspitzen wurden taub. Die Hand mit der Taschenlampe richtete sich gegen Emilias Willen noch einmal auf die Tür auf der linken Seite. Das Licht holte aus der Dunkelheit das emaillierte Rohr hervor. Sie näherte ihr Gesicht dem Spalt zwischen den Brettern. Tatsächlich, dort stand ein Krankenhausbett auf arretierbaren Gummirollen, mit einem Hebemechanismus und mit herunterklappbaren Seitenteilen. Es war mit verstaubten Kartons vollgestellt, und man hätte es fast für ein vergessenes altes Möbelstück halten können, doch es war mit einer blitzsauberen, weißen Bettwäsche samt dunkelblauem Rand bezogen. Frisch gesteift und gebügelt. Die Bändchen des Bezugs waren zu absolut symmetrischen, doppelten Schleifen gebunden. Solche Schleifen, wie sie selbst am eigenen Bettzeug und dem ihrer Mutter zu binden pflegte.

Etwas stimmte nicht.

Schwer atmend trat sie zurück und richtete ihren Blick auf die nächste Tür. Rechts sollte die Nummer 28 sein. Da war sie auch. Die linke Tür sollte die Nummer 33 haben. Doch hier war auch die 28 zu sehen.

Willkommen daheim.

Sie schrie lautlos auf, als sich die Vorhängeschlösser bei beiden Abteilen öffneten, auf den Boden fielen und sich die Türen ein wenig nach außen öffneten. Sie luden Emilia ins Innere ein. »Fürchtet euch nicht«, in ihrem Kopf donnerten die Worte des Heiligen Vaters. »Fürchtet euch nicht. Öffnet Christus die Tür.« Krampfhaft hielt sie das Fläschchen aus Lourdes in der Hand und spritzte einige Tropfen zur offenen Tür. Das Wasser fiel auf den Boden und versickerte im alten Staub. Nichts passierte. Sie machte zwei Schritte vorwärts und schob ihren Kopf so weit wie möglich nach vorne. Sie wollte einen Blick ins Innere werfen, zugleich war sie die ganze Zeit bereit zur Flucht.

In den beiden offenen Abteilen befanden sich keine Kartons. Kein Müll, kein unbrauchbares Gerümpel, keine zufälligen Gegenstände, die zu einem Dasein in Dunkelheit und Feuchtigkeit verurteilt gewesen wären.

Auf der linken Seite stand ein hölzerner Beichtstuhl – das Betpult war zu ihr hin gerichtet. Sie sah ein durch Tausende von Knien poliertes Brett, eine Leiste zum Abstützen der Hände, ein Holzgitter, an dem eine Folie mit Reißzwecken befestigt war.

An der nicht verputzten Stahlbetonwand bewegte sich dort, wo der Eingang zum Beichtstuhl war, eine violettfarbene Stola hin und her – ein Zeichen, dass der Priester drinnen war und auf diejenigen wartete, die das Sakrament der Buße ablegen wollten. Ob drinnen tatsächlich jemand saß, konnte sie nicht sehen. Doch sie spürte, dass der Ort nicht leer war.

Sie wandte den Blick ab und spähte in die Tiefe des Raumes auf der rechten Seite. Noch bevor sie mit der Taschenlampe dorthin leuchtete, flackerten im Innern einige Friedhofslichter orange auf. Ein bernsteinfarbenes Licht tänzelte auf den Wänden des Kellerabteils, auf Plastikblumen, die in eine grüne Vase gestopft waren, auf einem grauschwarzen Terrazzograbstein und auf der darauf eingemeißelten Grabinschrift.

Leszek Wierzbicki. Er lebte 54 Jahre. Er starb einsam.

Helena Wierzbicka. Sie lebte 78 Jahre. Sie starb im Bett.

Ania Marysia Wierzbicka. Sie lebte 22 Jahre. Sie starb auf eigenen Wunsch hin.

Sie bleiben für immer in Erinnerung der sie liebenden Tochter und der Enkelin, die niemals gezeugt wurde.

Die Taschenlampe glitt aus Ania Marysias Händen, schlug auf dem Betonboden auf und erlosch. Die einzige Lichtquelle waren nun die flackernden Kerzen. Diese Wahl habe ich also, dachte sie. In diesem Fall mache ich wohl das, was ich immer tue. Ich kehre um. Sie bewegte sich und merkte, dass es keine Umkehr gab. Dass sie eine Wahl treffen musste. Hinter ihr wellte sich der Vorhang des Nichts. Er verschluckte sämtliches Licht, das ohnehin nur spärlich vorhanden war, und schnitt den einzigen Fluchtweg ab. Die Frau hatte keine Kraft mehr, um hysterisch zu werden. Sie fühlte sich nur noch erschöpft. Sehr erschöpft. Mit leerem Blick schaute sie noch einmal auf den Familiengrabstein, dann auf das Betpult, das auf ein Beichtkind wartete.

Sie erinnerte sich an eine Beichte vor einigen Monaten. Nachdem sie alle Sünden gebeichtet hatte, begann sie über ihr Schicksal zu jammern. »Häufig haben wir es schwer und es geht uns schlecht«, hatte der Priester entgegnet, nachdem sie ihm ihr Leid geklagt hatte. »Dann sollten wir uns daran erinnern, dass unser Leben nicht nur aus diesem einen Augenblick besteht, in dem die Welt über uns zusammenbricht. Unser Leben, das sind all die wunderbaren Momente, die wir erlebt haben, zu denen wir immer wieder zurückkehren wollen. Sie stärken unsere Seele. Die Zeit jedoch, die wir bereuen, würden wir gerne ungeschehen machen, sie schwächt uns. Vergiss diese Schwäche nicht, meine Tochter, doch lass sie nicht deine Stärke besiegen. Gott erlaubt es uns, schwach zu sein, doch er möchte nicht, dass wir aufgeben«, hatte der Beichtvater mit monotoner Stimme erzählt. Doch sie hatte sich nur mit Mühe zurückhalten können, um nicht loszuheulen: »Du Dummkopf, du hast keine Ahnung, wovon du sprichst. Seit zwanzig Jahren bedaure ich jede einzelne Sekunde, die ich zubringe. Ich möchte, dass sie alle verschwinden, dass sie sich als langer, langweiliger Traum entpuppen. Wenn du über schöne Momente und wunderbare Augenblicke sprichst, sehe ich einen schwarzen Bildschirm vor mir. Ich sehe ihn und mir ist nach Heulen zumute, denn es gibt keine einzige Erinnerung, die ich darauf projizieren könnte.«

Ein schwarzer Bildschirm. Darauf waren keine Gefühle zu Menschen sichtbar, keine Gnade des Glaubens erstrahlte, er wurde nicht durch bunte Erinnerungen oder strahlende Zukunftspläne erhellt. Über dreißig Jahre hinweg war sie die einzige Zuschauerin in einem abgeschlossenen Kino gewesen. Und das auf eigenen Wunsch.

»Ich bin tot, und es hat keinen Sinn, so zu tun, als wäre es anders«, flüsterte sie und trat näher an den Grabstein. Sie griff mit der Hand nach hinten, um hinter sich die Tür zu schließen.

5.

Es ist doch komisch, dachte Wiktor, wie hehr und edel Angst in Geschichten beschrieben wird. Wahrscheinlich von Menschen, deren einzige Sorge es war, dass an der Kasse im Einkaufszentrum die Kreditkarte abgelehnt wurde und der Verkäufer missbilligend dreinschaute. Helden auf dem Papier konnten vor Entsetzen sprachlos werden, sie wurden von einer eisigen Kälte durchdrungen, die kurzen Nackenhärchen standen ihnen zu Berge, und in ihrem Magen tauchte ein schwerer Stein auf. In all diesen Beschreibungen der Todesangst fehlte das wesentliche Element. Denn im Moment der Todesangst hatte der

Mensch einen unheimlich starken Drang, sich in die Hose zu machen.

Wiktor stand unten im Keller. Der Schein der auf den Stufen aufgestellten Grablichter war hier kaum sichtbar. Das weiße Licht seiner Stirnlampe ließ die schwere, abschließbare Tür größer erscheinen, als sie tatsächlich war. Er betrachtete diese Tür, die identisch mit der Tür aus seinem Traum war, und hatte das Gefühl, dass er sich vor Angst gleich die Hosen vollscheißen würde. Er schnallte seinen Gürtel auf, um im Fall der Fälle seine Klamotten nicht einzusauen und im Kampf mit dem ewigen Bösen einen Rest von Würde zu bewahren. Oder vielmehr im Kampf mit diesem verdammten Hurendreck.

Immer noch konnte er nicht fassen, dass er hier war. Noch vor einigen Augenblicken hatte er mit den anderen oben gestanden und gewartet, was mit Emilia Wierzbicka passieren würde. Die anhaltende Stille hatte ihn weitaus mehr beunruhigt, als es irgendwelche Schreie vermocht hätten. Schreie waren sie gewohnt, damit hatten sie gerechnet, nicht aber mit dieser Stille. Sie lauschten angestrengt. Plötzlich wurde ein Gegenstand aus der Tiefe des Kellers nach oben geworfen, so dass viele anstelle von Emilia Wierzbicka entsetzt aufschrien.

Es war das Kruzifix, das die Frau in der Hand gehalten hatte. Es war nicht kaputt, es war nicht verbogen, es war nicht mit Blut beschmiert, und man konnte darauf keine tiefen Spuren teuflischer Klauen erkennen. Doch es war da – und das reichte vollkommen.

»Na, dann ist ja alles klar«, sagte jemand schwermütig, wahrscheinlich der Hausmeister. Wiktor dachte in diesem Moment, dass es wahrscheinlich der witzigste Satz des Tages war. Nun standen sie erneut vor dem Problem, wer als Nächster hinuntergehen sollte, und sofort waren sich alle einig, dass es Stopa sein sollte, dessen Urteil zwar aufgeschoben, jedoch nicht aufgehoben worden war. Das war selbstverständlich.

Nicht aber für Stopa. Während Wiktor mit Kamil darüber

sprach, ob sie überhaupt noch hinuntergehen sollten, begann jemand, Stopa als feigen Dreckskerl zu beschimpfen. Es war ein junger Bursche, der alleine wohnte, wohl in einem der letzten Stockwerke.

»Ihr glaubt nicht, was mir dieser Hammel angeboten hat«, sagte er erbost. »Er hat gesagt, dass er mir hunderttausend Złoty geben würde, wenn ich an seiner Stelle ginge!«

»Das stimmt nicht. Dieser Mistkerl denkt sich das aus!«, schrie Stopa hysterisch. »Er hat mir von sich aus angeboten zu gehen. Wirklich, Leute, ganz ehrlich! Er hat gesagt, dass er für mich gehen würde. Na los, sag ihnen, dass es die Wahrheit ist.«

Die Leute schwiegen, und Stopa, in sich zusammengeschrumpft wie ein Troll aus nordischen Sagen, trat an Wiktor heran. »Panie Sukiennik«, sagte er in einem konspirativen Flüsterton, der in der Stille aber deutlich zu hören war, »verstehen Sie doch! Sie sind doch ein kluger Mensch. Ich gehöre zur Elite dieses Landes. Ich bin gebildet, wohlhabend, ich zahle hohe Steuern, ich gebe mein Wissen an andere weiter. Ich bin Psychologe, helfe Menschen, ihre Probleme zu überwinden, zeige ihnen einen einfachen Weg auf. Ich weiß, dass es im ersten Moment vielleicht merkwürdig klingen mag, doch ich bin einfach zu wertvoll. Wenn ich gehe und dann sterbe, wird der Verlust größer sein, als wenn ein anderer gehen würde. Ein anderer würde nur sich selbst verlieren, vor allem so ein einsamer Einfaltspinsel wie dieser Junge. Schauen Sie doch selbst – aus ihm wird sowieso nichts werden. Panie Sukiennik, es war doch immer so, dass die einfachen Bürger für ihre Anführer in den Kampf gezogen sind. Der Tod von tausend Bauern hat für das Kollektiv keine Bedeutung, doch der Tod einiger Magnaten kann bewirken, dass alles auseinanderfällt. Was wäre Wałęsa wert gewesen, wenn er statt Janek Wiśniewski getötet worden wäre? Wir, Panie Sukiennik, genau wir«, er hielt seine Hand so fest, dass Wiktors Finger beinahe taub wurden, »sind die Anführer, die von der Anhöhe aus die Entwicklung der Schlacht beobachten, doch sich nicht in das Gemetzel an der Front begeben. Verstehen Sie? Schicken wir diesen Jungen, Sie werden es nicht bereuen. Verstehen wir uns? Sie werden es nicht bereuen.«

Jemand fluchte heftig. Wiktor empfand einen zu großen Ekel, um etwas zu sagen. Stopa verstand, dass sein Versuch ins Leere gelaufen war. Er kniete sich auf den Fußboden und pinkelte sich in die Hose. Er kauerte mit offenem Mund in der größer werdenden Urinpfütze. Sein Gesicht war so bleich, dass es schon gelb wirkte. Mit den Händen klammerte er sich an Wiktors Hemd fest, und plötzlich veränderte sich etwas in ihm. Seine Gesichtszüge wurden steif, und der unruhige Blick erstarrte. Aus seinem Mund lief Speichel. Janusz Stopa wurde wahnsinnig. Und wenn nicht, dann trennte ihn vom Wahnsinn lediglich eine hauchdünne Grenze – so dünn wie die Beschichtung einer Teflonpfanne.

In diesem Augenblick hörte Wiktor – zu seiner großen Verwunderung –, wie seine eigene Stimme sagte, dass nur diejenigen hinuntergehen würden, die es wollten, und dass er jetzt gehen würde. Nicht ohne Mühe bog er Stopas Finger auseinander, um sein Hemd zu befreien. Er achtete nicht auf Agnieszka, die fast hysterisch war, hörte sich noch einige Worte vom Hausmeister an, und dann stieg er hinab.

Warum hatte er es getan? Er hatte nicht den blassesten Schimmer. Zweifellos war dies die dümmste Entscheidung seines einige Jahrzehnte dauernden Lebens gewesen. Warum, warum, warum? In seinem Kopf war bloß diese eine verzweifelte Frage. Er konnte auch wieder umkehren, dachte er. Es wäre zwar schmählich, aber was sollte es. Besser Schmach erleiden, als vor Angst oder durch dieses Etwas zu sterben.

WARUM?

Er seufzte. In Wirklichkeit kannte er die Antwort. Er hatte sich entschieden, weil er an einem Punkt angelangt war, an dem er nicht länger zögern durfte. Alles, bloß kein feiges Abwarten mehr! So hatte er zumindest vorhin gedacht. In diesem Moment hätte er beinahe seine Meinung geändert. Doch nur beinahe.

Und nun stand er hier, vor einer Tür, die aussah wie die in der Ulica Wilcza. Hinter dieser Tür hatte er einen Schutzraum gefunden, der ausschließlich Mördern Schutz gewährt hatte und für die Seele eines gewissen jungen Mädchens zum Grab geworden war. Wiktor stand da und musste furchtbar dringend scheißen.

Noch einige Sekunden lang kämpfte er mit sich selbst, dann verrichtete er an der Wand sein Geschäft und stellte sich erneut vor die Tür.

Er wollte sie zu sich heranziehen, doch sie war fest verschlossen. So fest, dass er seine gesamte Kraft aufwenden musste (er war kein Athlet, doch schwächlich war er auch nicht), um das Schloss aufzusperren, dann die schwere Tür ein wenig zu öffnen und hindurchzugehen.

Dahinter lag der gleiche Gang. Wie sollte es auch anders sein? An der Decke Birnen in Gitterummantelungen; auf der rechten Seite, hinter einer grünweißen Tür, irgendwelche kleinen Räume. Auf der linken Seite ein größerer Saal mit einem Konferenztisch, der mit einem grünem Tuch bedeckt war. Am Ende des Gangs befand sich auf der rechten Seite die einzige Lichtquelle außer seiner Stirnlampe – eine leicht geöffnete Tür zu den Duschräumen.

So viel Mühe, um das nicht zu Ende zu träumen, ein Meer von Alkohol, um das eigene Bewusstsein von dieser Vision abzuschirmen, eine übermenschliche Anstrengung im Kampf gegen den Schlaf – all das, um letztlich bewusst und auf eigenen Wunsch in diesen Albtraum einzusteigen. Was für ein Trip.

Wiktor sog durch die Nase Luft ein und erschauerte. Gleichzeitig durchzuckte ein schmerzhafter Krampf seinen Darm. Der feuchte Keller roch nach scharfem Schweiß und süßlichem Blut. Einen Augenblick lang hatte er noch die Hoffnung, dass sich lediglich die reale Szene wiederholen würde, die er erlebt hatte, als er in den leeren Raum gekommen war. Das wäre zu ertragen gewesen. Doch nein! Vom Ende des Gangs erreichten ihn gedämpfte Geräusche. Das Licht flackerte, immer wieder wurde es durch einen Körper abgeschirmt. Zweifellos war er hier nicht alleine, und der Raum war mit Sicherheit nicht leer. Wiktor wurde klar, dass ihm nichts erspart bleiben würde.

Jeder Schritt in Richtung des dünnen Lichtstreifens kam ihm so anstrengend vor, als würde er mit eigener Kraft die Stützen eines Baukrans umstellen. Wiktors Körper – sichtlich klüger als er selbst – widersetzte sich ihm, wollte seinem Willen nicht gehorchen, wollte nicht dorthingehen. Nach vier Schritten hielt Wiktor schnaufend an. Er hatte den Eindruck, gleich bewusstlos zu werden. Er stützte sich mit der Hand an der Wand ab und ließ seinen Kopf hängen. Er sah aus wie ein Sportler nach einem Langstreckenlauf.

Und dennoch ist etwas anders, dachte er. Im Traum kämpfte ich nach Kräften, um anzuhalten, und jetzt kämpfe ich, um vorwärtszukommen. Im Traum wurde ich fast verrückt vor animalischem Entsetzen, ich war an der Grenze des Wahnsinns. Jetzt habe ich zwar auch teuflische Angst, so dass ich mir sogar die Hosen vollscheiße, doch ich werde nicht verrückt. Eigentlich – Wiktor streckte sich plötzlich, so erstaunlich war dieser Gedanke – ist das hier besser. Na gut, vielleicht nicht gerade besser, aber anders. Außerdem tauchte ein neues Gefühl auf, das bisher nicht vorhanden gewesen war: Neugier. Irgendwo hinter dem dicken Angstvorhang war er neugierig, was passieren würde, wenn er bis zum Ende ging und es keinen Albtraum mehr geben würde, der andere Gefühle aus dem Bewusstsein verdrängte. Wer würde er sein?

Mit diesem neuen Gedanken schaffte er einige weitere Meter. Sie waren nicht einfacher, als die vorherigen. Ganz im Gegenteil. Von der Klinke trennten ihn noch drei, vielleicht vier Schritte.

»Zum Teufel mit der Neugier«, röchelte er leise und bekam nur mit Mühe Luft. »Zum Teufel mit allem. Warum habe ich nichts, womit ich mir ein Loch in den Kopf schlagen könnte?«

Mit dem Rücken an die Wand gelehnt, fluchte er unbewusst die ganze Zeit. Er erreichte die Tür und legte die Hand auf die gewöhnliche Aluminiumklinke. Er konnte sich nicht dazu bringen, durch den Spalt einen Blick ins Innere zu werfen. Er stand einfach da. Das Herz, das sein Blut mit einer viel höheren Geschwindigkeit als üblich durch den Körper pumpte, verlangte nach Sauerstoff. Wiktors Atem ging schnell und erzeugte ein pfeifendes Geräusch. Es war ein segensreiches Pfeifen, da es die aus dem Raum kommenden Geräusche übertönte.

Nicht ganz.

Er hörte jemanden lachen und dann ein anhaltendes leidvolles Stöhnen. Er erkannte die Stimme. Er würde sie immer und überall erkennen, in einer Million Jahren und am anderen Ende des Weltalls. Er erkannte die Stimme und begann zu weinen. Dabei wiederholte er ununterbrochen: »Nein, nein, nur das nicht, bitte, nein!«

Es schluchzte sehr lange, doch die ganze Zeit über ließ er die Klinke nicht los.

Schließlich schloss er die Augen, riss seinen Körper von der Wand los, machte einen Schritt und stellte sich direkt vor den Eingang. Dabei hielt er krampfhaft die Klinke fest. Nun ließ er sie los und legte die Hand an die Tür. Er öffnete die Augen. Jetzt würde es genügen, wenn er sie leicht nach vorne drückte. Alles, was sich drinnen abspielte, würde vor seinen Augen zu sehen sein.

Er lächelte. Kann ich etwas Schlimmeres sehen als das, was ich mir bereits vorgestellt habe, fragte er sich. Wird dort etwas sein, worüber ich nichts weiß? Etwas, worüber ich mir nicht bewusst bin? Jetzt, da schon alles klar ist?

Er spannte die Muskeln seines Unterarms an, um die grün

gestrichene Brettertür aufzudrücken, doch genau in diesem Moment berührte jemand seine Hand.

Eine Frau. Schlank, nicht viel kleiner als er, sehr hübsch, mit schwarzen Haaren, die am Hinterkopf zusammengebunden waren. Sie trug ein graues Kleid mit einer Schürze. Ein kleines Mädchen, höchstens fünf Jahre alt, hielt ihre Hand. Sie sah ihrer Mutter so ähnlich, dass sie wie eine verkleinerte Kopie wirkte. Beide lächelten ihm zu.

Wiktor wusste sofort, wer sie waren. Seit gestern hatte er überlegt, warum im Wohnblock nur Täter wohnten, nur Selbstmörder, die in ungeweihter Erde begraben worden waren. Er hatte überlegt, wo Marianna und ihre kleine Tochter waren.

»Es ist nicht nötig«, sagte die Frau zu ihm, ohne ihren Mund zu öffnen. »Es reicht, dass du es weißt. Und dass du es möchtest.«

Sie lächelte nochmals und verschwand. Und gemeinsam mit ihr verschwanden ihre Tochter, die grüne Tür zusammen mit dem Licht und den Geräuschen dahinter sowie das Innere des Schutzraums in der Ulica Wilcza. Nur Wiktor blieb übrig. Er stand im schmalen Gang eines gewöhnlichen Kellers eines Wohnblocks in Bródno und blickte auf Regale voller eingemachter Sachen, die der Bewohner der Wohnung Nummer 47 in seinem Kellerabteil lagerte. Deutlich sah er die Aufschrift auf einem der Einmachgläser: »Erdbeeren 2001«.

Er war frei.

Na gut, vielleicht noch nicht ganz, denn im selben Moment, in dem er vor Freude loslachen wollte, sprang jemand von hinten auf seinen Rücken und begann ihn zu würgen.

6.

Wiktor war mehr überrascht als erschrocken. Erst als er den höllischen Schmerz seines gequetschten Kehlkopfes spürte und begriff, dass er außerstande war, Luft zu holen, begann er zu handeln. Er griff nach den Fingern auf seiner Kehle und versuchte, sie zurückzubiegen, doch der Griff war zu stark. Er beugte sich heftig nach vorn, um den Angreifer abzuwerfen, doch dieser hatte seine Beine um Wiktors Hüften geschlungen und klammerte sich fest. Noch einmal griff er nach den Fingern des Kerls, der bereits fast ein Mörder war, und erreichte genauso wenig. Vor Wiktors Augen erschienen schwarze Flecken. Er wollte nicht glauben, dass ihn jetzt, nach allem, was hier geschehen war, einfach jemand erwürgte.

Mit voller Wucht warf er sich nach hinten und schmetterte den auf ihm hängenden Angreifer gegen die Wand. Dieser stöhnte, lockerte seinen Würgegriff jedoch nicht. Wiktor wiederholte das Manöver mit aller ihm noch zur Verfügung stehenden Kraft. Dieses Mal schrie der Kerl auf seinem Rücken auf, und Wiktor gelang es, seinen Hals von dessen Händen zu befreien und ihn abzuschütteln.

Er schnappte gierig nach Luft und hatte dabei das Gefühl, als würde eine verrostete Egge seinen Kehlkopf umpflügen. Er drehte sich um, holte mächtig aus und trat dem verhinderten Mörder präzise und geradewegs in die Eier. Er roch den Duft von Erdbeeren, und es schoss ihm durch den Kopf, dass dies wohl die merkwürdigste Halluzination war, die er in letzter Zeit erlebt hatte.

Robert wurde ohnmächtig, ohne einen Ton von sich zu geben. Wiktor betrachtete ihn eigentlich ohne Verwunderung. Er hatte gespürt, dass etwas nicht stimmte, als Robert aus dem Nichts heraus aufgetaucht war. Dieses pathetische Gehabe, sein seichtes Bitten um Vergebung, seine gespielte Reue – all das hätte aus einer Telenovela stammen können. Warum hatte

Wiktor nicht reagiert? Er war glücklich gewesen, dass ein Trottel aufgetaucht war, der bereit war, nach unten zu gehen.

Konzentrier dich, Sukiennik, konzentrier dich, dachte er, während er sich den Schweiß von der Stirn wischte. Erstens: Wo ist Emilia Wierzbicka? Zweitens: Warum ist es hier so verdammt heiß? Drittens: Was sind das für Geräusche?

Er blickte sich um. Das Erste, was er sah, war ein Lichtschalter. Ein gewöhnlicher Schalter mit einer vergilbten Plastikummantelung. Er knipste ihn an. Es funktionierte. Am Ende des Gangs sah er eine offene Zelle und lief in diese Richtung.

»Wiktor! Wiktor! Was ist los?« Agnieszkas Stimme.

»Alles in Ordnung!«, brüllte er zurück und bekam sofort die Quittung, denn es fühlte sich an, als würde seine Kehle in kleine, blutige Stückchen zerfetzt. Er lief weiter.

In einem Kellerabteil lag auf blauen Säcken Emilia Wierzbicka. Ihr Hals war von bläulichen Striemen gezeichnet.

Bitte nicht, dachte er und beugte sich über die Frau. Er berührte mit den Fingern einen riesigen blauen Fleck und fühlte ihren Pulsschlag. Schwach und langsam, als ob er von weit her drang, doch ein Pulsschlag. Sie lebte!

Er griff vorsichtig unter ihre Arme und zog sie in den Gang. In diesem Moment bemerkte er, dass Emilia Wierzbicka nicht die einzige Mieterin dieses unterirdischen Apartments war. Unter den Säcken ragten zwei kleine Füße in Strümpfen hervor. Er warf schnell die Säcke beiseite. Die darunter begrabene junge Frau in einem grauen Kleid war ohne Zweifel nicht mehr am Leben, und das bereits seit einigen Tagen. Das Leben war zusammen mit dem Blut aus ihr herausgeflossen, und zwar durch eine schmale, ins Dekolleté geschnittene Öffnung, direkt über dem Herzen. Nur mit Mühe konnte er verhindern, dass er sich übergeben musste.

Es war so heiß wie in einer Sauna, und es roch nach erhitztem Metall. Ein merkwürdiges Rauschen und Knarren wurde immer lauter. Etwas zischte laut direkt hinter seinem Rücken.

Er drehte sich um und sah auf der anderen Seite des Gangs eine Tür mit dem Schild: HEIZKELLER.

Er öffnete sie, und beinahe hätte ihn die Wärmewelle umgeworfen. Die Kessel, Rohre und Leitungen vibrierten. An einigen Stellen drang aus den Ventilen zischend Dampf heraus. Alles sah so aus, als würde es gleich in die Luft fliegen.

»In die Luft fliegen?« Unbewusst wiederholte Wiktor laut den letzten Gedanken. »Nur nicht gleich übertreiben!«

Es zischte. Eines der alten Rundventile, die von Jugendlichen anstelle von Schlagringen benutzt und als »Hähnchen« bezeichnet werden, riss sich vom Rohr los, flog ein paar Zentimeter an Wiktors Kopf vorbei und schlug hinter seinem Rücken ein Loch von der Größe eines Apfels in die Wand. Eines großen Apfels!

Wiktor schüttelte es. Er wuchtete Emilia Wierzbicka über seine Schulter und bewegte sich auf den Ausgang zu. Er hörte, wie hinter ihm die nächsten Ventile schossen. Er stieg die Treppen rauf, taumelte vor Erschöpfung und stieß dabei brennende Grablichter um. Im Erdgeschoss standen alle so da wie vorher, genauso entsetzt, mit der gleichen Panik in ihren Augen.

»Was ist dort unten los? Was ist mit ihr? Was geht hier vor? Wo ist Robert?« Agnieszka blickte ihn mit weit aufgerissenen Augen an.

Sie musste auf die Antwort warten, bis Wiktor nach Luft geschnappt hatte.

»Wir müssen hier raus, so schnell es nur geht«, röchelte er. »Zwei Männer sollen runtergehen und Robert holen. Er liegt im Gang …«

Keiner rührte sich.

»Na los, verdammt noch mal! Da ist nichts mehr. Der Fluch ist vorbei. Das Licht brennt. Die Geister haben sich versteckt. Kamil, schnapp dir jemanden, zack, zack, wir haben keine Zeit! Wir könnten alle gleich in die Luft fliegen.«

Kamil fasste den widerwilligen Hausmeister bei der Hand und zog ihn die Treppe hinunter. Agnieszka lief mit ihnen nach unten. Alle Übrigen standen regungslos da.

»Leute, seid ihr taub? Ich sage doch, dass wir rausgehen.« Er deutete mit einer Kopfbewegung zur Eingangstür.

»Aber«, stammelte jemand, »aber das geht doch nicht. Das Schwarze ist da.«

Wiktor setzte Emilia vorsichtig auf dem Boden ab und lief zum Eingangsbereich. Tatsächlich. Die schwarzen Säulen standen dort genauso wie vorher und versperrten den Weg zum Ausgang. Dieser war ebenfalls noch immer mit einem Vorhang des Nichts verhüllt. Wiktor war verwirrt. Was sollte das? Es war doch alles vorbei. Er war doch frei.

Kamil und der Hausmeister kamen zurück. Gemeinsam trugen sie den bewusstlosen Robert. Agnieszka ging weinend hinter ihnen her. Alle stellten sich hinter Wiktor auf, der plötzlich begriff, was zu tun war.

»Jemand soll Emilia Wierzbicka tragen«, sagte er, »wir gehen raus!«

Ohne die Augen zu schließen, ging er energischen Schrittes auf die Tür zu. Als er in die erste Säule des Nichts hineintrat, stöhnten die Leute hinter ihm, doch er fühlte nichts. Es war, als träte er in eine dichte, geruchlose Rauchwolke, die sofort grau wurde und sich wie Zigarettenrauch im Wind auflöste. Er ging durch die nächste Säule hindurch, lief die Stufen hinunter und gelangte zum Vorhang vor der Tür. Er zögerte kurz, doch dann machte er einen Schritt und trat nach draußen.

Es war ein wunderbar sonniger Tag. Der wohl schönste Novembertag, den er jemals gesehen hatte. Er holte tief Luft. Es roch nach Kälte und feuchter Erde. Von der Kondratowicz drangen gleichmäßige Autogeräusche herüber, unterbrochen durch den dumpfen Klang eines Teppichklopfers und dem Lachen eines Kleinkinds, das auf einem Dreirad mit Kunststoffrädern über den Rasen fuhr.

Er brach in ein ehrliches, lautes Lachen aus. So wie es ihm seit Jahren nicht mehr passiert war.

»Wiktor, Wiktor!« Agnieszka stand neben ihm und riss ihn am Arm. »Wir müssen die Mutter von Emilia Wierzbicka rausholen. Sie ist oben in ihrem Bett!«

Beim Gedanken, dass er wieder dort hinein musste, verzog er sein Gesicht, doch er lief in den Eingangsbereich und zwängte sich zwischen den Leuten hindurch, die lachend und weinend nach draußen gingen.

Vom schwarzen Nebel war keine Spur mehr zu sehen. Wiktor hielt plötzlich an. Und was war mit der Schlange aus dem fünften Stock? Dem lieben Nachbarn? Nicht, dass er ein Fan von ihm gewesen wäre, aber man konnte ihn doch nicht einfach dort lassen.

Er hielt Janusz Stopa auf.

»Hör mal«, sagte er, »jetzt hast du endlich die Chance, etwas Sinnvolles zu tun. In der Wohnung … Agnieszka, was für eine Nummer ist das?«

»Achtundzwanzig«, erwiderte sie.

»In der Wohnung Nummer achtundzwanzig lebt eine kranke, alte Dame. Nimm jemanden mit, der dir hilft, und trag sie runter. Ich selbst muss einen Behinderten holen. Okay?« Er sah ihm tief in die Augen.

Stopa wollte ablehnen, doch in Wiktors Gesicht musste er etwas herausgelesen haben, das ihm befahl, seine Meinung zu ändern.

»Okay«, sagte er und nickte zustimmend. Immerhin.

Wiktor lief in das Treppenhaus, Agnieszka und Kamil folgten ihm.

»Seid ihr verrückt geworden?«, fragte Wiktor entnervt. »Haut hier ab! Ich schaff das schon.«

Aus dem Keller erreichte sie ein dumpfer Knall. Wiktor hörte beinahe das Ticken einer Uhr, das die Zeit bis zum Ende abzählte. Wie am Schluss des ersten Teils von ›Alien‹, als der

Computer mit einer unpersönlichen Stimme die verbleibende Zeit bis zur Zerstörung des Raumschiffs mitteilte.

»Du schaffst es nicht alleine«, antworteten die anderen beiden gleichzeitig.

Sie wussten, dass es nicht stimmte, aber sie hatten keine Zeit, sich zu streiten. Wiktor winkte, und gemeinsam eilten sie nach oben.

7.

Als sie außer Atem im fünften Stock ankamen, waren das Gitter zum Gang und die Tür zur Wohnung des ungewöhnlichen Nachbarn offen. Er erwartete sie.

Etwas zischte im gelben Kästchen mit dem Gaszähler. Ein dünnes Rohr, durch das Gas strömte, erzitterte und beulte sich an einer Stelle aus, so als ob jemand mehr hindurchdrücken wollte, als möglich war.

»Wir haben nicht viel Zeit«, sagte Agnieszka verängstigt.

Sie betraten die Wohnung. Der Schrank war zu, alle Papiere waren aufgeräumt, und der gesamte Wohnbereich sah ordentlich geputzt aus. Python (sie wussten nicht einmal, wie er hieß) saß in seinem Rollstuhl, hatte dunkle Halbschuhe, eine dunkle Hose und ein cremefarbenes, altmodisches Hemd an. Der Kragen und die Ärmel waren akkurat zugeknöpft.

»Es hat geklappt! Der Wohnblock ist offen!«, rief ihm Agnieszka freudig zu.

Er lächelte nicht. Sicher wusste er es schon.

Agnieszka eilte zum Rollstuhl und schob ihn auf die Tür zu.

»Wir müssen Sie hier rausbringen«, sagte sie, »wir wissen nicht, ob nicht gleich alles in die Luft fliegen wird. Wir dürfen keinen Augenblick verlieren.«

Der Rollstuhl hielt jäh an, als Python mit seinen adrigen

Händen an die Räder fasste. Agnieszka flog nach vorne, konnte sich aber auf den Füßen halten, weil sie sich an den Gummigriffen des Rollstuhls festhielt.

»Jetzt machen Sie hier keinen Blödsinn«, sagte sie im Ton eines beleidigten kleinen Mädchens. »Wiktor, Kamil, helft mir!«

»Ich muss bleiben«, sagte der Nachbar mit ruhiger Stimme.

»Was heißt das? Das verstehe ich nicht.«

»Pan Sukiennik ahnt sicher, weshalb.«

Agnieszka richtete ihren Blick auf Wiktor.

»Was geht hier vor? Was ahnst du?«, fragte sie.

Wiktor schwieg, also antwortete die Schlange für ihn:

»Weil wir diesen Ort nicht verlassen. Es ist schlicht nicht möglich. Wir wohnen hier. Äußerst ungern, das gebe ich zu, denn wir wären lieber woanders, wesentlich … weiter fort, doch wir können hier nicht raus.«

Plötzlich verstand Agnieszka. Sie ließ die Griffe des Rollstuhls los, als würden sie brennen. Bleich und mit weit aufgerissenen Augen rückte sie von dem Mann ab und stellte sich neben Wiktor.

»Das … das ist unmöglich«, wimmerte sie, »das ist nicht wahr.«

Der Nachbar lächelte nachsichtig.

»Meine Liebe«, sagte er, »die letzten Tage hätten Ihre Definition von Begriffen wie ›möglich‹ und ›wahr‹ doch eigentlich verändern müssen. So wie bestimmte Vorstellungen bezüglich der klassischen Ontologie sich eigentlich geändert haben müssten«, sagte er und fügte hinzu, »das heißt, nicht alle Lebewesen sind so, wie sie sich Ihnen darstellen.«

Keiner sagte etwas, doch nur Agnieszka sah erschüttert aus.

»Ach, ich hätte fast vergessen, mich vorzustellen.« Mit der Hand machte er eine eigenartige, antiquiert wirkende Geste. »Priester Stanisław Warslich aus der Rosenkranzgemeinde im alten Bródno. Gott zum Gruße, Kinder.«

»Mörder«, bemerkte Wiktor leise.

»Ja, und Mörder. Stimmt ganz genau, Herr Redakteur. Und Mörder. Der Urheber des Verbrechens vor siebzig Jahren. Der Urheber der Ereignisse, die dazu führten, dass eine unschuldige Frau und ihr Kind außerhalb der Friedhofsmauern beerdigt wurden, schließlich Selbstmörder und, was soll man groß drumherum reden, Gespenst.« Warslich lächelte schief. »Ob Sie mir glauben oder nicht, manchmal habe ich den Eindruck, dass ich für meine Taten mehr gebüßt habe als irgendein Mörder, der je auf der Erde war.«

Hinter ihren Rücken schoss und zischte es. Agnieszka spürte einen unangenehmen Gasgeruch.

»Wiktor, wusstest du das?«, fragte sie. »Und du, Kamil, wusstest du es auch?«

Als er den letzten Satz hörte, lachte Warslich laut auf.

Kamil antwortete nicht, Wiktor aber erwiderte:

»Ob ich es wusste? Nein! Ich habe es noch nicht einmal geahnt. Ich habe es höchstens gespürt. Ich hatte den Eindruck, dass etwas nicht so war, wie es sein sollte. Und mein Gefühl betraf nicht nur Warslich. Ich denke, es ist nicht die letzte Überraschung. Aber was soll's? Wir machen uns wohl lieber auf den Weg, wenn wir nicht für immer mit Priester Stanisław hier bleiben wollen. Habe ich recht, Kamil?« Wiktor sah den Jungen an.

»Moment!« Agnieszka hielt sie mit einer Handbewegung zurück. »Eine Sache lässt mir keine Ruhe. Wenn der Mord vor so langer Zeit geschah, und wenn dieser Wohnblock vor vielen Jahren gebaut wurde, warum hat er sich erst jetzt verschlossen?«

»Was denken Sie denn, warum es wohl so war?«, antwortete Warslich mit einer Gegenfrage.

»Also … ich weiß es nicht.«

»Wann hat denn alles begonnen?«

»Schwer zu sagen. Ich weiß nicht genau, was vorher geschehen ist, doch so richtig hat es begonnen, als wir kamen. Schon am ersten Tag stießen wir auf die Leiche im Aufzug, und dann, dann ist alles nur noch schlimmer geworden.«

»Genau.«

»Was hat das zu bedeuten?« Agnieszka wurde zornig. »Wenn Sie etwas sagen wollen, dann sprechen Sie. Die ganze Bude explodiert gleich, und Sie geben mir hier zu verstehen ...«

Warslich verdrehte theatralisch die Augen.

»Nun, Sie wurden alle durch Ihre eigenen Albträume geplagt, die Ihnen aufgrund des Fluchs etwas realer als gewöhnlich erschienen. Doch die ganze Zeit über geschah dies eher in Ihren Köpfen. Ich sage nicht ›ausschließlich‹, denn die Grenze wurde dieses Mal extrem dünn. Doch der Albtraum einer Person war so düster, obwohl ich vielleicht eher sagen sollte: ›So schmutzig‹, und ihre Vorstellungskraft so plastisch, dass die Vorstellung für alle zur Realität geworden ist. Diese Person war eigentlich kein Übeltäter, sie war eher«, einen Augenblick lang rieb Warslich seinen Daumen am Zeigefinger, auf der Suche nach dem richtigen Wort, »der Katalysator. Verstehen Sie jetzt?«

»Robert«, flüsterte Agnieszka und griff nach Wiktors Hand.

»Ja. Robert«, bestätigte Warslich. »Ich würde ihm jedoch nicht die Schuld aufbürden. Er war einfach zu schwach, um sich dem Bösen zu widersetzen, das sich diesen Ort ausgesucht hat.«

»War er es, der die Leiche dieser Frau im Keller versteckt hat?«, fragte Wiktor.

Warslich nickte zustimmend.

»Kommt jetzt! Ich möchte keine weiteren Überraschungen erleben«, flüsterte Agnieszka.

»Leider«, murmelte Wiktor ihr zu, »erwartet dich doch noch eine. Habe ich recht, Kamil?«

»Hast du, hast du, Redakteurchen«, sagte der Junge lachend und stellte sich neben Warslich. »Wenn ich es mir recht überlege, werde wohl auch ich hierbleiben«, fügte er hinzu.

Agnieszka fluchte und setzte sich auf den Hocker neben der Tür.

»Kohlendioxid sucht sich nicht aus, in welchem Raum es tötet und in welchem es jemanden am Leben lässt. Stimmt's, Junge?«

»Gewissermaßen, Redakteurchen. Du verzeihst mir doch, dass ich diese Wendung benutze? Seit wann weißt du es?«

»Seit fünf Minuten, nachdem sich alles ineinandergefügt hat. Eigentlich war es ziemlich dumm von mir, dass ich nicht früher darauf gekommen bin. Zuerst diese haltlose Geschichte über das Kohlendioxid, vor dem dich angeblich die abgeklebte Tür gerettet hat (übrigens hätten deine Alten das Klebeband deiner Darstellung zufolge erst nach ihrem Tod an die Tür geklebt). Dann die Tatsache, dass du mir nicht erlaubt hast, in dein Zimmer zu kommen. Außerdem hattest du im Gegensatz zu uns kein Bedürfnis zu schlafen, und du hast die ganze Zeit über nichts gegessen und getrunken. Nicht einmal den Tee hast du angerührt, den uns der äußerst liebenswürdige Pan Warslich angeboten hat.«

Agnieszka schüttelte den Kopf und wiederholte dabei leise: »Nein, nein, nein, das ist unmöglich!« Plötzlich stand sie auf und blickte Kamil in die Augen.

»Aber sag mir, Kamil, sie haben es doch getan, nicht wahr? Deine Eltern haben dich und sich selbst umgebracht, nicht wahr? Du hattest damit nichts zu tun?«

Kamil antwortete nicht. Warslich und Wiktor schwiegen ebenfalls. Der Gasgeruch wurde immer intensiver. In Agnieszkas Augen glänzten Tränen.

»Ich flehe dich an, Kamil, sag, dass sie es waren!«, schluchzte sie, ohne den Blick von ihm abzuwenden.

Der Junge schwieg, doch sie kannte die Antwort. Die Bewohner der leer stehenden Wohnungen in der Kondratowicz waren keine Opfer.

Es waren Mörder und Selbstmörder.

»Es wird Zeit für euch«, sagte Kamil ruhig.

»Ja, wir machen uns auf den Weg«, erwiderte Wiktor. »Wir danken euch für die Hilfe. Ihnen, Priester Stanisław, und besonders dir, Kamil. Danke.« Er lächelte seinem Freund zu und streckte seine Hand mit nach oben gerichtetem Daumen aus. Kamil erwiderte die Geste.

»Es war nett, euch kennenzulernen«, sagte Wiktor zum Abschied, dann legte er den Arm um Agnieszka und zog sie mit sich zur Tür.

»Gleichfalls«, antworteten die Gespenster.

8.

Im Gang bemerkten sie sofort, wie schlimm es war. Alle Installationen des Gebäudes spielten verrückt. Von der Decke tropfte Wasser, aus den Zählern entwich Gas, und aus den Steckdosen sprühten Funken. Jeden Moment konnte sich das Gas an einem Funken entzünden. Allein ihre Anwesenheit in dem Gebäude machte Wiktor und Agnieszka fast schon zu lebenden Leichen, und jeder Moment der Verzögerung brachte sie dem Zustand wahrhaft toter Leichen näher.

An funktionierende Aufzüge war nicht mehr zu denken. Sie liefen ins Treppenhaus, durch das ganze Ströme von Wasser nach unten flossen. Wahrscheinlich wurde es von einem Hydranten in einem der höheren Stockwerke ausgespuckt. Agnieszka rutschte aus, und lediglich die Tatsache, dass Wiktor sie fest an der Hand hielt, bewahrte sie vor einem schmerzhaften (tödlichen?) Sturz. Sie sicherten sich gegenseitig und liefen die Treppen so schnell wie möglich hinunter. Treffender wäre es zu sagen, dass sie nicht hinunterliefen, sondern auf kontrollierte Weise »hinunterflogen«.

Nach jeder zweiten Biegung kamen sie an den römischen

Zahlen mit den Nummern der Stockwerke vorbei. Fünfter, vierter Stock – Wiktor bog gefährlich um die Kurve, was beinahe in einer Katastrophe geendet hätte ...

Als sie an der Tür vorbeikamen, die zum vierten Stock führte, spürte Wiktor ein dumpfes Beben. Einen Sekundenbruchteil später wurde die Tür aus den Angeln gerissen, schlug krachend hinter ihrem Rücken gegen die Wand und verwandelte sich dabei in einen Haufen aus zersplittertem Holz. Die Druckwelle stieß Agnieszka und Wiktor die Treppen hinab. Wiktor verzog sein Gesicht, als er das Knacken in seinem Knie hörte, mit dem er auf den Boden knallte. Das viele Adrenalin in seinem Körper dämpfte zwar den Schmerz, doch er wusste, dass es nicht gut aussah. Trotzdem stand er sofort auf, griff wieder nach Agnieszkas Hand, und sie rannten weiter nach unten. Das war noch nicht DIE Explosion gewesen, doch zweifellos die letzte Warnung.

Dritter, zweiter, erster Stock, Erdgeschoss ...

Sie standen jetzt bei der Kellertreppe. Eins der Grablichter, durch das Wasser in eine Ecke gespült, hatte wie durch ein Wunder die Flut überstanden und brannte mit flackerndem Licht weiter. Als Wiktor es ansah, erlosch es.

»Warte!«, schrie er und hielt Agnieszka fest. »Ich muss dir noch etwas sagen.«

»Bist du verrückt geworden? Jetzt?«

»Ja, ich muss es dir jetzt sagen, bevor wir rausgehen. Weißt du noch, wie ich über Honorata erzählt und dann gesagt habe, dass meine Frau es nicht mit mir ausgehalten hat, dass sie unsere Tochter mitnahm und auszog?«

»Ich erinnere mich daran.«

»Das war nicht die Wahrheit.«

Oben donnerte es. Putz bröckelte von der Decke ab und rieselte auf Wiktors schwarze Haare. Agnieszka sah ihn fragend an.

»Sie ist nicht von sich aus ausgezogen. Ich habe sie hinausgeworfen. Ich habe sie wie einen Hund vertrieben. Ich setzte sie vor die Tür, während Matylda im Kindergarten war. Ich befahl ihr auszuziehen. Ich erinnere mich, wie sie krampfhaft die Klinke festhielt und schluchzte, dass ich es nicht tun solle. Ich aber warf sie mit einem Tritt hinaus und schloss die Tür. Dann packte ich ihre und Matyldas Sachen in Plastiktüten. Während ich die Säcke in den Flur hinaustrug, saß Weronika die ganze Zeit über auf dem Fußboden und weinte.«

Agnieszka sah ihn sichtlich erschüttert an.

»Ich habe nie etwas Schlimmeres getan. Ich weiß noch nicht einmal, warum ich es tat, doch ich ahne es. Und ich weiß, dass ich jetzt bereit bin, jede mir verbleibende Minute meines Lebens für Buße zu opfern und alles hinzugeben, wenn Gott mir nur erlaubt, meine Mädchen auch nur eine Sekunde lang zu sehen. Verstehst du, warum ich es dir erzähle und warum ich es hier tun musste?«

Wiktor musste den letzten Satz herausschreien.

Der Block starb und gab dabei höllische Geräusche von sich, die man nicht zuordnen konnte. Das Ächzen des Betons und des Stahls drang von überall her – aus den Wänden, den Decken, den Fußböden, den Gängen, den Aufzugschächten und aus dem Treppenhaus. Es war ein schrecklicher, furchterregender letzter Atemzug.

»Ich denke, ich verstehe!«, brüllte ihm Agnieszka ins Ohr, doch er ahnte eher, was sie sagte, als dass er es hörte.

Sich immer noch an den Händen haltend liefen sie zum Eingangsbereich, sprangen die letzten Stufen hinunter und stürmten nach draußen, wo alle Bewohner beobachteten, was geschah. Wiktor bemerkte Emilias Mutter, die von ihrer Tochter in den Armen gehalten wurde. Offensichtlich war diese etwas zu sich gekommen. Robert war immer noch nicht bei Bewusstsein.

Wiktor blieb bei den anderen stehen und beobachtete den eigenen Block. Er atmete tief durch.

Das Gebäude verhielt sich so, als würde es leben. Es zitterte etwas, Rauchwölkchen traten hervor und wichen wieder zurück. Es erinnerte an ein atmendes Ungeheuer. In einigen Fenstern flackerten Flammen. Gelbrote oder kalte blauviolette. Von einigen Balkonen stürzten Wasserkaskaden herab. Doch Wiktor nahm dieses ganze Feuerwerk beinahe nicht wahr. Er blickte auf die Gestalten, die hinter den Fenstern standen. Auf die, die bleiben mussten.

Es waren viele – mehr, als er vermutet hatte. Aus dieser Menge fischte er mit seinem Blick mühelos Kamils Gestalt und den danebensitzenden Warslich heraus. Er winkte ihnen zu, doch sie winkten nicht zurück. Zusammen mit den anderen starrten sie auf einen Punkt, der irgendwo weit hinter Wiktors Rücken lag. Ihre Gesichter waren regungslos, jeglicher Emotionen beraubt, so dass sie …

Sie wirkten tot.

Plötzlich erbebte das Gebäude stärker und verwischte dabei die Konturen der in den Fenstern stehenden Gestalten. Wiktor schlug seine Hände vors Gesicht, denn er erwartete, dass es gleich zur Explosion kommen würde. Innerlich musste er lächeln, als er sich darüber bewusst wurde, was er in diesem Moment eigentlich tat, um sich vor einem zwanzig Meter entfernten elfstöckigen Hochhaus zu schützen, das gleich in sich zusammenstürzen würde.

Das Gebäude hörte auf zu beben und atmete. Wiktor spürte den starken Sog der angesaugten Luft, die zum Block strömte. Die Bäume in der Nähe neigten sich zum Haus hin, vertrocknetes Laub wurde wie von einem Staubsauger in die geöffnete Tür hineingezogen. Die Bewohner duckten sich und traten einen Schritt zurück, wie Menschen am Strand während eines Sturms.

Plötzlich legte sich der Wind, und Wiktor hielt in Erwartung der Druckwelle den Atem an. Doch es gab keine Explosion. Das Gebäude erstarrte, die Gestalten in den Fenstern verschwanden. Alles wurde still.

Die vor dem Block Versammelten standen bewegungslos da

und überlegten, ob schon alles vorbei war oder ob es sich nur um einen Moment der Ruhe vor dem Schlimmsten handelte.

Doch es war vorbei. Die Menschen, die ihren eigenen Schatten glichen, lächelten einander unsicher an.

»Nun gut. So ein wunderschöner Tag! Da werde ich wohl meinen Sohn in Bemow besuchen fahren«, sagte der Hausmeister und rieb sich die Hände. »Aber morgen komme ich zurück. Denkt nicht …« Er unterbrach sich und starrte mit geöffnetem Mund zu einem der Fenster im Block. Wiktor folgte seinem Blick und erstarrte. Hinter einem Fenster im letzten Stockwerk stand jemand.

Jarek Kwaśniewski! Der Kerl, der sich eingeschlossen hatte, um sich selbst zu finden.

Die Gestalt trat auf den Balkon hinaus, lehnte sich über die Brüstung und brüllte zu ihnen hinunter:

»He, Leute, was ist denn dort los? Stimmt etwas nicht mit dem Gebäude? Warum seid ihr alle rausgegangen?«

Erst in diesem Moment ließ die Anspannung nach, und alle begannen wie die Besessenen zu lachen. Sie waren mit dem Leben davongekommen. Agnieszka riss sich vom stöhnenden Robert los und ging zu Wiktor.

»Na, was wirst du jetzt tun, Redakteurchen?«, fragte sie.

Das war eine gute Frage.

Epilog

Free homes for free people.

Warschau, Śródmieście. Graffito auf einer Mauer im Hof eines alten Mietshauses zwischen der Ulica Wilcza und der Ulica Hoża.

Eingang / 6. Dezember 2002, 16.40 Uhr.

Kleines Mädchen: Wohnt Papi jetzt in diesem neuen Block?

Frau: Ja, Liebes, ganz oben.

Mädchen: Warst du schon bei ihm?

Frau: War ich.

Mädchen: Ohne mich?

Frau: Ja.

Mädchen: Och. Das gefällt mir gar nicht.

(Schritte)

Mädchen: Und wenn Papi mich nicht erkennt?

Frau: Einer Sache kannst du dir ganz sicher sein, Liebes. Dein Papi wird dich immer und überall erkennen. Weißt du, warum?

Mädchen: Warum?

Frau: Weil er dich über alles auf der Welt liebt und du sein allerliebstes Töchterchen bist.

Mädchen: Wir schauen, ob er mich erkennt, wenn ich etwas sage. Ich bin gespannt, ob er meine Stimme erkennt. Darf ich klingeln? Bitte, Mama, ich komme schon dran!

Frau: Natürlich darfst du. Ich bin mir sicher, dass sich Papi in einer Million Jahren und am anderen Ende des Weltalls an deine Stimme erinnern würde.

Mädchen: Welche Nummer?

Frau: Vierzig.

Mädchen: Also wie viel?

Frau: Vier und null.

Mädchen: Aha.

(Haussprechanlage)

Mann: Ja?

Mädchen: Papi, wir sind es!

Hinweis des Autors

Natürlich sind alle Ereignisse in diesem Buch frei erfunden. Ich möchte betonen, dass auch alle darin vorkommenden Personen fiktiv sind und Ähnlichkeiten mit meinen Verwandten, Freunden und insbesondere mir fremden Personen rein zufällig und unbeabsichtigt sind.

Teilweise erfunden – oder vielmehr in einer schöpferischen Art und Weise an die Erfordernisse der Erzählung angepasst – sind auch die Topografie und Geschichte Bródnos. Ich entschuldige mich bei allen Freunden dieses hochinteressanten Hauptstadtviertels, wenn sie sich beleidigt fühlen sollten. Zu meiner Rechtfertigung kann ich nur vorbringen, dass es das räuberische Recht von Autoren ist, die dargestellte Welt nach eigenem Gutdünken zu erschaffen und dabei auf nichts und niemanden Rücksicht zu nehmen – auch nicht auf die Geschichte.

Und zum Schluss noch eine kleine Danksagung: Die Idee für diese Geschichte kam mir, als ich zusammen mit meinem Bruder in einem Aufzug in Bródno fuhr. Wir alberten herum und überlegten, in wie vielen schrecklichen Horrorszenen man einen solchen Aufzug verwenden könnte. Später war Wojtek der Ideentester, erster Redakteur und Kritiker des Buches. Ohne ihn wäre nichts daraus geworden.

Danke, Alter!

Z.

Warschau, 21. Juni 2004